SAM BOURNE

PANTEON

Z angielskiego przełożyła
TERESA TYSZOWIECKA-TARKOWSKA

ALBATROS

Wydawnictwo
A. Kuryłowicz

Tytuł oryginału:
PANTHEON

Redakcja: Beata Kaczmarczyk

Zdjęcie na okładce: © Marc Owen/Arcangel Images

Projekt graficzny okładki: Wydawnictwo Albatros Andrzej Kuryłowicz s.c.

Skład: Laguna

ISBN 978-83-7885-379-4

Książka dostępna także jako e-book

Dystrybutor
Firma Księgarska Olesiejuk sp. z o.o. sp. j.
Poznańska 91, 05-850 Ożarów Mazowiecki
tel. (22) 721 30 00, faks (22) 721 30 01
www.olesiejuk.pl

Wydawca
WYDAWNICTWO ALBATROS ANDRZEJ KURYŁOWICZ S.C.
Hlonda 2A/25, 02-972 Warszawa
www.wydawnictwoalbatros.com

2015. Wydanie I
Druk: Abedik S.A., Poznań

Dla mojej matki – nie znam nikogo,
kto by był tak łagodny,
a przy tym tak silny, jak Ona

Rozdział 1

Dzień w dzień, nie bacząc na piekielny ból, dawał sobie ostro w kość na tej trasie. Czy niebo było zasnute chmurami i padał deszcz, czy też, jak dziś, słońce lśniło oślepiająco, James Zennor wczesnym rankiem zasiadał do wioseł, by samotnie pokonywać Isis, czyli oksfordzką odnogę Tamizy. Uwielbiał tę porę dnia. Powietrze było świeże, niebo czyste, panowała głęboka cisza. Przy brzegu bezszelestnie kręciło się stado kurek wodnych, które sprawiały wrażenie pogrążonych, jak James, w zadumie.

Łódka nabrała rozpędu; James, usztywniwszy nadgarstki, jak automat ciął wodę piórami wioseł, które wracały potem poziomo nad taflą. Patrzył na skrzącą się od słońca wodę. W tych chwilach, gdy dopiero zaczynał wyciskać z siebie siódme poty, gdy niebo było błękitne, a rześki wietrzyk łagodnie muskał jego skórę, udawało mu się nieomal zapomnieć o tym, że jest wrakiem. Czuł się prawie tak samo jak dawniej. Jeśli nie liczyć pamiętnego roku, który spędził za granicą, bywał tutaj codziennie od dziesięciu lat, odkąd jeszcze jako student zakwalifikował się do drużyny wioślarskiej kolegium. Załapał się nawet jako wioślarz na pamiętne regaty, w których Oksford o włos zaledwie pokonał Cambridge. To była jednak przeszłość. Teraz pozostał mu już tylko wyścig z samym sobą.

Rozejrzał się wokół, ale nikogo jeszcze nie było. Kiedy zacznie się rok akademicki, o tej porze dnia co ambitniejsze osady będą pomykać po rzece, szykując się do tradycyjnych regat wioślarskich Torpids albo Eights i przypominając mu o tym, że i on kiedyś był młody. James Zennor nie miał jeszcze trzydziestki, ale przeszedł tak wiele, że czuł się jak pięćdziesięciolatek.

Mrużąc oczy, spojrzał w górę, napawając się chwilowym oślepieniem. Kiedy odzyskał wzrok, rysowały się przed nim drzewa przy ścieżce, którą lubili przechadzać się z Florence, gdy nie było jeszcze na świecie Harry'ego, później zresztą też. James starał się przyprowadzać tutaj chłopca z nadzieją, że mały również zakocha się w rzece. Niestety, w ostatnich miesiącach Harry zrobił się niespokojny – gdy tylko zbliżali się do wody, kurczowo czepiał się ręki Florence. Jednak James wierzył, że to minie. W taki dzień jak dziś człowiek oczekiwał samych podarków losu.

Jego myśli pobiegły ku synkowi. Harry, który za dwa miesiące kończył trzy latka, pewnie spał jeszcze mocno, w jednej rączce ściskając Śnieżka, białego misia, którego zawsze brał ze sobą do łóżka. W takiej pozycji zostawił go James o poranku, kiedy wymykał się z domu na poranny trening. Wiele przeszli z Florence, nie da się jednak zaprzeczyć, że synek im się udał.

To, co zawsze spadło na niego zaraz po tym, gdy dotarł do śluzy w Iffley i zawrócił. Lewe ramię zaczęło mu dawać do wiwatu. To, że objawy były dobrze znane, nie znaczyło bynaj-mniej, że James się na nie uodpornił: ból wwiercał się w ciało jak pęk rozżarzonych do czerwoności szpil. Codziennie budził się z nadzieją, że tym razem będzie inaczej – ból odezwie się później, a może nawet wcale. Tego ranka, przy tak cudownej pogodzie, łudził się bardziej niż zwykle. Płynąc jednak w stro-nę mostu Folly Bridge, wiedział już, że wszystko potoczy się bez zmian.

Próbował koncentrować się na krótkich upojnych chwilach, kiedy pióra jego wioseł wynurzały się z opornej wody, a on spinał się do kolejnego ataku. Próbował sobie wyobrazić chłód rzeki, kojący dotyk wody na rozpalonej skórze.

Każde pociągnięcie wioseł rozsadzało mu płuca, własny zdyszany oddech dobiegał go jakby z oddali, za to serce hałasowało niczym silnik na zbyt wysokich obrotach.

Łódź pruła po wodzie, która bezgłośnie rozstępowała się przed długim, smukłym dziobem. Wiedział, że z brzegu wydaje się, iż łódź porusza się bez wysiłku. Dobra osada wioślarska zawsze sprawiała wrażenie, jakby istoty ludzkie, inwestując całą energię w osiągnięcie wspólnego celu, zespoliły się w jeden sprawny mechanizm, przed którym woda musi się ugiąć.

Jedynki rzadko wyglądały tak atrakcyjnie; samotny wioślarz nie osiąga równie imponującego tempa ani koordynacji. James podejrzewał, że jego wiosłowanie nie wygląda zbyt elegancko, czemu winny był uszkodzony lewy obojczyk. Lewa ręka Jamesa zawsze już będzie słabsza od prawej, wskutek czego pracują nierównomiernie. Stale miał wrażenie, że jego łódź porusza się po wodzie zygzakiem, choć wielokrotnie zapewniano go, że tylko mu się wydaje.

Westchnął głęboko, żeby zaczerpnąć tlenu, i spojrzał za siebie. Folly Bridge majaczył już w oddali. Kiedy dotrze do mostu, powiosłuje wodami Isis do śluzy w Iffley i z powrotem i tak trzykrotnie, pokonując w sumie siedem kilometrów. Jego ciało domagało się wypoczynku; pokonał już swój codzienny, rutynowy dystans. Ale nie potrafił zapomnieć o mężczyznach – rówieśnikach i młodszych – którzy walczyli w Europie, ani o pilotach sposobiących się do obrony nieba nad Anglią, gotowych oddać życie w zapowiadanej w przemówieniu nowego premiera „bitwie o Wielką Brytanię". Każdy ruch wioseł uświadamiał mu, jak nędzne są jego wysiłki w porównaniu z ich bohaterstwem i że w obliczu ich najwyższej ofiary powinien przynajmniej...

Ból zaostrzył się nagle i stał się nieznośny; Jamesa kłuło teraz, jakby mu się odłupał kawałek kości. Cierpiał straszliwe katusze.

Zacisnął szczęki. Żeby odwrócić uwagę od bólu, zmusił się do odtworzenia w pamięci wiadomości wysłuchanych wieczorem w radiu, na których czoło wysuwała się informacja o zatopieniu przez Brytyjczyków francuskiej floty u wybrzeży Algierii. Taki właśnie był Churchill – szedł na całość. W odróżnieniu od przeklętego durnia Chamberlaina rozumiał, że czas nagli i nie ma się co patyczkować. Teraz, gdy Paryż padł, Niemcy za chwilę przejmą francuskie okręty, więc należało je posłać na dno. Naturalnie Francuzi mieli na to inny punkt widzenia: wpadli we wściekłość, wzajemnym oskarżeniom nie było końca.

Ramię Jamesa wysyłało rozpaczliwe sygnały, ale starał się nie zwracać na nie uwagi. Co tam jeszcze mówili? BBC zwykle zaczynało od jakiejś dobrej wiadomości, wykorzystując ją jako przeciwwagę dla gorszych. Zaraz, zaraz: jakąż to gorzką pigułkę miała wczoraj osłodzić informacja o zatopieniu francuskiej floty? Wściekły ból targnął włóknami nerwowymi Jamesa, on jednak postanowił się nie poddawać. A, już sobie przypomniał: Wyspy Normandzkie. Sark poddała się dwa dni po Alderney: Wyspy Normandzkie znalazły się pod okupacją niemiecką. Przeżył wstrząs na wiadomość o tym. Nigdy nie był na wyspach, ale dorastał na południowym wybrzeżu Anglii ze świadomością, że wystarczy wskoczyć na prom, by znaleźć się na Jersey. Mieszkańcy wysp mówili po angielsku. W ciągu zaledwie kilku ostatnich tygodni swastyka załopotała nad Norwegią, Francją, Belgią i Holandią; teraz dołączył do nich fragment należący do Korony brytyjskiej. Hitler był coraz bliżej.

James wyjął wiosła z wody, pozwalając łodzi dryfować po gładkiej tafli Isis. Westchnął z ulgą; dopiero kiedy stado łysek rozpierzchło się w popłochu, zorientował się, że westchnienie było jękiem bólu. Mężczyzna idący ścieżką z naprzeciwka zerknął na niego nerwowo, po czym przyspieszył kroku, wyraźnie przestraszony.

James dobił do brzegu, jak najbliżej szopy na łodzie, po czym wygramolił się na suchy ląd, zbierając siły do najtrudniejszego etapu porannego treningu. Schyliwszy się, złapał za pętlę na końcu sznura przywiązanego do dzioba i zdrową ręką zaczął wyciągać łódź z wody. Raz, dwa, trzy... chciało mu się wyć z wysiłku... i już, udało się. Zataczając się, zaciągnął łódź do szopy i wciągnął na stojak.

Potem przez chwilę stał w miejscu. Patrząc w niebo, próbował złapać oddech. Chabrowy błękit nieba nagle wydał mu się niecnym oszustwem. Niebo nad Wielką Brytanią zmieniło się w pole bitwy, noc w noc w miastach wyły syreny, ostrzegając przed nalotem. Raptem parę dni temu niemieckie samoloty zbombardowały w nocy Cardiff. Niebo nad Anglią nie miało prawa wyglądać jak z obrazka.

Szybkim krokiem wyminął szopy z łodziami, należące do poszczególnych kolegiów: St John's, Balliol, New i tak dalej; były pozamykane i puste. Uprzytomniwszy sobie swój los, kolejny raz zaklął pod nosem – te przedłużające się wakacje doskwierały mu bardziej niż wojna.

Dotarłszy do słupa, przy którym zostawił rower, przerzucił nogę nad siodełkiem i zaczął zawzięcie pedałować, rozkoszując się dynamicznym ruchem, tak różnym od monotonnych pociągnięć wioseł. Wjechał pod górę na spadzisty, półokrągły mostek, przemknął przez łąki Christ Church, mijając jedynie pasące się krowy, które od czasu wprowadzenia racji żywnościowych budziły skojarzenia nie tylko estetyczne, ale i kulinarne. Zauważył też poletka zaorane pod sadzenie kartofli. Tak wyglądał wojenny Oksford: każda piędź ogródków przydomowych i trawników została przerobiona na warzywnik, żeby uzupełnić niedobory żywności w kraju.

Popedałował między Merton a Corpus, potem podjechał

pod górę koło Oriel i znalazł się na High Street. O tej porze budynki uniwersyteckie świeciły pustką, choć wiele z nich miało lada chwila zaludnić się wraz z nastaniem kolejnego dnia obowiązkowej służby wojskowej. Skręcając w prawo, w stronę St Giles, starał się ominąć wzrokiem pomnik Poległych. Ruszył na północ w stronę domu.

Dochodziła dopiero siódma i ruch był jeszcze umiarkowany. Ale nawet w godzinach szczytu, z powodu racjonowania benzyny, ruch nigdy nie osiągał poziomu sprzed roku. James słyszał o pewnym łebskim gościu, który radził sobie, lejąc do baku mieszankę whisky i parafiny – narzekał ponoć, że jego auto cuchnie teraz, jakby się w nim odlał zapalacz latarń ulicznych – sytuacja wskazywała jednak na to, że niewielu automobilistów oksfordzkich zdecydowało się na równie ryzykowny krok. Tych, którzy poważyli się na to, czekały kontrole u wylotu dróg na południe, północ, wschód i zachód od miasta – blokady dróg dostarczały władzom informacji na temat wjeżdżających i wyjeżdżających, jakby Oksford był bazą wojskową, a nie miastem uniwersyteckim. Blokadę ustawiono nawet między Pembroke a Christ Church. Na szczęście rowerzyści nie wzbudzali większego zainteresowania.

Naturalnie nie wolno było zapominać o tym, że jest wojna. Opatulone w mnisie kaptury światła sygnalizacyjne na skrzyżowaniach były tylko jedną z wielu zmian podyktowanych zaciemnieniem. Jeszcze bardziej rzucał się w oczy zupełny brak znaków drogowych i tablic z nazwami ulic, które pousuwano gwoli dezorientacji ewentualnych najeźdźców. Niech szkopy łamią sobie głowę, co jest gdzie w Oksfordzie.

Ramię znowu zaczęło się dawać Jamesowi we znaki. Spojrzał na zegarek i pogrążył się w obliczeniach, które miały na celu odwrócić jego uwagę od bólu. Jeśli da ostro w pedał, powinien dotrzeć do domu w cztery i pół minuty.

Kiedy mknął po Banbury Road, aż wiatr świstał mu w uszach, poczuł wilczy głód. Żałosne dziesięć dekagramów:

to był cały jego przydział bekonu na ten tydzień. Tyle potrafił bez trudu spałaszować na jedno śniadanie! Jedno jajko na trzy i pół doby to też tyle co nic.

Wreszcie zobaczył przed sobą wylot Parks Road. Na rogu stał wielki czarny samochód z włączonym silnikiem.

*   *   *

Florence spojrzała na synka, który siedział przy kuchennym stole na krześle wyłożonym stertą poduszek, żeby mógł dosięgnąć talerza. Ale grzanka z margaryną leżała prawie nietknięta. Z ogryzkiem czerwonej kredki w dłoni, Harry nachylał się nad blokiem rysunkowym.

– To nie potrwa już długo, przysięgam, Harry.

Kolejny raz wyciągała jedną po drugiej szuflady kuchenne, przeglądając pospiesznie ich zawartość, po czym zatrzaskiwała je z powrotem. Gdzie się podział, u diabła?

Wszystko było gotowe: starannie zapakowana walizka, palta podróżne, solidne buty. Zachowała najwyższą ostrożność, wciskając paszport w głąb szuflady swojej komody, między bieliznę, a więc w rewiry, w które James raczej się nie zapuszczał. Jednak kiedy już prawie godzinę temu sięgnęła do szuflady, paszportu nie było. Przekonała się o tym, gdy już wyleżała się z zamkniętymi oczami, udając, że śpi, podczas gdy James mył się, ubierał, a w końcu wyszedł pływać. Leżała bez ruchu, przysłuchując się toalecie porannej męża. Czekała, aż zamkną się za nim drzwi wejściowe. Potem, patrząc na budzik na stoliku nocnym, odczekała jeszcze dwie minuty, na wypadek gdyby James po coś wrócił. Uznawszy, że niebezpieczeństwo minęło, wstała z łóżka i przeszła do następnego punktu programu. Jednak w szufladzie nie było śladu paszportu. Czyżby James jakimś cudem ją przejrzał i zabrał dokument? Ale skoro się domyślił, czemu nie dał nic po sobie znać? Czyżby zastawił na nią jakąś pułapkę?

Zerknęła na Harry'ego. Pochylony nad blokiem rysował

13

z przejęciem. Przystanęła za nim, patrząc ponad jego główką na kartkę, i nagle ścisnęło ją w gardle.

– Co to jest, kochanie?

Harry podniósł na nią wzrok, a jego oczy wyglądały jak dwa błękitne jeziorka. Florence wyczytała w nich głęboki żal, ale zaraz zreflektowała się, że widzi w oczach synka odbicie własnej postaci.

– To nasz dom – powiedział Harry niskim, schrypniętym głosem, niespotykanym u dzieci w jego wieku, za to bardzo podobnym do głosu Jamesa. – Ja jestem w środku – wyjaśnił, pokazując kontur, w którym z trudem mogła dopatrzyć się okna. – A tu jesteś ty z tatusiem. – Pulchny paluszek wskazał kolejny niewyraźny kształt.

Florence poczuła, że oczy ją szczypią.

– Śliczny obrazek – pochwaliła, siląc się na entuzjastyczny ton. – Piękny. – To był już trzeci dom, jaki synek narysował w ciągu ostatnich dwudziestu minut.

Podjęła poszukiwania, starając się nie myśleć o Harrym i jego rysunku. Bała się, że może się rozmyślić. Gdzie, na Boga, położyła ten paszport?

Może w nerwach go przeoczyła? Musi postępować bardziej metodycznie. Po raz trzeci zaczęła przeglądać szuflady kuchenne. Tym razem wyjęła z najwyższej koszyk na sztućce i dopiero kiedy się przekonała, że paszportu tam nie ma, przeszła do kolejnej. Ocieplacze na imbryk, serwetki, drewniana łyżka, zapasowa latarka i paczka nowych baterii. W najniższej szufladzie spoczywały męskie akcesoria Jamesa: śrubokręty, obcęgi, klucz francuski, puszka smaru do rowerów i kolejny zapas baterii do latarki. Od wybuchu wojny w domu, gdziekolwiek spojrzał, leżały baterie. Ale paszportu jak nie było, tak nie było.

Zerknęła na zegarek. Szósta czterdzieści pięć. Muszą wyjść najpóźniej o siódmej. James wracał zwykle kwadrans po siódmej. Nie wolno jej tracić głowy.

Wbiegła do gabinetu Jamesa, gdzie panował straszliwy bałagan. Wszędzie piętrzyły się niechlujnie książki i papiery. Do tego komplet numerów „Journal of Experimental Psychology". Dźwignęła największą stertę i ostrożnie przełożyła na krzesło. Podniosła lutowy numer pisma „New Statesman" z okładką upstrzoną obficie odciskami po kubku z kawą. Pod spodem leżała „Tribune", a obok paczka listów, mocno sfatygowany egzemplarz *W hołdzie dla Katalonii* George'a Orwella – James, który poznał pisarza w Hiszpanii, zwykł go nazywać Erikiem – oprawione roczniki almanachu krykietowego, ale nigdzie ani śladu paszportu. Wycinek z „Daily Sketch" sprzed tygodnia: *Wiek poborowy podniesiony do trzydziestego szóstego roku życia*, głosił nagłówek. Była za pięć siódma.

– Mamusiu – dobiegł ją głosik z kuchni.

– Później, Harry.

– Mamusiu! – Ton był naglący.

– Mamusia jest zajęta. – Myszkowała teraz w szufladzie biurka między rolkami taśmy maszynowej, spinaczami i zapasową bibułą. – Może byś sprawdził, czy Śnieżek ma wygodnie w plecaku?

– Jakiś pan stoi pod drzwiami.

Zamarła. Czy to możliwe, by James wrócił już, o tyle wcześniej niż zwykle? Raczej nie, przecież wszedłby do środka. Po co miałby sterczeć pod drzwiami? Chyba że zapomniał kluczy. Nie zadzwonił, żeby nie zbudzić Harry'ego. Boże, co robić?

Na palcach wemknęła się do holu. Natychmiast przez kolorowe szkło u góry drzwi poznała wysoką, sprężystą postać Leonarda. Westchnęła z ulgą. Otworzyła drzwi.

Wybrylantynowana fryzura gościa układała się nienagannie, ale twarz miał czerwoną z wysiłku.

– Skończył wcześniej niż zwykle. Widziałem go przed chwilą.

– Co?

– Biegłem tu na złamanie karku. James skończył trening, musiał dzisiaj wiosłować szybciej niż zazwyczaj. Albo pomyliłem się w obliczeniach. Tak czy owak, już skończył. Dotrze tutaj za dziesięć, góra piętnaście minut.

Przez twarz Florence przemknął nerwowy grymas.

– Nie możesz tak narażać innych – skarcił ją, mylnie interpretując wyraz jej twarzy. – To zbyt poważna sprawa.

– Poczekaj chwilę.

Zdesperowana wyszarpnęła kolejne szuflady biurka, szperając między bibułkami do papierosów, pustymi pudełkami po zapałkach i zagranicznymi monetami, głównie z Hiszpanii. Ruszyła w stronę półek, wyciągając pojedyncze książki, a potem całe naręcza, w tym pomarańczowy komplet wydawnictw Left Book Clubu, i rzucając je na podłogę. Paszportu jak nie było, tak nie było.

Harry zaczął płakać, być może na widok Leonarda – nieznajomego mężczyzny na progu ich domu. A może i jemu udzieliła się jej z trudem hamowana panika. Nie miała jednak czasu zawracać sobie głowy dzieckiem. Pognała do sypialni. Naruszając niepisane małżeńskie tabu, już wcześniej zajrzała do szafy Jamesa, teraz jednak postanowiła przeszukać ją dokładniej. Przesunęła na drążku wieszaki z marynarkami i kurtkami z ciemnego sukna, potem uklękła, wodząc dłońmi po drewnianej podłodze szafy. Nagle coś potrąciła.

Pudełko po butach. Z nadzieją zdarła pokrywkę, ale w środku leżała tylko para skórzanych półbutów, starannie owiniętych z powrotem w bibułkę, tych samych, uświadomiła sobie z wyrzutem, które miał na sobie na ich ślubie, czy raczej przyjęciu weselnym, które wydali w Anglii pół roku po zawarciu małżeństwa.

Jakiś cień padł na nią. Odwróciła się i zobaczyła Harry'ego, który zsunął się z krzesła i stał teraz, dygocąc, w progu.

– Mamusiu? – Po policzkach ciekły mu łzy.

Poczuła, że ją także pieką oczy. Całe tygodnie przygotowań za chwilę wezmą w łeb.

– Nie płacz, kochanie. Zaraz wszystko będzie dobrze.

Szybko, szybko! Porwała taboret stojący przy drzwiach łazienki i wspięła się, żeby zajrzeć na górną półkę szafy z ubraniami męża. Leżały tam dwa grube, nienoszone swetry. Rozsunęła je, ale nic nie znalazła. Już miała dać za wygraną, kiedy jej wzrok przykuł majaczący brunatny zarys na tle brązowego drewna. Wielkie rozczarowanie: znów jakaś cholerna książka w marmurkowej okładce bez napisu, wydzielająca woń zetlałego papieru. Spomiędzy stronic wypadła fotografia. Harry porwał ją, wpatrując się w przystojnego, młodego mężczyznę w mundurze, otoczonego wianuszkiem towarzyszy, z których każdy dzierżył karabin.

– Tatuś! – wykrzyknął radośnie.

Florence poczuła w ustach gorycz klęski. James musiał znaleźć paszport i wziąć go ze sobą nad rzekę, żeby z niej okrutnie zadrwić.

W ostatnim odruchu desperacji zawróciła do punktu wyjścia: szuflady ze swoją bielizną. Wyjmowała z niej wszystko, sztuka po sztuce, jakby w pedanterii kryła się ostatnia deska ratunku. Wzięła do ręki parę czarnych pończoch i nagle serce zabiło jej mocniej. Potrząsnęła nimi i spomiędzy warstw bawełny wypadła zaplątana w nie, nie wiedzieć jak, książeczka w sztywnej, granatowej oprawie. Jak mogła to przeoczyć? Paszport Florence tkwił dokładnie tam, gdzie go ukryła.

– Widzisz? Mówiłam, że wszystko będzie dobrze! – zwróciła się do Harry'ego, głos jej się lekko łamał. Jednym ruchem podniosła synka i posadziła okrakiem na prawym biodrze. Lewą ręką dźwignęła walizkę, która od godziny czekała w sieni. Wyszła za próg do Leonarda. Nie było czasu na oglądanie się za siebie. Piąstka Harry'ego wciąż zaciskała się kurczowo na zdjęciu ojca.

Rozdział 2

Barcelona, cztery lata wcześniej

Do dnia ślubu James nie widział Florence obnażonej bardziej niż w chwili, gdy ujrzał ją po raz pierwszy. Nie była to całkiem prawda, ale lubił powtarzać tę historię – naturalnie w męskim towarzystwie.

Poznali się w Barcelonie, w upalnym lipcu 1936 roku. Nigdy wcześniej nie był w Hiszpanii. Po prawdzie nigdzie wcześniej nie był. Spacerował po mieście, po jego wspaniałych ulicach, chłonąc widoki szeroko otwartymi oczami; czuł, jak pierś mu pęka z dumy i podniecenia. Na fasadach budynków, o dziwnych oknach przypominających oko ze spływającą łzą, wywieszono flagi i transparenty na powitanie Jamesa i sześciu tysięcy cudzoziemców przybyłych z okazji *Olimpiada Popular*: Olimpiady Ludowej. Oficjalna flaga wydarzenia przedstawiała trzy heroiczne, muskularne postaci – czerwoną, żółtą i czarną – dzierżące pospołu sztandar. James nie od razu zauważył, że przynajmniej jedna z sylwetek domniemanych sportowców w godle należy do kobiety; druga postać przedstawiała Indianina, trzecia, niewątpliwie, Murzyna.

Nikogo to nie dziwiło, jako że były to alternatywne igrzyska, a ich zadaniem było odwrócenie uwagi od tych oficjalnych, które rozpoczynały się tydzień później, ponad tysiąc pięćset kilometrów na północny wschód od Barcelony, w Berlinie.

O ile olimpiada berlińska miała być demonstracją wyższości rasy aryjskiej, o tyle Olimpiada Ludowa zapowiadała się jako święto socjalistów, idealistów i radykałów, którym przekonania nie pozwalały uczestniczyć w faszystowskim cyrku Hitlera.

– Wiem jedno, na pewno nie wygramy – powiedział James do Harry'ego, wysiadając z pociągu po osiemnastu godzinach podróży rozpoczętej na Victoria Station. – Nie mamy szans w tym upale. Przywykliśmy do porannych przymrozków i nadrzecznych mgieł, a tutaj lądujemy w jakichś przeklętych tropikach.

– Dobra, Zennor, posłuchaj. Gdybym potrzebował czarnowidzów, wziąłbym ze sobą Simkinsa albo tego drugiego pacana, Lightfoota. Zabrałem cię z powodu twoich zdolności retorycznych. Jesteś tu, żeby dodawać nam ducha, popychać naszą drużynę do zwycięstwa!

– A ja sądziłem, że znalazłem się tutaj, bo jestem cholernie dobrym wioślarzem.

– Jesteś, jesteś. Skończ więc z tą swoją malkontencką gadką. Chyba rozumiesz, że naszym brytyjskim splinem nie rozbudzimy rewolucyjnego ducha w masach.

Harry Knox, absolwent Winchester i Balliol, dziedziczny baronet i swego czasu założyciel... zaraz, co to było? Chyba ILP, Niezależnej Partii Pracy, ale równie dobrze mogła to być inna socjalistyczna organizacja o innym akronimie, trudno to wszystko spamiętać. Wyjazd do Barcelony był pomysłem Knoxa: miał im zrekompensować fakt, że nie zakwalifikowali się na prawdziwe igrzyska – Knox zabraniał wszelkich porównań między imprezami – i dawał szansę przeciwstawienia się faszyzmowi. James, który spodziewał się, że zostanie wybrany do osady wioślarskiej reprezentującej Wielką Brytanię w Berlinie, na pociechę przyjechał do Barcelony.

Jako sportowcy zagraniczni zostali skierowani do hotelu Olímpico przy Plaza de España, w którego holu kłębiły się nowo przybyłe ekipy ze Stanów Zjednoczonych, Holandii,

Belgii i francuskiej Algierii. Większość, podobnie jak Harry i James, została wydelegowana nie przez swój rząd, lecz przez związek zawodowy lub partię socjalistyczną. James raczej powątpiewał w to, by procedura selekcji była równie rygorystyczna, jak w przypadku oficjalnych igrzysk.

– Tu przecież chodzi przede wszystkim o coś innego – podsumował Harry.

Przez cały tydzień nie słabły nastroje rozrywkowe. Drzwi ich pokoju się nie zamykały: nieustannie wlewał się przez nie strumień płotkarzy marksistów z Danii i sprinterów anarchistów z Francji. W całym budynku odbywała się jedna wielka, niekończąca się balanga. Ledwie James odstawił swoją walizkę, gdy potężny kulomiot, jak się później okazało wydalony z ojczystych Włoch za poglądy komunistyczne, wetknął mu flaszkę w rękę, zachęcając, by nie sączył, tylko wypił duszkiem. James zerknął na nalepkę – Sangre de Toro, „bycza krew" – i zastosował się do rady. Wino miało przydymiony smak i wyczuwalną nutę owocową. Wtedy nie przypadło mu szczególnie do gustu, ale później smak katalońskiego wina miał mu się już zawsze kojarzyć z wolnością.

Na koniec prywatka wylała się na ulicę, gdzie przenosili się do kolejnych tapas barów. James nie przypominał sobie, by płacił za jedzenie lub picie, jakby wszyscy właściciele barcelońskich knajp byli wdzięczni przyjezdnym za gest solidarności pod adresem ich raczkującej republiki, gest, na który nie zdobył się pięć lat wcześniej Międzynarodowy Komitet Olimpijski, odrzucając kandydaturę Barcelony na rzecz Berlina.

Podjadał właśnie z talerza calcots, szalotkę grillowaną na węglu drzewnym, coś, czego nie tknąłby w Anglii z powodu różnic kulturowych, kiedy zjawił się Harry, już ostro spieczony słońcem, z kołami potu pod pachami.

– Chodzą słuchy, że damska drużyna pływacka trenuje po nocy – rzucił z lubieżnym uśmieszkiem.

– Czyżby cię aż tak przypiliło, stary? – burknął James, siląc się na nonszalancję. Miał już za sobą trochę doświadczeń męsko-damskich, podczas gdy z Harrym na dwoje babka wróżyła. James większość drugiego roku w Oksfordzie spędził, prowadząc się z Daisy, blondynką o smukłej szyi, studiującą filologię klasyczną w St Hugh's: udało mu się niewprawnie zapoznać z jej ciałem, głównie przez ubranie, ale cnotę stracił za sprawą Eileen, która kształciła się w szkole dla sekretarek przy Woodstock Road. Nie miała delikatnych rysów jak Daisy, za to krąglejsze kształty, i jak James pochodziła z prowincji – z Nottingham. Umawiali się w każdy środowy wieczór, czasem też w soboty chodzili na nocne seanse filmowe. Nigdy jej nie pokazał kolegom uniwersyteckim, traktując bardziej jak kochankę niż dziewczynę. Było mu teraz trochę wstyd, kiedy myślał o tym, jak bardzo ukrywał się z tą znajomością, ale Eileen nigdy nie zgłaszała obiekcji. Za to w środy, około wpół do siódmej wieczorem, kiedy jej współlokatorka wychodziła na próby chóru, ochoczo wciągała go do swojego pokoju – i do łóżka.

– Możesz zostać, musu nie ma – powiedział Harry lekko urażony rezerwą Jamesa. – Posiedź sobie z nosem w jakiejś naukowej lekturze.

– Skoro tak ci na tym zależy, pójdę, ale tylko dla towarzystwa.

Choć raz sensacja Knoxa potwierdziła się. Kiedy dotarli na odkrytą pływalnię, zdążył się tam już zgromadzić spory tłum. W większości składał się z mężczyzn, choć były również rodziny, które po kolacji wyszły przespacerować się w parną noc, małe dzieci z lodami w rączkach, często niesione na barana przez swoich ojców – wszyscy gapili się na pływaczki w księżycowej poświacie.

Knox łokciami torował sobie drogę do brzegu basenu przez gęstą ciżbę. James miał metr dziewięćdziesiąt i widział ponad głowami słupki startowe po prawej stronie basenu.

Od razu zwrócił na nią uwagę.

Włosy miała schowane pod czepkiem pływackim, odgadł jednak, że jest brunetką, a w każdym razie ma włosy ciemniejsze niż pozostałe dziewczęta. Dwie delikatne, czarne kreski zbiegły się nad jej oczami – oczami, które skrzyły się nawet z daleka; później okazało się, że są szmaragdowozielone i emanują światłem od wewnątrz. Jej nos o nieskazitelnej linii był wydatny, a nie drobny, zadarty, jak u innych dziewcząt. Była wśród nich najwyższa, miała długie nogi, smukłe i opalone katalońskim słońcem na brąz. Przede wszystkim jednak rzucała się w oczy jej żywa mimika, jej śmiech i to, jak na nią patrzyły koleżanki: była urodzoną przywódczynią. Nie mógł oderwać od niej wzroku.

Przyglądał się, jak organizuje drużynę, przydzielając tor każdej z sześciu pływaczek. Chichotały, wyraźnie świadome swojej widowni. Białe kostiumy kąpielowe zdawały się fosforyzować w strugach księżycowego światła, sylwetki dziewcząt miały ostre kontury, jak wycinanki. Kiedy zwrócona do niego profilem weszła na słupek, szykując się do skoku na główkę, patrzył na nią jak zahipnotyzowany. A gdy ugięła nogi w kolanach i zrobiła strzałę ze złożonych rąk, poczuł, że starożytni rozpoznaliby w niej Dianę, boginię łowów, wcielenie piękna i siły. Z włosami ukrytymi pod białym czepkiem wyglądała w świetle księżyca niczym posąg z marmuru.

Przez jakiś czas pływaczki ścigały się na oczach wykruszającej się powoli publiczności. Harry jednak zwlekał z odejściem, a James nie burzył jego przeświadczenia, że to od niego wyszedł pomysł, by zostać jeszcze trochę. Kiedy pływaczki wyszły wreszcie na brzeg i zaczęły wkładać płaszcze kąpielowe, podeszli do nich z wystudiowaną nonszalancją.

– Trzeba przyznać, że idzie wam znakomicie – zagaił Harry głosem nienaturalnie niskim z powodu zdenerwowania, jakie przeżywał, ilekroć przyszło mu stanąć twarzą w twarz z przedstawicielką, jak to mawiał, „płci pięknej". James czuł, jak serce bije mu coraz mocniej: milczał z obawy, że palnie jakiś słaby żart albo wyrwie się z czymś niestosownym.

Dwie dziewczyny śmiały się, zasłaniając usta dłonią, trzecia wbiła wzrok w ziemię, od czasu do czasu nieśmiało zerkając w górę. James zauważył, że pięć z sześciu pływaczek przygląda mu się bardziej intensywnie niż Harry'emu, te proporcje nie były niczym nowym. Urok chwili zakłócał tylko fakt, że bogini nie zaszczyciła go ani jednym spojrzeniem, zbierając sprzęt i stoper zawieszony na oparciu jednego z siedzeń na widowni. W końcu dołączyła do wszystkich i zorientowawszy się w sytuacji, natychmiast wyciągnęła dłoń do Harry'ego, obdarzając go olśniewającym uśmiechem.

– *Miss* Florence Walsingham – przedstawiła się. W jej głosie, melodyjnym i pewnym siebie, była jakaś nieoczekiwana łagodność. Kiedy Harry zaczął coś bąkać w odpowiedzi, potakiwała z zapałem, nie odrywając od niego wzroku, jakby James w ogóle nie istniał. O dziwo, nie miał jej tego za złe, bo mógł bez przeszkód gapić się na nią, delektować jej uśmiechem, słuchać głosu, który budził w nim rojenia o wieczorach na West Endzie, kolacjach na Strandzie, koktajlach na Pall Mall i setkach innych rozkoszy, które zaledwie przeczuwał.

Wreszcie odwróciła się w jego stronę, podniosła rękę, ściągając czepek, i długie, lśniące, ciemne kędziory rozsypały się po jej ramionach. Końce włosów były lekko zmoczone i przyklejały się do policzków. Bezwiednie zaczął sobie wyobrażać, jak lśniłaby od potu jej twarz, gdyby się kochali. Przez chwilę sterczał z wyciągniętą ręką, gdy jednak wreszcie podała mu dłoń, przeszywając go tym swoim olśniewającym spojrzeniem, nogi się pod nim ugięły, nie tylko z pożądania, ale również z nieznanego dotąd pragnienia: by zatracić się w niej, zatonąć po uszy.

• • •

Przez cztery następne dni James nie rozstawał się z Florence. Ona przyglądała mu się, jak wiosłuje, on jej – jak pływa. Wysocy, ciemnowłosi, przystojni stali się jedną z najbardziej rozpoznawalnych par w rejonie Plaza de España. Uczestniczyli w niekończących się imprezach hotelowych, na jej i na jego piętrze, najlepiej jednak czuli się w swoim własnym towarzystwie.

Po porannym treningu Florence spacerowali godzinami. Kompleks basenów znajdował się w Montjüic, w miejscu dawnego fortu i więzienia, na wzgórzu, które przebudowano przed siedmiu laty z okazji wystawy światowej. Przechadzkę zaczynali, podziwiając założone niedawno ogrody, potem schodzili ze wzgórza, mijając wzniesione w 1929 roku pawilony wystawowe, zatrzymywali się przy Poble Espanyol, replice wioski hiszpańskiej, a później wpatrywali się jak zahipnotyzowani w słynną magiczną fontannę. Rozgrzani słońcem, on w białej koszuli z podwiniętymi rękawami, ona w kretonowej sukience, która zdawała się unosić wokół niej, opowiadali sobie, jak doszło do tego, że zostali członkami bratnich drużyn uczestniczących w Olimpiadzie Ludowej.

– To wszystko przez Harry'ego i jego towarzyszy z ILP – stwierdził podczas ich pierwszej prawdziwej rozmowy.

– Niezależnej Partii Pracy?

– Tak. Niezależnej Partii Pracy.

– Jesteś członkiem?

– Nie. Raczej, jak mówi Harry, towarzyszem podróży. A ty?

– Cóż, niewątpliwie jestem socjalistką, jeśli to miałeś na myśli. – Mówiła z akcentem, którego nigdy nie słyszał, dopóki nie zaczął studiować w Oksfordzie, a już na pewno nie w swoim rodzinnym miasteczku. To nie była wyuczona wymowa spikerów BBC, to był ton, jakim Harry zaczynał się posługiwać, gdy widać już było dno butelki wina, gdy rozmawiał ze swoją matką i, naturalnie, gdy zwracał się do młodych dam. James podejrzewał, że jest to mowa warstw wyższych czy coś w tym stylu. – To nieuchronne przy mojej specjalności.

– Twojej specjalności? – Zdumiała go arogancja dwudziestojednolatki, cztery lata młodszej od niego, która wyraźnie uważała się za eksperta w jakiejś dziedzinie. – A co jest pani specjalnością, panno Walsingham?

Ustawiła twarz do słońca.

– Jestem przyrodniczką, panie Zennor.

– Przyrodniczką. Rozumiem.

– Właśnie uzyskałam stopień magistra nauk przyrodniczych w Somerville* – ciągnęła niezrażona jego pobłażliwym tonem. – Wracam tam po wakacjach.

– Po co?

– Jak to: po co? Doktoryzować się. Specjalizuję się w biologii.

Już miał ochotę rzucić żart – coś na temat eksperymentalnej weryfikacji praw natury – ale w porę ugryzł się w język.

– Co to ma wspólnego z byciem socjalistką?

– Jesteś naukowcem, prawda?

– Cóż, nie wszyscy są tego zdania. Niektórzy uważają psychologię za „filozofię umysłu". Według innych jest najnowszą gałęzią medycyny.

– Nie interesuje mnie, co sądzą „niektórzy". – Przytuliła się do jego ramienia. – Chcę wiedzieć, co ty sądzisz.

Miał ochotę pocałować ją tak, jak stali, na oczach obcych. Wystarczyło, że obdarzyła go tym swoim olśniewającym uśmiechem, a już był ugotowany.

– Dobrze, niech ci będzie – ustąpił. – Zgadzam się z tobą, że to nauka. Nauka o umyśle.

– Świetnie. Wobec tego oboje jesteśmy naukowcami. – Ścisnęła jego dłoń, a przez niego jakby przepłynął prąd.

Z trudem zebrał myśli.

---

* Somerville College – jedno z kolegiów Uniwersytetu Oksfordzkiego, założone w 1879 r., do początku lat 90. XX wieku funkcjonowało jako kolegium żeńskie.

– Nadal nie wyjaśniłaś, co to wszystko ma wspólnego z socjalizmem.

– To chyba jasne. Nauka opiera się na rozumie. Dąży do tego, co racjonalne, i eliminuje całą resztę. Socjalizm stawia sobie podobny cel: racjonalną organizację społeczeństwa.

– Ale przecież człowiek nie jest istotą racjonalną.

– Co masz na myśli?

– Przyjrzyj się tylko nam. – Wskazał wzrokiem swoje przedramię, na którym delikatnie wspierały się szczupłe palce Florence. – Czy to jest według ciebie racjonalne?

Przez jej twarz przemknął niepokój, jak pasemko chmury przepływającej przed słońcem – chwila i po wszystkim. Nie umiał powiedzieć, czy spochmurniała dlatego, że zbił jej argumenty, czy dlatego, że dotarło do niej, iż w obcym kraju chodzi pod rękę z mężczyzną, którego ledwie zna.

– Moim zdaniem to jest jak najbardziej racjonalne – zaszczebiotała, odzyskując humor. – Ale żeby ci wyjaśnić moje stanowisko, musiałabym cię zbombardować gradem naukowych argumentów.

· · ·

Ich romans rozwijał się przez pozostałe dni tego upalnego tygodnia przygotowań do igrzysk, które miały się rozpocząć dziewiętnastego lipca. Wysiadywali do późna w bistrze na rogu, przysłuchując się, jak Harry gra na ukulele ze swoim zaimprowizowanym bandem złożonym z dwóch Amerykanów, trębacza i kontrabasisty – jeden okazał się Edwardem Harrisonem, cenionym korespondentem zagranicznym – i gimnastyczki z Antwerpii jako wokalistki, ale rozmawiali tylko ze sobą. James chciał się dowiedzieć wszystkiego na temat Florence i gotów był powiedzieć jej o sobie więcej niż komukolwiek.

– Zennor? Skąd to nazwisko? Cudzoziemskie?

Roześmiał się.

– Kornwalijskie.

– Ale nie mieszkacie już w Kornwalii? – spytała z nutą rozczarowania w głosie.

– Moi przodkowie przenieśli się bardziej na wschód. Do Bournemouth.

– A, do Bournemouth. Myślałam, że z nazwiskiem Zennor masz choćby domieszkę krwi, dajmy na to, piratów. Z Zanzibaru...

– Może z Xanadu.

– Bujasz. – Dała mu klapsa w rękę, wykorzystując pretekst do ponownego dotyku.

– Bournemouth nie brzmi szczególnie egzotycznie?

– Obawiam się, że nie, kochanie. Nie masz ani kropli krwi cudzoziemskiej?

– Moi rodzice są kwakrami, ale nie wiem, czy to się liczy. Oboje są nauczycielami i oboje kwakrami. Ojciec uczy matematyki, matka gry na pianinie. Typowa para poczciwych prowincjuszy, raczej nie w twoim typie. Nie bardzo wiedzą, co ze mną robić.

– Zawsze sądziłam, że kwakrzy są pacyfistami.

– I słusznie. – Przyglądał się, jak Florence dodaje w myślach dwa do dwóch.

– Czy to znaczy, że twój ojciec, no wiesz...

– Odmawiał służby wojskowej? Kolejne trafienie.

– Jezu. Czy poszedł za to za kraty?

– Prawie, ale jakoś się wykręcił. Został oddelegowany do „zadań istotnych dla narodu". W jego przypadku była to akurat uprawa roli.

– Rozumiem – odparła, przygryzając dolną wargę i robiąc minę, którą zaczynał uwielbiać. – Więc dlatego wyprowadzili się z Kornwalii. Postanowili nie wracać po wojnie w swoje strony, bo nie mogliby spojrzeć ludziom w oczy.

Popatrzył na nią, zastanawiając się, czy aby nie padł ofiarą jakiegoś podstępu? Nigdy nikomu o tym nie opowiadał, nawet Harry'emu. Ale Florence rozpracowała go instynktownie.

27

Tak było przez ten krótki, upojny tydzień, kiedy nawzajem obdzierali się z kolejnych łusek. Czasem wymagało to udziału osób trzecich, jak tamtej nocy, gdy zasiedzieli się w barze tapas, chociaż huczna balanga olimpijczyków dawno przeniosła się już gdzie indziej.

– Mam nadzieję, że nie zatrzymujemy pana – zwróciła się Florence do kierownika lokalu, tęgiego jegomościa ze dwa razy starszego od nich, gdy koło drugiej nad ranem zaczął zmywać sąsiednie stoliki.

Zaprzeczył stanowczo i podziękował im za przyjazd do Barcelony. W trakcie nieporadnej rozmowy – po części w łamanej angielszczyźnie, a po części w kulawym hiszpańskim – wyjaśnił im, że Hiszpania, wcielając w życie utopijne wizje komunistów, będzie wkrótce wzorem dla reszty świata.

– Skoro naród głosuje za, powinniście zostać republiką – zauważyła Florence.

– Właśnie – poparł ją James. – Armia i Kościół powinny to sobie uświadomić: rząd został wybrany przez lud Hiszpanii. Jeśli komunizm się nie spodoba, można go będzie odrzucić w następnych wyborach.

– Nie, nie – zaprotestował kierownik, nadal dzierżąc ścierkę w dłoni. – Żadnego odrzucania w głosowaniu. Kiedy raz zapanuje komunizm, powinien zostać na zawsze.

– Nawet gdyby naród głosował przeciwko? – spytała Florence, marszcząc brwi.

– Nie będą głosować przeciwko.

– No tak, ale gdyby?

– Nie będą. To powinno być zakazane. Wybory mogą powrócić dopiero wtedy, kiedy rewolucja będzie bezpieczna.

– Jak długo to potrwa? – indagował James, podejmując wątek Florence. – Kiedy rewolucja stanie się „bezpieczna"? To może zająć dziesiątki lat, jak w Rosji.

– Związek Radziecki to najbardziej demokratyczny kraj na świecie!

Florence i James porozumieli się wzrokiem.

– Nie wydaje mi się, by mister Stalin zbyt często spowiadał się przed wyborcami – zauważyła Florence.

Kierownik wydawał się zaskoczony.

– Komunizm to bardzo dobra rzecz, ale pod warunkiem przestrzegania demokracji – podsumował James. – W przeciwnym wypadku jest, moim zdaniem, równie wadliwy jak zgniłe reżimy totalitarne.

Mężczyzna wrócił do sprzątania. Obruszył się, gdy James chciał uregulować rachunek.

– Jesteście tutaj gośćmi, w dodatku opowiadacie się po stronie republiki! – Kiedy James wyjął banknot, wypchnął ich za drzwi.

– To jak z bojkotem Berlina – powiedział James, gdy, ociągając się, ruszyli w stronę swojego hotelu. – Nie trzeba być komunistą, żeby nienawidzić nazistów i Hitlera. Wystarczy być w miarę przyzwoitą istotą ludzką. Hitler to uosobienie zła.

Dyskutowali o polityce i o świecie, ale w rzeczywistości poznawali się nawzajem, odkrywając w trakcie każdej rozmowy i każdego spotkania, że ich umysły pasują do siebie jak fragmenty jednej układanki. A później, podczas kradzionych chwil popołudniowej sjesty albo w nocy, ich ciała dowodziły, że są równie dobrze dopasowane – najpierw nieśmiało, gdy Florence kusiła go, doprowadzając do szaleństwa, potem, gdy zaskoczyła go nagłą namiętnością. Najbardziej wryła mu się w pamięć jej twarz w ciemnościach tuż przy jego twarzy, ich wargi wymieniające pocałunki albo szepcące do siebie w tajnym języku zakochanych.

Zaczął ich trawić gorączkowy głód smaku, dotyku i zapachu kochanka, głód, który zaskoczył ich oboje. Wystarczyło, że szedł obok Florence na tyle blisko, by jej zapach dotarł do niego, a już ogarniało go szaleńcze pożądanie. Co więcej, a nie zdarzyło mu się to nigdy dotąd – nawet ze słodką, napaloną na seks Eileen – Florence wydawała się przeżywać to samo: pragnęła go równie namiętnie jak on ją.

Tak więc, kiedy nad Barceloną zaczęły się gromadzić ciemne chmury polityki, a na twarzach ich hiszpańskich gospodarzy gościnność ustąpiła miejsca nerwowemu zaniepokojeniu, James i Florence byli zaabsorbowani śmiertelnie poważnym zadaniem, jakim było zakochiwanie się w sobie.

Dopiero gdy powiedziano im o zaszyfrowanej wiadomości wyemitowanej w radiu – „Niebo bezchmurne nad całą Hiszpanią" – dotarło do nich, że szykuje się zamach stanu: faszyści i nacjonaliści przygotowują się do obalenia republikańskiego rządu, który zaprosił do Barcelony kwiat światowej młodzieży o radykalnych poglądach, żeby zagrać na nosie faszystowskiej pompie w Berlinie.

Nagle słowa takie jak biegi, eliminacje czy półfinał zaczęły brzmieć wyjątkowo niestosownie. Nawet ci, którzy wierzyli, że pucz zostanie zdławiony w zarodku, i którym się nie mieściło w głowie, że Hiszpania stoi na progu wyniszczającej wojny domowej, zdawali sobie sprawę, że chwila nie sprzyja pseudoolimpiadom. Kiedy w hotelu Olímpico zaczęły się szerzyć pogłoski o odwołaniu igrzysk, mało kto czekał na ich potwierdzenie.

James właśnie się pakował, gdy dopadł go Harry, którego twarz miała odcień dojrzałego pomidora. Musiał błyskawicznie wytrzeźwieć, domyślił się James.

– Dokąd to się wybierasz, Zennor?

– Nie mów, że nie słyszałeś. Igrzyska zostały właśnie...

– Odwołane, wiem. Ale powiedz mi, dokąd jedziesz?

– Cóż, myślałem, że skoro nie ma igrzysk... To znaczy, chciałem prosić Flo...

– Chyba nie zamierzasz wyjechać. W chwili gdy republika jest w potrzebie.

James przyjrzał się badawczo twarzy Harry'ego. Kumpel raczej nie żartował.

– Co chcesz przez to powiedzieć?

– Niektórzy z nas zostają. Bronić republiki.

– Ale... ale przecież nie jesteś żołnierzem.

– Mogę się doszkolić. Rzecz w tym, Zennor, że zostaliśmy powołani, czy ci się to podoba, czy nie.

– Powołani?

– Przez historię.

James zamarł z podniesioną klapą walizki. Od pierwszego dnia pobytu w Barcelonie czuł wyraźnie, że za tą sportową rywalizacją kryje się coś więcej. Zdawał sobie sprawę, jak łatwo idealizować zgromadzenie zdrowych, pięknych, młodych ludzi, którzy zjechali się, by w blasku słońca zademonstrować solidarność ze słuszną sprawą – ale idealizm był tylko dodatkiem. Barcelona i jej Olimpiada Ludowa były bastionem międzynarodowej opozycji wobec Adolfa Hitlera i jego złowrogiej Trzeciej Rzeszy. Właśnie w tym mieście świat mówił „nie" nie tylko igrzyskom berlińskim, ale także całemu nazizmowi. Tak więc atak na republikę dokonany przez skrajnie nacjonalistyczny odłam wojskowych wspieranych przez faszystowskich zbirów był czymś więcej niż sprawą polityki wewnętrznej Hiszpanii. Był ofensywą faszyzmu *per se*. Powstała linia frontu, która biegnąc przez Hiszpanię, dzieliła jednocześnie całą Europę. Hitler z Mussolinim zajęli miejsce w jednych okopach, a wyznawcy demokracji, swobody wypowiedzi i nadziei XX wieku, w drugich. James Zennor zorientował się, że nurtuje go pytanie: po czyjej jest stronie?

Zatrzasnął walizkę i poszedł szukać Florence.

• • •

James musiał torować sobie łokciami drogę w tłumie sportowców wylewającym się z foyer hotelu Olímpico w stronę dworca. Z zaskoczeniem wypatrzył Florence przed hotelem już z walizkami w rękach.

– Właśnie zamierzałam cię szukać – oświadczyła. Zagryzła wargę, a on pojął, że nie powie jej tego, co zamierzał.

– Dokąd się wybierasz?

– Do Berlina.

– Do Berlina? Masz tam jakiś interes?

– To nie jest tak, jak myślisz, James. Zaufaj mi.

– A co z tym wszystkim? – Powiódł ręką po kłębiącym się tłumie sportowców, po flagach i transparentach.

– Wiem, ale ja muszę...

– To całe gadanie o „nikczemnych nazistach" i o tym, jakoby olimpiada miała być „uwieńczeniem norymberskich zjazdów NSDAP". To wszystko były kpiny, tak? Ani przez chwilę nie wierzyłaś w to, co mówisz!

– To nie fair!

Ta sama chmura, która przemknęła tam, w parku, przez jej twarz, teraz zawisła wprost nad jej głową i oczy Florence pociemniały. Jej blask wewnętrzny zaczął przygasać. James jednak nie mógł się już zatrzymać.

– Mówiłaś, że nie chcesz mieć z tym nic wspólnego. Ale to były tylko słowa. A słowa nie kosztują wiele.

– Jak śmiesz tak do mnie mówić! – krzyknęła poirytowana. – To upokarzające dla ciebie, James. A już na pewno dla mnie.

– Posłuchaj...

– Nie, to ty posłuchaj. Nie wiem, z jakim typem kobiet miałeś do czynienia przede mną, ale ta kobieta – postukała palcem w pierś – sama decyduje o sobie, rozumiesz? Żaden facet nie będzie mi mówił, co mam robić. Nawet ojciec, a już na pewno nie ty. Możesz postąpić, jak zechcesz. Ale ja decyduję o sobie. Doszłam do wniosku, że chcę wyrazić moje stanowisko na swój własny sposób. – Urwała. – Poza tym szkoda, żeby trening poszedł na marne.

– A więc o to ci chodzi? Szkoda, żeby twój cenny wysiłek poszedł na marne? Jakiś cholerny medal doda ci prestiżu?

– Wcale nie o to mi chodzi – odparła cicho, nie patrząc mu w oczy. Zachwiała się, potrącona przez grupę dziewcząt pędzących przez jezdnię do autobusu. – Muszę jechać. Wybacz.

Złapał ją za ramię, odwracając twarzą do siebie.

– A my? Co z nami? – Słowo „my" zabrzmiało nagle sztucznie; natychmiast pożałował, że je wypowiedział. – Z tobą i ze mną. To wszystko już nie ma dla ciebie żadnego znaczenia? Przekrzywiła głowę z wyrazem twarzy, którego nie potrafił rozszyfrować. Czyżby litość? Żal? Zastanawiał się, czy jest zdolna do łez.

– Nic nie rozumiesz. Co ci po tej twojej „psychologii eksperymentalnej", skoro nic nie rozumiesz?

Po tych słowach wyrwała się i zatonęła w rozwrzeszczanej hurmie uciekinierów.

James stał przez chwilę nieruchomo, a tłum rozdzielał się wokół niego jak strumień wokół głazu. Wciąż nie mógł jeszcze uwierzyć w to, co się stało: że tak łatwo pozwolił jej odejść. A raczej, tak łatwo ją odtrącił. Tylko skończony idiota odzywa się w taki sposób do dziewczyny, którą zna od, zaraz, ile też dni upłynęło... od tygodnia? A to nie była zwykła dziewczyna. Takie jak Eileen czy nawet Daisy pozwalały, by im mówić, co mają robić – niektóre kobiety lubią, żeby nimi rządzić. Ale nie Florence. Tyle powinien już o niej wiedzieć. Była niezależna, uparta i miała własny rozum: między innymi z tego powodu się w niej zakochał. Tylko skończony dureń mógł się porywać na sterowanie taką kobietą – piękną i błyskotliwą, która mogła mieć na skinienie każdego faceta.

Ośmieszył się jedynie i tyle. Żebrał, jak jakiś żałosny palant. Całe to gadanie o „tobie i mnie" i o „nas" nie miało sensu. Dla niej to był wakacyjny romans, nic więcej – przelotna miłostka. Wyszedł na głupca, doszukując się w tym głębszych znaczeń. Zachował się jak naiwna dziewczyna, gotowa wierzyć miłosnym zapewnieniom marynarza. Florence była młoda i niesamowicie atrakcyjna i to wszystko znaczyło dla niej zapewne nie więcej niż pocałunek skradziony podczas uniwersyteckiej potańcówki.

Powinien okręcić się na pięcie i ruszyć w wielogodzinną podróż, która zakończy się na Victoria Station. Jednak sama myśl o tym go zmroziła. Anglia bez Florence wydała mu się pustynią. Powrót do rutyny seminariów, artykułów i godzin spędzanych w grobowej ciszy i kurzu Biblioteki Bodlejańskiej... Nie, nie był w nastroju do tego, nie po takim tygodniu.

Może powinien ją dogonić. Przeprosić, powiedzieć, że się mylił. Że jej decyzja z pewnością jest słuszna. Może powinien jechać z nią do Berlina. Opłaciłoby się, nawet gdyby miał spędzić tylko jeszcze jedną noc, dotykając jej ciała, wdychając zapach jej włosów, słuchając jej śmiechu.

Ale wyszedłby na jeszcze większego desperata. Czepiałby się jej jak rzep. Wkrótce zechciałaby się go pozbyć. Jakże zresztą mogłaby szanować kogoś, kto gotów był tak łatwo zrezygnować ze swych zasad, kto jeszcze przed chwilą potępiał Hitlera i „faszystowski cyrk" w Berlinie, by zaraz potem pędzić do Niemiec? Co innego Florence; jechała, gdyż miała jakieś własne, tajemnicze powody. Musiała wyrazić swoje stanowisko „na swój własny sposób". On nie miał takiej wymówki.

Tak czy owak, nie poprosiła go, by jej towarzyszył. Gdyby chciała, żeby z nią jechał, poprosiłaby go, a jednak tego nie zrobiła. Ścigając ją do Berlina, zachowałby się jak pies, który biegnie na każde gwizdnięcie właścicielki.

Podniósł głowę, przyglądając się, jak żółto-czerwona flaga Olimpiady Ludowej spływa w dół, a na jej miejsce wykwita amarant, i pozwolił, by na powrót wypełniły go poprzednie uczucia: zew wolności, pragnienie sprawiedliwości, wiara w to, że każdy, kto nie jest starcem lub kaleką, powinien włączyć się do słusznej walki w obronie republiki przed jej wrogami, którzy chcą ją zniszczyć, a przy okazji cofnąć postęp dziejów. Wyrwę po straconej miłości miała w jego sercu wypełnić historia.

Rozdział 3

Oksford, 8 lipca 1940

James bezszelestnie wsunął klucz do zamka. Zawsze starał się nie hałasować, wracając z porannego treningu, żeby nie zbudzić małego. Ale w holu wyczuł zapach ludzkiego ciepła, co znaczyło, że Florence i Harry są już na nogach.

– Dzień dobry! – zawołał. Odpowiedziała mu cisza.

Zajrzał do kuchni. Zauważył dwie wysunięte szuflady. Czyżby musieli wybiec z jakiegoś powodu? Może synek zachorował, kiedy on sobie wiosłował po rzece?

– Harry? Tatuś już jest! – zawołał znowu.

Wszedł do sypialni i ogarnął go jeszcze większy niepokój. Ubrania walały się po podłodze, taboret z łazienki przewędrował przed jego szafę, która była otwarta na oścież. Album Jamesa poniewierał się na łóżku, wypadło z niego kilka fotografii. Rzucił się do gabinetu, gdzie potwierdziły się jego najgorsze obawy. Szuflady były powyciągane z biurka, a ich zawartość słała się po podłodze wśród stosów książek. Pod jego nieobecność, przed chwilą, dokonano włamania.

A jednak najcenniejsze przedmioty w domu, dwa masywne, srebrne lichtarze, warte tyle, co jego kilkuletnie stypendium naukowe – prezent ślubny od rodziców Florence – stały nieruszone na gzymsie kominka. Jeśli doszło do włamania, a Florence, ciągnąc ze sobą zapłakanego Harry'ego, udała się niezwłocznie na policję, żeby o tym donieść, należałoby uznać, że włamywacz był wyjątkowym safandułą.

James wrócił do sypialni i nagle targnęło nim inne podejrzenie. Otworzył szafę żony. Nie umiał wprawdzie określić, co z niej zniknęło, ale półki wydały mu się nienaturalnie puste. Jedno spojrzenie pod łóżko potwierdziło jego obawy – walizki nie było.

Czuł, że głowa mu pęka. Wbiegł do pokoiku Harry'ego, szukając jednej tylko rzeczy. Udał się prosto do łóżeczka chłopca, odrzucił poduszkę na bok i ściągnął kołderkę. Ani śladu Śnieżka. Biały miś nieodmiennie rezydował w łóżeczku Harry'ego. Jeśli jechali gdzieś, gdzie mieli nocować, czy to do londyńskiej rezydencji Walsinghamów w Chelsea, gdzie byli parokrotnie, czy do wiejskiego dworku w Norfolk, Śnieżek zawsze im towarzyszył. Harry nie umiał zasnąć bez misia. Zniknięcie zabawki, bardziej nawet niż brak walizki, świadczyło o jednym.

Bez namysłu wybiegł przez hol i drzwi frontowe na ścieżkę ogrodową wychodzącą na szeroką, wysadzaną drzewami ulicę – Norham Gardens. Rozejrzał się na wszystkie strony: ulica była pusta, jeśli nie liczyć wielkiego, masywnego, czarnego samochodu, który stał u wylotu Norham na Banbury Road. Poza tym jak zwykle o tej porze panowała cisza. Większe domy po drugiej stronie – ongiś najokazalsze budynki w Oksfordzie, przejęte z czasem jako filie różnych wydziałów uniwersyteckich – wciąż były puste i zamknięte, a na żwirowych podjazdach nic się nie działo.

Bez zastanowienia rzucił się w przeciwnym kierunku, zatrzymując się na ślepym końcu ulicy przy kolegium Lady Margaret Hall. Woźny, który zamiatał przed głównym wejściem, podniósł rękę na powitanie, ale James zignorował go, skręcając gwałtownie w wąski chodnik prowadzący do Ogrodów Uniwersyteckich. Czyżby Florence o świcie wzięła Harry'ego na przechadzkę? Może mały dostał jakiegoś ataku, na przykład dopadła go dziecięca odmiana klaustrofobii, na którą jedynym remedium było wyjście na zewnątrz? Czemu jednak przy tej okazji dom został wywrócony do góry nogami i znikła walizka?

Przeskoczył przez furtkę – teoretycznie wejście przysługiwało tylko studentom i pracownikom Lady Margaret Hall – na rozległe, płaskie tereny, zazwyczaj zielone, teraz jednak spalone słońcem na brąz: w oddali, nieco w prawo, rozciągał się trawnik koloru herbatników z pełnego ziarna. Był to uniwersytecki klub krykietowy, o tej porze pogrążony w sennym marazmie.

Coś mignęło po lewej stronie: tęga jejmość w chustce na głowie wyprowadzała pieska. Kolejny raz omiótł wzrokiem horyzont w każdym kierunku. Wyglądało na to, że w polu widzenia nie ma nikogo, a już na pewno Harry'ego i Florence.

Droga powrotna nie była długa, miał jednak wrażenie, że ciągnie się w nieskończoność. Nadeszła chwila, by stawić czoło faktom: Florence nie wyszła z domu na poranną przechadzkę ani zgłosić włamanie, tylko go porzuciła.

Kiedy stanął przed domem, pozorna sielskość tego miejsca wydała mu się szyderstwem: białe róże pnące się wokół drzwi, otoczony niskim murem uroczy ogródek z wypielęgnowanym trawnikiem, na którym stało samotne krzesło. Wyobraził sobie Florence siedzącą na nim z Harrym na kolanach, jak przewraca stronice ilustrowanego wydania *Baśni braci Grimm*. Jednym ruchem prawej ręki James posłał krzesło z trzaskiem na ziemię.

Wszedłszy do środka, powędrował prosto do garderoby żony, tym razem podchodząc bliżej, by czuć jej zapach wydzielany przez nieliczne ubrania, które zostały. Wyciągnął szufladę, teraz pustą, jeśli nie liczyć paru poniewierających się drobiazgów: starego grzebienia, pękniętej broszki. Szkatułkę na kosztowności też zostawiła. Otworzył wieczko i zorientował się, że znikła cała biżuteria, którą Florence dostała od niego, w tym bransoletka, którą dał jej z okazji ponownego spotkania. Wyjął szkatułkę z japońskiej laki i bez namysłu cisnął nią o ścianę. Głośny trzask, z jakim się rozbiła, przyniósł mu wyraźną ulgę.

Florence porzuciła go, tak jak zawsze się tego obawiał. Kto to jest, zachodził w głowę. Mógł to być wyłącznie ktoś dużo starszy. Wszyscy jego rówieśnicy i młodsi mężczyźni poszli na wojnę. McGregor z laboratorium, z którym wspólnie prowadziła „badania"? Przystojniaczek z Towarzystwa Fabiańskiego, ten, jak mu tam, Leonard Jakiś-tam?

Przebiegł w myślach wszystkie możliwości, za każdym razem torturując się obrazem żony w objęciach innego mężczyzny, ich stykających się warg, jej włosów rozsypanych na jego ramieniu...

Zaczął krążyć nerwowo po domu. Kiedy się to zaczęło? Odkąd planowała tę chwilę, nie dając niczego po sobie poznać? Uśmiechając się, gawędząc jakby nigdy nic, gdy tymczasem przez cały czas knuła i szykowała się do wyjazdu...

W dodatku wzięła ze sobą małego Harry'ego, traktując ich synka jak osobistą własność...

Czuł, że budzi się w nim uczucie, które na przestrzeni ostatnich trzech lat towarzyszyło mu niczym stary, wierny druh. Niemal je słyszał, tak jak pierwszy pomruk grzmotu w oddali czy łoskot nadciągającego metra. Narastało w nim, przybierając na sile z każdym uderzeniem serca, aż w jego żyłach popłynęła biała furia. Łatwo mógł ją sobie wyobrazić w postaci rozżarzonej do białości, złowrogiej lawy, płynnej substancji, która ocknąwszy się z uśpienia, kipiała w jego wnętrzu, szukając ujścia. Dostał się we władzę wściekłości gotowej wybuchnąć, jeśli tylko coś stanie jej na drodze. On sam był zaledwie retortą, w której zachodziła ta reakcja.

Najgorsze w tym wszystkim było coś, do czego przyznał się tylko raz w życiu, i to nie Florence, że uczucie to bynajmniej nie jest mu przykre ani wcale nie budzi w nim pogardy dla samego siebie. Przeciwnie, witał ten stan z czymś na kształt ulgi. Tygodniami musiał tłumić w sobie wściekłość, żeby móc spokojnie rozmawiać, uśmiechać się do znajomych, pozorować zainteresowanie studentami, dyskutować o krykiecie czy Herodocie z jakimś zwapniałym dziewięćdziesięciolatkiem przy stole dla wykładowców. Tymczasem furia obdarzała go jakąś pierwotną siłą, ślepą na wszystko, poza jego zachciankami, lękami i gniewem. Kiedy James dostawał się w jej szpony, nie dbał o konsekwencje swoich czynów ani o to, co pomyślą o nim sąsiedzi. W ogóle przestawał myśleć i to go wyzwalało.

Ujął jeden z tych przeklętych świeczników i zważywszy go w dłoni, cisnął nim prosto w okno wychodzące na ogródek na tyłach. Świecznik wypadł na zewnątrz, rozbijając szybę, a w ostatniej chwili zahaczył jeszcze o białą framugę, odłupując kawałek drewna. Słychać było, jak ląduje z łoskotem na kamieniach. Do diabła z przeklętymi Walsinghamami i ich cholerną, puszczalską córunią.

Potem odwrócił się w stronę kredensu, gdzie stała najlepsza porcelana. Otworzył oszklone drzwiczki, wyjął największy talerz i posłał go, jak dysk, w ślad za świecznikiem. Talerz zboczył jednak z toru, tłukąc się o ścianę na prawo od okna. Dźwięk był zbyt anemiczny, by go zaspokoić. James wziął więc kolejny talerz i grzmotnął nim o podłogę. Dywan zamortyzował uderzenie i talerz pękł na pół z suchym trzaskiem. Trzeci talerz James roztłukł o stół kuchenny, przy okazji doznając szarpanej rany nadgarstka. Widok tryskającej krwi zahamował wybuch i nagle poczuł, że cała para z niego uszła.

Przyszedł czas obrachunku i obrzydzenia, jakie pojawiało się po takich atakach. Rozejrzał się po kuchni zasypanej potłuczoną porcelaną. Tyle szkód. Znowu.

Pokuśtykał do pokoiku Harry'ego i opadł na jego łóżeczko, wyobrażając sobie, że wciąż jeszcze czuje ciepło dziecinnego ciałka. W tej chwili Harry zapewne maszerował między Florence a mężczyzną, który mu ją ukradł. Każde z nich trzymało chłopca za jedną rączkę. Co parę kroków wołali „hop-siup!"

i podrywali go z ziemi, huśtając nim w powietrzu. Mężczyzna uśmiechał się do Florence, która wyglądała piękniej niż kiedykolwiek. Ile czasu upłynie, nim Harry zacznie mówić „tato" do tamtego?

Po to chyba, żeby uciec od podobnych myśli, James udał się do swojego gabinetu, w którym unosiła się grobowa cisza, jak w całym domu. Nagle straszliwie zachciało mu się palić. Gdy się pierwszy raz zaciągnął, nikotyna dostała się do najdalszych włókien nerwowych, o co właśnie chodziło. Kiedy wypuszczał dym, przyszła mu do głowy nowa myśl, zainspirowana pulsującym ze zdwojoną siłą bólem ramienia. Florence miała go dość i trudno ją za to winić.

Zmęczyło ją życie z kaleką. Nie miał trzydziestki, a już był inwalidą wojennym. Ułomnym. Co prawda mógł jeszcze wiosłować, ale tylko na pół gwizdka, za cenę morderczego wysiłku. Niemniej wciąż był kaleką, trzykrotnie odrzucanym przez komisję poborową, mimo niezliczonych odwołań i prób znalezienia dojścia do Whitehall. Efekt? Został nad podziw wysilającym się kaleką, kuriozum, jakie w czasach wiktoriańskich wystawiano w gablotach objazdowych gabinetów osobliwości. Stary dobry James: strzaskał ramię na drzazgi, ale nie sposób mu odmówić, że się stara.

Tymczasem Florence miała dwadzieścia cztery lata i była w wiośnie swojego życia. Dlaczego tak doskonała istota miałaby chcieć pędzić życie u boku osobnika upośledzonego fizycznie, dlaczego miałaby tolerować takie nic? Potrzebowała czegoś więcej, niż był jej w stanie dać.

Przypomniał sobie, jak dotarło to do niego po raz pierwszy. Wrócili już do Anglii, byli małżeństwem od niespełna roku. Zbudził się dręczony wściekłym pragnieniem.

– Florence! – wychrypiał. – Florence?

Nagle dotarło do niego, że jej połowa łóżka jest pusta.

Wstał i ruszył do kuchni. Już miał wejść do środka, gdy zamarł, słysząc szloch. Miał wrażenie, że przygląda się Florence godzinami, choć trwało to pewnie nie więcej niż parę sekund. Siedziała plecami do niego, a jej ramiona podnosiły się i opadały w krótkich, gwałtownych spazmach. Była w ciąży, więc uznał, że dopadły ją jakieś bóle czy inne komplikacje, zatem musi jej ruszyć na pomoc. Zrobił krok do przodu, stając w progu, gdy nagle poraziło go, że Florence płacze z jego powodu – z powodu tego, że już nigdy nie będzie tym, kim był kiedyś. Otworzył usta, żeby wymówić jej imię, lecz wydobył się z nich jedynie suchy, pergaminowy szelest. Florence nie odwróciła się.

Wycofał się do sypialni, a ona nigdy się nie dowiedziała o tym incydencie. To chyba był ostatni raz, gdy widział, jak żona płacze.

Wspomnienie roznieciło w nim gorycz: uznał, że pora coś łyknąć. Nalał sobie szklankę szkockiej, wypił ją do dna i ponownie napełnił. Florence odeszła od niego już wcześniej, skonstatował. Porzuciła go po pierwszym tygodniu, który spędzili razem. Tak w każdym razie odebrał to wtedy.

Powiedziała mu, że jedzie do Berlina, dołączyć do brytyjskiej drużyny olimpijskiej – nigdy oficjalnie nie zrezygnowała z udziału w igrzyskach. Oskarżył ją o próżność, o zdradę ich wspólnych ideałów. Ośmieszał się, mówiąc „my", jakby byli związani Bóg wie jakimi ślubami, gdy w rzeczywistości ich znajomość liczyła sobie niewiele ponad tydzień. We Florence Walsingham wyczuwał bratnią duszę. Była najdalsza od ideologicznych oracji Harry'ego naszpikowanych akronimami partii politycznych. Czuł, że tak jak on sam, postrzega otaczającą ich rzeczywistość w kategoriach dobra i zła, a nie przez pryzmat polityki. Nie trzeba legitymacji partyjnej, by wyczuwać granicę i wiedzieć, po której stronie powinien się opowiedzieć przyzwoity człowiek. Jadąc do Berlina, przeszła na drugą stronę.

Choć był starszy z nich dwojga, okazał się tak cholernie dziecinny. Prosiła, żeby jej zaufał, że chce pokazać, co o tym wszystkim myśli, ale on jej nie słuchał, niemądry.

Obaj z Harrym Knoxem zostali w Hiszpanii, żeby dać z siebie wszystko w obronie zagrożonej republiki. Byli świadkami, jak fala francuskich komunistów, którzy podjęli podobną decyzję, wlewa się do krainy Basków i Katalonii. Kiedy ochotnicy z Francji, z Europy i z całego świata zaczęli formować się w Brygady Międzynarodowe, on i Harry ochoczo do nich dołączyli.

Była spora grupa osób o podobnej historii, szacowanych na mniej więcej dwieście osób: sportowców, którzy szykowali się do Olimpiady Ludowej, skończyło się jednak na tym, że musieli posiąść umiejętność kopania rowów i strzelania z karabinu. (Jamesa wprowadził w tajniki odbezpieczania broni Czech, na którego stawiano, że zdobędzie złoto w kategorii pistoletu szybkostrzelnego na dwadzieścia pięć metrów).

Większość z nich stanowili poważni ludzie, którzy, jak Harry, działali z pobudek ideologicznych – zwykle marksistowskich. Niektórzy widzieli w republice hiszpańskiej swoisty eksperyment, test napędu i hamulców socjalizmu, który zasługiwał na szczególną ochronę. Jednak wielu myślało podobnie jak James, który uparł się, że nie zostanie użyty w charakterze statysty w reżyserowanym przez Hitlera karnawale nadludzi w Berlinie, i obstawał przy tym, że Francisco Franco i jego faszystowscy sojusznicy z Falangi nie mają prawa deptać woli ludu hiszpańskiego, obalając rząd wybrany przez naród. To, co się działo, było ordynarnym atakiem brutalnej przemocy na demokrację.

James zdawał sobie sprawę, choć nigdy by się do tego nie przyznał, nawet samemu sobie, że do odwiecznej konfrontacji dobra ze złem doszło w bardzo stosownej chwili – akurat kiedy potrzebował jakiejś sprawy, w której mógłby się zatracić bez reszty.

Ochoczo przystąpił więc do Brygad Międzynarodowych, które najpierw udały się do Walencji, gdzie maszerowały ulicami, witane sztandarami, afiszami, wystrzępionymi flagami, hasłami wypisywanymi kredą na murach i niecichnącym śpiewem. Słowo *viva* niosło się w tłumie, na co kroczący na czele francuscy komuniści odpowiadali gromko: *Vive le Front Populaire!* lub *Vive la Republique!* Najczęściej jednak słyszało się *No Pasaran!* – hasło, które James przez najbliższy rok miał czytać na murach i słyszeć na wiecach. Kiedy maszerowali z Harrym w szeregach Brygad Międzynarodowych, zaskoczeni i onieśmieleni tak entuzjastycznym przyjęciem, mieszkańcy miasta dołączali do nich, odprowadzając parę przecznic, by potem wmieszać się z powrotem w stojący na chodnikach tłum. Witano ich jak wojowników, jak jakichś mitycznych bohaterów starożytności. A przecież nie padł jeszcze ani jeden strzał. Gdy opuszczali Walencję, skąd ich pociąg wyruszył z dużym opóźnieniem, miejscowe kobiety w nagrodę całowały każdego, kto tylko wychylił głowę przez okno.

James pamiętał nastrój zuchwałego idealizmu, który tamtego lata 1936 roku owładnął nim i jego nowymi towarzyszami: młodymi mężczyznami z całego świata, zjednoczonymi słuszną, szlachetną sprawą. W jego sercu to wszystko splatało się nierozdzielnie z miłością do Florence, z iskrą, która zapłonęła podczas krótkiego, radosnego tygodnia w Barcelonie i tliła się przez następne miesiące. Płonęła nawet w chwili, gdy tamten pociąg ruszył do Albacete, miasta w zapadłej La Manchy, gdzie miał się mieścić sztab główny i obóz szkoleniowy Brygad Międzynarodowych. Określenie „obóz szkoleniowy" było mocno na wyrost: nie przechodzili żadnego formalnego szkolenia, jeśli nie liczyć gimnastyki porannej. Każdy oddział miał opracować własny program ćwiczeń, nie otrzymując w tym zakresie żadnych rozkazów od dowództwa, co, być może, stanowiło ukłon w stronę anarchistów, którzy bardzo liczyli się w republice. I tak James ze swoim oddziałem przygotowywali się do wojny, ćwicząc żabki.

A teraz, siedząc zgarbiony w fotelu, w swoim domu przy Norham Gardens, dobrze już rozmiękczony przez whisky, podniósł wzrok na gzyms kominka, na ramkę, w której zamiast fotografii stał oprawiony wycinek prasowy. James uhonorował tak ów skrawek papieru, bo dzięki niemu odzyskał Florence. Stał na warcie w obozie w Albacete. Jego oddział pełnił ją od drugiej nad ranem. Wojna trwała już ósmy tydzień, kończył się wrzesień i noce zaczęły się robić chłodne. Jugosłowiański kolega podał mu strzęp gazety, żeby podłożył pod dogasający ogień. Przytykając papier do ogniska, zauważył angielski tekst; jak się okazało, była to stronica „Timesa". Spragniony informacji ze świata, zdmuchnął płomień i przebiegł wzrokiem wiadomości: na Atlantyku zaginął statek, rząd Baldwina przeżywa trudne chwile. A potem w oczy rzuciło mu się znajome nazwisko:

Wycofanie się Miss Walsingham z olimpiady sprawiło zawód brytyjskim organizatorom, którzy widzieli w niej złotą medalistkę, po tym jak z najlepszym czasem zakwalifikowała się do finału. Jednak wybitna pływaczka oświadczyła, że nigdy nie planowała wziąć udziału w finale igrzysk. „Chciałam tylko pokazać Herr Hitlerowi, że jego agresywni nazistowcy zwolennicy wcale nie są tak dobrzy, jak im się wydaje. Niedzielna zwyciężczyni będzie doskonale wiedzieć, że w rzeczywistości dopłynęła na drugim miejscu".

James sięgnął po wycinek i ponownie go przeczytał. Od tamtych wydarzeń minęły już prawie cztery lata; trzecia szklanka whisky paliła go w gardle. Miesiącami trzymał ten wycinek w portfelu jako substytut fotografii Florence. Przechowywał go, dopóki nie udało im się nawiązać ze sobą kontaktu, prawdę mówiąc, nosił go przy sobie do chwili, gdy sprowadzili się po ślubie do tego domu (nie bez pomocy papy Walsinghama). Kiedy wycinek wylądował w ramce, bywał częstym pretekstem do rozmów: Florence lubiła wspominać tamtą historię.

Ale dla Jamesa był czymś więcej niż tylko pamiątką ich romansu. Przypominał mu o tym, jaki był niemądry. Trzymał go jako przypomnienie, że czasami – że często – to ona ma rację, a nie on.

Wtedy, w Hiszpanii, natychmiast zaczął słać listy do Florence na adres jej kolegium w Oksfordzie. Nie miał większego zaufania do służb pocztowych kraju targanego wojną domową, ale ilekroć mijał skrzynkę, nawet w całkiem zapadłych wioskach, wrzucał kolejny list. Gdy natknął się na Eda Harrisona, korespondenta wojennego amerykańskiego „Time'a", który wspomniał, że wraca do Stanów przez Londyn, czym prędzej wcisnął mu do ręki kolejny list, w którym pisał to samo co zawsze: przepraszał, że mylnie odczytał zachowanie Florence, chwalił jej odważny gest w Berlinie, a na koniec gratulował jej i sobie, że opowiedzieli się po właściwej stronie. Opisywał akcje, jakich był świadkiem, początkowo naginając nieco fakty, aby korzystniej wypaść w jej oczach. W końcu jednak zaczął przedstawiać nagą prawdę bez żadnych osłonek, bez względu na to, czy mu schlebiała, czy nie. I tak, na przykład, opisał ze szczegółami atak ich oddziału, złożonego głównie z brytyjskich ochotników, na garnizon nacjo-nalistów stacjonujący w klasztorze na jednym ze wzgórz Kastylii. W samo południe pełzł na brzuchu, trąc policzkiem o ziemię. Nagle usłyszał świst kul koszących trawę nad jego głową. Dopiero kanonada z karabinów czołgających się za nim kolegów uprzytomniła mu, że powinien odpowiedzieć ogniem na ogień. Wycelował w stronę pozycji wroga i nacisnął spust – ale broń szczęknęła tylko raz, tępo. Nagle poczuł się straszliwie bezbron-ny wobec nadciągającej śmierci. (Choć zaraz dodał: „Wkrótce przekonałem się, że sprawny karabin nie stanowi gwarancji pozostania przy życiu".). Leżąc nadal na widoku i słysząc gęstą strzelaninę, wyjął magazynek i załadował prawidłowo. Dalej nic. Czyli nie był to jego błąd: przydzielono mu jakiś złom. Uratowała go obecność Harry'ego Knoxa, który ulokował się za jego plecami i czesał wzgórze sprawnym karabinem.

W listach prowadził z nią wyimaginowaną rozmowę na temat przebiegu wojny, interwencji nacjonalistów niemieckich i włoskich, rozpaczliwego wołania republiki o interwencję brytyjską. Pisał często, co najmniej raz w tygodniu, i nie przestał, nawet kiedy dotarli do Madrytu, by stoczyć bój, który w wyobrażeniach Jamesa i innych ochotników miał przynieść ostateczne rozstrzygnięcie.

Madryt. Prawdę mówiąc, jego wspomnienia z Madrytu powinny być jednym pasmem horroru i rzeczywiście był świadkiem wielu przerażających scen. Spędził dwanaście długich dni z XII Brygadą Międzynarodową, uczestnicząc w epizodzie, który w heroicznym słownictwie miał zostać okrzyknięty obroną Madrytu. Chwila owa, oglądana na bieżąco z żabiej perspektywy, wydawała się dalece mniej wiekopomna. James, który wychował się na wbijanych angielskim uczniom do głów opisach bitew – Azincourt, Hastings – przeżył szok w konfrontacji z brudem, chaosem i grozą rzeczywistej wojny.

Walki toczyły się w północno-zachodnich obszarach miasta. Siły generała Franco próbowały wedrzeć się do stolicy, a działania wojenne koncentrowały się wokół dzielnicy uniwersyteckiej. W efekcie doszło do serii panicznych, przemieszczających się potyczek w budynkach uczelni i wokół. Całość miałaby posmak komedii – po zbrojnym ataku na wydział geografii szybki odwrót do budynków filologii – gdyby nie to, że trup słał się gęsto. James brał udział w serii szczególnie zawziętych kontrataków, których celem było odbicie budynku filozofii.

Podczas tej operacji James z tuzinem ochotników musiał pokonać biegiem około czterdziestu metrów otwartej przestrzeni. Robili to trójkami, pędząc na oślep przed siebie; kiedy przyszła kolej na Jamesa, mężczyźni po jego bokach nagle po prostu padli, ścięci kulami, których w ogóle nie usłyszał. Zanim przebiegł na drugą stronę, minął chyba z setkę trupów – głównie Marokańczyków, żołnierzy Armii Afrykańskiej, weteranów hiszpańskich wojen kolonialnych, walczących pod dowództwem generała Franco. James patrzył na zwłoki jak zahipnotyzowany. Większość nie zginęła wskutek pojedynczego celnego strzału z karabinu. Zabiły ich granaty odłamkowe, które zmasakrowały ciała; bomby Millsa pourywały im ręce i nogi. Poczuł swąd spalenizny, a kiedy spojrzał w tamtą stronę, zobaczył małe ognisko, nie większe od tych, jakie zapamiętał ze skautowskich biwaków w dzieciństwie. Jednak zamiast kłód drewna, płonęły równym ogniem dwa trupy. O dziwo, nie zwymiotował ani się nie popłakał. Patrzył tylko, czując wyrzut, że zawiódł tamtych dwóch, przybywając za późno. Może jednak patrząc na nich, przyglądając się im bacznie, jakby wciąż byli żywymi ludźmi, a nie parą zwłok, mógł przywrócić im, choćby w najmniejszym stopniu, ich godność.

Ku własnemu zaskoczeniu stał się dobrym żołnierzem, a jego gotowość do podejmowania ryzyka zaskarbiła mu podziw zwierzchników. Mówiono o nim El Corajudo, odważny. Na koniec powierzono mu obowiązki wywiadowcze, w tym śledzenie republikańskich dowódców podejrzewanych o zdradę bądź szpiegostwo. Sprawował je do dnia, którego nie zapamiętał w całości, ale którego skutki nie dały o sobie nigdy zapomnieć.

Mimo to słowo „Madryt" nie budziło w nim grozy, bo kojarzyło się z Florence.

W końcu, po dobrej dziesiątce listów, przyszła odpowiedź. Florence pisała, że wkrótce po tym, jak ucichł szum po jej berlińskim wystąpieniu, doszła do wniosku, że jej miejsce też jest w Hiszpanii, gdzie powinna dać z siebie wszystko na rzecz wolności. Podobnie jak James miała opory przed przyznaniem się do tego, że chce z nim być. Równie żarliwie, jak on chciał być z nią.

Florence została pielęgniarką; opiekowała się rannymi w szpitalu Czerwonego Krzyża przy Avenida Reina Victoria w północno-wschodnim Madrycie. Prawdę mówiąc, nie miała żadnego przygotowania do tego fachu, ale tam było to na porządku dziennym. Podporządkowywała się poleceniom Marjorie, krępej, doświadczonej wolontariuszki ze Stanów, która rzuciła posadę siostry oddziałowej miejskiego szpitala w Baltimore, żeby opiekować się rannymi obywatelami oblężonej republiki; wtajemniczała Florence i inne kobiety w arkana swego zawodu. A Florence nie byłaby sobą, gdyby w drodze do wstrząsanej wojną Hiszpanii nie przeczytała paru książek z zakresu medycyny i anatomii, wkuwając ich treść na statku z Marsylii do Walencji; James spodziewał się, że wkrótce będzie dorównywała wiedzą niejednemu lekarzowi.

Obowiązki Jamesa na froncie i Florence w szpitalu oznaczały, że nie będą się mogli zbyt często widywać, ale to dodawało tylko uroku ich schadzkom pamiętnej jesieni 1936 roku. Zamiast spać w płytkich okopach – w zasadzie był to zwykły rów skąpo obłożony workami z piaskiem – w otoczeniu niemytych mężczyzn, James lądował w hotelu Gran Via, gdzie razem z Florence najpierw wylegiwali się w gorącej kąpieli, nim pokochali się ze sobą raz i drugi. Jedli bez pośpiechu kolację, opowiadając sobie nawzajem, co widzieli, po czym wracali po schodach do pokoju i kładli się z powrotem do łóżka. Nawet gdy byli wykończeni, potrafili nie zmrużyć oka do bladego świtu, żeby nie trwonić na sen ściśle reglamentowanych dóbr, jakimi były ich wspólne chwile.

Za dnia zdarzało im się przechadzać po plątaninie linii tramwajowych i naprędce sklecanych barykad, które wyrastały w Madrycie jak grzyby po deszczu.

– Jakbym widziała roboty drogowe w Londynie – zauważyła Florence, kiedy mijali koksowniki, niczym się nieróżniące od piecyków, przy których zwykli ogrzewać dłonie angielscy robotnicy.

Raz w trakcie spaceru złapał ich nalot. W obliczu ataku z nieba miasto było bezbronne: republikanie wnosili na dachy projektory kinowe, by przeszukiwać nimi nocne niebo. Jednak ten nalot zaczął się w środku dnia. Florence z Jamesem byli akurat na ulicznym targowisku, kiedy nagle nad ich głowami rozległ się wizg niemieckich samolotów, a parę sekund później usłyszeli huk spadającej bomby i krzyki; w niebo wzbiła się chmura dymu.

Rzucili się oboje w stronę sceny niewyobrażalnej masakry: w krwawych ochłapach z trudem można się było dopatrzyć ludzkich ciał. James został natychmiast zatrudniony do podnoszenia betonowej płyty, która przygniotła nogę wciąż przytomnego mężczyzny w kapeluszu. Dopiero po wszystkim zauważył, że Florence klęczy przy dziewczynce, która leży bezwładnie jak szmaciana lalka.

Może dlatego, że sami mieszkańcy Madrytu przeszli nad tym tak łatwo do porządku dziennego – już po paru godzinach sklepy podniosły żaluzje, a stare małżeństwa jeszcze tego samego dnia wyległy na przechadzkę – wydarzenia te nie przyćmiły pamięci szczęśliwszych wspólnych chwil. Na przekór wszystkiemu James zapamiętał koniec 1936 roku jako najszczęśliwszy czas w swoim życiu.

– To się nie dzieje na przekór wojnie, tylko dzięki wojnie – powiedziała kiedyś Florence, patrząc przez okno pokoju hotelowego na omiatający niebo błękitny promień z projektora, który raptem parę miesięcy wcześniej rzucał na ekran miejscowego kina świetliste sylwetki Freda i Ginger przytulonych policzkami w tańcu.

– Dzięki wojnie? – spytał z łóżka.

– Właśnie. Lęk przed śmiercią sprawia, że kocha się bardziej intensywnie. Czyż nie tak piszą w twoich podręcznikach psychologii?

Kocha? Ktoś wspominał tutaj o „kochaniu"? Wciągnął ją z powrotem pod kołdrę, żeby znów poczuć dotyk jej skóry i smak ust.

W Wigilię, po niespełna dwóch miesiącach razem, poszli do *ayuntamiento*, ratusza przy Plaza de la Villa, gdzie radny, wąsaty socjalista, udzielił im ślubu cywilnego w „obrządku rewolucyjnym", kontestującym ceremonie odprawiane przez Kościół, skreślony z powodu powiązań z generałem Franco. Uroczystość była krótka i nieskładna, okraszona gromkimi wiwatami tłumu znajomych, którzy przybyli z własnej woli. Harry, jako świadek, podawał obrączkę kupioną u jubilera, którego witryna poszła w drobny mak w czasie dziennego nalotu, mimo to sklep już nazajutrz działał jak gdyby nigdy nic. Świadkiem ze strony Florence była siostra Marjorie. Przysięgę małżeńską musieli złożyć po hiszpańsku i odtąd James uważał frazę *Sí, quiero*, hiszpański odpowiednik „tak", za coś, co należało tylko do nich, element ich sekretnego języka.

Chciał nalać sobie jeszcze szkockiej, ale zaraz wpadł na lepszy pomysł: chlapnął z gwinta. To wszystko działo się niecałe cztery lata temu, ale dla niego to była inna epoka. On też był kimś innym. Florence go zostawiła, bo zaczęła żywić dla niego pogardę. Był dobrym, kochającym mężem i ojcem, lecz to było za mało. Teraz jego żona tę swoją niebywałą radość życia, energię i piękno przeleje na innego mężczyznę. Poczuł, jak znów budzi się w nim gniew, jego odwieczny sparingpartner, rzucając mu wyzwanie do kolejnej rundy.

Wstał, żeby nie widzieć tamtego wycinka gazety, wyszedł do kuchni, potykając się w holu o krzesło, które wywrócił nie wiadomo kiedy, i nagle zobaczył to na środku stołu, dziwiąc się, jak mógł tego wcześniej nie zauważyć.

Mała koperta, z rodzaju tych, jakie z bilecikiem dołącza się do bukietów, stała oparta o stożkowatą retortę z laboratorium, której Florence używała w charakterze wazonika.

Rozdarł kopertę. Od razu poznał pismo żony.

Napisała tylko dwa słowa: *Kocham cię.*

James poczuł, że szczypią go powieki. Zamrugał i przeczytał ponownie. To chyba jakiś żart?

Porzuciła go, zabrała Harry'ego, a mimo to nadal go kocha? I gdzie tu sens? Taki bilecik to szczyt obłudy i fałszu. „Kocham cię" naskrobała, żeby stępić ostrze okrucieństwa. O to jej właśnie szło.

Nie mógł w to jakoś uwierzyć. W kwestii miłości Florence była bardzo uczciwa. Nigdy nie szafowała tym słowem lekko; byli już długo ze sobą, nim powiedziała mu, że go kocha. Wiedział też, że jest pierwszym mężczyzną, który z jej ust usłyszał te słowa. Więc skoro tak napisała, widocznie tak było. Fakt, że nie uzupełniła swoich słów niczym, dodatkowo je uwiarygodniał. Miała na myśli wyłącznie to, że go kocha.

W kółko obracał w ręku bilecik, czytając go od nowa. Słowa „Kocham cię" były balsamem kojącym ranę w sercu, którą mu zadała, ale po chwili ogarnęło go jeszcze inne uczucie: bezbrzeżnego zdumienia.

Rozdział 4

Brzmiało to jak kanonada, odległa, więc raczej niegroźna. Słońce stało w zenicie i Jamesowi koszula kleiła się do pleców. Rozejrzał się, mrużąc oczy, ale nie potrafił ustalić źródła dźwięku. Znajdował się w gruzach czegoś, co chyba było zbombardowaną chałupą jakiegoś rolnika. Ściany, mocno podziurawione kulami, trzymały się jeszcze, chociaż odpadły całe płaty tynku i spod spodu wyłaziła cegła, jak żywe mięso. Z okien wypadły szyby, framugi drzwi ziały pustką. Spojrzał w dół i zobaczył, że ziemia powoli usuwa mu się spod nóg. Dom, w którym był, rozpadał się na jego oczach. Do tego znów ta kanonada...

Zbudził się przerażony, z łomocącym sercem. Rozejrzał się wokół zdezorientowany. Kiedy dotarło do niego, że na wpół leży w fotelu, wyprostował się gwałtownie, potrącając butelkę whisky, którą trzymał u boku. Niech to szlag. Alkohol polał się po udzie, spływając na lewe biodro. Potem rozległo się znów tamto tra-ta-ta; nie był to jednak ogień artyleryjski, tylko stukanie do drzwi.

Po dobrej chwili przypomniał sobie, co się stało, i poczuł bolesny ucisk w piersi. Harry i Florence opuścili go.

Znów ten łomot. Gdy wstał, poczuł chłodny przeciąg. No tak: wybił świecznikiem dziurę w oknie kuchennym.

– Doktorze Zennor?

O nie, tylko nie to. Ten głos mógł należeć wyłącznie do Virginii Grey. James najczęściej widywał ją w charakterze żeńskiej połowy pary, która wspólnie sprawowała rządy w jego kolegium: mąż Virginii był dziekanem kolegium, co stanowiło zaledwie ułamek ich funkcji publicznych. Bernard i Virginia Greyowie należeli do luminarzy brytyjskiej lewicy intelektualnej. Otwierając numer „New Statesmana", trafiałeś obowiązkowo na artykuł napisany przez nich albo o nich, w drugim przypadku będący zwykle recenzją kolejnej broszury lub książki opublikowanej przez jedno z małżonków albo oboje. Ich głos liczył się w Towarzystwie Fabiańskim, a tym samym w Partii Pracy; ich poglądy i propozycje budziły szeroki oddźwięk w krajowej prasie – wielu uznawało je wręcz za wytyczne. Byli gospodarzami stołu profesorskiego, przy którym regularnie zasiadali członkowie parlamentu i najwybitniejsi brytyjscy intelektualiści.

Natychmiast po przyjeździe Jamesa i Florence z Madrytu Greyowie wzięli ich pod swoje skrzydła, nalegając, by Florence przeniosła swoją pracę doktorską do ich kolegium, i naciskając, by ślub kościelny, uzupełniający ślub cywilny w Hiszpanii, odbył się w kolegialnej kaplicy – zachowywali się, jakby byli rodzicami panny młodej. Rodzice Jamesa podczas uroczystości siedzieli biernie z uprzejmym wyrazem twarzy, jawnie onieśmieleni.

Greyowie, oboje pod siedemdziesiątkę, z rezerwą podchodzili do dziedziny, w której specjalizował się James, mając psychologię za raczkującą dyscyplinę empiryczną. Namawiali go, by przerzucił się na nauki polityczne – choć, ku jego irytacji, zawsze wydawali się podnieceni faktem, że Florence specjalizuje się w biologii ewolucyjnej. James podejrzewał ich o tajone fantazje, że Zennorowie zostaną Greyami lat siedemdziesiątych; w „ładnej młodej parze" mogli widzieć samych siebie, niewykluczone też, że uważali Jamesa i Florence za spadkobierców duchowych, ponieważ nie mieli własnych dzieci.

Strzepnąwszy na podłogę okruchy nadgryzionej kanapki, uchylił nieco drzwi.

– Dzień dob... – Urwał, uprzytamniając sobie, że nie ma pojęcia, która jest godzina.

– Bogu dzięki! Zaczynałam się już obawiać, że nie żyjesz! Stukam do drzwi od siedmiu minut.

– Bardzo przepraszam, pani Grey. Zajrzę do pani później, dobrze? Teraz nie mam...

– Dobrze się czujesz, mój drogi? Wydajesz mi się jakiś niewyraźny. – Mówiła do niego dobrotliwym, ale nieznoszącym sprzeciwu tonem, niczym matka do krnąbrnego dziecka.

– Prawdę mówiąc, jestem lekko osłabiony, więc gdyby pani...

– Coś mi mówi, że powinnam wejść.

– Wolałbym raczej...

– No już, na co czekasz.

Tacy właśnie byli Greyowie: nie uznawali sprzeciwu, dlatego nikt im się nie umiał postawić. Otworzył drzwi na oścież.

– Dobry Boże! Wyglądasz przerażająco! – Omiotła go wzrokiem, bez wątpienia rejestrując jego opłakany stan; zmarszczyła nos z odrazą, gdy dobiegł ją odór whisky. – Co się tutaj dzieje? – Wparowała do pokoju, nie czekając na zaproszenie.

– Może ma pani ochotę na drinka, pani Grey? – Wyraz konsternacji na jej twarzy sprawił mu niemal sadystyczną rozkosz.

– Odnoszę wrażenie, że dość już wypiłeś.

– Ale ja chciałem poczęstować panią. No cóż, skoro pani odmawia, sam się uraczę.

Ignorując jego słowa, wybrała krzesło i rozsiadła się.

– Może byś mi wreszcie powiedział, co tu się wydarzyło? – spytała ciepło, bez cienia swej zwykłej apodyktyczności.

James też usiadł; mimo wszystko cieszył się, że może porozmawiać z jakąś życzliwą duszą.

– Wygląda na to, że Florence mnie porzuciła.

Virginia aż się zachłysnęła.

– Jak to? Kiedy?

– Dziś rano. Wróciłem z łodzi i zastałem dom pusty.

– A Harry?

– Zabrała go ze sobą.

Patrzył, jak jego słowa odbijają się na twarzy Virginii Grey okolonej siwymi włosami, upiętymi teraz w kok. Pierwotny wstrząs powoli przechodził w mobilizację, natychmiastową potrzebę podjęcia jakichś działań.

– Rozmawiałeś już z nią? Dzwoniła?

– Zostawiła kartkę.

– Kartkę? Co napisała?

– Nic. – Przez moment walczył z impulsem, żeby zdradzić jej wszystko, ale coś mu nie pozwalało. Czyżby lojalność wobec Florence? A może wstyd? – Nic takiego, co by cokolwiek wyjaśniało.

– Czy kiedykolwiek wspominała o odejściu?

– Nie. Nigdy.

– Więc dlaczego zakładasz, że cię porzuciła?

– Musiała kogoś poznać. W końcu jest najpiękniejszą dziewczyną w Oksfordzie, jak raczył zauważyć pani mąż podczas naszego ślubu, o ile mnie pamięć nie myli.

Nagle ożyło w nim wspomnienie tamtego dnia pod koniec września 1937 roku. Stali w ogrodzie kolegium: Florence w zaawansowanej ciąży, tryskająca zdrowiem. Obok niej, wsparty na kulach James, którego uśmiech na pamiątkowej fotografii bardziej przypominał grymas bólu. Greyowie wybrali miejsce uroczystości, ale sam pomysł wypłynął od rodziców Florence.

– Kochanie, pozbawiłaś nas szczęścia obecności na ślubie własnego dziecka, ale nie możesz odebrać nam przyjemności wyprawienia hucznego wesela.

I tak dziewięć miesięcy po ich hiszpańskim ślubie słuchali, jak George Walsingham wznosi toast, wychwalając zalety swojej zachwycającej córki, a Bernard Grey dowcipkuje na temat Jamesa i powtarza jak papuga peany na cześć urodziwej panny młodej.

– To, że jest atrakcyjna, nie znaczy automatycznie, że chce sypiać z kimś innym albo rzucać ciebie. Czy może masz jakieś dowody? – spytała Virginia obcesowo.

James zamyślił się.

– Nie, właściwie nie mam.

– Rozumiem, że dzwoniłeś już do rodziców Florence?

Westchnął ciężko.

– Prawdę mówiąc, nie.

– No to na co czekasz? Pewnie jest w drodze do nich. Każda młoda kobieta, kiedy w jej małżeństwie coś nie gra, wraca do swoich rodziców.

– Ale nie Florence. Może mi pani wierzyć.

– Przecież to jest najoczywistsze miejsce, od którego należałoby zacząć poszukiwania, więc będę obstawać przy tym, żebyś do nich zadzwonił. Gdzie masz ten numer? Mogę...

– Niech pani da sobie z tym spokój. Florence nie rozmawia z matką od... od pewnego czasu.

Brwi Virginii powędrowały w górę.

James uciekł wzrokiem, wyrzucając sobie, że zdradza sekrety żony.

– Chwilowo nie rozmawiają ze sobą.

Zapadła cisza, którą w końcu przerwała pani Grey:

– Wiem, że się do tego nie palisz, ale musisz to zrobić. Istnieje bardzo duże prawdopodobieństwo, że tam pojechała, i nie będziesz mógł przystąpić do poszukiwań, jeżeli nie wyeliminujesz tej opcji.

Jej logika była nieodparta, jednak na myśl o dzwonieniu do rodziców Florence skóra mu cierpła. Co im powie? Jeśli wyzna, że Florence zniknęła, zdradzi im, że został porzucony.

Być może pani Grey ma rację, wówczas nie będzie żadnej różnicy: Walsinghamowie już i tak będą wiedzieli. Jeżeli jednak się myli, niepotrzebnie wciągnie ich w tę sprawę. Cholerny sir George Walsingham natychmiast przejmie inicjatywę, wykorzystując swoje kontakty w policji oksfordzkiej do wytropienia córki i wnuka, podczas gdy lady Walsingham będzie jak zwykle patrzyć na niego, Jamesa, z potępieniem, jakby mówiła: „Nic dziwnego, że cię zostawiła: nie jesteś już prawdziwym mężczyzną".

Już wcześniej go obwiniali. To przez niego Florence wybiegła w kwietniu (a może w lutym?) z obiadu z rodzicami w Londynie. Nie bardzo mógł sobie przypomnieć, o co poszło, raczej o jakiś drobiazg w rodzaju wyboru dania czy powrotu do domu taksówką. Ale prawdziwy powód był zupełnie inny. Walsinghamowie uważali, że ich córka popełniła mezalians: ona, której najczystsza krew zapewniała dostęp do najbogatszych, najbardziej pożądanych partii w królestwie, wyszła za mąż za syna prowincjonalnych nauczycieli, w dodatku inwalidę. Zdradzając im teraz, że nie może zlokalizować żony i synka i że został odtrącony, potwierdziłby tylko ich opinię, że nie jest godzien Florence.

– Mieszkają w Norfolk, prawda? – dobiegł go głos z holu. Jak się okazało, Virginia Grey już stała przy stoliku z telefonem, szykując się do rozmowy.

James rzucił się i wyrwał jej z ręki słuchawkę.

– Sam to zrobię. – To byli właśnie Greyowie: zawsze potrafili dopiąć swego.

Virginia sterczała nad nim. Przez chwilę słyszał własny oddech w ciężkiej, bakelitowej słuchawce, potem coś chrupnęło i na linii pojawiła się telefonistka.

– Chciałbym się połączyć z nazwiskiem Walsingham. W Langham, w Norfolk. Dziękuję. – Czekał wsłuchany w serię stukotów i szczęknięć, wyobrażając sobie, jak w centrali wtykają kolejne kable, żeby jego głos dotarł na wschód kraju.

Wreszcie po czterech sygnałach usłyszał arystokratyczny głos kobiety w średnim wieku:

– Wells czterysta pięćdziesiąt dwa.

– Lady Walsingham? Mówi James, mąż Florence.

– Dzień dobry, James. Niestety, sir George'a nie ma w domu. Czy coś się stało?

– Nie, nic. – Echo na linii dezorientowało go; po dwóch sekundach wypowiedziane słowa wracały do niego. – Chciałem tylko zamienić parę słów z Florence.

– Jak to: Florence?

– Nie ma u państwa Florence z Harrym?

– Nie. Skąd niby mieliby się wziąć? Zawsze przyjeżdżacie w sierpniu.

Wsłuchiwał się uważnie w głos teściowej, próbując wyłowić nutę kłamstwa. Ludzie z jej sfery mieli ogładę, zdążył się o tym przekonać po ponad dziesięciu latach w Oksfordzie, najpierw jako student, potem adiunkt. Lady Walsingham i sir George – ważna postać londyńskiego City, odznaczony za zasługi jako dowódca w wielkiej wojnie światowej – mieli eleganckie maniery i aparycję. Byli przystojną parą: matka Florence, dawna piękność, miała przenikliwe spojrzenie i doskonałą figurę, jak jej córka. Czy Florence stała teraz obok niej, bezgłośnie dyktując odpowiedzi? Jeśli tak, nigdy się tego nie dowie. Czuł zresztą, że jej tam nie ma.

– James? Coś się stało?

– Nie, nic. Nic takiego. – Słuchając echa własnych słów, czuł, że jego głos nie brzmi przekonująco. – Coś mi się musiało pokręcić.

– Czy Florence coś dolega? Wszystko w porządku z Harrym? – Niepokój lady Walsingham był szczery, nie miał co do tego wątpliwości.

– Tak, tak. Wszystko w porządku. Pomyślałem po prostu, że może... na przykład... – Wybąkał coś na pożegnanie i odłożył słuchawkę.

Virginia Grey, zagryzając wargi, ruszyła bez słowa do kuchni.

– Chyba powinniśmy się napić herbaty. – Zaczęła szukać filiżanek i łyżeczek. – Jak ostatnio układało się między wami? – spytała niedbale, jakby pytała, gdzie trzymają cukierniczkę.

Nie palił się do zwierzeń, ale Virginia szczerze chciała mu pomóc, a myśl, że nie będzie musiał szukać Florence sam jak palec, krzepiła go nieco na duchu.

– Nie jesteśmy już nowożeńcami, pani Grey. Ale wierzę, że nasze małżeństwo wiele wytrzyma.

Zastygła na moment, przyglądając mu się bacznie.

– Nie wierzy mi pani?

– To, czy wierzę, czy nie, nie ma najmniejszego znaczenia, mój drogi.

– Czy może Florence coś pani mówiła?

Żona dziekana zapatrzyła się w ogród za oknem, a jej siwe włosy w promieniach słońca nabrały odcienia śnieżnej bieli.

– Nie mówiła nic konkret...

– Czyli coś mówiła! Co, u diabła? – Teraz on wstał, górując nad nią. Czuł, jak żyły mu nabrzmiewają i budzi się w nim niepohamowana furia.

Na twarzy pani Grey malował się nie tyle strach, ile litość, co dodatkowo podsycało wściekłość Jamesa.

– No, słucham! – ryknął.

– Mówiła o tym. – Starała się mówić jeszcze ciszej i łagodniej niż dotąd. – O tym właśnie. – Machnęła ręką w jego stronę. – O twojej agresji, James. O wiecznych awanturach.

– Mamy czasem nieporozumienia. W każdym małżeństwie zdarzają się niepo...

– Nie mówiła o nieporozumieniach, James, Mówiła o gwałtownych napadach wściekłości. Widzę przecież potłuczone talerze.

– Dzisiaj jest wyjątkowy dzień.

– Wspominała o napiętej atmosferze w domu.

– Bzdury.

– Ściślej rzecz biorąc, powiedziała: „Żyję jak na beczce prochu. Stale muszę przy nim chodzić na palcach".

– Na beczce prochu? Nie wiem, o czym mowa. Po prostu potrzebuję ciszy, kiedy pracuję. Każdy naukowiec to rozumie. Nie sposób się skoncentrować, gdy wokół panuje piekielny zgiełk.

– Jaki znów piekielny zgiełk?

– Wrzaski i piski, kiedy Harry się bawi. Parę razy mnie poniosło. – Przed oczami stanęły mu łzy spływające po policzkach Harry'ego. Mały stał w ogródku po kolejnym wybuchu Jamesa, Florence tuliła go do siebie, raz po raz zapewniając, że nie zrobił nic złego, a James trzymał się z boku zbyt zawstydzony, żeby podejść i uścisnąć syna. Znów poczuł w ustach gorzki smak tamtego wstydu, mimo to oświadczył sucho: – Jestem pewien, że pan dziekan Grey tak samo by zareagował w mojej sytuacji.

Siwowłosa autorka pół tuzina książek i kilkuset uczonych artykułów obrzuciła go chłodnym spojrzeniem.

– Taak. Nawet mnie trudno byłoby się w takich warunkach skupić nad robótką.

James zorientował się, że palnął gafę.

– Przepraszam. Nie miałem wcale na myśli...

– Spokojnie, doktorze Zennor. Zdarzało mi się być lekceważoną przez większe znakomitości. – Postawiła imbryczek na środku stołu i usiadła. – Florence martwiła się o ciebie. Mówiła, że za dużo pijesz.

– Na litość boską, czy człowiek nie może wypić szklaneczki szkockiej we własnym domu?

– Widziałam, jak podczas obiadu w kolegium obaj z Perkinsem co najmniej dwa razy wstawaliście od stołu, żeby zejść do piwnic.

– Więc uważa pani, że żona mnie porzuciła, bo jestem moczymordą?

– Kto powiedział, że żona cię porzuciła?

– Ale nie ma jej tutaj, tak czy nie?

– Nie, nie ma. Brak jednak dowodów na to, że cię porzuciła w melodramatycznym tego słowa znaczeniu. Nie wiesz, gdzie jest Florence ani co nią powodowało.

– Właśnie.

– Cóż, może powinieneś zacząć od tego, żeby spróbować się postawić w jej sytuacji.

James wyprostował się, jakby chciał dać do zrozumienia, że rozmowa skończona.

– Dziękuję pani bardzo, pani Grey. Doceniam pani wysiłki. Ale nic z tego, co pani dotąd powiedziała, nie pomoże mi odzyskać żony.

– A tego właśnie chcesz? Odzyskać ją?

– Oczywiście, że tak, do cholery. – Głos mu się załamał; zwiesił głowę zażenowany, że jest takim mięczakiem.

– Może mogłabym ci pomóc.

Spojrzał na Virginię oczami w czerwonych obwódkach.

– Florence odwiedziła mnie wczoraj.

Kiwnął głową, pilnując się, by nie zrobić czegoś, co mogłoby przerwać wywód pani Grey.

– Wydawała się podniecona. Wspominała o... napiętej sytuacji w domu.

– Tak. – W głowie mu się kotłowało, przetwarzał nowe informacje w rekordowym tempie, wyciągając błyskawicznie wnioski.

– Nie mówiła nic konkretnego, nie wspominała o żadnych planach...

– Ale...

– Wyraźnie się dokądś spieszyła. Przerwała naszą rozmowę, mówiąc, że musi coś pilnie sprawdzić w bibliotece. – Pani Grey patrzyła na własne palce, jakby chciała zebrać myśli.

Starannie dobierała słowa. – Nie widziałam w tym nic nie-zwykłego. W końcu twoja żona jest naukowcem z powołania. Ale w świetle jej dzisiejszego zniknięcia o świcie zaczynam się zastanawiać, czy między tymi wydarzeniami nie ma związ-ku. Może musiała coś sprawdzić, zdobyć informacje przydatne w podróży. Gdybyś dowiedział się czegoś więcej, mogłoby to...

Kończenie nie miało sensu. Podnosząc głowę, zobaczyła, jak James odwraca się na pięcie, porywa z holu marynarkę i wybiega z domu.

Rozdział 5

Dopiero mijając zegar na budynku poczty, zorientował się, która jest godzina. Była za kwadrans szósta, co znaczyło, że spędził większość dnia w odrętwieniu, nakręcając się alkoholem i gniewem. Wreszcie jednak podjął jakąś konkretną akcję. Nie obiecywał sobie zbyt wiele po wyprawie do Biblioteki Bodlejańskiej – jego żona bywała tam stale – ale pani Grey znała się na ludziach; skoro jej zdaniem Florence mogła wczoraj z jakichś specjalnych powodów iść do biblioteki, skoro wydawała się niespokojna, wypadało poważnie potraktować ten trop.

Właśnie pedałował ostro obok kolegium Keble'a, gdy nagle w jego polu widzenia wychynął z lewej strony mglisty kształt. James skręcił gwałtownie w bok, żeby uniknąć zderzenia, ale było już za późno: inny cyklista, nie rozglądając się, wypadł z South Parks Road i najechał na tylne koło Jamesa.

James rąbnął mocno o ziemię, na szczęście bardziej plecami niż ramieniem. Na prawej dłoni, która przyjęła częściowo impet upadku, otarta skóra pokryła się siatką krwawych kropek.

– Przepraszam, Zennor. Strasznie przepraszam.

James spojrzał w górę, przysłaniając oczy, i zobaczył nad sobą Magnusa Hooka, pracownika naukowego New College, właściciela najgrubszych szkieł w Oksfordzie. Nędzny wzrok zwolnił go od poboru do wojska, mimo to Magnus miał swój wkład w obronność kraju: został oddelegowany przez Ministerstwo Rolnictwa, które zajęło część budynków kolegium St John's, do kontroli zaopatrzenia narodu w ryby i ziemniaki.

– Dostałem robotę w największej na świecie budce z rybą i frytkami – informował każdego, kto się napatoczył; James słyszał ten żart co najmniej trzy razy.

Już sam widok Hooka podziałał na niego demobilizująco, choćby przez to, że był przedstawicielem kategorii, do której James też się zaliczał. Przez to cholerne ramię był wyrzutkiem kategorii D, jak Hook i reszta na wpół ociemniałych kalek. Jednak pogarda mieszała się z zazdrością: Hook znalazł swoje miejsce i sposób, by przysłużyć się krajowi, gdy wraz z setką wykładowców, którzy przekroczyli wiek poborowy, został oddelegowany do służby cywilnej. Właśnie dlatego Oksford, w lipcu zazwyczaj pusty z powodu wakacji, tętnił życiem: cały rząd z Whitehall przeniósł się do Oksfordu. Merton przyjęło niektóre departamenty Ministerstwa Komunikacji, Queens' Ministerstwo Spraw Wewnętrznych, a Balliol, jak przystało na kolegium, którego dewizą było *Primus inter pares*, gościło u siebie niektóre wydziały resortu spraw zagranicznych, najbardziej prestiżowego z ministerstw. Chodziły słuchy, że „niektóre wydziały" to nic innego, jak służby wywiadowcze. Krążyły również plotki, że jedno z kolegiów – nie podawano żadnych nazw – stoi puste, ponieważ szykuje się na przyjęcie rodziny królewskiej, gdyby król musiał uciekać z Londynu.

Obserwując stopniową metamorfozę uczelni – w Brasenose zorganizowano szpital, muzeum Ashmolean otworzyło swoje podwoje dla londyńskiej Akademii Sztuk Pięknych – James czekał, aż zgłoszą się po niego. Miał głowę nie od parady, o czym świadczyła celująca nota na świadectwie ukończenia studiów, jak również doświadczenie wojenne, za które słono zapłacił. Udało mu się nawet zahaczyć w wywiadzie, zanim... cóż, zanim. Kiedy dowiedział się, że w kolegium Oriel zakwateruje się Wojenne Biuro Służb Wywiadowczych, kręcił się wokół, czekając na wezwanie, które jednak nigdy nie nadeszło.

Uznano, że ma spędzić wojnę na wydziale psychologii eksperymentalnej, studiując dzieła wybitnych wiedeńczyków i ścibiąc uczone monografie. Wydział liczący sobie zaledwie pięć lat na uczelni, której dzieje odmierzano stuleciami, nie cieszył się wielkim poważaniem. Ulokowano go na peryferiach, na najdalszym końcu Banbury Road w dawnym domu mieszkalnym. Jeszcze kilka metrów, a stałby w szczerym polu. Tak było już przed wojną, a teraz absurd tej sytuacji pogłębił się do kwadratu.

James nie łudził się nawet, że jego praca czemukolwiek służy. Odkąd zaczęło się rekwirowanie budynków uniwersyteckich, a profesorów powołano pod broń, próbował zainteresować kogoś swoją osobą, nagabując kolegów na osobności czy dwukrotnie składając urzędowe pisma w tej sprawie. Nigdy nie otrzymał żadnej odpowiedzi. Starał się zrzucać wszystko na wojenny bałagan. Wybrał się w tej sytuacji do Bernarda Greya, który miał spore znajomości w kołach rządowych, prosząc, by się za nim wstawił. Liczył, że sprawa okaże się zwykłą formalnością. Niestety, stanęło na tym, że Grey przeprosił go przy kieliszku sherry w rektoracie.

– Obawiam się, doktorze Zennor, że tę wojnę będzie pan musiał sobie odpuścić.

A teraz ten cały Hook w garniturze z szarej flaneli uśmiechał się chełpliwie mimo pokornych przeprosin i niezdarnych prób krótkowidza, by postawić Jamesa na nogi.

– Nic ci nie jest? Na pewno? Strasznie mi głupio. Myślałem, że mnie widzisz, ale zasuwałeś tak szybko, że...

– Po to masz oczy, idioto.

– Dobrze ci mówić, Zennor. Moje oczy są całkiem do luftu. Stąd te soczewy. – Postukał w okulary, w których zdrowy człowiek pewnie widział każdy kamyk na powierzchni księżyca.

James zdążył się już pozbierać i patrzył z góry na Hooka, od którego był wyższy, lekko licząc, o trzydzieści centymetrów. Widząc błagalny, o ile nie wręcz zdruzgotany wyraz twarzy nieszczęśnika, przypomniał sobie, że Magnus Hook jest zagorzałym antyfaszystą – nie mniej od niego brzydził się ugodowcami, których ostatnio namnożyło się w Oksfordzie – i poczuł cień litości dla kolegi akademika w tych jego musztardówkach. Za litością, jak zwykle, nadciągnął wstyd z powodu wybuchu agresji, a za nim próba pojednania.

– Nie ma sprawy. – Wyciągnął dłoń, którą Hook przyjął z wdzięcznością. – Nad czym tam ostatnio pracujesz, Hook?

– Właściwie nie powinienem o tym mówić.

– Grzeczny chłopiec. Jak się teraz mówi: „Jedno nieostrożne słowo, może kosztować życie wielu twoich...". Muszę już...

– Dobra, ujmę to tak. Fakt, że obserwuję ryby i ziemniaki, doskonale uzupełnia moje własne badania. Nad odżywianiem – dorzucił, nie doczekawszy się stosownej reakcji na twarzy Jamesa.

– Interesujące – powiedział James, podnosząc rower z ziemi.

– Rozumiesz, wzorce konsumpcji odzwierciedlają ściśle poziom dochodów i wykształcenia. Podejrzewałem to od dawna, ale teraz, dzięki pracy w ministerstwie, mam dostęp do danych. Wskazują, że w tak zwanych niskowartościowych warstwach społeczeństwa konsumpcja ziemniaka do spożycia ryb ma się jak jeden do trzech. Poniżej progu ubóstwa proporcje te sięgają poziomu jeden do pięciu. W grupach wysokowartościowych statystyki...

– Chcesz powiedzieć, że biedni jedzą więcej frytek?

– Cóż, w znacznym uproszczeniu można by tak powiedzieć. Ja jednak wolałbym to ująć...

– Jasne, oczywiście. Wybacz, ale muszę już...

– Rozumiem. Ale nie wyjaśniłem jeszcze związku między tłuszczem pochodzenia rybnego w diecie a poziomem umysłowym. A także dobroczynnego wpływu mleka w szkołach na stan uzębienia i kości Anglików!

– Innym razem, Magnus. – James wskoczył na rower, czując ulgę, że tylne koło, choć scentrowane, wciąż się kręci. Ujechał parę metrów i przystanął. – Nie widziałeś ostatnio Florence? – rzucił, oglądając się za siebie.

Hook spuścił oczy, oblewając się szkarłatem. James nie pierwszy raz spotykał się z taką reakcją: kiedy Florence wchodziła do pomieszczenia, mężczyźni baranieli na jej widok. Wcale mu się nie podobało, że samo brzmienie jej imienia odnosiło podobny skutek. Znów poczuł w piersiach bolesny ucisk.

– Ostatnio widziałem ją we wtorek. Wchodziłem do kolegium, a ona właśnie wychodziła ze swoją koleżanką, tą, jak jej tam?

– Rosemary? – James widział ją na oczy zaledwie kilka razy, ale wydała mu się irytująca. W dodatku owijała się wokół Florence jak powój.

– No właśnie. Rosemary. – Hook, mrużąc oczy, otaksował Jamesa. – Czy mi się wydaje, Zennor, czy masz pod marynarką podkoszulek sportowy?

• • •

Ostatni odcinek drogi na Parks Road pokonał błyskawicznie, kiedy jednak opierał rower o murek przed kolegium Wadham, targnął nim niepokój. Godziny otwarcia bibliotek były teraz skrócone, co dotyczyło również nowego gmachu Biblioteki Bodlejańskiej. Tymczasem dochodziła już szósta.

Rzucił się w stronę budynku, który kłuł w oczy swoją nowością. W mieście, w którym mury były szare od brudu i sadzy z opalanych węglem kominków, nieskazitelnie kremowe ściany New Bod aż raziły wzrok. Nie dość, że były czyste, to jeszcze składały się z samych linii prostych, bez żadnych gargulców, ceglanych występów czy blanków, które

67

upodabniały Uniwersytet Oksfordzki do średniowiecznych murów miejskich. Mroczny klimat pogłębiały dodatkowo obostrzenia związane z zaciemnieniem, wskutek których każde kolegium zakrywało okna żaluzjami lub firankami, a gdy zapasy się wyczerpały, papierem pakunkowym, czy wręcz zamalowywało szyby czarną farbą. Początkowo duma nakazywała, by odsuwać firanki i zdejmować papier co rano. Ale pracowników, jak i cierpliwości zabrakło, i teraz, w jedenastym miesiącu wojny, wiele średniowiecznych i tudoriańskich okien w mieście tonęło w mroku.

Wierzyć się nie chciało, że biblioteka została otwarta raptem przed rokiem: James i Florence, zaproszeni przez Greyów, byli na otwarciu. Mówcy zapowiadali świetlaną przyszłość, w której spełnią się sny przyszłych naukowców. Ale nawet wtedy brzmiało to bardziej jak pobożne życzenia niż rzeczywiste prognozy. Tylko ci, którzy do ostatka chowali głowę w piasek, lub skrajni ugodowcy wierzyli w to, że wojny da się uniknąć. Dla niektórych, jak James, wojna trwała już od dobrych paru lat.

Tak jak się obawiał, bibliotekę właśnie zamykano.

– Musi pan zaczekać do jutra, proszę pana – powiedział odźwierny, biorąc do ręki klucz przyczepiony u pasa, jakby był strażnikiem więziennym.

– Oczywiście, oczywiście – odparł James. – Muszę tylko wziąć notatki, które zostawiłem w jednej z czytelni.

– Biblioteka jest otwarta od...

– Wiem, znam godziny otwarcia. Ale... – Nachylił się i zniżając głos do szeptu, dodał: – To sprawa ściśle związana z obronnością cywilną, rozumie pan?

Odźwierny cofnął się, jakby potrzebował dystansu, by oszacować wiarygodność rozmówcy. Najważniejsza jest pewność siebie, wpajano Jamesowi podczas szkolenia w Hiszpanii. Wytrzymał spojrzenie odźwiernego, wyobrażając sobie, że pracuje dla wywiadu w Balliol czy Oriel, aż w końcu tamten cofnął się i skinął ręką w stronę schodów.

Rzuciło mu się w oczy, że na podestach schodów stoją oparte o ścianę wielkie pakunki owinięte sznurem: odgadł, że są to drogocenne obrazy, o których słyszał. Wszystkie kolegia przenosiły swoje zbiory, pozbywając się nawet witraży i posągów, do nowego gmachu Biblioteki Bodlejańskiej. Zresztą nie tylko kolegia. Również biblioteka Izby Parów zdeponowała tutaj najcenniejsze dokumenty narodowe w czterech żelaznych kufrach – wśród nich wyrok śmierci na Karola I. Trudno orzec, czemu uznano, że tak bezcenne zabytki akurat w tym gmachu będą bezpieczniejsze niż gdziekolwiek indziej w Oksfordzie: może po prostu nowoczesność budziła zaufanie.

Na parterze wypatrzył jedyną bibliotekarkę, która jeszcze nie wyszła. Była mniej więcej jego rówieśniczką; na biurku miała radioodbiornik, i to grający, co wskazywało nie tylko na to, że była po pracy i szykowała się do wyjścia, ale również na to, jak wiele się zmieniło: jeszcze do niedawna radio byłoby nie do pomyślenia w bibliotece, teraz jednak wszyscy warowali przy odbiornikach, czekając na wiadomości wojenne. Zbliżając się do biurka, słyszał, jak spiker żegna słuchaczy popołudniowego programu BBC, *Adolf w krainie szwabów*. Pewnie audycja satyryczna ku pokrzepieniu serc, domyślił się James.

Dziewczyna odwróciła się. Nie była ani trochę podobna do Florence, jednak jakaś świetlistość oczu upodobniała ją do niej i James poczuł nagle, jak nogi pod nim miękną. W jednej chwili przeniósł się do Racket, pobliskiej kantyny, gdzie z powodu racjonowania żywności musieli się zadowolić z żoną kolacją z fasoli na grzance. Kłócili się, James stracił panowanie nad sobą, a wtedy Florence spokojnie wstała i wyszła, zostawiając go na pastwę skonsternowanych spojrzeń obsługi i gości. Wybiegł za nią, krążąc po ulicach, aż wreszcie dogonił ją kilkaset metrów przed domem. W końcu jakoś się pogodzili, nie pamiętał już jak, lecz prawie przez godzinę bał się, że ją stracił. A teraz coś w twarzy bibliotekarki rozbudziło w nim od nowa lęk, z którym walczył przez cały dzień.

– Przykro mi, proszę pana, biblioteka jest już dzisiaj zamknięta. Jutro jesteśmy czynni od rana.

Wpatrywał się w nią, nagle nie wiedząc, co powiedzieć, ani nawet od czego zacząć.

– Proszę pana?

Ściszyła radio, ale i tak słyszał, że zaczynają się wiadomości o szóstej: mówiono coś o rządzie Vichy zrywającym stosunki dyplomatyczne z Wielką Brytanią.

– Boję się, że stało się coś złego – oświadczył bez ogródek. – Moja żona zniknęła. Biblioteka jest jednym z ostatnich miejsc, gdzie ją widziano. Muszę się dowiedzieć, po co tu przyszła. Może to pomoże ją znaleźć.

Dziewczyna zamrugała niepewnie, po czym pobiegła wzrokiem za Jamesa, jakby chciała się upewnić, że nikogo tam nie ma.

– Regulamin mówi wyraźnie...

James spojrzał jej prosto w oczy.

– Doskonale to rozumiem i całkowicie się zgadzam. Ale sytuacja jest wyjątkowa. – Dziewczyna milczała, co wziął za dobry omen. – Proszę mnie zrozumieć, bardzo się o nią niepokoję.

– Chętnie bym panu pomogła, jednak nie trzymamy tutaj rewersów. Musiałabym... – Znów rzuciła wzrokiem w stronę drzwi za jego plecami. Nie umiał powiedzieć, czy bała się, że ktoś może nadejść, czy właśnie na to liczyła. Była samotną kobietą w wielkim, opustoszałym gmachu z mężczyzną, który właśnie wyjawił, że jest zdesperowany.

– Będzie pani tak dobra? Byłbym niesamowicie wdzięczny.

Podała mu żółtą karteczkę, prosząc o wypisanie nazwiska czytelniczki. Mówiła nerwowo, zdając sobie sprawę, że narusza przepisy.

– Poproszę jeszcze o datę, panie...

– Zennor. Doktor James Zennor.

Wzięła karteczkę, odwróciła się i zniknęła w drzwiach prowadzących gdzieś do wnętrza gmachu. James spojrzał w górę, a potem rozejrzał się wokół, podziwiając obszerne pomieszczenie. Od dnia otwarcia prawie tu nie zaglądał: wolał pracować w Radcliffe Camera, gdzie nie natykał się na tylu kolegów. Ale nowa Biblioteka Bodlejańskia od razu przypadła Florence do gustu.

– Pomyśl tylko, że będę jednym z pierwszych naukowców pracujących w budynku, który przetrwa pewnie tysiąc lat. – Urwała, a potem uśmiechnęła się czarująco. – Lubię być pierwsza.

Zaczął krążyć po sali, podziwiając rzędy pulpitów, nowiutkich, nieskazitelnych – bez rys, pęknięć i lepkich plam pozostawianych przez ludzi w ciągu stuleci w „Radder". Spojrzał na zegar. Bibliotekarki nie było od dobrych pięciu minut, o ile nie dziesięciu. Co ją mogło zatrzymać?

I gdzie się podziewa Florence? Pani Grey miała rację: dom rodziców był najbardziej oczywistym miejscem, lecz wyeliminował już tę możliwość. Czuł, jak znów narasta w nim gniew. Musi się dowiedzieć, co przywiodło tu Florence. Może czytała to, co zawsze, Darwina i tym podobne, ale mogła też naprędce szukać jakiejś wiadomości. Jak to ujęła pani Grey? Może musiała coś sprawdzić albo zdobyć informacje przydatne w podróży.

Co też to mogło być, u diabła? Czego szukała Florence? I co z tą bibliotekarką?

Szybko wyminął biurko, przekraczając niewidzialną linię oddzielającą pracowników od czytelników, i przeszedł przez drzwi, w których bibliotekarka zniknęła już prawie przed kwadransem.

Znalazł się na podeście służbowej klatki schodowej. Ściany

podestu, słabo oświetlonego anemiczną żarówką, pociągnięto ekonomiczną szarą farbą; podłogę pokrywało liche linoleum. Odruchowo skierował się w dół.

Piętro niżej odkrył kolejne drzwi. Pchnął je i zobaczył coś, co w pierwszej chwili wziął za długi korytarz.

– Halo! – zawołał, a jego głos odbił się nieoczekiwanie echem.

Wszedł głębiej w półmrok i zawołał znowu. Nikt nie odpowiadał.

Ruszył przed siebie, po chwili orientując się, że idzie bardzo wąskim chodnikiem. Wyciągnął rękę w bok, spodziewając się chłodnego dotyku betonu, jednak wyczuł pod palcami coś chropawego, przypominającego kształtem łańcuch rowerowy. Po chwili rozpoznał kontur taśmociągu.

Czytał gdzieś o tym wynalazku. Znajdował się w tunelu pod Broad Street, łączącym nowy budynek biblioteki ze starym. Okrzyknięto go cudem brytyjskiej myśli technicznej. Bibliotekarzy kursujących w tę i we w tę między oboma gmachami zastąpił mechaniczny podajnik z równą niewzruszonością niosący zamówienia, bez względu na to, czy był to *Das Kapital*, czy *Principia Mathematica*.

Wytężając wzrok, spojrzał w górę i zobaczył biegnący pod stropem ciąg rur. Musiał to być ów system rur pneumatycznych, o którym tak trąbiono w zeszłym roku: wkładało się do kapsułki rewers, który następnie odfruwał pchany sprężonym powietrzem. Aeroplany, radioodbiorniki, kino – świat pędził na złamanie karku, zostawiając daleko w tyle epokę wiktoriańską, w której tkwili nadal rodzice Jamesa.

– Proszę pani? Jest pani tutaj? – Gdzie wcięło tę bibliotekarkę i czemu milczy jak zaklęta?

Tunel znienacka skręcił w prawo; James zastanawiał się, dokąd udało mu się dotrzeć. Czy mógł już być pod Radcliffe Square? Raczej nie zawędrował jeszcze tak daleko, choć w ciemnościach zmysły mogły go zawieść. Nagle zorientował się, że jest mu zimno; zadrżał, choć lepił się od potu.

Coś błysło w oddali. Światło migało, jakby ktoś zapalał i gasił latarkę. James przyspieszył kroku, w końcu ruszył biegiem.

– To pani?

Po dłuższej chwili nadeszła odpowiedź, od której włos mu się zjeżył na głowie.

– Nie – odparł męski głos.

Rozdział 6

– Kto tam? – Słyszał w swoim głosie panikę.

– Doktorr Zennorr?

Obcy akcent. Kto to mógł być? Holender? Niemiec? James nie potrafił nawet ustalić, skąd dobiega głos. W co się wpakował?

– Szukam bibliotekarki.

– Jestem bibliotekarzem.

Jamesa oślepił strumień żółtego światła. Odwrócił się w bok, zasłaniając oczy ręką.

– Przeprrraszam, nie chciałem.

Latarka skierowała się teraz w inną stronę. James musiał parokrotnie zamrugać, zanim odzyskał wzrok.

– Kim pan jest, u diabła?

– Prrhoszę się na mnie nie gniewać.

James poczuł, jak znów budzi się w nim wściekłość.

– Coś pan za jeden? – spytał, siląc się na spokój.

– Epstein. Prrhacuję na nocną zmianę.

No tak, stąd ten akcent: emigrant z Niemiec.

– A co się stało z bibliotekarką?

– Było już po szóstej, więc puściłem ją do domu. Kobiety harrują tu od siedmiu dni bez wyrrwy.

– Bez przerwy.

– Tak. Bez przerrwy. To właśnie miałem na myśli.

– Ale przecież miała mi pomóc. Złożyłem zamówienie.

– Tak, tak, wiem. Już panu pomagam. Szukam te książki.

– Książki zamówione przez panią Zennor?

– Tak. Ale co pan robi w tunelu? Tu nie wolno.

James oddychał ciężko. Serce waliło mu w przyspieszonym tempie. Wciąż jeszcze był w szoku po wiązce oślepiającego światła. Widział wszystko jak przez mgłę, ale nie tylko z tego powodu. Były też inne przyczyny.

– Mam te książki dla pana. Prrhoszę za mną.

Ruszyli w milczeniu. James czuł się nieswojo w towarzystwie mężczyzny. Bał się też, że jedno nieopatrzne słowo sprawi, że tamten się rozmyśli, widząc, jak James poci się z niepokoju. Walczył z chęcią, by spytać, jakie książki niesie bibliotekarz, i czekał, aż po słabo oświetlonych schodach wrócą do czytelni.

– Musimy oszczędzać prrhąd, rozumie pan. W nocy. Dlatego tu nie ma światła, tylko to. – Epstein machnął latarką. – Taśma też nie działa. Sam muszę nosić książki, co zabiera długo, za co przeprrraszam.

– Nie musi mnie pan przepraszać.

– Oczywiście, oczywiście. Pan wybaczy mój angielski. Czytam dobrze, ale nigdy dotąd nie musiałem tyle go mówić.

– Świetnie pan mówi. – James zastanawiał się przez chwilę, czy by nie zwrócić się do mężczyzny po niemiecku, bał się jednak, że wtedy musiałby wyjaśnić, skąd zna język, opowiedzieć o tym, że zajmuje się wiedeńską szkołą psychologii i tym podobne, a szkoda mu było każdej chwili.

– W Heidelbergu ja mało po angielsku. Ale teraz muszę.

– Rozumiem. – James próbował odgadnąć tytuły książek, które Niemiec położył na biurku, grzbietami, niech go diabli, w swoją stronę.

– Nie wyjechałem z wyboru, doktorze Zennorr. Niestety, jestem okazem gatunku, który obecni władcy mojego kraju uważają za niepożądalny. Jestem tu od dwóch lat.

– Jest pan Żydem?

– Tak, proszę pana.

– Cóż, wobec tego witam w Anglii. Dziękuję, że tak szybko znalazł pan książki. – Kiwnął głową w stronę stosu, licząc, że Epstein pojmie aluzję. – Jest pan naprawdę dobrym bibliotekarzem.

– Dziękuję. Uczę się. W Heidelbergu nie byłem bibliotekarzem.

– Nie? – James zezował na książki, ale Epstein pracowicie wypisywał sygnatury, co zdawało się trwać całą wieczność.

– Nie. – Mężczyzna uśmiechnął się żałośnie. – Ostatnio pracowałem na uniwersytecie jako sprzątacz. Myłem podłogi.

– O.

– Wcześniej wykładałem grekę i byłem rektorem wydziału filologii klasycznej.

– Rozumiem. – James zajrzał w stare oczy, z których wyzierały dojmujący smutek i nostalgia. Czytał o niewiarygodnych zbrodniach, jakie naziści popełniali wobec Żydów; słyszał o odbieraniu prawa do wykonywania zawodu, paleniu synagog i Bóg wie jeszcze o czym. Ale co innego słyszeć, a co innego stać twarzą w twarz z jedną z ofiar tych barbarzyńców.

Bibliotekarz wyraźnie przywykł do podobnych reakcji.

– Nie, nie, niech pan mi nie współczuje, doktorze Zennorr. Jestem wdzięczny za moją pracę i za to, że tu mieszkam. Anglia to jedyny kraj, który daje odpór Hitlerowi.

Wzrok Jamesa umknął w stronę sterty książek na biurku.

Profesor wyprostował się.

– Zapominam się. Proszę.

James wziął książki i przesiadł się do jednego ze stolików. Odwrócił pierwszą. Ku jego zaskoczeniu okazała się oprawionym tomem czasopism: „Zeszyty Brytyjskiego Towarzystwa Psychologicznego", rocznik 1920–1921. Wertował strony, zachodząc w głowę, co w tej lekturze mogło zainteresować jego żonę. Psychologia nie była jej działką.

Nagle z tomu wysunął się pasek białego papieru, miniaturowa zakładka pozostawiona między kartkami. Odruchowo przytknął go do nosa licząc, że wyłowi ślad zapachu Florence, ale jego nadzieje były próżne. Zaznaczony artykuł nosił tytuł: *Studium brytyjskich weteranów wielkiej wojny światowej.*

Dziwne. Florence nie interesowała się specjalnie tamtą wojną. Nie miała zacięcia do psychologii, a jeszcze mniejsze do historii.

Przeszedł do następnej książki pióra amerykańskiego badacza związanego z wydziałem medycyny Uniwersytetu Harvarda: *Studium stresu dziecięcego.* Znów przewertował stronice, szukając białego paseczka, a gdy go znalazł, przystąpił do lektury:

...długotrwały kontakt niezestresowanego dziecka z zestresowanym dorosłym może doprowadzić do stresu wtórnego, inaczej zwanego pasywnym. Objawy wahają się od niemoty wybiórczej, przez melancholię, nadmierną nieśmiałość, opóźniony rozwój, moczenie nocne...

Pobiegł myślami do Harry'ego: wciąż, dłużej niż rówieśnicy, miał kłopot z panowaniem w nocy nad tą sferą. Florence niepokoiła się i nie dawała zbyć zapewnieniom Jamesa, że ich synek „wkrótce z tego wyrośnie". Dopiero teraz James zorientował się, że jest to problem.

Wziął do rąk trzecią książkę. *Co każda matka wiedzieć powinna.* Wybór całkiem niepodobny do Florence, która gardziła tego typu poradnikami. Książka otworzyła się automatycznie, w grzbiecie wyrobiło się załamanie. Tytuł rozdziału: *Przygotowanie dziecka do rozstania bądź długiej podróży.* Ponownie przeczytał tytuł, a potem raz jeszcze, czując, jak ogarnia go przerażenie. Opuściły go resztki nadziei, że jest to jakiś wybryk ze strony Florence, która chce znów „wyrazić swoje stanowisko". Miał przed sobą, czarno na białym, że jego żona planowała długą podróż albo, co gorsza, rozstanie.

Wrócił do pierwszego tomu, do artykułu o weteranach poprzedniej wojny i zaczął czytać pierwszy z brzegu fragment:

Badani objawiali typowe symptomy, takie jak: dotkliwa bezsenność połączona z trudnością w zasypianiu i pozostaniu w stanie snu; nadpobudliwość, wybuchowość; słaba koncentracja. Niektórzy donosili o stanie wzmożonej czujności, ciągłym oczekiwaniu na niebezpieczeństwo.

Pobiegł wzrokiem kilka paragrafów dalej.

Niektórzy w trakcie wywiadu zdradzali bardzo silną niechęć do wszelkich rozmów na temat ich doświadczeń wojennych, reagując nerwowo nawet na okrężne próby poruszenia tematu. Paradoksalnie jednak te same osoby często skarżyły się na niepożądane nawroty wspomnień, tak zwane „flashbacki". Najczęstsze skargi, zgłaszane przez sześćdziesiąt osiem procent badanych, dotyczyły koszmarów sennych, nierzadko gwałtownych...

James zatrzasnął książkę, serce waliło mu jak młotem. Czuł zawroty głowy. Był głodny. Od poprzedniego wieczoru nic prawie nie miał w ustach, a w czasie porannego treningu nie oszczędzał się. Alkohol też zrobił swoje. Wydawało mu się, że czytelnia wiruje wokół niego.

Wstał i spojrzał na siedzącego za biurkiem Epsteina. Miał wrażenie, że twarz starego mężczyzny, ukryta za okularami, zmienia się jak księżyc – raz wydaje się pełna, to znowu wychudzona. Poczuł, że musi wyjść na dwór, żeby się otrzeźwić. Wybąkał jakieś usprawiedliwienie, zostawił książki na pulpicie i zataczając się, ruszył do wyjścia.

Na zewnątrz chwycił się poręczy przy drzwiach i zaczął łapczywie wciągać powietrze w płuca. Po drugiej stronie ulicy, do pubu Kings Arms wlewał się po godzinach pracy tłum – nie studentów, jak dawniej, tylko pracowników naukowych przekwalifikowanych na pracowników administracji.

Musiał to wszystko przemyśleć, ale pękała mu głowa. Czego właściwie się spodziewał? Chyba czegoś prostszego: atlasu, może mapy drogowej, rozkładu jazdy pociągów... Tymczasem to, co obejrzał przed chwilą... przyprawiało go o mdłości.

Gdzie, u diabła, podziewa się jego żona? Dokąd ją zaniosło? Drażniła go myśl, że gdzieś żyje, oddycha – może właśnie wysiada z pociągu na dalekiej stacji, idzie ulicą, sączy herbatę – że istnieje gdzieś dokładnie w tej chwili, a on nie ma pojęcia gdzie. Wmawiał sobie, że byłby w stanie znieść rozłąkę, gdyby wiedział, gdzie przebywa Florence. Czuł jednak, że się oszukuje. Od tamtych nocy i dni w Madrycie, gdy tulili się do siebie w huku spadających bomb, czuł, jakby sama natura domagała się, by byli razem. Jako naukowiec narzucił sobie zakaz wiary w fatum i przeznaczenie, nie umiał więc nazwać tamtych uczuć. Również jego wykształcenie starannie omijało słowo „dusza", mimo to James czuł, że ich dusze są połączone.

Przyjście na świat Harry'ego tylko to potwierdziło. Kochał swojego syna z żarliwością, której się po sobie nie spodziewał. Wyobraził go sobie, jak w milczeniu tuli się do białego misia. Myśl o tym, że będzie żył z dala od chłopca, wzbudziła w jego sercu nagłą trwogę.

Przed oczami stanęły mu słowa: *do rozstania bądź długiej podróży*. Mroczne podejrzenie wdarło się do jego umysłu jak wirus do krwiobiegu. Czyżby, czy to możliwe, żeby...

Nagle, jakby jego usta, pierś i płuca same decydowały o sobie, usłyszał własny przeraźliwy krzyk: GDZIE JESTEŚ, FLORENCE?!

Był zaszokowany tym wybuchem. Zwrócił on uwagę grupy młodych mężczyzn pijących na chodniku przed pubem: poczerwienieli na twarzach, żyły groźnie nabrzmiały im na szyjach. James podejrzewał, że są weteranami odwrotu spod Dunkierki – ewakuacji, jak to ujęło delikatnie BBC – przysłanymi tutaj na rekonwalescencję w szpitalu Radcliffe'a.

Florence wspominała o nich nie dalej jak wczoraj, opowiadając o zgorszeniu jakiegoś wiekowego profesora i reszty, zaszokowanej notoryczną nietrzeźwością przybyłych. James

79

wzruszył ramionami; jakże mógłby potępiać żołnierzy za to, że próbują się rozluźnić w jedyny dostępny im sposób.

Nie zwracając na nich uwagi, przeszedł przez jezdnię, wsiadł na zostawiony przed Wadham rower i odjechał.

• • •

Pedałował zawzięcie, starając się nie poddawać myślom, ale one cisnęły się niepowstrzymanie. Czuł niemal namacalnie, jak kłębią się w korze mózgowej; gdy zablokował jedne synapsy, wpadały z drugiej strony, zderzając się ze sobą z krzykiem i układając w zdania.

Nasunął mu się pomysł, jak je uciszyć. Był czwartek, prawie siódma wieczór, lato. O tej porze Florence zazwyczaj uczestniczyła w cotygodniowych wyprawach koła krajoznawczego w towarzystwie swej przyjaciółki Rosemary. Na jego rozeznanie większość członkiń była komunistkami, fanatycznymi wyznawczyniami krzepienia ciała przez ruch na świeżym powietrzu.

O tej porze powinny już wracać, a on wiedział, gdzie ich szukać.

Tak więc po raz drugi tego dnia – choć miał wrażenie, że od pierwszego razu minęły wieki – znalazł się nad Tamizą, pedałując w kierunku śluzy w Iffley. Spotkał je zgodnie z przewidywaniami: Rosemary kroczyła na przedzie w nijakich półbutach, z włosami nijakiej barwy przystrzyżonymi na nijaką długość. W jednej ręce trzymała kosz piknikowy, który pomagała jej nieść młoda studentka. James zwolnił, zdjął jedną nogę z pedału, przez chwilę balansując na drugiej, po czym zeskoczył, starając się zrobić wrażenie spokojnego i opanowanego, z twardym postanowieniem, że będzie się wystrzegać czerwonej mgły przed oczami.

– Dzień dobry. – Zamachał ręką.

– To pan, James? – Zlustrowała go zza grubych soczewek, którym jednak daleko było do szkieł Magnusa Hooka.

– Tak. Chciałem tylko...

– Spokojnie, domyślam się. – Skinęła w stronę swojej młodej towarzyszki, która natychmiast z szacunkiem przekazała ucho kosza Jamesowi, wycofując się do rozgadanej grupy dziewcząt w tyle.

W głowie mu się nie mieściło, jak Florence odnajduje się w takim towarzystwie, choć podejrzewał, że część członkiń koła „czuje do niej miętę". Diabli wiedzą, czy Rosemary nie była jedną z nich. Złapał kosz jedną ręką, drugą prowadząc rower, i czekał, co powie przyjaciółka żony.

– Domyślam się, że szuka pan Florence?

– Tak. Zastanawiam się, czy może pani wie, gdzie...

– Odkąd jej nie ma? – przerwała mu ze wzrokiem wbitym nieruchomo przed siebie.

– Od... – zerknął na zegarek – od rana. – Lewa ręka, w której niósł kosz, już zaczynała mu odmawiać posłuszeństwa. Ale wolał się do tego nie przyznawać, żeby nie rozproszyć uwagi Rosemary, która ściągnęła brwi w skupieniu. Na szczęście kobieta przystanęła z własnej woli.

– Audrey! – zawołała do jednej z dziewcząt idących w tyle. – Bądź tak dobra i ponieś teraz kosz z Violet.

Obie pannice podskoczyły usłużnie, przejmując kosz z ich rąk pod czujnym okiem Rosemary, która odczekała potem, aż cała grupa znajdzie się nieco z przodu, żeby nikt nie mógł ich podsłuchać.

– A więc nie ma jej od rana – podjęła wreszcie.

– Tak.

– I spodziewał się ją pan tutaj zastać?

– Jest czwartek wieczór, a Florence, bez względu na pogodę, nigdy nie opuszcza tych waszych spacerów.

– Przechadzek, doktorze Zennor. Używamy nazwy „przechadzki". Ma pan rację, Florence jest wielką miłośniczką naszych wypraw. Była bardzo nieszczęśliwa, że w ostatnich tygodniach nie mogła w nich uczestniczyć.

81

– Jak to: nie mogła? Przecież spacerowała z waszym kołem?

– Nie stawiała się na zbiórki.

– Musiało się pani coś pomylić. Pamiętam doskonale, jak Florence wychodziła o piątej w obuwiu turystycznym, tak jak zawsze. Pamiętam, jak po powrocie do domu relacjonowała mi przebieg wypraw.

– Pan wybaczy, doktorze Zennor, ale chyba ja wiem lepiej. Nie było jej w poprzedni czwartek ani tydzień wcześniej. Florence nie należy do kobiet, których obecność można przeoczyć.

James zbaraniał.

– Czy jakoś się tłumaczyła?

– Mówiła tylko, że coś jej wypadło. Coś ważnego. Bardzo przepraszała.

James przerzucał w myślach wszystkie możliwości, starając się uszeregować je według stopnia prawdopodobieństwa: albo Rosemary łże, albo Florence chodziła na spotkania innej organizacji, okłamując przyjaciółkę, żeby nie zranić jej uczuć, albo w oba czwartki Florence wybrała się dokądś w ważnej sprawie, oszukując jego.

– To jakaś dziwna historia – ciągnęła Rosemary. – Prawdę mówiąc, czasem lepiej nie wiedzieć za wiele o dramatach bliźnich ani nawet co oni sami wiedzą na temat swojej sytuacji.

– Dramatach? Co ma pani na myśli?

– Przepraszam, źle się wyraziłam. Rozmawiając o życiu innych, tak to ujmijmy, człowiek nigdy nie wie, gdzie są granice.

– Niech mnie pani posłucha, panno... – zaczął i urwał skonsternowany, bo nie mógł sobie za nic przypomnieć jej nazwiska.

– Hyde, Rosemary Hyde. I to by właśnie dowodziło mojej racji, doktorze Zennor. Przyjaźnię się z pańską żoną od ponad dziesięciu lat, od szkolnej ławy. Sądzę, że jestem jej najbliższą powiernicą. A mimo to nie bardzo pan pamięta, jak się nazywam.

– Nic podobnego – zaprotestował słabo. – Po prostu zawsze traktowałem waszą przyjaźń jako... jako waszą prywatną sprawę. – Jego umysł był całkowicie zaprzątnięty wspomnieniami Florence w sportowych półbutach dzwoniącej po panią Brunson, żeby przyszła popilnować Harry'ego. Co za tym stało? Gdzie była w tamte czwartki?

– Proszę tego nie odbierać jako krytyki, raczej jako ilustrację pańskiego problemu.

Znów przed oczami zaczęły mu latać czerwone cętki.

– Tak? A co jest pani zdaniem moim problemem, panno Hyde? Bo z mojego punktu widzenia „problem" sprowadza się do zaginięcia żony i dziecka. Odbyłem wyprawę do New Bod, ale ten trop nie doprowadził mnie donikąd, a teraz pani bawi się ze mną w kotka i myszkę, sugerując, że moja żona okłamywała mnie ostatnio, zamiast wyłożyć mi kawę na ławę, co się z nią dzieje. Chcę wiedzieć tylko jedno, panno Hyde, gdzie jest Florence?

Wypadło to nieoczekiwanie żałośnie – z jego żebrzącego tonu przebijała rozpacz – o czym świadczyła dobitnie mina Rosemary. Jej rysy zmiękły, a wyraz twarzy irytująco zakrawał na litość.

– Nie wiem, gdzie jest Florence – powiedziała cicho. – Przysięgam. – Ruszyła przed siebie. – Ale nie dziwi mnie to, że odeszła. Spodziewałam się tego.

– Spodziewała się pani tego?

– A pan nie? Niech pan powie uczciwie. Zważywszy na to, co się działo?

– Nie rozumiem.

– Dobrze pan wie, o czym mówię.

– Naprawdę nie wiem, panno Hyde. Denerwuje mnie słuchanie o jakichś historiach, o których nie mam pojęcia.

– To nie są „jakieś historie", doktorze Zennor. Tu chodzi o codzienne, domowe życie pana, Florence i Harry'ego.

– Pani wybaczy, ale nasze życie domowe nie pozostawia nic do życzenia. Jesteśmy bardzo dobrą rodziną. Kocham moją żonę i kocham mojego synka. – W jego oczach mignął błysk zrozumienia. – Ach, już wiem, co miała pani na myśli, mówiąc o „dramatach". Zapewniam panią, że nigdy nie zdradziłem Florence, odkąd ją...

– Nie to miałam na myśli. – Zajrzała mu w oczy. – Niech mi pan powie, czy dobrze pan sypia?

– To nie pani in...

– Zdecydowanie nie mój interes. Ale pańska żona potrzebowała się komuś zwierzyć i tym kimś okazałam się ja. A więc: czy dobrze pan sypia?

– I jeśli pani na to odpowiem, pomoże mi pani znaleźć żonę?

– Niewykluczone.

– Chodzę spać późno i wstaję bardzo wcześnie, czasem też budzę się w nocy. To właśnie chciała pani usłyszeć? I co teraz?

– Florence opowiadała mi, że często budzi się pan z krzykiem w środku nocy.

– Wiem, jaki incydent ma pani na myśli. To było...

– Incydent? Florence twierdzi, że to się dzieje ciągle. Poci się pan, podrywa z pościeli i zaczyna krzyczeć...

– Naprawdę, nie rozumiem...

– Noc w noc – ciągnęła Rosemary niezrażona. – To z kolei rozstraja Harry'ego. Niedawno płakał tak rozpaczliwie, że nie mogła go za nic uspokoić. A kiedy w końcu chłopiec zasypia, moczy się po godzinie. W dodatku Florence przyłapała pana na lunatykowaniu.

– Co też pani wymyśla?!

– Zastała pana w kuchni z nożem. Mówiła, że zastygł pan z nożem w ręku z otwartymi oczami. Śmiertelnie ją pan przeraził.

– Łże pani! – ryknął.

Rosemary z zaciśniętymi zębami zaszła mu drogę.

– Chce pan wiedzieć, co według jej słów sprawia, że życie z panem jest nie do wytrzymania? To pańskie wieczne udawanie, że nic się z panem nie dzieje. I pańska agresja. „Czy on udaje, Rosemary, czy naprawdę nie pamięta?", tak się mnie pytała! I sama nie wiedziała, czego się bardziej bać: tego, że pan wypiera się tego, co każdy widzi, czy tego, że jest pan aż tak chory, że traci pamięć.

– Chory? Na co niby?

– Na to też się skarżyła. Że nie chce pan iść do lekarza. Błagała pana, żeby...

– Oż, na litość boską... – Słuchanie Rosemary było udręką; oślepiające światło w jego głowie jarzyło coraz nieznośniej, ale nie mógł jej teraz przerwać, skoro wiedziała coś, o czym powinien wiedzieć. – Byłem u specjalisty w związku z bezsennością – oświadczył, próbując zachować spokój.

– Tak, ale nie powiedział mu pan prawdy, dobrze mówię? Powiedział pan tylko, że „miał pan kiepską noc". I że...

– Skąd, u diabła, wie pani o tym wszystkim?

– Stąd, że pańska żona nie miała się komu zwierzyć. Bała się mówić o tym rodzicom. Wiedziała, jak bardzo ich pan nie znosi za...

– Nie znoszę?

– ...za ich pomoc. Za to, że musiał pan brać od nich pieniądze – dorzuciła, widząc, że nie rozumie.

– Proszę posłuchać – zażądał. – Chcę wiedzieć, co pani wie. Nic więcej mnie nie interesuje. No, już!

Umilkła, patrząc na wieżę katedry Christ Church, a za nią meandry rzeki.

– Zgoda – odparła wreszcie. – Przede wszystkim chodziło jej o Harry'ego. Czuła, że musi go chronić.

– Przed czym?

– Przed panem, naturalnie.

Już chciał zaprotestować, ale za bardzo tętniło mu w skroniach.

Łatwiej było milczeć, iść i słuchać.

– Mówiła, że już się prawie pogodziła z tym, że jest pan non stop wściekły. Od czasu... – Zerknęła na jego ramię. – Od czasu pańskiego, hm, wypadku. Ale po urodzeniu Harry'ego zaczęło ją to niepokoić. Prawdę mówiąc, bała się.

– Mnie – uzupełnił cicho.

– Tak, James. Bała się pana. Tego, do czego jest pan zdolny. Bała się, że może pan coś zrobić Harry'emu.

Nagle poczuł, że jego serce się kurczy, czuł to każdym mięśniem, słyszał we własnym tętnie. Nie mógł wydusić z siebie słowa.

– Kiedyś zostawił go pan w kuchni, z czajnikiem na ogniu. Pamięta pan?

Pokręcił niepewnie głową.

– Tak było. Zostawił pan małego w kuchni bez opieki, James. Zapalił pan pod czajnikiem...

– Dość już tego – zaskomlał.

– Też tak zareagowałam – oznajmiła z przekąsem. – Powiedziałam: „Dość już tego, powinnaś go rzucić". Powtarzałam jej to wiele razy. Zwłaszcza po tym, jak ją pan uderzył.

– Jak ją co?

– Niechże pan nie udaje, że nie pamięta. Najpierw się pan awanturował, a potem walnął ją pan na odlew. Miała czerwoną pręgę na policzku, przez cały wieczór robiłam jej zimne okłady.

– Wierutne kłamstwo!

– Proszę na mnie nie krzyczeć! Próbuję tylko...

– Wierutne kłamstwo i pani o tym dobrze wie. – Było mu słabo, jakby miał zaraz zemdleć. To nie mogła być prawda. Nie mogła... Czy na pewno?

Wszystko, co mu dotąd wytknęła, budziło w jego pamięci jakiś nikły oddźwięk, dalekie echo, w którym, niestety, niepokojąco pobrzmiewała nuta prawdy. Tu jednak Rosemary posunęła się za daleko. Zgoda, nie da się ukryć, że jest cholerykiem, ale jego gniew był zawsze wymierzony w niego

86

samego. Kiedy przebił ręką na wylot drzwi ogrodowe, rozciął własny nadgarstek, kiedy dostał szału i rąbnął głową w biblioteczkę, nabił sobie guza na własnym czole. Ale w życiu nie podniósłby ręki na żonę, bo to niegodne dżentelmena.

– To kłamstwo – powtórzył, już spokojniej.

– Tak pan mówi. A jak jest w rzeczywistości? Mam wrażenie, że pańska pamięć bywa zawodna.

– I mówi pani, że po wszystkim przyszła do pani?

– Prościuteńko. – Duma w głosie Rosemary sprawiła, że gniew podskoczył w nim jak rtęć w termometrze. – Co nie znaczy, że jest do tego zdolna. Mam na myśli odejście od pana. Jest panu wierna na zabój. Liczę, że pan to docenia.

– Kiedy właśnie mnie porzuciła.

– Przez wzgląd na Harry'ego. Bała się trzymać dziecko pod jednym dachem z panem. Przedtem. Teraz już nie uważa pana za największe zagrożenie dla małego. Przynajmniej dla jego życia.

– Chodzi o wojnę – wyszeptał James bardziej do siebie niż do Rosemary.

– Od chwili wybuchu wojny jej lęk narastał. Syreny, schrony przeciwlotnicze, maski gazowe, ten cały blaszak, który pan ostatnio postawił w ogrodzie...

– Schron Andersona.

– To wszystko ją przeraża. Florence czuje, że wojna dotrze tutaj lada chwila.

– W zeszłym tygodniu zbombardowano Cardiff.

– Otóż to. Była pewna, że teraz przyjdzie kolej na Oksford.

Wiele razy Florence wyrażała swoje obawy, że Oksford aż się prosi o nalot, nie tylko z powodu fabryki amunicji w dawnych zakładach samochodowych w Cowley, ale również jako siedziba uniwersytetu.

– Londyn stanowi element układu nerwowego, ale to Oksford jest mózgiem – mawiała.

– Próbowałam jej pokazać statystyczne prawdopodobieństwo – słyszał jak przez szybę głos Rosemary. – Jak panu, być może, wiadomo wykładam matematykę, a dokładnie statystykę. Choć raczej podejrzewam, że jak większość mężczyzn bierze mnie pan za sekretarkę. Tak czy owak, tłumaczyłam jej, że statystycznie zagrożenie nie jest zbyt wielkie, ale to było jak rzucanie grochem o ścianę. Wciąż przewidywała najgorsze. „A co, jeśli dojdzie do bombardowania? Co wtedy, Rosemary?".

Poczuł, że rozjaśnia mu się w głowie. Jak mógł być tak ślepy, żeby nigdy na to nie wpaść? Nawet jeśli tylko połowa z zarzutów Rosemary miała pokrycie w faktach, i tak wychodziło na to, że wielu rzeczy nie zauważał, o wielu rzeczach nie pamiętał, wiele rzeczy, żeby użyć języka książki, którą Florence zamówiła w czytelni – wyparł.

– Niepokoiła się niepotrzebnie – mówiła jak karabin Rosemary. – Przypominałam jej dziesiątki razy, że Oksford nie jest objęty ewakuacją, przeciwnie, to tutaj się przysyła dzieci. Nie dalej jak wczoraj bawiłyśmy się z gromadą dziarskich brzdąców z Londynu. Kilka dziewcząt z Somerville poszło trochę z nimi pobaraszkować.

Ale James jej nie słuchał. Przypomniał sobie rozmowę – kłótnię – z Florence... zaraz, kiedy to było? Miesiąc temu? Właśnie wrócili do domu z doskonałego spektaklu: teatry z West Endu, jak większość instytucji londyńskich, przeniosły się do Oksfordu.

– Nawet nie chcę o tym słuchać – zjeżył się.

– Co znaczy, że nie chcesz o tym słuchać? Nie decydujesz sam o Harrym. Oboje jesteśmy jego rodzicami.

Chciał, omijając ją, wyjść z kuchni na znak, że dyskusja skończona. Ale Florence ręką zagrodziła mu drogę.

– Masz mnie posłuchać – wycedziła przez zaciśnięte zęby. – Nie pozwolę narażać Harry'ego.

– To byłaby kapitulacja, Florence. Żądasz ode mnie, żebym skapitulował przed faszystami?

– Skapitulował? Tu nie chodzi o most czy o linię kolejową. To nie jest jakiś obszar o strategicznym znaczeniu, tylko nasze dziecko, James.

– Jeśli wszyscy uciekną, Hitler wygra.

– Nie możesz żądać od dwuletniego dziecka, żeby za ciebie walczyło.

– Co powiedziałaś?

– To, co słyszałeś. Żądasz, żebyśmy odgrywali bohaterów, bo sam nie możesz już nim zostać. To nie fair.

Cofnął się, żeby nie widzieć wyrazu jej twarzy. Wyciągnęła rękę, ale ją odepchnął.

– Zostaw mnie – warknął.

– Kiedy w końcu zrozumiesz, James, że już zrobiłeś swoje? – podjęła kolejną próbę, tym razem łagodniejszym głosem. – Ty już złożyłeś swoją ofiarę, w dodatku jako jeden z pierwszych. Przeciwstawiłeś się faszyzmowi, gdy wszyscy jeszcze chowali głowę w piasek. Nie musisz nic więcej robić.

Krew uderzyła mu do głowy.

– Łatwo ci mówić. Jesteś kobietą i nikt od ciebie nie oczekuje walki na pierwszej linii. Ale ja powinienem tam być, kładąc tych sukinsynów pokotem. Tyle że jestem za słaby, zgadza się? – Milczała, zmuszając go, by powtórzył pytanie. – Zgadza się?! – ryknął. – Więc moje pole bitwy jest tutaj – podjął, kiedy z westchnieniem kiwnęła głową. – Niech mnie diabli, jeśli dam się komukolwiek wypędzić z własnego domu!

Patrzył w dal, nie pamiętając o obecności Rosemary, która dalej terkotała jak najęta. Wiedział już, czemu Florence odeszła – co więcej, miał pewne podejrzenie, dokąd mogła się udać.

Rozdział 7

James pedałował z powrotem w stronę domu; jego nogi też dostały zastrzyku energii. Był pełen zapału, a w głowie zaświtała mu nowa myśl. Po przyjeździe do domu pobiegł do gabinetu i wyjął z półki atlas Wysp Brytyjskich.

Rosemary przypomniała mu to, o czym całkiem zapomniał, że Florence była głęboko zaniepokojona wojną, która w jej odczuciu mogła ich dopaść w każdej chwili. Byłoby całkiem naturalne, gdyby chciała wyjechać na wieś, a majątek jej rodziców w Norfolk zdawał się wymarzonym miejscem do ewakuacji. Ale nie wyglądało na to, by była u Walsinghamów.

Szukanie jej tam okazało się fałszywym tropem; James zdał sobie sprawę z luki w swoim rozumowaniu. Przede wszystkim nie wyjaśniało to zagadki dwóch ostatnich czwartków i podstępów Florence, które miały wyprowadzić w pole nie tylko jego, ale także jej najlepszą przyjaciółkę. Musiała wybrać jakiś inny sposób, by dołączyć do setek tysięcy Brytyjczyków, którzy porzucali swoje domy w mieście, decydując się na bezpieczniejszą wieś. Nic z tego nie rozumiał: Oksford raczej nie należał do metropolii; wystarczyło śmignąć na rowerze, a już się było wśród pól. Ale Florence, w odróżnieniu od większości angielskich matek, widziała na własne oczy skutki bombardowania. Przypomniał ją sobie, jak nachylała się nad nieruchomym ciałkiem dziewczynki w Madrycie. Była śmiertelnie spokojna, nie płakała, nie histeryzowała. Tamto jednak musiało pozostawić w niej jakiś uraz.

Znalazł stronę z mapą hrabstwa Oksfordshire. Oto, co zamierzał zrobić: wskoczy na rower i będzie tak długo jechał przed siebie, nie omijając żadnej wioski, dopóki ich nie znajdzie. Zacznie od Botley, potem pojedzie do Wytham, Wolvercote, Old Marston, Marston – zataczając coraz szersze kręgi wokół miasta – aż sprawdzi całe hrabstwo. A potem, sukcesywnie, sąsiednie.

Wyjrzał przez okno. Lipcowy dzień chylił się wreszcie ku zachodowi. Nie było szans, żeby wyruszył teraz, na przekór planom, które snuł, gnając znad rzeki do domu. Musiałby jechać po ciemku, bo w godzinach nocnych obowiązywało zaciemnienie. Był pewien, że w terenie dałby sobie radę, nawet bez znaków drogowych, ale co począłby po przyjeździe do takiego, na przykład, Botley? Błądziłby po polnych drogach, wykrzykując ich imiona? Co prawda nawiedzały go takie wizje, w których słyszał, jak echo odpowiada: „Florence! Harry!". Tak czy inaczej, będzie musiał poczekać do rana.

Sięgnął po butelkę whisky stojącą obok fotela. Choć sporo rozlał spłoszony nadejściem Virginii Grey, zostało jeszcze w sam raz. Podniósł flaszkę do ust i pociągnął z zamkniętymi oczami.

Kiedy whisky spłynęła do przełyku i alkohol zaczął krążyć w jego żyłach, wrócił pamięcią do słów tej koszmarnej Rosemary, jakoby lunatykował, krzyczał przez sen i budził Harry'ego i Florence. Najchętniej by zaprzeczył, ale czuł, że jest w tym ziarno prawdy. A czajnik z wrzątkiem? Przy odrobinie dobrej woli potrafił to sobie wyobrazić: Harry na swoim składanym krzesełku, para bucha tuż przy jego buzi. James, w roztargnieniu, odstawia czajnik na stolik małego... Jednak absolutnie nie przypominał sobie, żeby uderzył Florence w twarz. Jakżeby mógł. Własną żonę?

Ujrzał ją nagle taką, jaka była w Madrycie, w pierwszych tygodniach po ślubie: jej olśniewający uśmiech, jej ciało tryskające energią, radością życia, seksem. Potem wyobraził ją sobie, jak marszcząc brwi, studiuje w bibliotece suche, naukowe opracowania wyliczające opóźnione efekty traumy kombatantów wielkiej wojny światowej. Czyżby sądziła, że to ma jakiś związek z nim? I czy słusznie?

Stanęła mu przed oczami strona czasopisma. Może już był do niczego, ale nadal mógł się pochwalić niemal fotograficzną pamięcią do słowa drukowanego. Widział wyraźnie wiersze tekstu przed sobą, pamiętał ich położenie na stronie: ...*dotkliwa bezsenność połączona z trudnością w zasypianiu i pozostaniu w stanie snu; nadpobudliwość, wybuchowość; słaba koncentracja. Niektórzy donosili o stanie wzmożonej czujności, ciągłym oczekiwaniu na niebezpieczeństwo.*

Teraz, gdy jego umysł rozjaśnił się dzięki whisky i serii szoków, jaką mu zafundował dzień, gotów był utożsamiać się z tą wyliczanką.

Później pomyślał o drugiej książce ze sterty przyniesionej przez staruszka Żyda w bibliotece: *Studium stresu dziecięcego*. A więc najbardziej bała się tego, że synowi udzielą się problemy ojca. *Objawy wahają się od niemoty wybiórczej, przez melancholię, nadmierną nieśmiałość, opóźniony rozwój, moczenie nocne...*

To prawda, że Harry jeszcze nie opanował sztuki panowania w nocy nad pęcherzem, lecz James kładł to na karb jego wieku: prawdę mówiąc, nie bardzo wiedział, kiedy dokładnie chłopcy zaczynają sobie z tym radzić. Ale opóźniony rozwój? Wszyscy znajomi żartowali, że suma IQ obojga rodziców zapewni Harry'emu ukończenie przed dziesiątym rokiem życia co najmniej dwóch kierunków z wynikiem *cum laude*. Harry zaczął wcześnie mówić i potrafił wygłaszać zgrabne i dość skomplikowane zdania, jednak w ostatnich miesiącach zrobił się nieśmiały. Czy cierpiał na niemotę wybiórczą? Co to, to nie. Choć, po namyśle, musiał przyznać, że od dawna nie słyszał, by jego syn wypowiedział dłuższą kwestię.

Wrócił ból głowy. W mózgu Jamesa znów doszło do serii świetlistych mikroeksplozji. Słyszał smutny głos Florence:

– Kto, jak kto, ale ty powinieneś znać mechanizmy ludzkiego umysłu. Przecież jesteś znawcą „psychiki *homo sapiens*". Jak to możliwe, że nie widzisz, co się z tobą dzieje?

Z zamkniętymi oczami dumał nad odpowiedzią, ale nie mógł znaleźć właściwych słów. Słyszał tylko głos powtarzający w kółko jedno zdanie z książki, którą czytała Florence. Gdy głos nieco przycichł, poznał, że należy do imigranta, profesora Epsteina. Profesor wykładał z przyciężkim, niemieckim akcentem i dostojnie, jakby był Freudem we własnej osobie: *Niektórzy w trakcie wywiadu zdradzali bardzo silną niechęć do wszelkich rozmów na temat ich doświadczeń wojennych, reagując nerwowo nawet na okrężne próby poruszenia tematu. Paradoksalnie jednak te same osoby często skarżyły się na niepożądane nawroty wspomnień, tak zwane „flashbacki". Najczęstsze skargi, zgłaszane przez sześćdziesiąt osiem procent badanych, dotyczyły koszmarów sennych, nierzadko gwałtownych...*

• • •

Jest świt, nie ma nawet szóstej. Bezchmurny dzień zapowiada się chłodniej niż poprzednie i James tęskni za swoim płaszczem. A może drży, bo w ostatniej chwili dają znać o sobie nerwy. Czy, jak kto woli, trema.

Ma już za sobą kilka podobnych misji i zna się na tym – przynajmniej w swoim przeświadczeniu. Jest szybki w nogach, ale ma też dobre oko: nigdy nie przegapi czegoś, na co powinien zwrócić uwagę. „To najważniejsza rzecz", wpajał im Jorge. „Tej roboty nie odwalasz rękami ani nogami. Liczą się oczy", powtarzał.

„Jesteście najniższym szczeblem korpusu wywiadowczego armii republikańskiej", tłumaczył. James jest kurierem, prze-

nosi informacje, zbyt tajne, delikatne lub skomplikowane, by można je przekazać za pośrednictwem sygnałów radiowych. Nieprzyjaciel jest na przedpolach Madrytu, ale w mieście też go można spotkać: wiadomo, że w stolicy czai się „piąta kolumna" zwolenników generała Franco. To, że James jest cudzoziemcem, ma swoje ujemne strony: bardziej rzuca się w oczy, choć robi, co może, by ubierać się, chodzić i ćmić papierosy jak Hiszpan. Z drugiej strony, w razie gdyby dopadła go sfora faszystów, ma wymówkę: powie, że jest dziennikarzem piszącym dla... coś tam wymyśli.

Choć misja jest bardziej skomplikowana od poprzednich, nie obawia się o jej wynik. Zresztą jest z nim jego kumpel, jego – mówiąc językiem Harry'ego Knoxa – „towarzysz". Będą stale utrzymywać dystans stu metrów, Harry pójdzie przodem, ale liczy się to, że James nie będzie sam. James będzie kurierem, Harry zwiadowcą – jeśli wypatrzy coś niepokojącego, powinien to ominąć lub zawrócić dla ich wspólnego bezpieczeństwa.

Jednak tamtego wieczoru to James zauważa coś niepokojącego. Starszy mężczyzna w wygniecionej szarej marynarce, który minął ich jakieś dwadzieścia minut temu, znowu przechodzi obok nich, ale w przeciwną stronę. W jego wyglądzie i zachowaniu nie ma nic niezwykłego, lecz James wciąż ma w pamięci słowa Jorge: „Nie istnieje nic takiego jak zbieg okoliczności. Jeśli coś widzisz po raz drugi, bierz nogi za pas".

Właściwie powinien wiać, ale waha się z obawy, że rzucając się do ucieczki, potwierdzi podejrzenia tych, którzy ich obserwują. Istnieje możliwość, że tylko on został zdemaskowany. Jeśli pogna, by ostrzec Harry'ego, wystawi przyjaciela.

Decyduje się więc nie przerywać marszu, nieznacznie tylko przyspieszając kroku. Ledwie udaje mu się zmniejszyć dystans między sobą a Harrym do paru metrów, kiedy zaczyna się coś dziać. Najpierw czuje podmuch powietrza, potem kula świszcze mu obok ucha i trafia Harry'ego w plecy. Przyjaciel wylatuje *w powietrze wygięty w łuk, szybując z gracją tancerza. Kiedy zaczyna opadać, drugi strzał trafia go prosto w głowę; jego twarz rozrywa się na strzępy mięsa i tłuszczu; czerwone od krwi szkła okularów strzelają w niebo jak iskry z ogniska. Po trzecim i czwartym strzale instynkt popycha Jamesa w boczną uliczkę.*

Stoi tam, dysząc ciężko, a jego umysł próbuje się uporać z tym, co widział przed chwilą: urwało głowę, urwało głowę, urwało głowę. Jeszcze przed chwilą Harry istniał, a już go nie ma, tylko sypie się deszcz strzępków skóry i kości.

Próbując coś z tego zrozumieć, orientuje się, że ma mokrą koszulę. Harry musiał go zbryzgać krwią. Pod marynarką odkrywa jednak czerwoną plamę w okolicach lewej piersi. Po jakimś czasie zauważa, że plama się powiększa, co znaczy, że to jest jego krew. Trafili go.

Harry, cmokając, ogląda ranę Jamesa. Kiwa głową, jakby mówił: „No i kto tu jest większym ofermą?", ale nagle jego mózg eksploduje raz, drugi, trzeci...

Jamesa obudził własny krzyk. Od razu sięgnął ręką do lewego ramienia, które jak zawsze było mokre, ale nie od krwi, tylko od potu. Znów ten przeklęty sen.

Uderzyło go, że jest dość jasno, i poczuł się zdezorientowany. Był przecież w domu, siedział w fotelu z flaszką whisky. Czyżby zmierzch jeszcze nie zapadł? Czy Florence opuściła go o świcie tego dnia? Zegar na kominku pokazywał siódmą, nie wiadomo, czy rano, czy wieczór. Czy stary Żyd z Niemiec, którego spotkał w podziemiach biblioteki, i sztorcująca go nad rzeką Rosemary Jak-ją-tam-zwał też byli tylko snem?

Z zewnątrz dobiegło go dziwne skrobanie. Zerwał się z fotela i przez witrażową szybę w drzwiach wejściowych zobaczył przesuwający się kształt. Serce zaczęło mu łomotać. Czyżby Florence wsuwała klucz do zamka? Jednak wróciła? Ale brakowało drugiej, mniejszej sylwetki. Harry'ego.

Rzucił się do drzwi i otworzył je na oścież. Żywej duszy. – Halo! – zawołał. Usłyszał jakiś szelest, ale nie umiał powiedzieć, czy to tylko wiatr, czy ktoś się skrada za drzewami. Krzyknął ponownie, tym razem wychodząc za próg, lecz nikt mu nie odpowiedział.

Świeżość powietrza i położenie słońca wskazywały, że zaczął się nowy dzień. Przespał calutką noc w fotelu, a żony i synka jak nie było, tak nie ma. Nieobecność Florence i Harry'ego przestała być jakąś chwilową aberracją, popołudniem, które wypadło z rozkładu. Czuł wyraźnie, że sytuacja się utrwaliła, stając się (bolesną) rzeczywistością. Myśl o tym, że odtąd będzie witał każdy dzień w samotności, napełniła go głęboką melancholią.

Wrócił do domu i jego wzrok padł na porzuconą na podłodze salonu ukochaną zabawkę Harry'ego: drewnianą arkę Noego z parami zwierząt. Pewnie była za duża, żeby mogli ją zabrać, i Harry płakał, kiedy Florence wyjmowała mu arkę z rączek, tłumacząc, że Noe nie może im towarzyszyć w długiej podróży. Czy było tak, czy nie, sam widok zabawki podniósł Jamesa na duchu. Nie pogrąży się w rozpaczy; nie podda się. Znajdzie ich, choćby miał stanąć na głowie.

Postanowił umyć się, coś zjeść i przygotować do poszukiwań na większą skalę. Sen rozjaśnił mu w głowie na tyle, by pojął, że musi zacząć działać w sposób zorganizowany i że przeszukiwanie na chybił trafił okolicznych wiosek nic nie da. Trzeba się będzie zmobilizować: wycierając się, unikał patrzenia na lewe ramię, żeby się nie podłamać. Ramię było niższe i chuderlawe, jakby mu pierś uschła po jednej stronie; rzygać mu się chciało na sam widok. Ranę zszywano mu w pośpiechu w zatłoczonym, nienadążającym z operacjami szpitalu w Carabanchel, na południowy zachód od Madrytu, niedaleko od miejsca incydentu. Z czasem, gdy piąta kolumna generała Franco zwiększyła nabór strzelców wyborowych, madryccy lekarze nabrali wprawy. Jednak tamtej nocy zszyto go naprędce, za mocno naciągając skórę i nie zwracając uwagi na stronę estetyczną. W efekcie górna część jego klatki piersiowej wyglądała jak ściana pokryta krzywo tapetą.

Co gorsza, kiedy mydlił pędzel do golenia i ochlapywał twarz ciepłą wodą, ani przez chwilę nie mógł się pozbyć wrażenia, że ktoś go podgląda. Choć nie zauważył nic podejrzanego oprócz tamtego skrobania, które wyrwało go ze snu, i cienia, który przemknął za szybą w drzwiach, miał gęsią skórę.

• • •

Postanowił spotkać się na uczelni z Bernardem Greyem i poprosić go o uruchomienie w Ministerstwie Zdrowia kontaktów z osobami odpowiedzialnymi za ewakuację. Niech poszperają w swoich pękatych kartotekach i sprawdzą, jaka poczciwa dusza przyjęła pod swój dach Florence i Harry'ego Zennorów. To nie powinno być trudne, zwłaszcza dla Greya, dla którego Whitehall było po prostu przedłużeniem Oksfordu.

Odstawił rower i z zażenowaniem przyjął powitalne kiwnięcie głową starego woźnego, które – przynajmniej w odczuciu Jamesa – miało znaczyć: „Co tu, u diabła, robi mężczyzna w pańskim wieku? Czemu nie jest pan na wojnie, jak wszyscy?".

Ku swemu zaskoczeniu zastał na dziedzińcu tłum stojący w równych szeregach. Zakaz deptania trawników stanowił w Oksfordzie najściślej przestrzegane tabu. Możesz ukraść czyjąś pracę i oddać jako własną; możesz robić, co ci się żywnie podoba, ale nie waż się deptać schludnie przyciętych trawników. A jednak ów fetysz właśnie sprofanowano, używając go w charakterze placu defilad, a bezczeszczącej gromadzie przewodził nie kto inny, jak sam Bernard Grey.

Jamesa doszły już słuchy, którym nie bardzo dawał wiarę, że Grey stoi na czele regimentu południowooksfordzkiego, sformowanego z lokalnych Ochotniczych Sił Obronnych, a więc głównie pracowników Poczty Królewskiej. Teraz jednak widział na własne oczy, jak szeregi niemłodych pocztowców wykonują rozkazy, których nie wydaje jakiś sierżant zamordysta, lecz siwowłosy filozof, którego głos znany jest milionom Brytyjczyków dzięki częstym wystąpieniom w krajowych programach BBC. Niech Bóg ma Anglię w opiece, jeśli dojdzie do inwazji i tego autoramentu wojska znajdą się na linii frontu.

Inwazja. To słowo wzbudziło w nim wspomnienie wczorajszej nieprzyjemnej rozmowy z Rosemary. Doszła do tematu inwazji na chwilę przed tym, nim wsiadł z powrotem na rower i ruszył do domu; był zbyt pochłonięty własnymi myślami, by słuchać jej uważnie. Wspomniała o krajach, które Niemcy zajęli w ostatnich tygodniach – Francja, Holandia i Belgia zostały zaatakowane tego samego dnia i bardzo szybko się poddały, ostatnia, Francja, zrobiła to w zeszłym miesiącu. Florence podobno nie miała cienia wątpliwości, że zaraz przyjdzie kolej na Wyspy Brytyjskie. Churchill mężnie podtrzymywał ducha w narodzie, ale większość ludzi była podobnego zdania, że lada chwila niemieckie łodzie podwodne wylądują na plażach Anglii, a niemieckie oddziały zaczną się przemieszczać po brytyjskich drogach. Czy Florence dlatego nie szukała schronienia u rodziców, bo bała się, że Niemcy przepłyną przez Morze Północne i wkroczą do Norfolk? Zaczynał żałować, że nie słuchał uważniej tego babsztyla Rosemary.

Odwrócił się na pięcie, żeby uniknąć upokarzających wyjaśnień, czemu nie doszlusuje do szeregów na dziedzińcu i zawrócił na portiernię, żeby wejść do budynku.

Przełknąwszy znów znaczący uśmieszek woźnego, udał się prosto do skrzynki z korespondencją. Teraz, kiedy rok akademicki się skończył, było tego niewiele. Dostał zaproszenie na wykład Marie Stopes na temat kontroli narodzin: *Demografia a droga do radosnego macierzyństwa*. O, nie. Ta pani była skończona w jego oczach, odkąd parę lat po objęciu przez Hitlera stanowiska kanclerza, przyjęła zaproszenie do udziału w berlińskiej konferencji. Uważał fraternizowanie się z faszystami za rzecz nie do przyjęcia. No, chyba że ktoś odważyłby się zagrać szwabom na nosie, jak Florence. Ale tacy jak ona nie rodzą się na kamieniu.

Okólnik z prośbą o przekazywanie książek jeńcom wojennym za pośrednictwem Czerwonego Krzyża; zawiadomienie o nowych przepisach w celu ograniczenia zużycia węgla w kolegium; list z prośbą o wniesienie poprawek do artykułu o psychologii grupowej, który napisał dla „Journal of Experimental Psychology" i – wreszcie, na samym dnie – kartka pocztowa od Florence.

Od razu poznał, że od niej. Jeden rzut oka na pismo sprawił, że serce ścisnęło mu się boleśnie. I znów te same słowa: *Kocham cię.*

Odwrócił pocztówkę na drugą stronę – zdjęcie przedstawiało Sagradę Familię, słynny niedokończony kościół Gaudiego: zwiedzali go razem w Barcelonie podczas jednej z włóczęg po mieście w tamtym pierwszym tygodniu ich znajomości.

Odwrócił ją z powrotem, żeby sprawdzić stempel pocztowy. Kartka została nadana poprzedniego wieczoru. Chwała Najwyższemu za istnienie Poczty Królewskiej, która działała, jakby nigdzie nie było żadnej wojny: list ekspresowy w całym kraju docierał do adresata rankiem następnego dnia. A przecież kartka od Florence nie przyszła z jakiejś wioski pod Oksfordem, tylko została nadana w Liverpoolu.

W Liverpoolu? Co Florence robiła w Liverpoolu? Jeśli bała się bomb, ostatnim miejscem, do którego powinna się udać był Liverpool – port przemysłowy o tak poważnym znaczeniu strategicznym, że bez wątpienia plasował się w ścisłej czołówce na liście obiektów do zbombardowania. Równie dobrze mogłaby się ewakuować z Oksfordu do Londynu. To wszystko dziwnie nie miało sensu.

99

A potem zwrócił uwagę na szczegół, który w pierwszej chwili uznał za omyłkę, jednak teraz, po chwili głębszego zastanowienia, włos zjeżył mu się na głowie jak po przebudzeniu. Florence zaadresowała pocztówkę na ich adres domowy, Norham Gardens, a nie na uczelnię, mimo to kartka wylądowała tutaj, w jego przegródce. Została nadana w Liverpoolu zeszłego wieczoru, więc poczta na pewno nie zdążyła jej przekierować.

Istniało tylko jedno wyjaśnienie: ktoś się tym zajął.

Ale kto? I po co?

Rozdział 8

Był już w pół drogi do stacji, kiedy zorientował się, że będzie musiał zawrócić do domu po parę drobiazgów, przede wszystkim po pieniądze. Czuł buzowanie adrenaliny. Po drodze ledwie rejestrował stare kamienne budynki z ostrołukami i średniowieczne kościoły, bo jego mózg pracował na jeszcze wyższych obrotach niż ciało. Mógł istnieć tylko jeden cel przyjazdu Florence do Liverpoolu – wyjechać stamtąd. To nie było właściwe miejsce, by uciec przed bombardowaniami; przeciwnie, zagrożenie rosło. A to znaczyło, że będzie się starała spędzić tam jak najmniej czasu i czym prędzej umknąć gdzie indziej. Najbliższym, najoczywistszym celem podróży był Dublin. Może Florence uznała, że w neutralnej Irlandii będą bezpieczniejsi niż w okupowanej Wielkiej Brytanii? A może bardziej niż bomb bała się życia pod okupacją hitlerowską?

Pocztówka została nadana poprzedniego wieczoru. Bardzo możliwe, że Florence z Harrym wciąż jeszcze są w Liverpoolu i że jeśli uda mu się złapać w porę pociąg, dogoni ich, zanim wyjadą. Może zdołałby ją przekonać, żeby została. Fakt, że przyjechał za nią taki kawał do Liverpoolu, byłby dowodem jego determinacji: po co zresztą wysyłałaby mu kartkę, jak nie po to, by sprawdzić, czy ją kocha i pojedzie za nią? Rzecz jasna mogła zwyczajnie zadzwonić i powiedzieć, gdzie będzie na niego czekać. Ale James wolał się łudzić, że Florence postanowiła poddać go rycerskiej próbie, rzucając mu rękawicę w postaci kartki. Wyobraził sobie ich spotkanie: Rzecz dzieje się w porcie, Harry pada mu w objęcia, a Florence w jednej chwili uświadamia sobie nonsens, jakim było odrywanie dziecka od ojca. Wszystko skończy się dobrze, jeśli tylko złapie jakikolwiek pociąg.

Na dworcu zastał zgiełk i rozgardiasz. Odkąd zdjęto tablice na peronach, kolejarze biegali wzdłuż pociągów, wykrzykując „Oksford, stacja Oksford! Oksford, stacja Oksford!". (Swoją drogą ciekawe, jak wysokie jest prawdopodobieństwo, że niemieccy lotnicy odczytają z lotu ptaka tabliczkę na dworcu, zwłaszcza po ciemku?). Na peronie panował tłok, wszędzie piętrzyły się sterty bagażu, zapewne należące do podróżujących żołnierzy. Do ogólnego bałaganu przyczyniały się specjalne pociągi wojskowe, które z wyglądu niczym się nie różniły od zwyczajnych i kursowały na tych samych trasach, ale ludność cywilna nie miała do nich wstępu.

James znalazł w końcu pracownika kolei, który poinformował go, że powinien przejść przez most i zaczekać na następny pociąg LMS do Bletchley, który odchodził za dwadzieścia pięć minut. Z Bletchley, wyjaśnił starszawy mężczyzna – pewnie odwołany z emerytury, żeby zastąpić kogoś, kto poszedł na wojnę, odgadł, jak zwykle skręcając się ze wstydu – James mógłby się przesiąść na główną linię do Crewe, a następnie po dwu i pół godzinach złapać pociąg do stacji docelowej Liverpool Lime Street. Będzie to długa, okrężna podróż, jednak nie miał wyboru. Przemknęło mu przez myśl, czy by nie pożyczyć samochodu od Greyów, ale benzyna była towarem ściśle reglamentowanym, a szosą na północ niekoniecznie dojechałby prędzej. Nie mówiąc już o tym, że byłby zobowiązany do wyjaśnień i wylewnych podziękowań.

W pociągu, kiedy stał wciśnięty między dwóch młodych

żołnierzy i ich plecaki – najwyraźniej czar przepustki minął i chłopcy wracali na wojnę – wrócił myślami do zagadki, czemu doręczono do kolegium pocztówkę zaadresowaną na dom. Czyżby miało to jakiś związek z cieniem, który przemknął za drzwiami? Czyżby ktoś przechwycił jego korespondencję, terroryzując listonosza, nim zdążył wrzucić kartkę do skrzynki na drzwiach Zennorów? Dałby jednak głowę, że nie widział dwóch osób, a kiedy wyjrzał na zewnątrz, nie zauważył listonosza, podobnie zresztą jak zaczajonej sylwetki obcego.

Jeszcze raz rozważył w myślach całą sytuację. Może ktoś się dobrał do zawartości skrzynki? Może tamto ciche skrobanie nie było dźwiękiem listów wsuwanych do szczeliny w drzwiach, tylko odgłosem wyciągania? Ale kto mógł to zrobić? I co mu to dało, jeśli nie liczyć godzinnego czy dwugodzinnego opóźnienia, z jakim przeczytał kartkę od żony? Jeśli ktoś chciał wykraść pocztę Jamesa, dlaczego jej zwyczajnie nie zabrał. Po co zawracał sobie głowę dostarczaniem pocztówki tego samego dnia na inny adres? Ten, kto to zrobił, musiał wiedzieć wiele o Jamesie i jego pracy na uczelni.

Czy właśnie to miała na myśli Rosemary Hyde – racja, Hyde – twierdząc wczoraj, że mu odbiło? Czyżby miał zwidy, przeżywał urojone zagrożenie z powodu omyłkowej zamiany adresów porannej korespondencji? Wrócił myślami do książki: *Niektórzy donosili o stanie wzmożonej czujności, ciągłym oczekiwaniu na niebezpieczeństwo.* Czy to był właśnie przykład owej graniczącej z obłędem chorobliwej czujności, o której czytał w bibliotece?

Pociąg bez widocznego powodu zatrzymał się ze zgrzytem, wypuszczając kłęby pary. Z sąsiedniego wagonu dochodziła coraz głośniejsza awantura: kontroler domagał się od grupki żołnierzy opuszczenia przedziału pierwszej klasy. James zaczął się denerwować. Nie mógł sobie pozwolić nawet na najmniejsze spóźnienie. Minuta stracona podczas tego postoju mogła stanowić różnicę między odzyskaniem Florence a pocałowaniem rufy odpływającego statku. Kiedy wychylił się przez okno, zobaczył, jak jeden z maszynistów pociągu zeskakuje z platformy i ogląda koło lokomotywy. James zorientował się, że drżą mu ręce: no już, prędzej! Chwała Bogu, w końcu rozległ się gwizdek i pociąg znowu ruszył.

Trochę po to, żeby zająć czymś myśli, zaczął układać, korygując ją co chwilę, listę osób, które mogły mieć jakiś interes w przeniesieniu pocztówki na inny adres. Kiedy pociąg, sapiąc, jechał przez pola i lasy hrabstwa Oksfordshire, James brał pod lupę wszystkich podejrzanych, poczynając od oczywistej kategorii: tych, którzy byli pod urokiem jego żony albo się na nią napalali – kategoria, do której można było zaliczyć praktycznie wszystkich samców w Oksfordzie, i zapewne część skautek wędrowniczek, nie wyłączając samej drużynowej. Rozważał kandydaturę każdego, szczególną uwagę poświęcając krótkowzrocznemu Magnusowi Hookowi, który plasował się na samej górze listy podejrzanych z racji tego, że widział Jamesa wczoraj rozchełstanego i nie w sosie: dodawszy dwa do dwóch, mógł odgadnąć bez trudu, że Florence go porzuciła. Za nim szła Virginia Grey, którą podejrzewał od pierwszej chwili. W jego myślach sunął korowód przyjaciół, znajomych, kolegów. Albert Wills, profesor nauk przyrodniczych, dziekan wydziału Florence, od zawsze smalił do niej cholewki: kto wie, co tam knuli w tym swoim laboratorium? Do tego dochodził wybrylantynowany Leonard Musgrove, niewątpliwie przystojny przewodniczący miejscowego Towarzystwa Fabiańskiego. Niedobrze. James będzie musiał sprawdzić, kiedy odbywają się spotkania towarzystwa – czy aby nie w czwartki po południu. A Edgar Connolly, wybitny biolog i zaprzysięgły wegetarianin, który wyraźnie faworyzował Florence? Co prawda, mógłby być jej ojcem, ale to nie stanowiło przeszkody: moralność oksfordzka różniła się od prowincjonalnych zasad, które wpojono Jamesowi.

Postanowił podejść do sprawy w sposób zorganizowany,

do tego stopnia, że gdy wysiadł w Bletchley i znalazł wolne miejsce na ławce, na peronie, wyjął notes i pióro i zaczął metodycznie spisywać swoje spostrzeżenia. Ale jego myśli wracały wciąż do najważniejszej zagadki. Skoro jego żona porzuciła go, bo nie da się z nim wytrzymać, dlaczego napisała do niego, że go kocha, i to dwukrotnie? Pociąg do Crewe nadjechał punktualnie i James wsiadł do wagonu. Kiedy w drodze na północ mijali Rugby, zaczął zadręczać się myślą, że Florence z Harrym zostali porwani i są więźniami jakiegoś szaleńca. Może udało jej się niepostrzeżenie wysłać obie kartki albo pisała je pod przymusem, a niecodzienna lakoniczność tekstu miała mu zasygnalizować, co się dzieje? A jeśli tak, chyba naprawdę jest z nim coś nie tak, skoro wcześniej się tego nie domyślił. Było jasne, że żona nigdy by nie skwitowała swojego odejścia dwoma słowami, a on, jak ten głupi, nie odczytał znaku. Potem jednak przypomniał sobie walizkę, która zniknęła spod łóżka, pustą szafę, no i Śnieżka, którego nie było w łóżeczku Harry'ego. Poza tym, kiedy zawrócił po pieniądze, zauważył, że jest ich mniej, niż było. Gdyby zniknęły wszystkie pieniądze, mogłoby to być kolejnym dowodem na porwanie, porwanie połączone z rabunkiem. Ale fakt, że ubyło tylko trochę pieniędzy, a reszta została, sugerował działanie z rozmysłem, a nie z przytkniętym do gardła nożem kidnapera. Zadrżał na samą myśl o tym, jakby chciał się otrząsnąć z tej wizji, której miejsce zajął jednak niezwłocznie obraz jeszcze straszliwszy: ostrze przytknięte do ciałka Harry'ego. Kaszlnął, szeroko otwierając oczy, z nadzieją, że widok gorączkowej bieganiny na peronie wyprze mroczną wizję rodzącą się w jego głowie.

Harry. Nazwał tak synka na cześć zmarłego przyjaciela, jednego z najważniejszych ludzi w życiu Jamesa. Ten wybór nie był gestem żałoby, przeciwnie, w jakimś sensie zatrzymywał Harry'ego Knoxa pośród żywych, zamiast skazywać go na wieczność po tamtej – nieistniejącej – stronie. Harry miał istnieć tu i teraz, a nie w jakichś zaświatach. James nie był człowiekiem wierzącym – walcząc w Hiszpanii z bronią w ręku, radykalnie odrzucił wiarę swoich rodziców – i gdyby ktoś próbował przeprowadzić przy nim podobny wywód, wyśmiałby go, oskarżając o naiwność i zabobon. A przecież sam w głębi duszy liczył na to, że mały Harry poprzez imię odziedziczy siłę charakteru i temperament towarzysza broni swego ojca.

Teraz jednak targnął nim lęk, że mógł synka obarczyć klątwą i że nadanie małemu chłopcu imienia mężczyzny, który zginął tragicznie, było zuchwałym wyzywaniem losu.

Myślał o tym w kółko, jadąc na północ przez Staffordshire i podczas dwóch nieznośnych godzin oczekiwania w Crewe. Tymczasem z południa zrobiło się popołudnie, a w końcu wieczór. Kiedy weryfikował kolejne scenariusze, zaprzęgając do tego umiejętność dedukcji uwieńczoną magisterium z filozofii, na powierzchnię jego myśli wypłynął kolejny temat, jak wielki szary wieloryb wyłaniający się z odmętów. Przez cały czas tam był, niekiedy migając czubkiem płetwy. Wraz z nim na powierzchnię wypłynęło pytanie: czy Rosemary Hyde, kreśląc obraz nękanego przez demony, groźnego, agresywnego osobnika, mijała się z prawdą, czy nie?

Mogło mu się pomieszać w głowie jak tamtym nieszczęśnikom spod Ypres i znad Sommy opisywanym w czasopiśmie, które Florence zamówiła w czytelni. Nie zabawił długo w okopach na północno-zachodnich przedmieściach Madrytu, zdążył jednak zobaczyć, jak głowa jego najlepszego kolegi rozbryzguje się niczym arbuz walnięty kijem do krykieta.

Zawsze był zdania, że radzi sobie doskonale. Nie ronił łez po Harrym; przestrzegał zaleceń lekarskich dotyczących rehabilitacji strzaskanego ramienia. Był wiernym mężem i raptem dwa miesiące po tym, jak dostał kulą, został troskliwym ojcem. Nie da się ukryć, że zwykle budził się wściekły i wściekły kładł się spać, przeklinając tamtą ranę, która nie pozwoliła mu pomścić śmierci Harry'ego. Najpierw pozbawiła go możliwości udziału w obronie republiki: zaraz po wyjściu ze szpitala został odesłany do Anglii, a teraz, kiedy rwał się, by walczyć z Hitlerem i państwami osi, także zniweczyła jego plany – uznano go bowiem za niepełnosprawnego. Który mężczyzna nie szalałby z wściekłości? Musiał to jednak tłamsić w sobie i pchać ten wózek dalej. Już sam ten fakt przemawiał chyba na jego korzyść.

Wreszcie, o zmierzchu, pociąg dowlókł się do Liverpoolu, gdzie wydawszy z siebie kilka pożegnalnych sapnięć, zatrzymał się z dygotem. James ruszył do wyjścia, torując sobie drogę między żołnierzami: niektórzy sprawiali wrażenie głęboko wyczerpanych wojną, inni zdawali się niespokojni. Starał się puszczać mimo uszu szmer niechęci, że cywil nie ustępuje pierwszeństwa mundurowym. Nie miał ani chwili do stracenia. Od chwili, gdy podeszwy jego butów dotknęły peronu, każdy krok przybliżał go do Florence i Harry'ego. Ale czas naglił.

Rozdział 9

Być może z powodu głębokiego mroku – na dworcach też obowiązywało zaciemnienie – miasto wydało mu się niewiarygodnie brudne, mury budynków były pokryte sadzą. Tramwaje też sprawiały wrażenie powleczonych smarem, podobnie jak twarze ludzi, a w każdym razie tych, którzy kręcili się w okolicach dworca o tej porze.

Mijał ich, spiesząc do portu. Zdawał sobie sprawę z nikłego prawdopodobieństwa, że o tej porze odchodzi jeszcze jakiś prom, lecz podczas wojny żadne reguły nie obowiązują. Harry i Florence mogli mieć bilety na rejs popołudniowy, który uległ opóźnieniu. Nieważne czemu, ważne, że jeszcze ich złapie.

Skręcił w Hanover Street, a potem w Liver Street; biegł prawie w ciemnościach, patrząc pod nogi. Policjanta, stojącego obok jednej z kamienic, zauważył dopiero wtedy, gdy wpadł na niego z impetem, potrącając lewym ramieniem. Wściekły ból przeszył rękę Jamesa.

– Patrz, jak idziesz, człowieku – warknął konstabl, wygładzając ostentacyjnie rękaw munduru; jego latarka w trakcie tej czynności rzucała chybotliwe cienie.

– Przepraszam bardzo – powiedział James, podejmując swój trucht. Nie uszedł dalej niż dwa kroki, kiedy policjant kazał mu się zatrzymać.

– Dokąd panu tak spieszno? Proszę nie odpowiadać. Najpierw muszę zająć się tym tutaj.

James czekał, wzdychając niecierpliwie, gdy konstabl skierował snop światła na drzwi sklepu zaklejone papierem z wyciętą dziurą, przez którą można było odczytać słowo: „czynne". Wyraz był podświetlony od tyłu lampą z niebieską żarówką; James zorientował się, że to kawiarnia, a nie sklep. Z cienia wychynął niewidoczny dotąd mężczyzna, zapewne właściciel. Nagle policjant zgasił latarkę i spowiły ich egipskie ciemności.

– Światło jest za mocne – powiedział z wyraźnym liverpoolskim akcentem.

– Tak, tak. Proszę nie gniewać. Ja nie wiedziałam, że takie mocne.

– Jest pan Włochem czy jak?

– Mieszkam tutaj trzydzieści pięć roki, panie władzo.

– Tak, ale czasy się zmieniły. Chcę zobaczyć pańskie dokumenty i całą resztę.

James zacisnął powieki z rozpaczy.

– Sierżancie, naprawdę muszę iść. Moja...

Konstabl odwrócił się w jego stronę i zaświecił mu prosto w twarz.

– Już panu mówiłem, że zajmę się panem, ale najpierw muszę załatwić tę sprawę.

– Chodzi o to, że moja żona z dzieckiem mogą być na promie, który odbija do Irlandii. Muszę...

– Irlandii, powiadasz pan? Naznosiło was tu, skąd się tylko...

– Błagam, sierżancie. Muszę tam dotrzeć jak najprędzej. Bardzo mi przykro, że pana potrąciłem.

Konstabl otaksował go wzrokiem z góry na dół, rejestrując flanelową koszulę i plecak, po czym znów skierował latarkę na właściciela kawiarni.

– Dobra – powiedział w końcu do Jamesa. – Zmiataj pan.

James puścił się pędem przed siebie, wciąż oślepiony snopem światła z latarki. Wkrótce jednak pogrążył się w kompletnej ciemności. Nie widział nic przed sobą ani za sobą. Nie słyszał nic poza tupotem własnych butów, które też były ledwie widoczne. A potem, kiedy mijał rząd witryn z metalowymi żaluzjami, coś błysnęło – ludzkie oko – a sekundę później dobiegł go głos:

– Jak się miewasz, kotku? Nie uważasz, że jestem podobna do Betty Grable?

Po jego lewej stronie w drzwiach sklepiku wyrosła wypacykowana kobieta w sukni z głębokim dekoltem.

– Za dwa szylingi zrobię ci dobrze; przekonasz się.

Gdy się uśmiechnęła, James zobaczył, że brakuje jej zębów; głębokie zmarszczki wskazywały na to, że mogłaby być jego matką.

Jednym z nieprzewidzianych skutków zaciemnienia była epidemia prostytucji. Ciemność zapewniała anonimowość kobietom, którym dawniej przez myśl by nie przeszło, żeby parać się tym procederem. Żony mężczyzn, którzy poszli na wojnę, anonimowo proponowały w mroku swoje wdzięki, aby zarobić parę szylingów. Oksford też nie oparł się tej zarazie. Wychowawcy ostrzegali studentów, że choćby nie wiem jakie propozycje padały w ich kierunku z mroków Holywell Street, oczekuje się od nich nieposzlakowanej obyczajności.

Wreszcie dotarł do portu, gdzie wąski sierp księżyca rzucał na fale migotliwe cętki. W doku stały gęsto jedne przy drugich wojskowe transportowce i kontenerowce przywożące towary zza Atlantyku. Jednakże na nabrzeżu panowała cisza: żywej duszy w polu widzenia. Wyglądający na kapitanat portu budynek był zamknięty na cztery spusty. James przyszedł za późno.

Odgrywał w myślach scenę powitania w porcie z najdrobniejszymi szczegółami, więc wiadomość, że była tylko mrzonką, wstrząsnęła nim. Nie będzie okrętowania się w ostatniej chwili na prom odbijający w stronę Irlandii, nie będzie szaleńczego biegu po trapie, radosnych okrzyków zaskoczonego synka.

Spojrzał na zegarek: było po jedenastej. Ruch na morzu zaczyna się pewnie o świcie; to miejsce zbudzi się do życia raptem za parę godzin. W tym czasie powinien się trochę przespać. Nie ma sensu szukać kwatery. Położy się tu, w porcie, żeby od razu usłyszeć, kiedy rano miasto zacznie się budzić do życia.

W ciemnościach zobaczył pod drewnianym dachem coś, co wyglądało na rampę wyładunkową. Ruszył w tamtą stronę, gdy dostrzegł dziwny błysk na wysokości swojego brzucha. Nie tyle instynkt, ile wpojony podczas szkolenia odruch podszepnął mu, że to nóż. Podniósł wzrok i zobaczył wyzierające spod kaptura żałosne oczy mężczyzny. Człowiek milczał, lecz jego oczy, świecąc białkami w ciemności, patrzyły wymownie na plecak na ramieniu Jamesa.

W Hiszpanii uczono ich, że chcąc unieszkodliwić rękę przeciwnika, należy zrobić krok do przodu i wyłamać ją z barku. „Musicie tak długo dociskać ramię, aż staw barkowy puści", uczył Jorge i James mógł się wreszcie przekonać, że Hiszpan znał się na rzeczy. Ale podczas szkolenia nie uczono go wykręcać napastnikowi rękę za plecami, aż tamten zawyje z bólu. Aż osunie się na kolana. Nie uczono go kopać przeciwnika w brzuch i dokończyć dzieła celnym kopniakiem w podbródek, by wreszcie zostawić ofiarę na ziemi – wijącą się i jęczącą.

Odchodząc, James czuł, jak po jego ciele rozlewa się koktajl ulgi, adrenaliny i chełpliwej dumy. I co wy na to, panowie z komisji wojskowej? Nieźle, jak na kategorię D! Niezdolny do walki, powiadacie? Skoro tyle potrafię gołymi rękami, ciekawe, ile bym zdziałał z bronią w ręku.

Wkrótce jednak opuściła go swada. Nie zachował się jak zdyscyplinowany żołnierz. Sytuacja wymknęła mu się spod kontroli. Przed chwilą poczynał sobie jak jakiś zakapior. Przeląkł się samego siebie.

Krążył bez celu wokół kapitanatu portu. Nie zamierzał szukać dachu nad głową, czuł zresztą, że sobie na to nie zasłużył. Wypatrzył jednak wąską przerwę między dwiema skrzyniami, wyjął sweter z plecaka, włożył go na siebie i wcisnął się w szczelinę, kładąc plecak pod głowę w charakterze poduszki. Jednak sen nie chciał nadejść. Wciąż miał przed oczami mężczyznę, któremu wygarbował skórę, porzucając, półprzytomnego, na ziemi.

Wsunął rękę do kieszeni, żeby kolejny raz przyjrzeć się pocztówce. Chciał odwrócić myśli od tamtego człowieka, ale również sprawdzić, czy kartka istnieje naprawdę, czy nie zdawało mu się tylko, że ją dostał, tak jak sobie ubrdał, że Florence czeka na niego w Liverpoolu. Widok dwóch słów skreślonych atramentem tym jej krągłym, cudownym pismem – wesołym i rozweselającym, odważnym i zalotnym – sprawił, że zrobiło mu się ciepło na duszy: *Kocham cię*. I wreszcie, choć noc była chłodna, a on w oparach ropy i towotu z lin okrętowych leżał na gołym bruku w wyludnionym porcie, zmęczenie wzięło górę i zapadł w głęboki sen.

• • •

– Wstawać. Mówi się coś do pana.

James otworzył oczy zdezorientowany.

– Powiedziałem: wstawać. No już, raz-dwa.

– Gdzie jestem?

– Raz-dwa.

Nagle przypomniał sobie wszystko: gdzie jest, co tutaj robi i jak powinien się zachować. Zerwał się na równe nogi, jakby się wstydził, że go przyłapano na spaniu, wygładził marynarkę, odrzucił długi kosmyk włosów z czoła, siląc się na rozbrajający uśmiech. Ale stojący przed nim ze służbistym wyrazem twarzy urzędnik portowy, niemłody już mężczyzna w szpiczastej czapce, okazał się odporny na urok Jamesa.

– Do biura kapitana portu, marsz.

James chciał zaprotestować, lecz potem pomyślał, że nie powinien tego robić. Wyglądało na to, że zaraz znajdzie się właśnie tam, gdzie chciał się znaleźć.

Chwilę później stał już przed jakimś biurkiem. Ściany pokoju były obwieszone mapami morskimi, wykazami towarów i rozkładami kursów. Poczuł się jak w dzieciństwie, gdy wzywano go na dywanik do dyrektora szkoły. Stojący obok niego urzędnik wyjaśniał mężczyźnie w okularach i garniturze z kamizelką, a więc zapewne kapitanowi portu, gdzie znaleziono „tego dżentelmena", i pytał, czy powinien zawiadomić policję. James uznał, że pora zadbać o referencje.

– Jestem doktor James Zennor z uniwersytetu w Oksfordzie. Może pan sprawdzić to, kontaktując się z prorektorem, profesorem George'em Stuartem Gordonem, bądź z dziekanem mojego kolegium, profesorem Bernardem Greyem. – Nie był pewien, czy powinien podawać nazwę swojej specjalności: zauważył, że osoby niewykształcone często wzdrygają się na słowo „psychologia", gdyż w ich pojęciu tego rodzaju sprawami może zajmować się tylko ktoś, kto sam ma nierówno pod sufitem. – Moją żoną jest Florence Walsingham, córka sir George'a i lady Walsingham; wygląda na to, że wypłynęła z tego portu wczoraj lub przedwczoraj, prawdopodobnie promem do Irlandii. Chciałbym sprawdzić listy pokładowe wszystkich jednostek pasażerskich, które wypłynęły z Liverpoolu na przestrzeni ostatnich dwóch dni. Proszę – dorzucił po namyśle.

Kapitan wyjął bez pośpiechu fajkę, nasypał tytoniu, ubił go starannie i zapalił – wyraźnie grając na zwłokę. Na koniec skinął urzędnikowi, żeby zostawił ich samych.

– Zennor, powiada pan. – Pyknął i prasowany tytoń rozżarzył się ciemnym oranżem. Ciepły, aromatyczny kłąb dymu przeniósł Jamesa nagle do dzieciństwa i salonu w ich domku w Bournemouth, gdzie ojciec, paląc fajkę, sprawdzał stertę chudych uczniowskich zeszytów. Nieuchronnie nadpłynęło inne wspomnienie: twarzy ojca, gdy spotkali się po raz pierwszy od powrotu Jamesa z Hiszpanii. Malował się na niej ból, nie wiadomo, czy wywołany lękiem, że jego syn jest ciężko ranny, czy może rozgoryczeniem, że James, biorąc udział w wojnie, wyparł się wiary rodziców. Nigdy się tego nie dowiedział.

Kolejne pyknięcie fajki.

– Zennor – powtórzył kapitan ze szkockim akcentem. – To cudzoziemskie nazwisko?

– Kornwalijskie.

– Na pewno nie niemieckie?

– Nie.

– Rozumie pan, musimy się mieć na baczności przed wrogiem. Niedaleko stąd jest obóz jeniecki. Huyton. Jest pan pewien, że pan nie uciekł stamtąd?

– Oczywiście, że jestem pewien.

– I nie planuje pan zostać pasażerem na gapę? Trochę nie chce mi się wierzyć, żeby oksfordczyk, do tego profesor, spał w porcie jak włóczęga. To się jakoś kupy nie trzyma.

– Nie mówiłem, że jestem profesorem. Jestem doktorem zatrudnionym na wydziale psychologii eksperymentalnej uniwersytetu w Oksfordzie. – Niech to szlag.

– Psychologii, powiadasz pan. Czy to nie jest domena Niemców?

– Nie jestem żadnym przeklętym szwabem. Proszę, oto mój paszport.

Kolejne pyknięcie fajki. Kapitan poprawił okulary na nosie, po czym zaczął wertować paszport, studiując uważnie każdą stronę.

– Widzę, że bawił pan długo w Hiszpanii, doktorze Zennor.

– Walczyłem w Brygadach Międzynarodowych. Przeciwko faszystom. Byłem ranny – wskazał głową lewe ramię – i tylko dlatego nie jestem w tej chwili w wojsku.

Kapitan oparł się wygodnie i ponownie zapalił fajkę, wciąż nie oddając paszportu.

114

– Co pan wie na temat *Arandory Star*, doktorze... – zerknął w dokument – Zennor – powiedział z emfazą, jakby mówił „Doktorze Freud".

James zaczął rozmyślać gorączkowo. *Arandora Star*. To musiał być jakiś statek. Czy mógł to być statek, na którym odpłynęła Florence z Harrym? Czy ten człowiek mógł o czymś wiedzieć? Czy bardziej się opłaca strugać idiotę, czy udawać mądrego? Z braku lepszego pomysłu zdecydował się odpowiedzieć zgodnie z prawdą.

– Brzmi to jak nazwa statku, ale nigdy o nim nie słyszałem.

– Jest pan pewien, doktorze?

– Tak. Czy ma pan jakieś powody, by przypuszczać, że mój syn z żoną są na tym statku, panie...

– Kapitanie Hunter. Nie, nie mam. Ten statek wypłynął stąd trochę ponad tydzień temu. Na pokładzie wiózł głównie szkopów i makaroniarzy z obozu. Internowanych. Na pewno nie słyszał pan nic o tym?

– Na litość boską, mówiłem już...

– Chodzi o to, że statek został storpedowany przez Niemców i poszedł na dno, doktorze Zennor. Ponad osiemset osób straciło życie.

– Dobry Boże.

– Nie piszą o tym w gazetach, jeszcze nie. Podejrzewam jednak, że wiadomość dotarła już do Huyton, znaczy się, do obozu. Krewni, znajomi i tak dalej. Obawiam się, że wiele osób ostro zareaguje. Zresztą, co ja panu będę mówił, to pan jest specem od psychologii – stwierdził pojednawczym, jakkolwiek sceptycznym tonem.

– Rozumiem – odparł James z kwaśnym uśmiechem. – Obawia się pan, że „szkopy i makaroniarze z obozu" mogą planować odwet. Bierze mnie pan za sabotażystę, który przybył podłożyć bombę w porcie.

– To nie są żarty, doktorze Zennor. Wie pan dobrze, że takie rzeczy się zdarzają. A po historii z *Arandorą Star* policja

115

zaleciła nam najwyższą czujność. I nagle znajdujemy pana śpiącego na gołej ziemi w porcie. Co mogło eleganckiego człowieka, jak pan, skłonić do czegoś takiego? To bardzo podejrzane. Niechże się pan postawi w mojej sytuacji.

James czuł, że tamten próbuje dać mu szansę udowodnienia, że nie jest niebezpiecznym osobnikiem.

– Kapitanie Hunter, doskonale zdaję sobie sprawę, że to wygląda dziwnie, kiedy człowiek o moim wyglądzie śpi na gołej ziemi. Cały dzień jechałem tutaj z Oksfordu i przyznam, że byłem wykończony. Chciałem być pierwszy w kolejce...

Nie tędy droga. Kapitan słuchał z niewzruszonym wyrazem twarzy.

– Wybaczy mi pan niedyskretne pytanie, ale czy jest pan żonaty? – zapytał James.

– Owszem, jestem.

– Czy zatem słusznie zakładam, że gdyby pańska żona i dziecko zaginęły, po czym dostałby pan od niej kartkę sugerującą, że jest, powiedzmy, upraszczając, w moim gabinecie w Oksfordzie; czy słusznie zakładam, że w takiej sytuacji koczowałby pan pod moimi drzwiami, dopóki nie otrzymałby pan jakichś informacji na jej temat?

Powolne pyknięcie fajki i znów kłąb aromatycznego dymu przenoszący Jamesa do lat dzieciństwa.

– Tak, słusznie pan zakłada, doktorze Zennor – odparł spokojnie kapitan. Umilkł, jakby czekał na coś jeszcze.

W nagłym odruchu James sięgnął do kieszeni na piersi i wyjął kartkę od Florence. Podał ją Hunterowi.

Kapitan najpierw obejrzał fotografię katedry, potem stempel, wreszcie odczytał tekst, przymykając na chwilę oczy, jakby dyskretnie chciał dać do zrozumienia, że wie, iż przekroczył przyjęte granice. Odłożył fajkę do popielniczki, śledząc wzrokiem wysypujący się z cybucha popiół. Wstał.

– Listy pokładowe statków są w rejestrach w sąsiednim pokoju.

Po chwili James patrzył Hunterowi przez ramię, jak ten ściąga z półki grube tomiszcze z danymi dotyczącymi bieżących kursów statków wpływających do portu liverpoolskiego i wypływających z niego. Na pierwszy ogień wziął, chyba z rozmysłem, liniowiec o nazwie *Antonia*.

– *Antonia* – ożywił się James. – To prom pływający do Dublina?

Hunter zignorował jego pytanie, zsuwając palec po spisie nazwisk od razu na sam dół, ale nie znalazł nikogo na literę Z. Powtórzył zabieg, tym razem wolniej. Dalej nic. Przeszedł teraz do innych statków, zaczynając od pasażerskich, a kończąc na towarowych, w których przeglądał spisy załóg. Znaleźli kogoś o nazwisku Zander, ale nie było żadnego Zennora.

W końcu Hunter, szczerze zmartwiony, potrząsnął ręką Jamesa, odprowadzając go do drzwi kapitanatu.

– Życzę panu powodzenia, doktorze Zennor – oznajmił, ściskając mu dłoń raz jeszcze. – Chwali się panu, że walczył pan w Hiszpanii. To była słuszna sprawa, o ile takie w ogóle istnieją.

Kiedy James wyszedł za próg, walcząc z poczuciem klęski, jeszcze raz przyjrzał się pocztówce. Sagrada Familia: czy Florence wybrała to zdjęcie z pobudek sentymentalnych, żeby przypomnieć mu o szczęśliwych czasach, przypomnieć, jak doszło do tego, że byli ze sobą? A może próbowała mu powiedzieć coś bardziej konkretnego? Czy dawała mu jakiś znak, a on go nie odczytał? Jeszcze raz spojrzał na stempel – Liverpool – i tekst: *Kocham cię.*

Przypominał sobie pierwszy list, który od niej dostał. To było po tym, jak zobaczył tamten wycinek prasowy, który opisywał podstęp, jakim okazał się jej udział w berlińskich igrzyskach olimpijskich. Napisał do niej, po pierwsze, żeby ją przeprosić, a po drugie, żeby wyrazić swój podziw dla jej postawy. On sam daje wyraz swojemu stanowisku, walcząc z barbarzyńcą mówiącym, dla odmiany, z akcentem kastylij-

117

skim, a nie bawarskim. (Wyraźnie popisywał się przed Florence). Walczy za naród, który tak szczodrze ich gościł w Barcelonie. Ale wojna kiedyś się skończy i po powrocie do Anglii chciałby bardzo spotkać Florence. Nie mógł się zdecydować, jakiej formy użyć na zakończenie. Nie chciał się zdradzić, że jest zakochany po uszy, nie chciał też, żeby Florence pomyślała, że robi sobie wielkie nadzieje w związku z tygodniem, który spędzili razem. Dla niej mógł to być wakacyjny romans bez dalszych zobowiązań. W sferze doznań erotycznych, przy całej swej świeżości, młodziutka Florence Walsingham nie była nowicjuszką. Zdecydował się ostatecznie na zaimek „Twój", który, zależnie od punktu widzenia, mógł zostać odczytany jako zwyczajowy zwrot: „Twój Taki-to-a-taki", ale mógł też sugerować, że James należy do Florence, że...

Walsingham.

Zawrócił na pięcie i pognał do kapitanatu. Wpadł jak burza i nie zwracając uwagi na zaszokowane miny urzędników, zażądał natychmiastowego widzenia z panem Hunterem. Gdy jeden z pracowników poprosił go, by usiadł i zaczekał w kolejce, James odpowiedział mu gniewnie podniesionym głosem z takim skutkiem, że kapitan wyjrzał z gabinetu sprawdzić, co się dzieje.

– O co chodzi?

– Nazwisko panieńskie. Nie szukaliśmy jej pod nazwiskiem panieńskim – wydyszał James, próbując pokryć uśmiechem własne gapiostwo. – Czy sprawdzi pan jeszcze raz listy pokładowe pod kątem Florence Walsingham?

Hunter znów zaczął od rejestru *Antonii*. Przejechał palcem po spisie nazwisk, zatrzymując się nagle.

– Tak jak przypuszczałem. Proszę, niech pan sam spojrzy – zwrócił się do Jamesa.

James podszedł bliżej i wypatrzył miejsce, w którym jakiś urzędnik staroświeckim pismem stwierdzał lakonicznie: „Walsingham, Florence. K. Lat 25". Pod spodem widniał kolejny wpis: „Walsingham, Harry. M (nieletni). 2 lata, 10 miesięcy".

– Dokąd płynie ten statek? – spytał James, czując, że krew mu tętni w żyłach.

– Do Kanady.

– Co?! Co pan powiedział?

– Ten statek płynie do Kanady, proszę pana.

– Kanady? Ale przecież... – Oniemiał ze zdumienia. Kanada? To przecież kawał świata. Po co Florence miałaby się tam pchać, oddzielając Harry'ego od ojca? Już Irlandia to był kiepski pomysł, ale przynajmniej kursowały tam promy. Kanada: to tak, jakby się przeniosła na inną planetę. – Kiedy odpływają? – wychrypiał żebrzącym głosem.

– Obawiam się, że się pan spóźnił, doktorze Zennor. *Antonia* odpłynęła wczoraj rano.

Rozdział 10

Londyn, później tego samego dnia

Obejrzał się w lustrze. Był zadowolony z wyników inspekcji. Nigdy przedtem nie miał na sobie fraka i bał się, że będzie wyglądać jak Fred Astaire dla ubogich, ale wyszło na to, że warto się było postarać. W jego kraju noszono się tak tylko w Hollywood, ale Anglicy wiedzą, co dobre. Nawet ostatnia pokraka wygląda z białą muchą gustownie i elegancko.

Jeszcze raz spojrzał na zaproszenie wydrukowane na papierze tak sztywnym, że mógłby służyć jako podstawka pod drinka. *Kolacja w Herbaciarni Rosyjskiej w South Kensington, prosimy o przybycie między 19.30 a 20.* A potem imię i nazwisko Taylora ozdobione fantazyjnymi zawijasami, jakby był jakimś lordem albo wicehrabią.

W zaproszeniu pominięto najważniejsze informacje o gospodarzu. Naturalnie podano nazwisko, ale to nie dawało prawdziwego wyobrażenia o osobie. Niedomówienie było rozsądnym zabiegiem, zważywszy na charakter zgromadzenia, i sprawiało, że całość wydawała się Taylorowi jeszcze bardziej ekscytująca.

Zlustrował swoje trzewiki: wyglansowane, choć bez przesady. Powoli zaczynał orientować się w zwyczajach Brytyjczyków: jeśli starałeś się za bardzo, byłeś skreślony. Słowo „amator", które tam, w Stanach, było obraźliwe, tutaj miało posmak komplementu. Angielski dżentelmen sprawiał wrażenie, jakby robił wszystko dla zabawy. Jeśli robiłeś coś zbyt serio, brano cię za nudziarza.

Wciąż zadawał sobie pytanie, po co go zaprosili? Nie wątpił, że stoi za tym Anna, której był... jak to powiedzieć? Chłopcem do towarzystwa, protegowanym, maskotką? Zwłaszcza przeciwko ostatniej funkcji nie zgłaszał zastrzeżeń. Bycie maskotką takiej kobiety to zaszczyt. Była od niego co najmniej dziesięć lat starsza, mało urodziwa, o nieregularnych rysach i wyraźnie haczykowatym nosie. Ale nie brakowało jej seksapilu. Spowijał ją dym papierosów i aura występku. Nawet najbardziej przyziemne czynności w jej wydaniu były uwodzicielskie: musiał odwracać wzrok, gdy zapalała papierosa, pieszcząc palcami długą cygarniczkę. Zerkała na niego spod oka, a widząc jego zażenowanie, odrzucała głowę do tyłu, odsłaniając szyję, i śmiała się lubieżnie z rozchylonymi ustami. Do tego te jej suknie, to jak atłas opinał jej tyłeczek i biodra, spowijająca ją mgiełka perfum przesyconych nutą poobiedniego seksu...

Anna była więc najoczywistszym wyjaśnieniem. Wystarczy, że wspomniała o nim swojemu mężowi. W Stanach oczywiście byłoby to nie do pomyślenia. Żaden mąż nie zniósłby takiego prowadzenia się żony, byłoby to zbyt upokarzające: większość spuściłaby jej tęgie lanie. A biorąc pod uwagę zachowanie Anny przy ludziach, mieliby do tego święte prawo. Ale tu jest inaczej, zauważył Taylor Hastings, dziewięć miesięcy – co do dnia – po przyjeździe do Londynu. Tu jest Europa, gdzie obowiązują bardziej dekadenckie zasady.

Tutaj można się było spodziewać, że wiarołomna żona przedstawi swojego kochanka mężowi, któremu przyprawiają rogi, a mąż, nie dość, że nie będzie próbował ukręcić łba ich romansowi, to wręcz uzna go za rekomendację dla tamtego mężczyzny. „Witam w moich progach, Taylor, przyjacielu. Słyszałem o twoim bara-bara z moją lepszą połową. Gratulacje, mój drogi. Widzę, że z ciebie prawdziwy zuch". Po dziewięciu miesiącach zaczynał w pewnym stopniu chwytać staroświecki styl wysławiania się tych ludzi.

Wyszedł z domu na Cadogan Square. Było jeszcze jasno, pachniało letnim deszczem. Przelotna lipcowa mżawka nie pozostawiła po sobie wilgoci, tylko aurę nieskalanej świeżości. Skinął na taksówkę i kazał się wieźć do Kensington, pod numer pięćdziesiąty przy Harrington Road. Jego głos tryskał humorem.

– Co pana tak cieszy? – spytał szofer. – Nie wie pan, że jest wojna?

Hastings wymamrotał coś, co miało udobruchać kierowcę bardziej zresztą tonem niż treścią. Nie miał najmniejszej ochoty dawać się wciągnąć w bezsensowną dyskusję z jakimś brytyjskim robolem. Chciał bujać w swoich myślach. Upajał się przejażdżką.

Jego romans z Anną – czy raczej jej romans z nim – zaszedł już tak daleko, że wyjaśniał dzisiejsze zaproszenie. Czuł, że nie zawdzięcza go wyłącznie swojemu błyskotliwemu dowcipowi przy stole ani umiejętności dyskusji przy brandy. (Co gorsza, zdawał sobie sprawę, że zainteresowania Anny nie zawdzięcza wyłącznie temu, że jego dwudziestokilkuletnie ciało byłego członka uniwersyteckiej drużyny futbolowej zdawało się wykute w granicie w porównaniu z jej spróchniałym małżonkiem). Był młody, ale nie był głupi. Wiedział, że zaproszono go do Herbaciarni Rosyjskiej z powodu jego pracy.

Czy raczej miejsca pracy. Jeszcze nie wyjawił szczegółów swoich obowiązków temu gronu, choć miał lekkie obawy, że przez cztery miesiące przekomarzanek w łóżku zdradził Annie dostatecznie dużo, by sama to odgadła. Trochę się tego obawiał, a trochę na to liczył. Nie mógł się oprzeć pragnieniu, by jej zaimponować, zwłaszcza jeśli nagrodą miały być jakieś nowe rozkosze w łóżku, których istnienia nawet nie przeczuwał. Tak czy owak, przysięgła, że nie piśnie słowa mężowi.

– Będę trzymać buzię na kłódkę – powiedziała, odymając wargi, a potem przeturlała się kusząco na plecy.

Czy miał jej wierzyć? I jakie to ma znaczenie? Na miejscu drzwi taksówki otworzył portier. Taylor wysiadł, omijając niewielką kałużę, która zebrała się na chodniku, i raźno wkroczył do środka z podniesioną głową i wypiętą piersią, podając kapelusz i palto komuś z obsługi. Chętnie wyjawił, na czyje zaproszenie przybywa, z satysfakcją odnotowując pełen szacunku ukłon na dźwięk tego nazwiska. Ruszył za przewodnikiem po schodach, po drodze podziwiając portrety rosyjskich arystokratów najczystszej krwi, z których większość pewnie zginęła z rąk bolszewików, a potem skręcił i korytarzem wyłożonym puszystym dywanem dotarł do masywnych drzwi.

Po drugiej stronie zastał ponad dwudziestkę eleganckich mężczyzn, jak on z białą muchą, wokół stołu nakrytego do biesiady srebrami, porcelaną i kryształem. Zastanawiał się, co by jego zgorszony taksówkarz powiedział na tę scenerię, w której nigdzie w polu widzenia nie było bonów żywnościowych. „Nie wie pan, że jest wojna?".

Zerknął na zegarek, czy się aby nie spóźnił. Ale gospodarz, który stał przy końcu stołu, natychmiast rozproszył jego obawy.

– O, Hastings, w samą porę. Zaraz będziemy wznosić toast. Szybko, kieliszeczek dla naszego gościa. O, znalazł się. Chwała Bogu. – Podniósł kieliszek szampana; w szkle zamigotał blask świec, błysnęła siwizna gospodarza. – Niech żyje Right Club!

Pozostałych dwudziestu paru mężczyzn, stojąc każdy za swoim krzesłem, gromko i z przekonaniem powtórzyło toast. Ale ich entuzjazm nie mógł się równać entuzjazmowi młodego Amerykanina, który czuł niewymowną rozkosz uczestnictwa. Wyławiał własny głos w pełnej uniesienia polifonii.

– Niech żyje Right Club!

Rozdział 11

James musiał zasłabnąć, może nawet zatoczył się do tyłu, bo jego dalsze wspomnienia zaczynały się od chwili, gdy gapił się na parę wydobywającą się z solidnego kubka słodzonej herbaty, który stał przed nim na krańcu biurka kapitana. Nie pamiętał, kiedy kubek się pojawił ani kto go zamawiał.

Kanada. Po co? Co innego porzucić go, a co innego pchać się na koniec świata. Co mogło Florence do tego skłonić? Czyżby życie z nim stało się aż tak nieznośne?

Dotarło do niego, że Hunter coś mówi. Chyba odpowiadał na pytanie, którego James nie mógł sobie przypomnieć. Z ust urzędnika wysnuwały się węzły i mile morskie; całość zmierzała do wyjaśnienia Jamesowi, dlaczego niepodobieństwem jest dogonienie statku Florence i odbycie z nią dalszej podróży. Czyżby rzeczywiście zadał takie pytanie? Musi się wziąć w garść.

Patrzył na stojący przed nim kubek herbaty. Tak zawsze kończyli długie przechadzki jego rodzice i ich przyjaciele, którzy też byli kwakrami. Czy spacerowali po lesie New Forest, czy popłynęli promem linowym na wyspę Purbeck, dzień zawsze miał jednakowe zakończenie. Filiżanka gorącej herbaty w salonie rodziców, solidnie osłodzonej przez matkę w nagrodę za ich wyczyn. Dziwnym trafem nie podejrzewał Rosemary

Hyde o podobne rozpieszczanie swoich towarzyszek wypraw; trzeba być szczupłym, silnym i zdrowym, by prowadzić proletariat ku marksistowskiej wizji świetlanej przyszłości lub czemuś podobnemu. U nich na herbatkę nie ma co liczyć.

Kapitan portu przyglądał mu się wzrokiem, w którym troska splatała się z lękiem; wzrokiem, który zdawał się mówić: ten człowiek w moim gabinecie jest zdolny do wszystkiego. James uznał, że pora ruszać.

– Panie Hunter – powiedział z przytomnością, która nawet jemu wydała się zaskakująca – muszę pilnie wykonać telefon w związku z informacjami, których był mi pan łaskaw udzielić. Do Oksfordu. Czy mógłbym użyć pańskiego...

– To będzie międzymiastowa.

– Niestety, tak. Ale będę się streszczał, obiecuję.

Kapitan spojrzał groźnie na Jamesa, jakby obawiał się, że wpuścił do siebie szaleńca. Gwoli uspokojenia go James dorzucił, że osobą, z którą musi porozmawiać w Oksfordzie, jest dziekan jego kolegium. Po otrzymaniu zgody najpierw wdał się w zawiłe wyjaśnienia w rozmowie z telefonistką, potem rozległa się seria szczęknięć i brzdęknięć, aż w końcu jego głos spotkał się z głosem Bernarda Greya, znakomitości świata nauki i radiofonii oraz guru brytyjskiej lewicy intelektualnej. James wyobraził go sobie tak, jak widział tuż przed nagłym wyjazdem z Oksfordu: w brunatno-zielonym mundurze dowódcy miejscowych sił ochotniczych Grey wyglądał idiotycznie.

– Profesorze Grey, tu doktor Zennor.

– James, czemu mówisz takim strasznym głosem? Gdzie jesteś, na Boga?

– W Liverpoolu.

– Rozumiem – odparł Grey z nieznacznym wahaniem.

– Jestem tutaj, bo Florence wzięła naszego Harry'ego i wsiadła z nim na statek do... – Zreflektował się. – Co znaczy: „Rozumiem"?

– Pojechałeś za Florence do Liverpoolu. Widziałeś, jak statek odpływa?

– Nie, spóźniłem się o dwadzieścia cztery godziny. Nic nie rozumiem. Skąd pan wie o statku?

– Wszystko w porządku, James? Masz głos, jakbyś był zdenerwowany.

Spokojny, współczujący głos profesora odniósł dokładnie odwrotny skutek; początkowa uprzejmość Jamesa zaczęła przechodzić w lodowatą furię.

– Owszem, jestem zdenerwowany. Moja żona uciekła tysiące kilometrów ode mnie, zabierając ze sobą nasze dziecko. I chociaż jest to dla mnie całkowitym zaskoczeniem, pan wydaje się dobrze zorientowany. Tak wiec słowo „zdenerwowany" uznałbym za eufemizm, profesorze Grey.

– James, byłbym za tym, żebyś wrócił do Oksfordu, gdzie będziemy mogli porozmawiać o wszystkim w cztery oczy. Potem zjemy kolację przy profesorskim stole. Dziś wieczorem będziemy gościć Williama Beveridge'a. Znasz jego prace? Wyśmienite pomysły ograniczania praw obywatelskich osobom, które nazywa „ogólnie wybrakowanymi". Raczej się nad nimi nie rozczula, bywa też nieprecyzyjny, ale...

– Nie mam najmniejszego zamiaru wracać do Oksfordu, panie dziekanie. Chcę znaleźć moją żonę i dziecko, a w Oksfordzie, o ile dobrze rozumiem, nie mam ich co szukać. – Odsłuchiwał w myślach zapis dotychczasowej rozmowy. – Co miał pan na myśli, mówiąc „wszystko"?

– Wybacz, James, ale nie wiem, o co ci chodzi.

– Powiedział pan: „porozmawiać o wszystkim". Co pan miał na myśli?

– A, już rozumiem. Czyli nie wiesz.

– O czym nie wiem? – Nie doczekawszy się natychmiast odpowiedzi, James powtórzył pytanie, tym razem podniesionym głosem: – Czego, do cholery, nie wiem?! – Przez szybę w drzwiach gabinetu kapitana widział, jak głowy sekretarek obracają się z zaciekawieniem w ich stronę. Choć robił, co mógł, żeby to zmienić, z powrotem stał się dla nich wariatem, którego znaleziono śpiącego na gołej ziemi.

Wreszcie Bernard Grey odezwał się głosem cichym i przepraszającym, jak człowiek przyciśnięty do muru.

– Proszę mi wierzyć, byłem pewien, że ktoś już zdążył panu o tym powiedzieć. Choćby Virginia...

– Panie dziekanie.

– Pańska żona i dziecko płyną statkiem razem z dwudziestoma pięcioma matkami z Oksfordu i ze stu dwudziestu pięciorgiem dzieci. Są w drodze na Uniwersytet Yale, który wielkodusznie zaproponował im azyl na czas wojny.

– Yale? W Stanach? Przecież ona płynie do Kanady?

– W Kanadzie schodzą na ląd. O ile wiem, przez parę dni będą gośćmi Royal Victoria College w Montrealu, zanim ruszą koleją do New Haven w Stanach.

– Yale – powtórzył tępo James. – W Stanach. – Niezależnie od szczegółów geograficznych odległość zdawała się rosnąć. Kanada przynajmniej należała do Wspólnoty Brytyjskiej, podlegała temu samemu królowi i brała udział w wojnie. Natomiast Stany Zjednoczone? Po raz pierwszy zaczynał wątpić, czy jeszcze kiedyś zobaczy żonę i dziecko.

Przymknął oczy, wracając do teraźniejszości i słów, które usłyszał przed chwilą.

– Od jak dawna pan o tym wie?

– Szykowaliśmy się do tego od paru tygodni.

– Paru tygodni! – Zadręczał się myślą, że Florence od tygodni knuła za jego plecami, a teraz Grey potwierdza jego najczarniejsze domysły. – Paru tygodni. – Umilkł na chwilę, jakby smakował bezmiar tego czasu. – Nikt mi nie powiedział.

– Wygląda na to, że nie.

– Ale czemu, na Boga?

– Obawiam się...

– Florence jest moją żoną, panie dziekanie. Harry jest moim synem.

– Nikt ci nie powiedział, bo wiedzieliśmy, jak byś zareagował.

– „Wiedzieliśmy"? Kto to jest „my"?

– Wiem tylko...

– Chce pan powiedzieć, że też maczał w tym palce?

– Moja rola była bardzo skromna. Wiele innych osób było znacznie bar...

– Wierzyć mi się nie chce. Wiele osób brało w tym udział. Wiele innych osób, według pańskich słów. W czym? W tajnej zmowie, żeby odebrać mi żonę i dziecko?

– Proszę, nie denerwuj się.

– Niech pan mi nie mówi, co mam robić – wycedził James. – Właśnie się pan przyznał do udziału w zmowie, żeby rozbić moją rodzinę, wysyłając Florence z Harrym na drugi koniec świata. Dlatego będę się denerwował. Chcę wiedzieć, czemu pan to zrobił. Dlaczego pan wraz z „wieloma innymi" spiskował przeciwko mnie?

– Otóż tego właśnie się obawialiśmy.

– Znowu to „my".

– Tych obłąkańczych tyrad. Tej paranoi. To właśnie śmiertelnie przerażało twoją żonę. To ją odrzuciło od ciebie. Zachowujesz się tak od dawna, James. Przez to właśnie znalazłeś się w takim... położeniu.

To osadziło Jamesa, podobnie, jak wczorajsze słowa Rosemary. W tym, co mówiła, i w tym, co mówił Grey, tkwiło gorzkie ziarno prawdy. Choćby wiele osób Bóg wie jak pomagało Florence, nikt nie zaciągnął jej siłą na statek: decyzję, by go porzucić i uciec za ocean, podjęła sama.

– Domyślam się, że podczas spotkań doprecyzowywaliście plany?

– Naturalnie. Zainteresowane rodziny, głównie matki, odbyły parę spotkań przygotowawczych z przedstawicielami administracji naszego uniwersytetu, która udzielała im wszelkiej pomocy. Rozmawiano o wizach, opiece prawnej nad małoletnimi i tym podobnych.

– Nie powie pan, że te spotkania odbywały się w czwartki po południu?

– Zgadza się: o piątej, w Rhodes House.

A więc dlatego opuściła ostatnie dwa spacery z Rosemary i jej marksistowskimi skautkami. Spotykała się z pozostałymi matkami, planując ucieczkę – nie do Norfolk, czy Bedfordshire, dokąd ewakuowano ludność cywilną, tylko za ocean.

– I kto jeszcze o tym wiedział? Znaczy się, o Florence?

– Daj spokój, James.

– Nie dam. No, dalej, kim są ci „my", o których pan wspominał?

– To ci może zaszkodzić.

– O mnie się proszę nie martwić. Po prostu chcę wiedzieć.

Starał się mówić lekkim tonem, jakby prosił o garść uczelnianych plotek.

– Virginia, rzecz jasna. Ja. Inni zaniepokojeni przyjaciele.

– Rosemary Hyde?

– Nazwiska nic ci nie pomogą, James.

– A czemu owa grupa „zaniepokojonych" przyjaciół mniemała, że jedyną osobą, której nie można wtajemniczyć w to wszystko, jest mąż kobiety i ojciec jej dziecka? Skąd takie podejście?

– Pozwól, że jeszcze raz powtórzę: wiedzieliśmy, co powiesz.

– Tak? A co niby?

– Wiedzieliśmy, że powiesz: „Nie".

Nie mógł z tym polemizować. Jasne, że by powiedział: „Nie". Na pewno uciąłby wszelkie dyskusje na temat wyjazdu jego rodziny za Atlantyk. Nigdy by się na to nie zgodził. Uważał, że nawet wyjazd do Herefordshire, czy Cotswolds oznaczałby kapitulację wobec Trzeciej Rzeszy, a co dopiero do Stanów? To była hańba. W jego odczuciu było to porzuceniem kraju – jakby spuszczali żaluzje i zamykali sklep, zostawiając Wielką Brytanię w spadku Niemcom. Równie dobrze mogliby zatknąć białą chorągiew. Jakim prawem tamci mężczyźni – ojcowie owych stu dwudziestu pięciorga oksfordzkich dzieci – zgodzili się na taką kapitulację? A jednak jego oburzenie nie było do końca szczere. Czuł jeszcze coś, do czego nie chciał się przyznać nawet przed sobą. Chyba poczucie winy, że inni mężczyźni, tamci ojcowie otrzymali pozwolenie na tak skrajny krok gwoli ochrony ich dzieci, podczas gdy jemu odmówiono tego przywileju. Mieli złożyć siebie w ofierze ojczyźnie na polu bitwy, a przynajmniej w Ministerstwie Wojny czy w innym z ministerstw na czas wojny przeniesionych do Oksfordu. Ale pozostanie na miejscu, z rodziną, w Anglii, nawet podczas niemieckiej okupacji, nawet w cieniu hitlerowskich bomb, było jedynym aktem oporu osiągalnym dla Jamesa Zennora. Rezygnacja z tej postawy oznaczałaby, że nie robi kompletnie nic, by rozgromić faszystowskich barbarzyńców, którzy zabili jego przyjaciela, a jego samego też mało nie wykończyli. To jedno, co mógł zrobić. Nagła świadomość, że w pewnym sensie wykorzystywał kobietę i niespełna trzyletniego chłopca, aby powetować sobie fakt, że nie gra żadnej roli w tej świętej wojnie o być albo nie być Europy, napełniła go wstydem.

W tym momencie dotarły do niego słowa Greya wypowiedziane przed chwilą.

– Co pan powiedział?

– James, nie mogę już dłużej rozmawiać przez telefon. Jestem...

– Powiedział pan: „Przez to właśnie znalazłeś się w takim położeniu". Co pan miał na myśli?

– N-naturalnie miałem na myśli fakt, że twoja żona wsiadła na ten statek. Znaczy się... czuła, że nie będziesz chciał nawet słyszeć o ewakuacji, co...

– Nie, nie o to mi chodzi. Mówił pan, że jestem taki „od dawna". Miał pan na myśli coś innego, dobrze mówię?

130

– James, daj już temu spokój.

– Tak, czy nie?! – ryknął, a za szklanymi drzwiami gabinetu znów wszystkie głowy zwróciły się w ich stronę. Gdy Grey odezwał się ponownie, James dałby głowę, że w głosie starszego pana słychać drżenie.

– Tak. Przejęzyczyłem się. Wybacz.

– Znam się na przejęzyczeniach. Nigdy nie są do końca przypadkowe. Czego próbował pan nie powiedzieć?

– To nie fair, James, że tak mnie przypierasz do muru. Ale jeśli musisz koniecznie wiedzieć, miałem na myśli to... że zostałeś odrzucony.

– Ma pan na myśli obronę cywilną? Pracę w którymś z ministerstw. Tak?

– Już i tak powiedziałem ci za dużo.

Nagle Jamesa olśniło.

– Nie, nie wierzę. Ty sukinsynu!

– Jak śmiesz się tak do mnie zwracać?! To nie była moja decyzja. Nie miałem na to prawie wpływu. Mają własne kryteria, dokonują niezależnych ocen.

– Ale przecież musieli zasięgać u pana opinii. Whitehall nie zamawia nawet pudełka gównianych spinaczy, nie spytawszy uprzednio profesora Bernarda Ważniaka Greya o zdanie.

– To nie było tak, jak myślisz, James. Musisz mi wierzyć na słowo. Sami wcześniej doszli do wniosku, że... nie kwalifikujesz się do zadań specjalnych. Podjęli taką decyzję na długo przed tym, nim rozmawiali ze mną o tobie.

– Nie kwalifikuję się do zadań specjalnych, tak się to teraz nazywa? Spodziewałem się po was bardziej sugestywnych eufemizmów. Świr, może tego słowa pan szukał? „Biedny Zennor, ma nie po kolei w głowie". Tak im pan powiedział? „Za dużo się naoglądał wojny w Hiszpanii, a teraz mu odbiło". Tak? Trafiłem w sedno, profesorze? Mówiąc tym waszym slangiem filozofów, wziął pan na siebie „ciężar dowodu"?

Grey westchnął.

– Tak, coś w tym rodzaju – odparł cicho. – Zresztą awantura przez telefon tylko potwierdziła trafność mojej diagnozy, doktorze Zennor. A teraz optowałbym za tym, żeby pan odłożył słuchawkę i wrócił do Oksfordu, gdzie oboje z Virginią zobaczymy, co się da zrobić w pańskiej sprawie.

– Zrujnował pan moje życie.

– Pożegnam cię teraz, James, zanim powiesz coś, czego mógłbyś później żałować.

I właśnie w tamtej chwili James podjął kolejną decyzję, uzupełniającą poprzednią. Na wiadomość, dokąd Florence zmierza, przysiągł sobie, że w jakiś sposób dostanie się do Ameryki i znajdzie swoją żonę. Teraz jednak olśniło go, jak to zrobi – i komu przyjdzie za to zapłacić.

Rozdział 12

Nie wiedział, ile długich godzin spędził, krążąc po liverpoolskim porcie i okolicach, a mimo to nie potrafiłby naszkicować niczego z pamięci ani narysować mapy. Nie zwracał uwagi na otoczenie, ograniczając się do patrzenia pod nogi. Utożsamił się ze swym mózgiem, który próbował rozwiązać problem: w podobnych sytuacjach otoczenie, świat materii, stawały się zbędnym balastem.

W tym przypadku problem był złożony. Kapitan, cmokając, pokręcił głową, nie pozostawiając Jamesowi żadnych złudzeń co do szans na przepłynięcie Atlantyku w najbliższym czasie, a przynajmniej do chwili, gdy Niemcy skapitulują – jednak „*Herr* Adolf nie wygląda na kogoś, kto łatwo kapituluje". Niewiele statków odważało się na próbę przedarcia między niemieckimi U-bootami z ich śmiercionośnymi torpedami, z których jedna zatopiła *Arandorę Star*. Te, które zdecydowały się na to, musiały dla własnego bezpieczeństwa płynąć w konwojach, eskortowane minimum przez jeden lub dwa okręty wojenne, wskutek czego mogły wypłynąć w rejs dopiero wtedy, gdy uzbierała się większa grupa osób. Nawet gdyby przy odrobinie szczęścia znalazł się niebawem kolejny transport, niewielu pasażerów w tych czasach podróżowało zwyczajnie, w interesach lub dla przyjemności. Zwykły cywil, jeśli nie miał nic wspólnego z transportem wojskowym, deportacją obywateli wrogich państw i więźniów wojennych do Kanady czy wywozem dzieci przez Radę do spraw Ewakuacji Nieletnich, musiał mieć nie byle jakie powody, by odbyć taką podróż wymagającą urzędowego zezwolenia. Na tym zresztą nie kończyły się trudności. Po dotarciu na drugą stronę, o ile obywatel brytyjski mógł zwyczajnie wjechać do Kanady, o tyle wjazd do Stanów Zjednoczonych wymagał wizy.

Tylko jeden człowiek mógł pomóc Jamesowi pokonać ten tor przeszkód – niestety, James dopiero co zwymyślał go przez telefon od sukinsynów. Obawiał się, że aktualnie Bernard Grey prędzej posłałby go na dno Atlantyku, niż pomógł mu się przeprawić przez ocean.

Kapitan błagał go, by poszukał jakiegoś pensjonatu – polecił mu nawet adres przy Kitchen Street – i radził dobrze się wyspać. Ale James czuł, że nie spocznie ani nawet nie będzie w stanie wziąć niczego do ust, nim nie rozwiąże problemu. Dlatego właśnie krążył w koło.

Tylko raz coś przerwało jego trans. Z przerażeniem spostrzegł dwóch policjantów wypytujących ludzi w porcie. Czyżby znaleźli mężczyznę, którego James wczoraj pobił? A co, jeśli tamten nie żyje? Czyżby prowadzili śledztwo w sprawie morderstwa? Słyszał, jak serce mu łomoce. Lada moment zaczną się nim interesować: w kapitanacie portu każdy im powie o dziwnym mężczyźnie, którego znaleziono śpiącego na gołej ziemi, mężczyźnie, który przyznał się, że kręci się po porcie od zeszłego wieczoru. Mężczyznę, który dopiero co się wydzierał przez ich biurowy telefon, wyraźnie zdenerwowany.

James zawrócił, próbując dyskretnie się ulotnić, kiedy dotarł do niego urywek rozmowy między policjantami, a mężczyzną, którego właśnie zatrzymali.

– Tylko mi tu nie pyskuj. Już ci mówiłem, że interesuje mnie tylko twoje pozwolenie. Znasz przepisy dotyczące handlu.

– Te baterie kosztujom ino dwa i pół pensa, a on chce za nie śtyry. Za to mu wlepta mandat – wtrąciła stojąca w pobliżu niewiasta o grubych rękach.

– Nikt pani nie pyta o zdanie – powiedział surowo drugi policjant; wokół nich zaczął się gromadzić tłum. Mężczyzna będący ośrodkiem zamieszania miał na sobie garnitur z połyskliwej tkaniny: tani, obskurny uniform szmuglera. Protestował, tłumacząc się, że „nie zmusza nikogo do zakupu baterii do latarki", że jest to decyzja kupujących i że żyją chyba w wolnym kraju – „w każdym razie, dopóki tu nie przyjdą szwaby". James z ulgą ruszył przed siebie.

Raz po raz zachodził do kapitanatu, zachowując się jak natręt, ale zdobywał dzięki temu nowe, a za ostatnim razem – użyteczne informacje. Chwilę później, kiedy włóczył się po śliskim od wodorostów i cuchnącym rybą nabrzeżu, olśniło go. Myślał akurat o Harrym Knoxie. Przypomniał sobie, jak lubił dywagować na różne tematy w zupełnie niestosownym miejscu i czasie. Tym razem wygłaszał wykład podczas obrony uniwersyteckiej dzielnicy Madrytu, gdy stali razem, drżąc z zimna w opustoszałym bloku o ścianach podziurawionych od kul, szykując się na kolejną wymianę ognia. Tylko rozmowa pozwalała oderwać się od rzeczywistości.

Właściwie rozmowa nie było tu dobrym określeniem. Raczej lekcja. Harry urządził mu wykład z politologii: czym różnią się mienszewicy od bolszewików, o zdradzie Ramsaya Mac-Donalda, o szatanie wcielonym – Hitlerze i jego obłąkańczym kulcie aryjskiego nadczłowieka.

– To człowiek, który czytał Nietzschego zbyt dosłownie – mówił Harry o Hitlerze. – Moim zdaniem filozofów niemieckich trzeba smakować po łyczku i rozcieńczać dużą ilością wody.

Tamtego wieczoru Harry rozwodził się na temat ludzkiej motywacji. Teoretycznie to James powinien być tu ekspertem, ale nie było dziedziny, w której Harry nie okazałby się bardziej oczytany od innych. James zajął się więc czyszczeniem karabinu – o dziwo, przekonali się, że nivea do rąk potrafi zdziałać cuda – i słuchał.

– Plotę trzy po trzy o wielkich ideologiach, a ty, James, jesteś na tyle uprzejmy, by mnie słuchać – stwierdził Harry. – Czy jednak wiesz, co naprawdę pobudza człowieka do działania? – James wyjął palec z komory i zaczął się zastanawiać nad odpowiedzią, jednak Harry miał już gotową odpowiedź. – Bóg, pieniądze i seks. – James roześmiał się, ale Harry ciągnął dalej z powagą: – I, naturalnie, władza. I to nie władza jako narzędzie do osiągnięcia celu, lecz upajanie się władzą samą w sobie. Ludzie z narażeniem życia robią rzeczy, przed którymi normalnie wieją, gdzie pieprz rośnie, dla władzy, religii, mamony albo, żeby podupczyć.

– A my zaliczamy się do której z tych kategorii?

– Nie rozumiem.

– Dlaczego siedzimy tutaj, czekając, aż nam odstrzelą jaja, w jakiejś ruinie, w kraju, z którego żaden z nas nie pochodzi? Na pewno motywem nie są pieniądze. Nie widzę tu też żadnych kobiet.

– Robimy to z pobudek religijnych – odparł Harry, wdzięczny za odzew Jamesa. – Tu, w Hiszpanii, stworzyliśmy nową religię. Obowiązuje w niej niezmiennie walka dobra ze złem, którą bez trudu dostrzegliby twoi rodzice i ich przyjaciele kwakrzy, tym razem jednak rolę diabła odgrywa Francisco Franco.

Roześmiali się i zaczęli rozmawiać o czymś innym, jednak teoria Harry'ego utkwiła mu w pamięci. I teraz, krążąc wokół portu i czując wiatr od Mersey, chłodny nawet w lipcu, jej trafność uderzyła Jamesa z nową siłą. Oczywiście. Jak mógł nie wpaść na to wcześniej?

„Dzięki ci, Harry, i dzięki ci, Florence", mruknął do siebie, pędząc w poszukiwaniu najbliższej budki telefonicznej. Zerknął na zegarek; bardzo możliwe, że Grey zdążył już wyjść z kolegium.

Zastanawiał się, co zrobi, jeśli odbierze Virginia. W tym przypadku rozłączy się: rzecz uda się tylko wtedy, jeżeli osobiście porozmawia z dziekanem. Dwa sygnały, trzy. Do diabła, Grey mógł już wyjść do Balliol wymieniać się plotkami z Whitehall albo być na dworze, trenując brzuchatych wojaków z miejscowych oddziałów samoobrony. Po czterech sygnałach odebrał lokaj kolegium. James wcisnął klawisz A i usłyszał, jak monety wpadają do automatu.

– Forsyth? Tu mówi Zennor. Muszę porozmawiać z dziekanem Greyem. Pilnie.

– Obawiam się, że go nie ma w...

– Powiedz mu, że pożałuje, że nie chciał ze mną rozmawiać. I to gorzko.

Zapadła chwila milczenia, z której James wyczytał kilka lat plotek na temat stanu umysłu biednego doktora Zennora oraz tok myślenia tego fagasa, Forsytha, który doszedł w końcu do wniosku, że nie płacą mu za opiekę nad chorymi psychicznie, więc lepiej przekazać sprawę dziekanowi. – Proszę zaczekać.

James czekał, podziwiając niebo nad Liverpoolem przez obramowane na czerwono szyby budki telefonicznej.

Dobiegł go jakiś szelest i stłumiony głos lokaja.

– Tu Grey – odezwał się w końcu głos w słuchawce.

– Panie Bernardzie, jeszcze raz mówi James. – „Bernardzie". Zupełnie inna rozmowa.

– Słucham cię, James. Forsyth twierdzi, że dzwonisz w sprawie niecierpiącej zwłoki.

– Zgadza się. Musi mi pan pomóc przedostać się za Atlantyk. Potrzebuję wizy amerykańskiej i pańskich koneksji w Ministerstwie Żeglugi, żeby załatwili mi miejsce na najbliższym statku, który tam popłynie. Podobno następny rejs ma się odbyć...

– Wybij to sobie z głowy, James. Jak miałbym uzasadnić twój wyjazd do Ameryki Północnej? Nie jesteś kobietą ani

137

dzieckiem, choć, ku mojemu głębokiemu ubolewaniu, zachowujesz się jak dziecko. Nie kwalifikujesz się do ewakuacji. To w ogóle nie wchodzi w rachubę. Poza tym, nie zrozum mnie źle, ale wiele osób pomagało Florence, mając na względzie jej bezpieczeństwo, a więc również usunięcie jej i jej dziecka z dala od ciebie.

Kolejny raz James poczuł, jak krew zaczyna w nim buzować. „Jej dziecka". Stopniowo rugowali go z jego rodziny. Znikły wszelkie opory co do użycia broni, jakiej Florence dostarczyła mu nieświadomie parę miesięcy wcześniej. Wrócił pamięcią do chwili, gdy żona przyniosła do domu wiadomość o romansie Greya z sekretarką z kolegium, młodszą od niego o jakieś trzydzieści pięć lat. Wtedy James zbagatelizował jej rewelacje, bo wiele razy słyszał podobne plotki. Teraz jednak podszedł do informacji z należną powagą. Zamknął oczy, zbierając się do skoku na głęboką wodę.

– Wiem o panu i pannie Hodges.

Grey kaszlnął.

– Raczej nic tym nie wskórasz, James. Jak ci zapewne wiadomo, oboje z Virginią nie hołdujemy mieszczańskim stereotypom małżeństwa. Virginia jest osobą o wiele bardziej postępową, niż ci się wydaje.

– Czy jest dostatecznie postępowa, by przełknąć fakt, że jej mąż zrobił brzuch kochance?

Długa cisza.

– Virginia jest bardzo wyrozumiałą kobietą.

– Zastanawiam się, czy równie łatwo przełknęłaby wiadomość, że zmusił pan pannę Hodges do aborcji.

Jeszcze dłuższa cisza.

– Nikt ci nie uwierzy. Twoje oszczerstwa zostaną potraktowane jako bełkot szaleńca. Sam o to zadbam.

Tę reakcję James również przewidział.

– Może udałoby się panu wmówić to pańskiej małżonce, choć za bardzo bym na to nie liczył: Virginia zna mnie

138

wystarczająco dobrze, żeby mi uwierzyć. Ale nie jestem pewien, czy ta metoda okaże się równie skuteczna w odniesieniu do ojca pańskiej kochanki.

– Dobry Boże – wyszeptał Grey.

– Otóż to. Obawiam się, że sir Herbert może nie dać się tak łatwo przekonać. Bonzowie z Whitehall mają skłonność do septycyzmu, zgodzi się pan? Tego zresztą wymaga ich zawód.

– Nie odważysz się.

– Czyżby? Zdawało mi się, że przed chwilą nazwał mnie pan szaleńcem, a szaleńcy są zdolni do wszystkiego. Poza tym, cóż to za problem? Ministerstwo sir Herberta aktualnie znajduje się przy tej samej ulicy. Aż dziw, że nigdy nie wpadliście na siebie w przerwie obiadowej.

– Nie da wiary ani jednemu słowu z twoich ust.

– Być może. Ale ziarno raz zasiane... Wie pan, jak to jest. Sir Herbert mógłby któregoś dnia spytać córkę, czy jest choć odrobina prawdy w tym, co opowiada ten szurnięty Zennor. A dziewczęta, jak wiadomo, są skłonne do zwierzeń.

– To ordynarny szantaż, James.

– Może pan to nazwać, jak się panu podoba. A teraz radzę wezwać Forsytha, żeby przyniósł ołówek i kartkę. – Zaczął dobitnie dyktować swoje żądania, jakby rozmawiał z sekretarką. Zażądał koi na *Santa Clarze*, która według informacji Huntera miała wypłynąć z Liverpoolu w przyszłym tygodniu, wizy amerykańskiej i stypendium naukowego z wiktem i zakwaterowaniem na Uniwersytecie Yale. – Sądzę, że załatwienie tych rzeczy przyjdzie panu bez trudu – dodał pogodnie. – A w razie jakichś przeszkód może pan zawsze zadzwonić do rektora: był przecież kiedyś Ministrem Spraw Zagranicznych.

W przypadku najmniejszego opóźnienia w realizacji jego żądań, listy, które James zdążył już napisać i włożyć do kopert ze znaczkiem, najbliższą pocztą powędrują do sir Herberta i pani Grey.

– Odradzam też uruchamianie pańskich kontaktów, by doprowadzić do zaaresztowania mnie przez liverpoolską policję: zostawiłem moim nowym przyjaciołom w porcie polecenie, żeby wysłali te listy za mnie, gdybym po nie nie wrócił. – Ostatnia pogróżka była czystym blefem, ale siwowłosy piewca reform społecznych i wybitny mąż nauk raczej nie zaryzykuje, żeby go sprawdzić.

Harry Knox nazwałby to bilansem zysków i strat. „To jest równanie, jak w matematyce", twierdził. A Jamesowi z jego obliczeń wynikło, że Bernard Grey szybko dojdzie do wniosku, iż w jego najlepiej pojętym interesie leży spełnienie żądań niepokornego doktora. Zważywszy na to, ile wiedział James, dziekan Grey raczej będzie skłonny się go pozbyć.

Rozdział 13

Tydzień później na pokładzie *Santa Clary*,
gdzieś na północnym Atlantyku

Wszędzie dokoła ludzie wymiotowali. Niektórzy rzygali
prosto za burtę do oceanu; inni, chyba sparaliżowani ze zgrozy,
po prostu opróżniali żołądek tam, gdzie stali, po trzy, cztery,
pięć razy.

James trzymał się na uboczu, a wyraz jego twarzy mógłby
się komuś wydać irytująco spokojny. Czuł wielką ulgę, że
znalazł się na statku i nie straszna mu była ani wzburzona
toń, ani to, że fale przelatują nad statkiem, uderzając w pokład,
na którym stał, i kilka niższych. Wolał ocean, nawet groźnie
rozkołysany, od lądu stałego, ponieważ potrafił to, do czego
nieruchoma *tera firma* nie była zdolna: przybliżał go do
Ameryki i do Florence.

Podczas krótkiego pobytu w Liverpoolu pisał parę razy
dziennie do Florence, przepisując tekst po wielokroć, ostatecznie jednak kończyło się na paru mdłych linijkach, które od-
dawały zaledwie ułamek jego uczuć. Koperty lotnicze adresował: na Uniwersytet Yale. Tutaj, na *Santa Clarze*, kontynuował
ten zwyczaj, i nie było godziny ani nawet minuty, żeby nie
pomyślał o żonie i dziecku. Podczas długich, jałowych godzin,
kiedy płynęli po gładkiej tafli morza, podczas nieskładnych
rozmów z deportowanymi do Kanady przedstawicielami wro-

gich narodów, Niemcami i Włochami, często mieszkającymi w Wielkiej Brytanii od dziesięcioleci – w tym pochodzącego z Frankfurtu mężczyzny o załzawionych oczach, który nie omieszkał zasalutować, ilekroć w rozmowie padało imię króla Jerzego – kiedy słońce wschodziło o poranku i kiedy o zmroku mógł wreszcie naciągnąć na siebie koc w ciemnościach swojej mikroskopijnej koi, przez calutki dzień myślał o swojej małej rodzinie i o tym, jak ją stracił.

Długie, puste godziny zapełniał niekończącymi się rozmyślaniami o dziwnym ciągu wydarzeń, który zaczął się tym, że pewnego słonecznego ranka wiosłował po Tamizie, a już niecały tydzień później znajdował się na pokładzie statku prującego przez Atlantyk. Gdy wziął pod lupę ostatnie dwadzieścia cztery godziny w Oksfordzie, doszedł do wniosku, że wiele z tego, co się wydarzyło, mogło wcale nie być dziełem przypadku. Dziekan przyznał, że wyjazd Florence był efektem zespołowego wysiłku, że Greyowie i anonimowi współspiskowcy podjęli zbiorowy wysiłek, by pomóc jej uciec bez przeszkód. James zorientował się, że niektóre, jeśli nie wręcz żadne z wydarzeń tamtego dnia, nie były wcale tym, za co je brał. Przyjrzał się faktom w świetle rewelacji Greya. Pamiętna poranna wizyta Virginii i jej życzliwa rada, żeby poszedł do Biblioteki Bodlejańskiej? Niewątpliwie była to taktyka opóźniająca, aby James stracił kilka kluczowych godzin, podczas których mógł wyruszyć do Liverpoolu. Podobne rozumowanie wyjaśniało, dlaczego ktoś – na przykład Rosemary Hyde – przechwycił pocztówkę, przekładając ją ze skrzynki na drzwiach do skrytki na uczelni, w ten sposób pozostawiając Jamesa w niewiedzy dostatecznie długo, by bezpowrotnie stracił szansę na dogonienie Harry'ego i Florence na lądzie. (Zastanawiał się, czemu Rosemary zwyczajnie nie ukradła kartki: może jakieś pokrętne poczucie honoru lub coś w tym stylu nie pozwalało jej pozbawiać go pożegnalnej noty od żony). Jak bardzo wymyślnych chwytów się imali? Chwilami podejrzewał, że półślepy Magnus Hook umyślnie zderzył się z nim przy Parks Road.

Kiedy nie odtwarzał w pamięci niedawnych wydarzeń, zadręczał się wyimaginowaną przyszłością. Co będzie, jeśli okaże się, że wyjechał w samą porę, opuścił Anglię na parę dni lub tygodni przed najazdem Niemców? Był to czyn godzien potępienia, akt dezercji, o ile nie akt zdrady. On, który z karabinem w ręku walczył o wolność Hiszpanii, nagle wymigał się od obrony własnego kraju. Porzucił Anglię w godzinie najcięższej próby. Był szczurem uciekającym z tonącego statku i za to właśnie się nienawidził. Co z tego, że jakaś cholerna komisja wojskowa przyznała mu kategorię D? Na pewno był do czegoś zdatny. A co, jeśli oddziały wojsk hitlerowskich ruszą na Londyn, tak jak ludzie Franco poszli na Madryt? Mógłby uczyć oddziały miejscowej Samoobrony tego samego, co z Harrym Knoxem i XII Brygadą Międzynarodową robili w Madrycie na terenach uniwersytetu. Może dojść do walk w obronie wybrzeża, strzelaniny na plaży Southwold, wojny pozycyjnej w okopach Eastbourne – James na pewno by się do czegoś przydał. Co z tego, że świstek papieru piętnował go kategorią D? Potrafił trzymać karabin i strzelać, na pewno nie gorzej niż większość tych starych pryków z Samoobrony. A już na pewno lepiej niż przeklęty Bernard Grey. Brytyjskie służby obrony będą potrzebować każdego, kto żyw, zwłaszcza ludzi z doświadczeniem wojennym. Tyle że on będzie wtedy siedział za Atlantykiem, jak u Pana Boga za piecem, dbając tylko o własną skórę.

A mimo to nie zawahał się, wsiadając na pokład *Santa Clary*. Najważniejszym zadaniem było odnalezienie Florence i Harry'ego. Nie oskarżał się o egoizm, choć kierowało nim dojmujące pragnienie, by ich zobaczyć. Odnalezienie rodziny traktował jako najświętszy obowiązek. Kochał swój kraj i gotów był ponieść dla niego każdą ofiarę. To samo czuł wobec swojej rodziny. Ale jedni i drudzy go odrzucili.

Czasem podobne myśli całymi godzinami kłębiły mu się w głowie. Niektórzy, zwłaszcza załoga, narzekali na nudę, ale James nie miał z tym problemu. To była jedna z zalet kwakierskiego chowu: duża odporność na nudę. No i raz w trakcie dziesięciodniowej podróży omal nie doszło do tragedii.

Santa Clara była na morzu od ponad czterech dni. Pożegnali się już z konwojem i byli teraz, oficjalnie, zdani na własne siły. Stosowne władze uznały, że w tej odległości są poza maksymalnym zasięgiem wroga. Jeden z członków załogi, z którym James zdążył nawiązać znajomość – dwudziestoletni Polak, Andrzej, zażarty przeciwnik komunizmu – już wcześniej dał mu cynk, że coś się kroi, bo na mostku nagle zapanowało nerwowe poruszenie. Odkąd Andrzej dowiedział się o doświadczeniach wojennych Jamesa w Hiszpanii, traktował go jak towarzysza broni, darząc szacunkiem, jakiego James się nie spodziewał. Raczej skłonny był przypuszczać, że skoro walczył przeciwko generałowi Franco, w oczach Andrzeja będzie komunistyczną świnią. Powoli jednak zorientował się, że istnieje szczególne braterstwo tych, którzy byli na wojnie, braterstwo ponad wszelkimi podziałami. Świadomość ta nie sprawiała Jamesowi szczególnej satysfakcji, w dodatku przypominała mu, że był tylko widzem w tej wojnie, w której ważyły się losy świata.

Andrzej uprzedził go, więc nie czuł się zaskoczony, kiedy z megafonów padł rozkaz, by zejść pod pokład lub stać w miejscu i się nie ruszać.

Lekceważąc rozkazy, James został przy Andrzeju, przyglądając się, jak tamten odbezpiecza działo umocowane na sterburcie. Zapadła wielka cisza, jakby cały statek zamarł w oczekiwaniu, po czym rozległ się zgrzyt i syk kotłów rozpalonych do czerwoności, żeby statek mógł ruszyć pełną parą. Mimo to Andrzej nie zdjął rąk z działa. James miał przy sobie kamizelkę ratunkową, ale w przypływie brawury nie włożył jej, w przeciwieństwie do garstki zastygłych na pokładzie pasażerów, którzy bali się zejść do kajut. Jedyne, co im pozostało, to czekać, modląc się o to, by ci na mostku pomylili się, ponieważ tu, gdzie są, łodzie podwodne wroga nie dopływają, więc zagrożenie – o ile w ogóle istniało – już minęło.

I nagle, kiedy nabrali prędkości, z dołu dobiegł ich jakby głośny szum piany. James wyjrzał za burtę i zdążył jeszcze zobaczyć torpedę mknącą raptem o metry od rufy ich statku. Parę sekund później nadciągnęła kolejna „blaszana ryba", tym razem przelatując góra półtora metra od kadłuba *Santa Clary*.

Statkiem szarpnęło potężnie, po czym przechylił się na bok – ale nie został trafiony. Według Andrzeja uratował ich fakt, że torpeda w ostatniej chwili odbiła do pionu. James wyobraził ją sobie, jak pocisk staje niczym cyrkowa foka na tylnych łapach, i ten obrót wydarzeń napełnił go głęboką ulgą, nie dlatego, że pozostał przy życiu, lecz dlatego, że przeżył mąż Florence i ojciec małego Harry'ego. Dla kogoś mogło to brzmieć nonsensownie, ale dla Jamesa ani trochę.

Nagle marynarze zaczęli z dolnego pokładu wyrzucać za burtę białe cylindry; od wybuchów Jamesowi zagrzechotały kości, jakby liniowiec zderzył się z podwodną skałą.

– Bomby głębinowe – wyjaśnił Andrzej.

Polak odczekał chwilę i zawyrokował, że U-boot nie odważy się wypłynąć na powierzchnię, bo Niemcy są przekonani, że *Santa Clarze* nadal towarzyszy konwój. Zabezpieczył działo i zszedł pod pokład zorientować się w sytuacji. James spojrzał na swoje dłonie i zobaczył, że odkąd z megafonu popłynęły rozkazy, tak mocno ściskał w dłoni kamizelkę ratunkową, aż zbielały mu palce. Rozluźnił uchwyt i zobaczył, że jego dłoń lśni od potu, a pasek, za który trzymał kamizelkę, jest mokruteńki.

Dwa dni później dostrzegli góry lodowe – pierwszy okruch czegoś stałego po ponad tygodniu na morzu. James wyobrażał sobie, jak Harry – który musiał parę dni przed nim płynąć w tym samym rejonie – zareagował na widok majestatycznych, wręcz baśniowych brył połyskliwego, białego lodu, który lśnił oślepiająco w przenikliwych promieniach słońca. Część formacji popękała, a ich okruchy, również gigantyczne, przybrały fantastyczne kształty. Wyobrażał sobie, jak Florence pokazuje te same góry Harry'emu, porównując jedną do wieloryba, drugą do łodzi podwodnej, a trzecią do baśniowego zamku. W godzinę po pojawieniu się na horyzoncie gór James otworzył notatnik i napisał dla syna wiersz *Lodowy smok*. Podejrzewał, że nie jest to utwór najwyższych lotów, ale lubił sobie wyobrażać, jak czyta go Harry'emu, a mały śmieje się z nieszczęsnej mewy, która usiadłszy na domniemanej górze lodowej, znika nagle w ognistej paszczy smoka.

Byli już osiem długich dni na morzu, gdy w oddali zamajaczył ląd. Przepłynęli przez cieśninę Belle Isle i dalej, wzdłuż wybrzeży Labradoru i Nowej Funlandii. James z zapartym tchem chłonął ujście Rzeki Świętego Wawrzyńca: wysokie góry o lesistych zboczach, na których co jakiś czas migały polany obsypane garścią drewnianych chat i białych domków z górującą nad nimi wieżą kościółka, kojarzyły mu się z *loch*, szkockimi jeziorami.

Było pięknie, ale James Zennor nie miał czasu na podziwianie krajobrazu. Kiedy statek dobił wreszcie do portu w Quebecu, dziesięć dni od chwili, gdy sapiąc i postękując, wypłynął z ujścia Mersey, James nie mógł się już doczekać, kiedy postawi nogę na kontynencie północnoamerykańskim i przejdzie do ostatniego etapu podróży. Teraz czekało go już tylko przekroczenie granicy Kanady ze Stanami, a potem podróż koleją do New Haven. Wkrótce zawita do Yale, by się połączyć z najbliższymi.

Rozdział 14

Londyn

Odwróciła się do niego plecami, co znaczyło, że wreszcie udało mu się ją zaspokoić. Przyglądał się z bliska jej skórze, bielszej niż u amerykańskich dziewcząt, z którymi spał. Rzecz jasna, ona nie była dziewczyną od dobrych dwudziestu lat. Nie była też prawdziwą *lady*, choć tak ją tytułowano jako żonę dostojnego członka parlamentu z ramienia torysów. A przez ostatnie półtorej godziny zachowywała się jak skończona dziwka.

Oko Taylora Hastingsa spoczęło na ciemnej plamce pod jej prawą łopatką. Co też to mogło być? Znamię? Pieprzyk? Było ich zresztą całkiem sporo. Prawdę mówiąc, teraz, gdy patrzył na nią z bliska, zauważał drobne niedoskonałości na całym jej ciele. Skóra na rękach nie była jędrna; na udach i biodrach widniały ślady przebytych ciąż. Jej ciało różniło się zdecydowanie od młodych ciał, do których był przyzwyczajony. Ale nie dbał o to. Wręcz przeciwnie: jej wiek podniecał go, a każdy dotyk upewniał, że sypia z żoną innego mężczyzny.

Zaczęła ciężko oddychać, zapadając w głęboki, znużony sen. Ciało Taylora uległo, jak zawsze, zmęczeniu, ale jego umysł nie chciał się wyciszyć. Kolacja skończyła się przed ponad trzema godzinami, lecz on wciąż czuł podniecenie. U niego, w Stanach, chętnie mówiło się o znanych osobach, których zresztą znał sporo, dorastając w St Albans i Princeton. Jednak nie aż takich znakomitości jak ci tutaj. Uśmiechnął się na myśl o tym, kto kierował wieczorną konwersacją, pełniąc nieoficjalnie funkcję przewodniczącego obrad: nie kto inny, lecz sam piąty diuk Wellington! Co powiesz na to, papo? Przyznasz, że ten tytuł bije na głowę Zastępcę Podsekretarza Stanu do spraw Gumek i Spinaczy?

Posadzono go obok lorda Redesdale'a, ojca słynnych panien z Mitford.

– Powinieneś poznać moje córki – zwrócił się do Taylora, ledwie wymienili uścisk dłoni. – Nie Dekkę, bo ona, jak wiadomo, sfiksowała na punkcie czerwonych. Dianę. Diana jest normalna.

Doliczył się jeszcze siedmiu lordów, jednocześnie dowiadując się, że mówi się na nich „parowie". Był też jakiś Galloway i jakiś Agnew, choć podejrzewał, że jeden z nich był tylko zwykłym szlachcicem.

Nieważne, że można było się w tym pogubić. Uważał, że to coś fantastycznego. Tylu luminarzy zgromadzonych w jednym pomieszczeniu: dziennikarze i wydawcy broszur wymieniali się poglądami z arystokratami i tuzami przemysłu. Tak pewnie wyglądały osiemnastowieczne salony w Londynie: ustosunkowani ludzie siedzieli przy wykwintnym politurowanym stole, spowici aurą bogactwa i błękitnej krwi.

Niczego nie zbywało poza jednym: dobrym humorem. Mąż Anny, Reginald Rawls Murray, deputowany do parlamentu z jakiegoś okręgu w dalekiej Szkocji i *spiritus movens* Right Clubu, nie szczędził sił, by tchnąć ducha w zebranych, jednak z twarzy biesiadników nie schodził wyraz zasępienia.

– Churchill chce nas wykończyć – padało raz po raz. Wybór nowego premiera, odejście Chamberlaina, upokorzonego porażką w Norwegii, zadało poważny, jeśli nie ostateczny, cios ich sprawie: kampanii na rzecz tego, co nazywali „rozejmem bez utraty honoru". Teraz główny brytyjski podżegacz wojenny urzędował przy Downing Street, wykorzystując przemarsz

148

Hitlera przez Holandię i Belgię oraz niedawne zdobycie Francji jako dowód na poparcie swojej tezy, że Niemcy zmierzają do podboju świata i nie ma sensu dogadywać się z nimi – trzeba ich pokonać.

Jednak Churchill był groźny z powodu swoich konkretnych posunięć. Natychmiast zorganizował obławę i na mocy nieszczęsnej ustawy obronnej 18B zaczął wtrącać do więzienia podejrzanych o nazistowskie sympatie – posunięcie, które w poważnym stopniu uszczupliło szeregi Right Clubu. Tego wieczoru przy stole zasiedli ci, których ranga i status przekładały się na znaczną nietykalność i którzy mieli dość oleju w głowie, by przedstawiać się jako „przeciwnicy wojny", a nie „zwolennicy Hitlera". Jednak w zaufanym gronie, wśród samych swoich, nie musieli ukrywać się z własnymi poglądami.

Murray zaraz na wstępie nadał ton, gdy gwoli poprawienia nastrojów poprosił obecnych, by odśpiewali z nim refren *Kraju nadziei i chwały*, ukochanej pieśni Anglików, właściwie nieoficjalnego hymnu Anglii. Sam nucił z nimi tylko melodię, potem jednak uciszył wszystkich, by zaprezentować nowy tekst swojego autorstwa:

Kraju złodziei, kraju gudłai,
Kraju, coś wolny był,
Żydki cię wychwalają,
Kantując, ile sił.

Podniósł się ryk aprobaty. Kiedy zaczęto bębnić w stół, na twarz Murraya wypłynął szeroki uśmiech. Rozochocony ciągnął dalej:

Kraju żydowskiej mamony,
W prasie, książce i kinie,
Hucpą mośków karmiony,
Gdy nasza Anglia ginie.

To była, niestety, jedna z nielicznych chwil, gdy humory dopisywały. Wszyscy byli zgodni, co do tego, że Żydzi kolejny raz dopięli swego, popychając Anglię do wojny, a popieranie pokoju, gdy Churchill właśnie zapowiedział „przełomową chwilę" w historii narodu i wspominał o „bitwie o Wielką Brytanię", było skazane na niepowodzenie; w dodatku mogło mieć fatalne skutki. Wojna na niby się skończyła; zaczęła się wojna na serio. Krytykując wojnę, w tej chwili można było zostać pomówionym o zdradę.

To wszystko składało się na ponurą atmosferę w Herbaciarni Rosyjskiej. Murray był jedyną osobą, która zachowała wesołość i otwarcie wyrażała swoje poglądy, wierząc, że wszystkim obecnym można ufać i że stołek w parlamencie ochroni go przed ostrzem ustawy 18B.

Pozostali nie kryli rozpaczy i obrzydzenia.

– Latami kalano wszystkie nasze świętości – oznajmił jeden z utytułowanych gości, który pomimo wyświechtanego garnituru wyglądał na jakiegoś księcia czy wicehrabiego. – *Imperium Brytyjskie, moralność chrześcijańska, Anglia tylko dla prawdziwych Anglików* – wyrecytował jednym tchem. – Nasze wartości są podkopywane przez bolszewików, cudzoziemców, rekinów światowej finansjery. Ale ta wojna położy temu kres, raz na zawsze – zakończył tonem znawcy.

A jednak Taylorowi udało się jakoś oprzeć nastrojowi przygnębienia, co stwierdził, patrząc na zegar przy łóżku, który pokazywał, że zbliża się trzecia. Po części była to dziecięca ekscytacja młodzieńca, którego posadzono przy jednym stole z dorosłymi: był dziesiątki lat młodszy od pozostałych. Po części świadomość, że pojadłszy i popiwszy winem, będzie smakował żonę gospodarza, dzięki temu, że Murray zwykł w tygodniu sypiać w swoim klubie.

Zresztą podczas kolacji miał niejasne odczucie, tak niejasne, że uświadomił je sobie dopiero teraz, że jest odporny na minorowe nastroje przy stole. Żywił wielką sympatię dla

Anglików, ale był Amerykaninem, a Stany jak dotąd nie włączyły się do gry. W USA, w odróżnieniu od Wielkiej Brytanii, ciągle jeszcze nie było – żeby użyć dwu słów, które powtórzono iks razy podczas obiadu – za późno.

Taylor przesunął się na chłodniejszy fragment łóżka, delikatnie, żeby nie obudzić Anny, zastanawiając się, czy Murray kiedykolwiek robił swojej żonie to, co on przed chwilą – i czy Murray w ogóle kiedykolwiek spał z nią w tym łóżku. Na tym samym piętrze wypatrzył inną, męską sypialnię. Może sam fakt, że był Amerykaninem, czynił go bardziej optymistycznym od jego współbiesiadników. Czyż nie to właśnie odróżniało większość Amerykanów, przynajmniej dwudziestokilkuletnich, od ich brytyjskich kuzynów: poczucie, że najlepsze mają przed sobą, a nie za sobą.

Jednak czuł, że to było coś mniej ogólnikowego. Koniec końców, tryskał humorem wśród ogólnego przygnębienia, ponieważ miał wyraźne przeczucie – graniczące z jasnowidzeniem – że przyjdzie mu odegrać ważną rolę w doniosłych wydarzeniach.

Usłyszał ten wewnętrzny głos, kiedy nabłyszczał włosy brylantyną przy Cadogan Square, nie opuszczało go przeczucie, że wkrótce coś się wydarzy, zresztą Murray potwierdził to kilkakrotnie tego wieczoru. Chwilami starszy pan puszczał oko w stronę Taylora, kiedy indziej rzucał zawoalowane aluzje: „Ciebie to oczywiście nie dotyczy, Hastings" albo „Ty jesteś w nieco innej sytuacji", zanim kelnerzy zebrali talerze po głównym daniu – wołowinie w sosie daleko bardziej sutym niż gęsta bura breja serwowana w wojennych garkuchniach w mieście. Murray nie szczędził starań, by nikt z obecnych nie miał wątpliwości, że wiąże pewne nadzieje z młodym Amerykaninem. Podczas kolacji spotkali się dopiero po raz drugi – wcześniej Anna przedstawiła ich sobie przy herbacie w Savoyu – mimo to Murray traktował go jak zaufanego powiernika. Kiedy kelnerzy wyszli z sali, deputowany brzęknął łyżeczką o szklankę.

151

– Mam nadzieję, że dogodziliście swoim podniebieniom – zaczął Murray. Odpowiedział mu pomruk zadowolenia. – Jak wiecie, gościmy dziś miłego młodzieńca z naszych zamorskich kolonii, Taylora Hastingsa. – Amerykanin uśmiechnął się grzecznie. – Czuję, że podobnie jak ja żywicie głęboką nadzieję, iż młody pan Hastings będzie w naszym kraju kimś więcej niż tylko gościem i biernym kibicem naszej sprawy. – Parę osób cmoknęło z aprobatą, również książę Wellington, co Taylor odnotował z przyjemnością. – Dlatego też jest dla mnie wielkim zaszczytem zaproponowanie panu Hastingsowi członkostwa w naszym małym klubie. Przyjmując zaproszenie, stanie w pierwszym szeregu tych, którzy walczą o Anglię. To znaczy, o prawdziwą Anglię. Walczą przeciwko prawdziwemu wrogowi, nie braciom Aryjczykom, wielkiemu narodowi niemieckiemu, lecz rasie, która od zawsze była wrogiem chrześcijaństwa. Pozwólcie więc, że wręczę panu Hastingsowi odznakę symbolizującą jego bezcenny wkład w misję naszego klubu.

Przy akompaniamencie oklasków Taylor wstał z krzesła i podszedł trzy, cztery kroki dzielące go od Murraya, który już czekał na niego. Deputowany potrząsnął energicznie jego prawicą, po czym wręczył mu metalową odznakę.

Taylor patrzył na broszę z matowego srebra. Przedstawiała orła z wężem w dziobie opatrzonego inicjałem „PJ".

– Kto to jest PJ? – spytał Taylor niezbyt mądrze.

– Miły chłopcze, znasz chyba motto Right Clubu, które wyraża esencję naszych dążeń. PJ to skrót od „Padnie Juda".

Rozdział 15

Moja droga Florence

Czuję się, jakbym pisał w próżnię. Wiem, że jesteś w Ameryce, wiem, że jesteś w Yale. Mimo to nie potrafię Ciebie sobie tam wyobrazić – nie wiem, gdzie mieszkasz i jak Ci się powodzi. Podobnie czułem się cztery lata temu, kiedy niesłusznie złościłem się na Ciebie, wiedząc o tobie tyle tylko, że jesteś w Berlinie. Twoja ówczesna decyzja była słuszna, choć musiało upłynąć trochę wody, żebym to pojął. Rozumiem, dlaczego wtedy nie chciałaś grać ze mną w otwarte karty: znaliśmy się za krótko. Teraz jednak jesteśmy mężem i żoną, a ty nadal potrafisz wywieść mnie w pole. Może to jakaś powtórka z Berlina: z czasem przekonam się, że to ty miałaś rację, a nie ja. Ale na razie tego nie czuję. Nie tylko dlatego, że w Berlinie rzucaliśmy na szalę miłość między nami dwojgiem – czy raczej, kiełkującą miłość. Teraz jednak w grę wchodzi dziecko. Twoje dziecko, ale też i moje...

James energicznie zgniótł kartkę w dłoni i wsunął do kieszeni, dołączając do kolekcji niedokończonych listów do Florence. Pomimo opanowania rozsadzała go wściekłość.

Chciał odzyskać Florence, to się chyba samo przez się rozumie. Tego rodzaju listy nigdy się nie sprawdzają. Skreślił krótką, prostą notę, informując żonę, że jedzie jej śladem i nie spocznie, dopóki nie będą razem. Ponownie zaadresował kopertę: na Uniwersytet Yale, tak jak robił to niezliczoną ilość razy – w porcie w Liverpoolu, na nabrzeżu w Quebecu czy na Penn Station w Nowym Jorku.

– New Haven, New Haven! Następna stacja: New Haven.

Już trzeci konduktor w ciągu ostatnich dwudziestu minut szedł przez wagon Jamesa z tą zapowiedzią. James był gotowy: zamknięta torba spoczywała na półce nad jego głową. Spojrzał kolejny raz przez okno, chłonąc amerykański pejzaż. Przez te dni spędzone w pociągu, kiedy jechał z Quebecu z przesiadką w Montrealu i w Bostonie, aż tutaj, do New Haven, miotały nim sprzeczne uczucia. Najczęściej był pod wrażeniem bezkresnych przestrzeni, samej skali Ameryki Północnej, gdzie wszystko było szersze i wyższe niż w angielskiej ciasnocie. Znał stare, wielkie drzewa – choćby to, które rosło na dziedzińcu jego kolegium – ale tutaj można by bez końca wędrować po kniejach drzew o potężnych pniach i niebosiężnych konarach. Chmury zdawały się większe nad horyzontem, który zataczał większy okrąg, jakby Bóg namalował Amerykę z użyciem większego blejtramu.

Kiedy indziej z kolei, choć znacznie rzadziej, przeżywał szok, napotykając dziwnie swojskie widoki tam, gdzie spodziewał się większej egzotyki. Poczuł lekki wstyd, gdy zorientował się, że wyobrażał sobie Amerykę na podstawie filmów jako pustynną krainę kaktusów, westernowych miasteczek i Indian galopujących na koniach. Tymczasem w Bostonie widział eleganckie budynki z szarego wapienia, które mogłyby z powodzeniem stać w Edynburgu czy Manchesterze. Pociąg zatrzymywał się w Providence i Mystic*, miastach o nazwach

---

* Providence (ang.) – opatrzność, przezorność; mystic (ang.) – mistyka.

jak z bajki, ale przyjeżdżał też przez New London – Nowy Londyn. Ten kraj był dziwnie zwodniczy – raz podobny, kiedy indziej diametralnie różny od Anglii.

Ale pomimo wielu osobliwości, które przykuwały jego uwagę – samochodów wielkich, jak łodzie, takich choćby, jak niebieski krążownik szos z drewnianą karoserią na bokach (współpasażer Jamesa nazywał go „kombi"), który jechał równolegle do ich posapującego pociągu, gdy wjeżdżali do Bostonu, czy wszechobecnej gumy do żucia w ustach tragarzy i konduktorów – największe zaskoczenie budziły twarze miejscowych. Nie były spięte i ponure, jak twarze w Anglii, lecz otwarte i zrelaksowane: matki uśmiechały się do pociech, podróżujący w interesach rozwiązywali krzyżówki w porannej gazecie, życie toczyło się utartym trybem, troski nie wykraczały poza opłacanie rachunków i pielęgnację trawnika na tyłach domu, nikt się nie niepokoił, czy jego kraj przetrwa. Stąd wojna była tak daleka, że równie dobrze mogła się toczyć na innej planecie.

Lokomotywa gwizdnęła dziarsko i z komina buchnęły białe kłęby pary. Tłoki poruszały się coraz bardziej ociężale, pociąg ostatkiem sił wtaczał się na peron, dysząc jak stary zawodnik, który zasłabł przed metą. Spośród krętych pasm dymu wyłoniła się tablica z napisem „New Haven".

Poczuł, że szczęki mu chodzą bezwiednie – jak przed każdym startem w regatach. Ani podczas długiego rejsu z Liverpoolu, ani jadąc na południe z Montrealu, nie przygotował się na tę chwilę: rozpamiętywał przeszłość i skupiał się na dotarciu do celu. Teraz jednak znalazł się na miejscu. Uniwersytet Yale mieścił się w New Haven, więc Florence musiała być gdzieś tutaj. W każdej chwili mogli się zderzyć ze sobą, nawet tu, na peronie. Zauważył chłopczyka w wieku Harry'ego z balonikiem na sznurku obok kobiety kupującej z wózka jakieś „precle"; nie wiedział, co to jest ani jak się to czyta. Kobieta nie dorównywała wzrostem Florence – rzadko kto jej dorównywał – lecz sam widok matki z dzieckiem i fakt, że mogła to być Florence z Harrym, wstrząsnęły nim. Odwrócił wzrok.

Dopiero teraz dotarł do niego wygląd samego dworca, którego dach był prawie tak samo wysoki, jak St Pancras w Londynie. Ale o ile tego rodzaju miejsca w Anglii odstręczały brudem i nijakością – co tylko pogłębiło się z powodu wojny – o tyle tutejszy dworzec zachwycał czystością i elegancją: sufit nad gustownymi żyrandolami zdobiły misterne złote ornamenty i nawet stropy tuneli prowadzących na perony były pokryte okładziną z lśniącej blachy. Kolejny raz czuł się tak, jakby porzucał starzejącą się matkę, Anglię, dla Ameryki – młodego, energicznego syna.

Wrzucił list do niebieskiej skrzynki pocztowej i zajrzał do notesu: 459 College Street. To pod tym adresem Grey załatwił mu zakwaterowanie, żądanie, które James dodał do listy w zamian za swoje milczenie. Spytał tragarza o drogę – najpierw tamten nie rozumiał Jamesa, potem James jego – barierę między nimi stanowił, o ironio, wspólny język.

Z kupioną w Liverpoolu niedużą torbą podróżną spokojnie mógł iść na piechotę. Wyszedł na George Street i po chwili skręcił w prawo w College Street, która doprowadziła go do dzielnicy uniwersyteckiej. Na miejscu przeżył szok. Spodziewał się ultranowoczesnej architektury rodem z komiksów *Flash Gordon*: gąszczu połyskliwych wieżowców, aseptycznych linii, odważnych form.

Fakt, że auta robiły wrażenie. Zwaliste kolosy sunęły jak gruba zwierzyna w dżungli, jakieś hipopotamy czy nosorożce gotowe stratować każdego, kto nie ma dosyć rozumu, by zejść im z drogi. Ale sam uniwersytet zdawał się tak samo jak Oksford zwrócony ku przeszłości.

Ulice biegły wzdłuż kamiennych murów z imitacjami średniowiecznych bram, w niebo strzelały iglice wież gotyckich kościołów; całość robiła wrażenie, jakby za sprawą czarodziejskiej różdżki trzynastowieczne miasto uniwersyteckie przeniosło się przez ocean, lądując na drugiej półkuli w niezmienionym kształcie. James zajrzał do jednego z mijanych kolegiów – chyba Calhoun – kto by zresztą te wszystkie nazwy spamiętał. W środku, jak w Oksfordzie, zastał dziedziniec ze starannie wypielęgnowanym trawnikiem. Minęło go dwóch wysokich blondynów z rakietami tenisowymi, do złudzenia podobnych do swoich oksfordzkich odpowiedników. Przeszedł przez wielkie wrota do twierdzy aspirującej chyba do rangi zamku, opatrzone maksymą *Lux et Veritas* wykutą w jasnym kamieniu. Historyk sztuki z bliska z pewnością poznałby, że podobne do oksfordzkich Bingham Hall czy Battell Chapel budynki nie liczą sobie siedmiuset lat, lecz są wytworem zeszłego, jeśli nie obecnego stulecia. Ale oko laika nie wyławiało żadnej różnicy.

Spojrzał na drugą stronę ulicy i z ulgą zauważył, że tablica z numerem 459 widnieje na dość skromnym, oszalowanym jasnym drewnem domu ze spadzistym dachem, a nie na sąsiednim gmachu ozdobionym wspartym na kolumnach portykiem. Obawiał się trochę, że Grey załatwi mu zakwaterowanie w uniwersyteckim dormitorium, w jakim mieszkało w Oksfordzie kilku młodszych wykładowców. Ostatnią rzeczą, na którą miał ochotę, były pogaduszki z pracownikami uniwersytetu, którzy zapewne chcieliby go odpytać szczegółowo na temat „dziedziny jego badań" w Yale. Spodobała mu się myśl, że mógłby tu zamieszkać, całkiem by mu odpowiadał pokój w anonimowym pensjonacie i regularne posiłki.

Ale niezbyt długo cieszył się tą wizją. Kiedy zastukał do drzwi, otworzył mu lokaj, który ku najwyższemu zaskoczeniu Jamesa okazał się starszawym Murzynem. Od słowa do słowa wyjaśniło się, że budynek nie jest pensjonatem, lecz Klubem Elżbietańskim. Klub, ze swoimi fotelami z wytartej skóry w odcieniu łat na łokciach tweedowej marynarki ojca Florence (ukłon w stronę wojennej oszczędności) i kominkiem dobrze napakowanym drewnem w duszny, upalny dzień w środku lata, również wyglądał, jakby oderwał się od ziemi w Oksfordzie, przefrunął przez Atlantyk i wylądował, bez uszczerbku, akurat przy tej ulicy w New Haven w stanie Connecticut.

Lokaj poprosił go o nazwisko i potwierdził, że na niego czekają. Przeprosił, że doktor Zennor będzie musiał zadowolić się kwaterą zarządcy, ponieważ klub nie posiada żadnych pokoi gościnnych. Dopiero po chwili dotarło do Jamesa, że lokaj nie ma na myśli żadnego pawilonu sportowego, tylko budynek, w którym się znajdują. Kiedy walcząc z zadyszką, szedł po schodach na górę, Murzyn zrobił mu skrócony wykład na temat „Elżuni" – ufundowanej przed niespełna trzydziestu laty przez zamożnego absolwenta, zainspirowanego wizją cichej przystani, w której studenci o zacięciu literackim mogliby dyskutować o sztuce i jej obrzeżach. Zatrzymał się na piętrze, by pokazać drzwi pomieszczenia, w którym klub przechowywał swoją bezcenną kolekcję foliałów Szekspira, w tym jedną z trzech zachowanych kopii *Hamleta* z 1604 roku. James podejrzewał, że ekskluzywne grono członków Elżuni przypomina zdegenerowanych synalków starych rodów z Christ Church i Magdalen, od których stronił na kilometr, gdy jako świeżo upieczony student przybył do Oksfordu pociągiem z Bournemouth. W sumie było to dość niedawno, pod koniec lat dwudziestych, lecz teraz wydawało się inną epoką.

Pokój, który mu przydzielono, cechowała klasztorna wręcz prostota. Wyposażenie sprowadzało się do łóżka, krzesła, biurka i miednicy, poza tym właściwie nie było nic. Ascetyczny wystrój przypadł Jamesowi do gustu, przez chwilę jednak zastanawiał się nad tym, co powodowało Greyem. Czy chciał ukarać go pokoikiem na poddaszu, czy specjalnie chciał go trzymać jak najdalej od życia towarzyskiego Yale, aby ograniczyć jego kontakty towarzyskie – i zmniejszyć prawdopodobieństwo, że coś wypapla?

Usiadł na łóżku, głowiąc się, od czego by tu zacząć. Była niedziela, więc nie mógł pójść po prostu do administracji uniwersytetu, by dowiedzieć się, gdzie szukać oksfordzkich rodzin. Gdyby to było w Oksfordzie, zajrzałby do pierwszego z brzegu kolegium i spytał portiera – portierzy, jak wiadomo, są najlepiej zorientowanymi ludźmi na uczelni.

Ochlapał twarz wodą, po czym zszedł po schodach, przeskakując po dwa stopnie naraz. Ruszył College Street, postanawiając zajrzeć do pierwszego kolegium z brzegu – lokaj powiedział mu, że będzie miał ich z dziesięć do wyboru – gdy nagle dobiegł go z drugiej strony ulicy śpiew, w którym rozpoznał chór kościelny brzmiący tak samo pod każdą szerokością geograficzną.

Pośród oksfordzkich matek musi się znaleźć przynajmniej jedna na tyle pobożna, by przyjść na mszę, choćby po to, żeby podziękować za szczęśliwe przepłynięcie Atlantyku. Oczywiście nie Florence; wołami by jej nie zawlekli do kościoła. Ale jakaś inna, która po tym jak James jej się przedstawi, odpowie z serdecznym uśmiechem: „Naturalnie, nie dalej niż dziś rano widziałam małego Harry'ego. Mieszkają dwie minuty stąd; jeśli pan sobie życzy, zaprowadzę pana".

Wbiegł po stopniach prowadzących do drzwi kościoła i wszedł do środka. Ku jego zaskoczeniu przybytek pękał w szwach, tłum w ławkach był tak gęsty, że szpilki by nie wetknął. Żaden kościół w Oksfordzie nie mógł się pochwalić taką frekwencją w pogodną, lipcową niedzielę. Być może to mieli na myśli znawcy tego kraju, mówiąc, że Stany Zjednoczone powstały jako „protest protestantów" – zelotów, których religijny zapał wyraźnie nadal nie wygasł.

Niepewnie przystanął z tyłu nawy, blisko drzwi. Nagle opadły go wątpliwości. Czy powinien udawać jednego z wiernych, który wprawdzie się spóźnił, ale przyszedł na mszę? Czy może turystę, który zajrzał obejrzeć pozłacane mury i kolumny, popatrzeć na konchę nad ołtarzem – kunsztowny mariaż przepychu ze skromnością?

Przebiegł wzrokiem po twarzach, ale nikogo nie rozpoznał. Rzecz jasna, nie znaczyło to, że w kościele nie ma żadnej z pań z Oksfordu: mogły być, ale on ich nie znał. Przeklął w duchu swoje zwyczaje po powrocie z Hiszpanii. Jako student był dość towarzyski i choć unikał arystokratycznych kręgów, z resztą był na koleżeńskiej stopie. Cieszył się popularnością w klubie wioślarskim; przyjaciele Daisy zawsze go lubili. Jednak po powrocie zamknął się jak ślimak w skorupie; nie zawracał sobie głowy zapamiętywaniem nazwisk, z trudem rozpoznawał twarze. A teraz, gdy potrzebował kogoś znajomego do pomocy, to się mściło.

Chór umilkł i pastor stanął przy swoim pulpicie. Siwowłosy, chyba trochę po sześćdziesiątce, wzbudzał respekt, chociaż nie wyglądał groźnie. Odkaszlnąwszy, przemówił nieoczekiwanie mocnym głosem:

– Moi drodzy, cieszę się, że widzę was tu aż tylu. Traktuję to jako dowód, że w ciągu tygodnia nagrzeszyliście wystarczająco, by przybiec się tutaj pokajać. – Poniósł się cichy śmieszek. – Miło mi was widzieć. Jesteście w Domu Bożym, a więc w waszym domu. Witajcie.

Również jego sposób zwracania się do wiernych był dla Jamesa zaskoczeniem. Mówił o wiele bardziej nieoficjalnym tonem niż jakikolwiek duchowny, którego James miał okazję słyszeć w Anglii. Nawet stał jakoś swobodniej, jakby miał wygodniejsze buty.

– Pamiętacie fragment, który czytaliśmy wcześniej, z Księgi Izajasza – w jego ustach brzmiało to jak „Ajzajasza" – rozdział drugi, wers czwarty. – Szelest cienkich jak bibułka stronic wskazywał, że zgromadzeni sięgnęli do swoich biblii.

Dobitnie i z amerykańskim akcentem pastor zaczął głosić Słowo Boże:

– On będzie rozjemcą pomiędzy ludami i wyda wyroki dla licznych narodów. Wtedy swe miecze przekują na lemiesze, a swoje włócznie na sierpy. Naród przeciw narodowi nie podniesie miecza, nie będą się więcej zaprawiać do wojny*. – Umilkł, czekając aż jego gromki głos wybrzmi w nawie. – Nie sposób polemizować z tymi słowami – podjął po chwili. – Ich sens jest tak przejrzysty, jak woda z górskiego potoku. „W dniach ostatnich", gdy będziemy na progu odkupienia, odrzucimy wszelki oręż jako zbędny w obliczu powtórnego zstąpienia na ziemię Pana Naszego Chrystusa. Jeśli chcemy być godni Jego powrotu, jeśli mamy żyć po bożemu, powinniśmy zacząć od zaraz, przekuwając miecze na lemiesze i włócznie na sierpy. Siać ziarno, zamiast śmierci. Zraszać glebę wodami z niebios, a nie krwią naszych braci.

Część nawy odpowiedziała żarliwym „amen", ale pozostali milczeli jak zaklęci. James powoli zaczynał się orientować, że to nie jest zwyczajna msza niedzielna.

Duszpasterz spuścił wzrok na pulpit, co znaczyło, że chce przejść do sedna.

– Byłem waszym kapłanem przez prawie dziesięć lat. Znacie mnie dobrze i znacie moje poglądy, które nasz Pan bardziej niż słowem wyraził pewnym, jakże wymownym, gestem. Gestem drobnym, a mimo to po dziś dzień radykalnym, po dziś dzień rewolucyjnym. Jezus, kiedy go uderzono w twarz, nie oddał ciosu, a wręcz przeciwnie: nadstawił drugi policzek. Tak, nadstawił drugi policzek. I właśnie naśladując ten gest, tak niepozorny, a przecież wiekopomny, doprowadzimy do zakończenia wojny. Nawet w obliczu poważnego wyzwania, a trudno nam patrzyć z czystym sumieniem na agresję w Europie, oprzemy się impulsowi, by przelać jeszcze więcej krwi. Nie będziemy się, mówiąc słowami Izajasza, „zaprawiać do wojny".

Słowa te były Jamesowi dobrze znane. Ileż to razy, siedząc na spotkaniach kwakrów, słuchał, jak ktoś ze zgromadzonych,

---

* Iz 2,4. *Pismo Święte Starego i Nowego Testamentu. Biblia Tysiąclecia*, Wydawnictwo Pallottinum, Poznań 2002.

często jego ojciec, snuł podobny wywód, cytując te same źródła. Jedyną różnicą poza akcentem i charyzmą mówcy wydawał się nastrój słuchaczy. James był świadkiem wielu pacyfistycznych apeli wygłaszanych do zwolenników pacyfizmu. Po raz pierwszy jednak oglądał mówcę, którego słuchacze nie sprawiali wrażenia w najmniejszym stopniu przekonanych jego wywodem. Choć pastor miał swoich popleczników, bez wątpienia czuło się w nawie milczącą niechęć. Duszpasterz zdecydował się wziąć byka za rogi.

– Zatem znacie już moje poglądy, więc nie będę się powtarzać. Wiem, że środowisko Yale jest rozdarte, że nasza naukowa społeczność zażarcie spiera się w tej kwestii i słusznie. Ja ze swej strony chciałbym dyskusję tę przenieść tutaj, na grunt Domu Bożego. Gdyż, jak mówią święte teksty, „I jedne, i drugie są słowami Boga żywego". I jedne, i drugie. Zawsze istnieje druga strona medalu. Dlatego właśnie zdecydowałem się przekazać dzisiaj mój pulpit gościowi. Zaprosiłem doktora Ernesta Westa z wydziału filozofii, który przedstawi nam koncepcję słusznej wojny. Moim zdaniem pojęcie to jest sprzeczne samo w sobie... – Zreflektował się z uśmiechem. – Wybaczcie, przywykłem królować tutaj niepodzielnie. Doktorze West, zapraszam uprzejmie do przekazania tu obecnym pańskiej wiedzy.

Zapanowało silne poruszenie, tłum zafalował. Część wiernych pochyliła się do przodu, część opadła na oparcia ław, ostentacyjnie zakładając rękę na rękę na znak głębokiej dezaprobaty.

Nowy mówca był młodszy i wyraźnie onieśmielony. Ściskał kurczowo notatki w drżących dłoniach.

– Chciałbym podziękować pastorowi Theodore'owi Lowellowi za to, że jestem tutaj dzisiaj – wybąkał w pulpit. – Stoję tu przed wami przytłoczony ciężarem zadania. Chciałbym przekonać was, że miejsce Stanów Zjednoczonych Ameryki jest u boku Europejczyków walczących o swoje życie, a przeciwko tyranii *Herr* Hitlera i jego Trzeciej Rzeszy.

– Ameryka dla Ameryki! – padł nagle okrzyk z nawy.

James odwrócił się w lewo, szukając wzrokiem krzykacza, ale akustyka wnętrza była zwodnicza. Głos mógł paść z każdej z drewnianych ław po tej stronie kościoła. Gdy odwrócił się z powrotem w stronę ołtarza, zobaczył, że West stracił wątek, wytrącony incydentem z równowagi. W końcu doktor pozbierał się jakoś i spojrzał w stronę wiernych, gotów stawić im czoło.

– „Ameryka dla Ameryki", krzyknął ktoś z was; rozumiem, o co mu chodzi. Zgadzam się, Ameryka powinna przede wszystkim pilnować własnych spraw. Pozwólcie sobie jednak powiedzieć, że obecna wojna toczy się w naszym interesie. Dziś tylko Wielka Brytania stanowi bufor między nami a zakusami nazistów. Jeśli Wielka Brytania padnie, Niemcy przejmą panowanie nad całym Atlantykiem. Lada tydzień, lada dzień, możemy się zbudzić i zastać niemieckie okręty wojenne w porcie bostońskim i U-booty w Nowym Jorku.

Krzykacz otrzymał niniejszym zdecydowany odpór, a pomruk w nawie chyba mile zaskoczył doktora.

– Pamiętajmy też, że Niemcy w tej części świata nie będą osamotnieni. Mają tutaj przyjaciół: w Meksyku, w Argentynie i w całej Ameryce Łacińskiej. Wyobraźcie sobie tylko, na co Hitler mógłby się porwać, posiadając sieć baz wojskowych na całym kontynencie południowoamerykańskim. Zapewniam was, że wkrótce groziłoby nam to samo, co naszym brytyjskim krewniakom: bombardowania. Blitzkrieg prawdopodobnie nadciągnąłby od południa, więc niemieckie bomby spadłyby na San Diego, Houston czy Miami, może nawet i na Chicago. Tak więc bezwzględnie zgadzam się z tym, że działania Ameryki powinny służyć Ameryce, a w chwili obecnej Ameryka powinna dbać przede wszystkim o bezpieczeństwo Ameryki.

James zauważył, że z głosu mężczyzny zniknęło zdenerwowanie; powoli zaczynał się rozkręcać.

– Dlatego właśnie w naszym żywotnym, najlepiej pojętym interesie jest nie dopuścić do tego, by Europa dostała się pod but faszyzmu. Ameryka nie może istnieć samotnie po tej stronie Atlantyku, w oderwaniu od reszty świata.

– On podżega do wojny! – wrzasnął ktoś z nawy.

James nie umiał powiedzieć, czy głos należał do tego samego krzykacza co poprzednio, czy kogoś innego.

– Cicho bądź! – uniosło się parę osób. – Przyszliśmy tu słuchać jego, a nie ciebie!

James zauważył, że pastor nie podejmuje żadnych prób poskromienia swojej trzody, tylko przygląda się z zadowolonym uśmiechem rozwojowi wydarzeń.

– Nie możemy się izolować – kontynuował doktor West, ignorując zamieszanie. – Potrzebujemy Europy, nie tylko po to, by sprowadzać stamtąd towary. Choć nie należy zapominać, że Ameryka będzie czołową siłą polityczną w dwudziesto-wiecznym świecie tylko tak długo, jak długo będzie eksportować swą produkcję i uczestniczyć w rynku światowym. Jednak wymiana gospodarcza z imperium Hitlera jest nie do pomyślenia. Spójrzmy prawdzie w oczy: potrzebujemy Europy, która hołduje tym samym ideałom co my.

– Naszym ideałem powinien być pokój!

– I jest nim bezsprzecznie. Ale nie sposób zawrzeć paktu z diabłem. Powinniśmy zdać sobie jasno sprawę, z jakim nieprzyjacielem mamy do czynienia. Wszak Biblia naucza: „Poznaj nieprzyjaciela swego", dobrze mówię, pastorze Lowell? A nie da się ukryć, że stoimy w obliczu nowego, arcygroźnego wroga, jakim jest Adolf Hitler i NSDAP. Ameryka nie odnajdzie się w świecie rządzonym przez zwyrod-nialców. Jak powiedział prezydent Roosevelt...

– Rosenfeld!

– Jak stwierdził z wielkim naciskiem prezydent Roosevelt, jest utopią, jest zwykłą mrzonką pogląd, iż Ameryka może istnieć jako, pozwólcie, że zacytuję: „odizolowana wyspa w świecie, który gloryfikuje przemoc". Nasze amerykańskie ideały, ideały wpojone nam przez ojców założycieli naszego narodu...

– „Strzeżmy się uwikłań w politykę światową", mówił Waszyngton!

– Wiem dobrze, co mówił Waszyngton, nie musi pan tak krzyczeć. To były jednak inne czasy. Nie istniało niebezpieczeństwo tego rodzaju co teraz ani dyktator, który dąży do zawładnięcia światem.

W pogłębiającym się zamieszaniu grupka na prawo od Jamesa próbowała chóralnie skandować: „Ameryka dla Ameryki!". James miał nieodpartą ochotę podejść do pulpitu i również zabrać głos. Czyżby obecni nie mieli pojęcia, co się dzieje po drugiej stronie oceanu? Gdy odbijał od brzegu, Anglia już znajdowała się w stanie wojny, mężczyźni albo walczyli na froncie, albo przygotowywali się do obrony kraju, który w nocy tonął w egipskich ciemnościach; obywatele, z Jamesem włącznie, kopali w swoich ogródkach schrony przeciwlotnicze; nawet dwuletni chłopcy, jak Harry, musieli zakładać maski, na wypadek gdyby Hitler wpadł na pomysł, żeby rozpylić w powietrzu truciznę, a od wroga dzieliły ich zaledwie kilometry – dokładnie czterdzieści, czyli dystans pomiędzy Dover a Calais.

Tymczasem tutaj, w New Haven, wojna była tematem polemiki, w której padały argumenty za i przeciw. Tak samo było w Anglii przed trzema czy czterema laty, kiedy Chamberlain liczył na porozumienie z Hitlerem. Dyskusje podobne do tej tutaj toczyły się nagminnie w Oksfordzkim Klubie Dyskusyjnym i nie tylko, a eleganccy młodzieńcy polemizowali, czy trzeba walczyć za „króla i ojczyznę", czy nie. To jednak była już przeszłość. Spory się skończyły.

Tymczasem w Stanach Zjednoczonych, tu, w tym kościele, debata dopiero się zaczynała. Nagle dotarło do niego z całą wyrazistością, że Anglia jest sama jak palec. Stalin i Związek

Radziecki weszli w układ z Hitlerem; Włochy dołączyły do nich parę tygodni temu, wypowiadając wojnę Wielkiej Brytanii; Francja, Belgia, Holandia i Luksemburg skapitulowały. Tymczasem Stany Zjednoczone właśnie zaczęły się zastanawiać.

Świadomość, że jego kraj stoi w obliczu zagłady, walnęła go jak obuchem. Jeśli Anglia chce przetrwać, jeśli nie chce, by jej obywatele żyli pod terrorem Gestapo, będzie musiała zmagać się z najeźdźcą o własnych siłach.

Nie czekał, aż mówca skończy odpierać zarzuty pieniaczy, że Roosevelt nawołuje do wojny, by pod tym pretekstem umocnić pozycję rządu federalnego. Wstał i ruszył do wyjścia, ale nagle zamarł. Przed oczyma mignęła mu jakaś twarz, dziwnie znajoma, która jednak zaraz zniknęła w tłumie. Rozejrzał się po kościele, ale zobaczył znowu dokładnie to, co widział, wchodząc: morze anonimowych, obcych twarzy. Jednak nie mógł otrząsnąć się z niejasnego wrażenia, że kątem oka dostrzega kogoś, kto go śledzi. Wychylił się dyskretnie za kolumnę, ale nie zauważył nic podejrzanego.

Wycofał się do drzwi kościelnych równie dyskretnie, jak wszedł, i znalazł się na zewnątrz.

Rozdział 16

Ciche stukanie do drzwi nie zbudziło go, choć skwapliwie przystał na propozycję „herbatki elżbietańskiej". Zbudził się wcześniej, z ulgą przypominając sobie, że jest poniedziałek, a więc urzędy są otwarte i musi tylko znaleźć właściwą sekretarkę, która szybko prześlizgnie się wzrokiem po liście oksfordzkich dzieci i ich nowych, tymczasowych domów. Chwilę później będzie tulił w objęciach Harry'ego i Florence. Dziś jest dzień, w którym skończy się ich rozłąka i cała męka: szok, tęsknota, długa podróż przez Atlantyk pójdą w niepamięć. Czy Florence podejdzie do tego tak jak on, czy powita go, jakby się nic nie wydarzyło, czy sam fakt, że jechał do nich taki kawał świata, uśmierzy niepokoje, które kazały jej od niego uciekać – nad tym wolał się nie zastanawiać.

Pospiesznie umył się i ubrał, a następnie poprosił o wskazanie mu drogi do starego kampusu, czworoboku trawników i gmachów z czerwonej cegły – ani nowych, ani starożytnych, jak zabudowa Oksfordu – które były przykładem osiemnastowiecznego stylu kolonialnego, nieczęsto spotykanego w Anglii. Odszukał gmach administracji i wszedł do środka, kierując się strzałkami na ścianach.

Sekretariat gabinetu rektora mieścił w sobie aż dwa biurka

i był bodaj dwa razy większy od całego biura Bernarda Greya. James odchrząknął, po czym przedstawił się.

– Dzień dobry, jestem doktor James Zennor, przyjechałem z Oksfordu na stypendium – zagaił, siląc się na czarujący uśmiech. – Przychodzę w sprawie dzieci oksfordzkich.

Ku jego głębokiej uldze sekretarka – brunetka po czterdziestce, której włosy zastygły w pomnikowej fali – odwzajemniła jego uśmiech. Ośmielony wyjaśnił, że jego żona i dziecko są pośród ewakuowanych, a on przyjechał do nich. Podobnie, jak w Liverpoolu, poprosił o wgląd w listę, żeby móc sprawdzić, gdzie zatrzymała się panna Florence Walsingham lub pani Florence Zennor.

– Obawiam się, że to niemożliwe, doktorze Zennor – odparła sekretarka z przyklejonym do twarzy profesjonalnym uśmiechem. – Dane w kartotekach są poufne.

Tego się właśnie obawiał.

– Naturalnie. Dlatego zwracam się wyłącznie o podanie danych mojej najbliższej rodziny. Proszę, oto mój paszport na dowód, że nazywam się Zennor. Jeśli moja żona przebywa tutaj pod swoim małżeńskim nazwiskiem, bez trudu znajdzie pani jej dane. Spokojnie zaczekam. – Walczył z chęcią, by odepchnąć sekretarkę na bok i dorwać się do kartoteki, ale odsunął się do tyłu, nie dając poznać po sobie, jak bardzo mu zależy.

– Być może nie wyraziłam się dość jasno, sir – powiedziała promiennie sekretarka, jakby jej twarz na stałe zakrzepła w radosnym uśmiechu. – Pan rektor zaznaczył bardzo wyraźnie, że dzieci oksfordzkie i ich rodzice są gośćmi naszej uczelni, więc nie wolno udostępniać ich danych.

– Kiedy ja właśnie jestem jednym z rodziców! Jestem ojcem Harry'ego. Harry'ego Zennora. Proszę sprawdzić na liście. – Zaciskał zęby, żeby nie dostać szału. – Błagam panią.

– Doktorze Zennor, jeśli będzie pan uprzejmy napisać do rektora, na pewno...

– Rozumiem, musi pani dostać od niego pozwolenie. Wobec tego, może mógłbym porozmawiać z nim osobiście?

– Właśnie próbuję panu wytłumaczyć, że usłyszy pan od niego dokładnie to samo, co ode mnie.

– Czy wobec tego mógłbym z nim porozmawiać? – Krew w nim wrzała i czuł, że go zaraz rozniesie.

– Bardzo mi przykro, proszę pana, ale pan rektor nie przyjmuje.

– Niech no zgadnę: siedzi za tymi drzwiami – powiedział groźnie, zbliżając się do niej.

– Uprzejmie proszę odsunąć się od biurka, proszę pana.

– Niech mnie pani posłucha. – Zrobił kolejny krok do przodu. – Właśnie przepłynąłem Atlantyk i dotarłem tutaj z Kanady. Chcę tylko zobaczyć żonę i dziecko, to wszystko.

– Proszę się cofnąć, inaczej będę zmuszona wyprosić pana.

Wstała i błyskawicznie podeszła do biurka za sobą. Podniosła słuchawkę telefonu i odwrócona plecami do Jamesa rzuciła nerwowo parę zdań. Wydawała się szczerze przestraszona.

James cofnął się, czując, że posunął się za daleko i położył sprawę. Bez większego zdziwienia przyjął widok zwalistego osobnika w tandetnym mundurze, który wyrósł w drzwiach na drugim końcu pokoju. Podniósł ręce do góry na znak, że nie będzie stawiać oporu, i pokornie opuścił rektorat.

Na zewnątrz, na słońcu, miał ochotę zawyć z wściekłości i walnąć pięścią w szybę, żeby rozładować frustrację.

Szybko ruszył przed siebie, próbując obmyślić jakąś strategię. Pocieszał się myślą, że bez wątpienia dotarł na właściwe miejsce: kobieta z przyklejonym do twarzy uśmiechem nie okazała najmniejszego zdziwienia: wiedziała o istnieniu dzieci oksfordzkich. Najwyraźniej jednak musiała dostać jednoznaczne instrukcje, dlatego zachowywała się, jakby strzegła tajemnicy państwowej. Ciekawe dlaczego.

Wędrował teraz College Street; w pewnej chwili ceglane

fasady kolegiów ustąpiły nowoczesnym witrynom sklepów – nagły przeskok z XVIII do XX wieku. Przystanął przed „drogerią", która wabiła „krynicą bąbelków"*. Widział coś takiego na zdjęciach, ale nie bardzo w to wierzył. Wszedł do sklepu. W środku zastał studentów sączących koktajle mleczne lub pijących kawę. Wybrał stolik przy oknie i zaczął przeglądać menu zatknięte między solniczkę a pieprzniczkę: jajka sadzone, jajecznica, jajka na miękko lub jajka w koszulkach; omlet z trzech jaj; naleśniki na maślance z dodatkiem jagód; sernik, przekładaniec, tarta pekanowa. Lista ciągnęła się dalej, aż ślina napłynęła mu do ust na myśl o kopiastych talerzach i wypełnionych po brzegi szklanicach zdolnych zaspokoić głód największych obżartuchów. Omlet z trzech – trzech! – jajek. Jedenastodniowa racja na jedno śniadanie. A gdyby tak skosztować ciasta na prawdziwym maśle? Zdążył już prawie zapomnieć, jak smakują podobne delicje.

Obok drzwi leżała sterta gazet „Yale Daily News". Główny artykuł na pierwszej stronie donosił o przejściu na emeryturę trenera uniwersyteckiej drużyny futbolowej; dopiero niżej i o wiele mniejszą czcionką poruszano tematy związane z wojną. W Hawanie właśnie zakończyła się konferencja ministrów spraw zagranicznych państw amerykańskich, zwołana w celu podjęcia wspólnych ustaleń w kwestii „neutralności". Neutralności? Gdy słyszał to słowo, zbierało mu się na wymioty. Faszyści parli do przodu: neutralność znaczyła tyle, co ustąpić im pola. Kiedy jedni ratowali swą skórę, inni ginęli pod hitlerowską nawałą.

Nagle pojął z rozpaczą, że jest w tym kraju równie osamotniony, jak Wielka Brytania pośród narodów.

Przemagając głód, wstał na widok nadchodzącej kelnerki i wyszedł zniesmaczony. Ruszył dalej zatrzymując się dopiero na widok szyldu „Fajki, tytoń i papierosy – import". Pod

---

* *Soda fountain* – bar z napojami gazowanymi.

nazwą Owl Shop – sklep Pod Sową – krył się również bar. Choć dopiero dochodziło wpół do dziesiątej, więc raczej na alkohol nie miał co liczyć, nagle poczuł ssanie w przełyku, które, z braku laku, dałoby się zagłuszyć papierosem. Wszedł do środka i kupił paczkę pall malli.

Zapalił, zaciągając się głęboko, a potem zamiast wypuścić dym, wciągnął go jeszcze mocniej w płuca – trik podpatrzony u Harry'ego Knoxa – i zapatrzył się niewidzącym wzrokiem przed siebie, rozkoszując się galopadą nikotyny po włóknach nerwowych.

– Czym mogę panu służyć?

Dopiero teraz dotarło do niego, że mężczyzna za barem jest bardzo młody. Drobny, pryszczaty, wyglądał, jakby chodził jeszcze do szkoły.

James ocknął się z nikotynowego błogostanu.

– Pracujesz tutaj?

– Jak to?

– Przepraszam. Po prostu nie wyglądasz...

– Wiem, proszę pana. Muszę dorabiać, żeby móc studiować. Trzy poranne zmiany w tygodniu i pięć popołudniowych. – James nie pracował podczas roku akademickiego w Oksfordzie, ale zarabiał podczas wakacji: jednego lata sprzedawał lody na plaży w Bournemouth. – Coś panu podać?

James pokręcił głową. Wziął z lady porzucony numer „New Haven Evening Register", rzucając się zachłannie na wszelkie wiadomości wojenne. Znalazł krótką wzmiankę o objęciu stanowiska gubernatora Bahamów przez księcia Windsoru, „byłego króla Anglii Edwarda VIII". I bardzo dobrze. O jednego przeklętego ugodowca mniej w kraju.

Kiedy papieros zgasł, zaczął się besztać w duchu za to, że zaraz na wstępie zawalił sprawę, napędzając pietra sekretarce, która miała w swej pieczy adres jego żony. Co za dureń z niego! Nie panował nad sobą nawet wtedy, gdy sytuacja zdecydowanie tego wymagała. I co teraz, u diabła?

Podniósł wzrok, napotykając spojrzenie młodziutkiego barmana. Chłopak uśmiechnął się, a potem zerknął na stary zegar ścienny, którego drewniana obudowa pociemniała od dymu tytoniowego. Liczy godziny do końca zmiany, domyślił się James. Znał to uczucie... Nagle wpadł na pewien pomysł. Spojrzał na zegar. A gdyby tak? Raz kozie śmierć.

• • •

Przysiadł na murku po drugiej stronie ulicy. Tym sposobem, nie rzucając się za bardzo w oczy, mógł obserwować wejście do gmachu administracji. Jego jedyny kamuflaż stanowiła gazeta. Ławka byłaby lepsza; mógłby udawać, że odpoczywa albo drzemie. Siedząc na murku, wyglądał jak jakiś menel.

Wstał więc i zaczął się przechadzać, dla zabicia czasu podziwiając wejścia sąsiednich budynków – ani na chwilę jednak nie spuszczał wzroku z bramy, która była obiektem jego szczególnego zainteresowania. W pewnej chwili portier, ten sam, który go wyrzucał, wyszedł z gmachu z pudłem, które pewnie kazano mu dokądś zanieść. James szybko się odwrócił, zasłaniając twarz gazetą.

Minęły ze trzy kwadranse, kiedy parę minut przed wpół do pierwszej, z bramy wyłoniła się sekretarka. Szła wystudiowanym krokiem wskazującym na to, że szkolono ją w zakresie postawy. Przypomniał sobie, jak Eileen zademonstrowała mu kiedyś krok obowiązujący uczennice szkoły dla sekretarek: sztywno, jakby połknęła kij, drobiła po swoim pokoju i oboje zaśmiewali się do rozpuku.

Sekretarka skręciła w prawo w Elm Street, ale odczekał, aż całkiem zniknie z pola widzenia. „Nie należy się zbytnio spieszyć", uczył Jorge. „Zawsze istnieje możliwość, że ten ktoś w ostatniej chwili spojrzy za siebie albo nawet zawróci, bo zapomniał czegoś. Jeśli nie ma powodów do wielkiego pośpiechu, należy zostawić sobie margines błędu". W tej sytuacji James odczekał, aż wskazówka sekundnika zatoczy pełen okrąg, zanim złożył gazetę i wszedł śmiało do sekretariatu, zachowując się, jakby tam był po raz pierwszy. Z ulgą skonstatował, że jego przewidywania okazały się słuszne: teraz zajęte było drugie biurko, a przy nim siedziała inna sekretarka. Najwyraźniej pracowały na zmianę, jak młody barman.

Tym razem postanowił uciec się do innej strategii.

– Dzień dobry. Jestem pracownikiem naukowo-badawczym z wydziału psychologii – wybąkał, patrząc w ziemię. Starał się wyglądać, jak jakiś Magnus Hook, egzemplarz rasy zahukanych safandułów, która z pewnością w Yale miała tyluż przedstawicieli, co w Oksfordzie. Brytyjski akcent próbował zatuszować mamrotaniem, uniwersalnym wolapikiem pracowników nauki.

– Tak? Czym mogę panu służyć?

– Nasz wydział chciałby przeprowadzić badania... – Urwał, próbując przypomnieć sobie tekst z książki, którą Florence zamówiła w New Bod. – Badamy wpływ długotrwałej rozłąki na rozwój dziecka. Zgłębiamy temat od kilku lat, wreszcie jednak mamy tutaj, w Yale, idealny obiekt do przeprowadzenia testów.

– Pan wybaczy, ale nie dosłyszałam pańskiego nazwiska. – Ta sekretarka nie miała wprawdzie przyklejonego uśmiechu, za to zmarszczka na czole nadawała jej twarzy wyraz zatroskania.

– Zennor – wymamrotał prawie niesłyszalnie. – Chcemy omówić z matkami z Oksfordu udział ich dzieci w naszych badaniach. Przeprowadzilibyśmy z dziećmi wywiady teraz, świeżo po przyjeździe, a potem co pewien czas...

– Brzmi to bardzo interesująco.

Dumnie zadarł podbródek, patrząc sekretarce prosto oczy. Już, już miał ją poczęstować czarującym uśmiechem, kiedy przypomniał sobie Magnusa Hooka, więc ze wzrokiem wbitym w ziemię, wymamrotał coś na temat wglądu w kartotekę, żeby móc skontaktować się z dziećmi.

– Obawiam się, że to niemożliwe. Pan rektor zobowiązał się wobec rodzin, władz brytyjskich i Departamentu Stanu do ścisłej ochrony danych osobowych.

– Doceniam w pełni...

– Pańską prośbę musiałby pan omówić osobiście z rektorem.

Już chciał wyjaśnić, dlaczego sam charakter badań nie dopuszcza zwłoki, gdyż odczucia dzieci powinny zostać zarejestrowane w najwcześniejszej fazie rozłąki, gdy nagle coś go naszło i spojrzał sekretarce oczy, czego zaraz pożałował. Przez twarz kobiety przemknął cień wątpliwości.

– Czy byłby pan uprzejmy powtórzyć nazwisko?

– Zennor.

– Czy był pan już dziś u nas i rozmawiał z moją koleżanką?

W tej samej chwili otworzyły się drzwi gabinetu i stanął w nich wysoki mężczyzna z końską twarzą, w okularach; nie wydawał się starszy od Jamesa.

– Co się tu dzieje, panno Rogers?

Zdesperowany, postanowił podjąć ostatnią, straceńczą próbę.

– Czy pan jest rektorem? – Wyciągnął rękę, ale tamten ją zignorował. – Jestem doktor James Zennor z Oksfordu. Mam powody, by sądzić, że moja żona z synem przebywają w Yale i staram się ich odszukać.

– To pan groził dzisiaj jednej z moich sekretarek?

– Błagam pana. Chcę tylko się dowiedzieć...

– Albo pan wyjdzie stąd natychmiast, albo każę pana wyrzucić za drzwi.

– Niech mi pan tylko pokaże tę cholerną kartotekę!

Z nieoczekiwaną zwinnością mężczyzna dopadł Jamesa i chwycił go za łokieć, kładąc drugą rękę na jego lewym ramieniu. James zawył z bólu, tak straszliwie, że panna Rogers aż krzyknęła z przerażenia.

To przeważyło ostatecznie szalę. Rektor wzmocnił uścisk i stosując półnelsona, błyskawicznie wykręcił Jamesowi rękę do tyłu, po czym pchając go przed sobą, poprowadził korytarzem do wyjścia.

Z naprzeciwka wyłonił się portier, który poprzednim razem wystawił Jamesa za drzwi. Osłupiał.

– Proszę mi to zostawić, panie prorektorze.

– Spokojnie, Murphy. Dam sobie radę. – Dla potwierdzenia swych słów podniósł o kolejne pięć centymetrów rękę Jamesa, który znów zawył z bólu.

Pomimo katuszy James próbował oszacować wzrokiem swego oprawcę. Pan prorektor. Wyglądał, jakby też uprawiał jakiś sport. Może futbol amerykański, choć wydawał się na to trochę zbyt delikatnej budowy. Albo wioślarstwo? Tak czy owak, na domiar złego był sadystycznym draniem.

Dotarli do wyjścia na ulicę. Pod błękitnym niebem letniego popołudnia ludzie pędzili po chodnikach, jezdnią sunęły samochody – ot, tętniące życiem amerykańskie miasto. James jednak równie dobrze mógłby wylądować na pustyni: był sam jak palec w kraju, gdzie nikt go nie znał, ani on nie znał nikogo, a każda ścieżka prowadziła donikąd.

Znaleźli się już na schodach przed wejściem, obserwowani przez portiera, który stał parę kroków za nimi. James przygotowywał się psychicznie na chwilę, gdy wyleci na zbity pysk jak pijak z westernu wypchnięty z szynku na Dzikim Zachodzie. Nie przestając wykręcać ramienia Jamesa, prorektor przybliżył twarz do jego twarzy. James czuł na uchu podmuch spółgłosek zwarto-wybuchowych.

– Proszę przyjść o siódmej do Frank Pepe's. Pomogę panu. – Pchnął Jamesa w plecy na pożegnanie, wystawiając go za próg jak worek śmieci.

Rozdział 17

Londyn

Popołudnie wlekło się w nieskończoność, praca była mozolna, ilekroć Taylor Hastings podniósł wzrok na zegar, okazywało się, że wskazówki posuwają się w żółwim tempie. Patrzył na stertę dokumentów czekających na odkodowanie. Mógłby się z nimi uporać na chybcika, lecz na ich miejsce zaraz wyrosłaby kolejna sterta, a czas nadal stałby w miejscu.

Potrzebował jakiegoś pretekstu, żeby znów zajrzeć do swojej teczki. Przed chwilą wyjmował z niej temperówkę; nie uda mu się powtórzyć tej samej sztuczki bez wzbudzenia podejrzeń kolegi o oczach chrabąszcza. A jednak nie mógł myśleć o niczym innym.

Pomoc nadeszła w postaci telefonu, a zamieszanie przy tej okazji pozwoliło mu pochylić się i wyjąć z teczki to, co chciał. Był to kartonik w kremowym kolorze, w kopercie tej samej barwy. Wsunął go między swoje papiery, dzięki czemu, kiedy parę minut później oczy chrabąszcza zajęły się czymś innym, mógł mu się lepiej przyjrzeć. Na samej górze widniała wytłoczona zielona kratownica herbu Izby Gmin. Po prawej – aktualna data skreślona kosztownym piórem wiecznym, niebieskim atramentem, przy czym miesiąc podano cyfrą rzymską. Pod spodem godzina: dziesiąta rano, co, w połączeniu z brakiem znaczka na kopercie, wskazywało na to, że wiadomość ktoś przyniósł. Czyżby Reginald Rawls Murray zaryzykował dostarczenie jej do biura posłańcem? Taylor uznał, że to dobrze przemyślane ryzyko. Użycie Poczty Królewskiej wydawało się o wiele bardziej niebezpieczne, zważywszy na prawdopodobieństwo przechwycenia jej lub podglądnięcia przez służby wywiadowcze: za sprawą ustawy obronnej 18B pocztę Murraya z pewnością regularnie otwierano i sprawdzano. Pchnięcie wiadomości posłańcem było znacznie mniej ryzykowne, szczególnie jeśli deputowany dostarczył przesyłkę osobiście.

Z drugiej strony, jeżeli członkowi parlamentu zależało na bezpieczeństwie, powinien raczej podrzucić mu kopertę do domu, a nie do pracy. Chyba że w środku była pilna wiadomość, która nie mogła czekać do wieczora. I to bardzo późnego, biorąc pod uwagę, że planowali z Anną „kolację" (w trakcie której miał zresztą konsumować coś zupełnie innego niż żywność). Nie zdziwiłby się, gdyby Murray znał ich plany i dlatego dostarczył mu wiadomość do biura. Tak czy owak, sprawa wydawała się pilna.

Proszę o spotkanie na tarasie Izby Gmin, dziś o 19.30. RRM.

* * *

Nadciągał parny wieczór. Taylor Hastings przeżył w życiu setki takich wieczorów, kiedy ledwie się dało oddychać z powodu unoszącego się w powietrzu pyłku ambrozji. Ale to było w Waszyngtonie. Brytyjczycy słabo znosili upały.

Murray nieustannie wodził palcem po kołnierzyku, jakby próbował oderwać go od spoconej szyi.

Jednak nie pogoda irytowała najbardziej Taylora. Po dziesięciu minutach rozmowy na tarasie, w trakcie której podziwiał drugi brzeg Tamizy i ratusz, pogrążone w świetle wczesnego zmierzchu, Murray wreszcie przystąpił do rzeczy. Co to jest z tymi Anglikami, że nie przejdą do interesów bez wdania się choć na chwilę w rzekomo przyjacielską pogawędkę?

177

– Hastings, zaczyna się nam palić grunt pod nogami. Mam nadzieję, że zdajesz sobie z tego sprawę. Robi się gorąco. Pod pretekstem cholernej ustawy obronnej posadzili Dianę i Oswalda, to samo zrobili z Norą. Wkrótce więcej z nas będzie siedzieć niż chodzić na wolności. – Opróżnił do dna szklankę ginu z tonikiem. – Właśnie dlatego jesteś nam potrzebny.

– Ja?

– Ciebie nie mogą zapudłować. Chroni cię immunitet i inne takie. Dlatego właśnie mam dla ciebie mały podarunek.

– Bardzo mi miło, panie Murray.

– Nie dziękuj, póki nie wiesz, co to jest – powiedział ostro parlamentarzysta; ton jego głosu kazał przypuszczać, że w internacie znęcał się nad słabszymi. Pociągnął za suwak płaskiej, skórzanej teczki, której Taylor dotąd nie zauważył. Może Murray przedtem trzymał ją pod połą marynarki.

– Kiedy policzę do trzech, proszę wziąć to ode mnie i włożyć do swojej teczki. Mogę już? Raz... dwa... trzy.

Taylor wziął przedmiot, który podał mu Murray, i nie patrząc, co bierze, włożył do aktówki. Wyczuł pod palcami skórę, a na wierzchu metalowy zatrzask. To coś ważyło tyle co książka i miało rozmiary dużego notesu. Nie dałby głowy, zwłaszcza w gasnącym świetle dnia na tarasie, na którym nie zapalano latarń, ale był prawie pewien, że mignęło mu coś czerwonego.

• • •

Powinien był odczekać, ale zżerała go ciekawość. Na tylnym siedzeniu taksówki, poza zasięgiem wzroku szofera, z trzymanej na kolanach teczki wyjął prezent od Murraya i przez chwilę mu się przyglądał. Czerwony, zgadza się. Skóra była wytarta i miękka od wielokrotnego używania. Spomiędzy stronic wystawały jakieś karteluszki, jak z pamiętnika pełnego zakładek i starych kwitów. Pomiędzy kartki zatknięto tyle różności, że notes niemal podwoił swoją objętość.

Pomacał się po kieszeni na piersi, czując pod palcami kształt metalowego kluczyka, który Murray wręczył mu na pożegnanie.

– Oddaję w pańskie ręce nie tylko moje życie, panie Hastings, ale powierzam panu również życie innych. Oby nas pan nie zawiódł.

Taylor uważnie obejrzał mały zamek z boku notesu. Niewielki mosiężny zatrzask wyglądał, jakby łatwo było go złamać – chociaż Murray uprzedził, że pozory mylą i mechanizm jest solidniejszy, niż się wydaje. Taylor ostrożnie włożył w otwór kluczyk wielkości monety i przekręcił.

Dla postronnego obserwatora, powiedzmy dla taksówkarza, całość nie różniła się od zwykłego notesu z adresami. Dziesiątki stronic zapełnionych nazwiskami. Wyłowił wzrokiem kilka znanych: propagatora Brunatnych Koszul, A.K. Chestertona, i piewcę faszyzmu Arnolda Leese'a; Taylor był w Londynie raptem od paru miesięcy, ale wiedział, że obaj zaliczają się do czołowych brytyjskich żydożerców. Lorda Redesdale'a poznał osobiście, a o lordzie Lymingtonie mówiono, że jest wielkim oryginałem, który najchętniej zawróciłby bieg historii i widział Anglię jako kraj zamieszkany przez rumianych wieśniaków chodzących za płgiem i płowowłose dziewki dojące krowy, w celu wyprodukowania arcyczystej żywności, którą nazywał „organiczną". Anna, udając przejęzyczenie, oznajmiła, że bardzo jej się podoba nazwa „żywność orgazmiczna".

Wertując strony, wypatrzył nazwisko pułkownika G.G. Woodwarka z Kings Lynn – nigdy o nim nie słyszał, ale na marginesie znalazł interesujący dopisek: *sędzia wystawy psów w Kolonii w listopadzie 1938, w kategorii Puchar Führera za Czystość Rasy.* Kolejny dopisek pojawiał się przy nazwisku kapitana George'a Henry'ego Drummonda z Pitsford Hall: *doradca finansowy Diany M., dno basenu ozdobione swastyką.*

Diana M.? To chyba Diana Mitford, obecnie pani Oswaldowa Mosley. To była legendarna para: pobrali się przed czterema laty w domu Goebbelsa, a Hitler był gościem na ich ślubie.

Ustosunkowane towarzystwo. Pomyśleć tylko, że on, Taylor Hastings, ma zaszczyt zostać powiernikiem ich tajemnic. Zerknie po raz ostatni, a potem zamknie notes na kluczyk na dobrą chwilę przed tym, nim dojadą na miejsce.

Trafił teraz na coś, co sprawiało wrażenie wykazu organizacji stowarzyszonych. Rzuciło mu się w oczy kilka nazw: Brytyjska Unia Faszystowska Mosleya, a jakżeby inaczej, a do tego Towarzystwo Angielsko-Niemieckie, Liga Faszystów Imperium Brytyjskiego i Liga Nordycka. Długo biedził się nad pismem Murraya, nim udało mu się odcyfrować nazwę Klub Styczniowy, a obok Biali Rycerze Brytyjscy i jakaś organizacja o nazwie Angielski Sekret, cokolwiek to mogło być. Na końcu listy organizacji pojawiło się nazwisko: lady Alexandra Hardinge.

Potem odkrył nazwisko, które wprawiło go w osłupienie. Przeliterował je ponownie, żeby upewnić się, czy go oczy nie mylą, ale to nie była pomyłka. Ciekawe.

Zamknął notes na kluczyk i podniósł wzrok, napotykając oczy taksówkarza, który przyglądał mu się, wykręcając szyję. Dopiero wtedy dotarło do niego, że taksówka stoi w miejscu. Byli na Cadogan Square, przed jego domem.

– Od dawna tu stoimy?

Taksówkarz teatralnie spojrzał na zegarek.

– Będzie z pięć minut. Mówiłem do pana, ale pan nie słuchał, tylko siedział z nosem w książce. Ciekawa chociaż? Pewnie jakiś kryminał.

– Prawie – odparł Taylor, wręczając mu kilka monet. Był na siebie wściekły za to gapiostwo. Jak długo szofer mu się przyglądał? A co, jeśli potrafi czytać do góry nogami?

Poproszony o przechowanie listy członków Right Clubu, od razu dał plamę. Będzie musiał się wziąć w garść, żeby zapracować na ich zaufanie. Poskromić rozpierającą go ciekawość. Będzie musiał się mieć na baczności, żeby ktoś czegoś nie wywęszył. A przede wszystkim, co gorsza, będzie musiał milczeć jak grób, czyli nie będzie się mógł pochwalić Annie, gdy ją spotka niebawem.

Po wejściu do mieszkania poszedł prosto do sypialni i wyjął spod łóżka pustą walizkę. Położył czerwony notes na dnie i przykrył dwoma kocami. Zamknął walizkę na klucz, który włożył z powrotem do szuflady stolika nocnego, a walizkę wstawił do szafy, za dwie pary butów. Jutro kupi do szafy zamek.

Trzy różne zamki, trzy osobne klucze będą odtąd odgradzać potencjalnego szpiega od informacji, które przysiągł chronić. Rozejrzał się wokół i poszedł do łazienki. Sięgnął po pudełko kremu do golenia, zdjął nakrętkę i wcisnął do środka kluczyk do czerwonego notesu.

Po wszystkim poczuł nagły przypływ dumy. Był w Anglii od niespełna roku, a już udało mu się włączyć w wir wydarzeń. W jego rękach spoczywały losy kilku bardzo ważnych osobistości tego kraju. Udowodni, że jest godzien zaufania: nie zawiedzie ich. Był niesamowicie podekscytowany, ale czuł, że powinien zrobić dla tych ludzi coś więcej, niż tylko strzec ich tajemnic. Chciał walczyć o ich sprawę.

Zegar w przedpokoju wybił dziewiątą. Anna pewnie już czeka na niego. Zastanawiał się, czy by po drodze czegoś nie zjeść. Oferta Anny nie przewidywała jedzenia, tylko martini i...

Na samą myśl o tym krew napłynęła mu do lędźwi. Po raz ostatni rozejrzał się po mieszkaniu i ruszył w londyńską noc.

Rozdział 18

Popołudnie James Zennor spędził w bibliotece Sterling Memorial. Wiedział, czego szuka, ale tym razem postanowił nikogo nie pytać o nic, tylko szukać na własną rękę.

Od pierwszej chwili czuł się tam dobrze. Biblioteka, choć mieściła się w czternastopiętrowym budynku, nawiązującym formą do strzelistych gotyckich katedr, miała w sobie coś swojskiego, jakąś solidność i osadzenie w historii. Kamienne mury biblioteki były matowe i pokryte patyną, jakby liczyła sobie całe wieki, tak jak jej oksfordzkie odpowiedniki. Całość jednak okazała się lipą. Folder informacyjny rozwiał jego złudzenia: prace nad budową biblioteki ukończono zaledwie przed dziewięcioma laty, w 1931. Stan murów był efektem specjalnych zabiegów postarzających. Folder wyjaśniał, że przed przystąpieniem do budowy, kamienie, z których wzniesiono gmach, zakopano na dwa lata do ziemi, by je wyjąć, dopiero gdy nabiorą odpowiednio zmurszałego wyglądu. Z kolei szyby witrażowych okien zostały specjalnie pocięte na kawałki, a potem oprawione w zygzaki ołowiu, żeby przydać całości klimatu starych klasztorów. James mógł tylko pokiwać głową nad mentalnością ludzi gotowych zadawać sobie tyle zachodu: uniwersytet młodego kraju wydaje fortunę, żeby uzyskać starożytny wygląd. Kto by pomyślał, że młodość, energia i zapał mogą czuć się aż tak niepewnie? Nigdy dotąd nie stawiał diagnozy budynkom, jednak w przypadku biblioteki Sterling Memorial orzekł zespół przez jego kolegów po fachu nazwany „kompleksem niższości".

Znalazł to, czego szukał: czytelnię czasopism wypełnioną głębokimi skórzanymi fotelami i stołami, na których piętrzyły się gazety oprawione w długie, drewniane listwy. Pogardziwszy numerami „New York Timesa" i „Wall Street Journal" rzucił się na „New Haven Evening Register". Zdążył już obliczyć, który numer powinien zawierać użyteczne informacje: *Antonia* wypłynęła z Liverpoolu dziesiątego lipca i dobiła do Quebecu dziewiętnastego. Jeśli dodać do tego kilkudniowy pobyt w Kanadzie, powinni dotrzeć do Yale około dwudziestego drugiego. Odszukał numer z dwudziestego drugiego lipca 1940.

Przejrzał pierwszą stronę, potem przewertował całość, wracając ponownie do pierwszej strony, ale niczego nie znalazł. Może zatrzymali się w Kanadzie dłużej, niż sądził? Przejrzał numer z dwudziestego czwartego lipca, też bez skutku.

Wreszcie w środku numeru z dwudziestego piątego znalazł to, czego szukał: fotografię przedstawiającą okno wagonu kolejowego, a w nim sześć dziecięcych twarzy – jedno maleństwo siedziało na kolanach matki. Nad zdjęciem znajdował się nagłówek: *Uciekinierzy znaleźli nową przystań* w kraju, gdzie nie doścignie ich wojna* – ale kobieta z dzieckiem ani trochę nie przypominała Florence.

Przebiegł wzrokiem po tekście. Znalazł nazwiska Spokes, Handfield-Jones i Phelps-Brown, ale nigdzie nie pojawiało się Zennor ani Walsingham. Tak czy owak, miał potwierdzenie na piśmie, że nie szukał gruszek na wierzbie, tylko słusznie postąpił, pokonując ocean, by dotrzeć do Yale. Dzieci oksfordzkie dotarły na miejsce. A potem zauważył niżej jeszcze jedno, mniejsze zdjęcie. Czy to możliwe, by niewyraźna buzia w rogu

---

* Gra słów: New Haven (ang.) – nowa przystań.

należała do Harry'ego? Marzył o tym, ale kiedy przyjrzał się z bliska, opadły go wątpliwości.

Naturalnie, przybyły dwa tuziny matek i pięć razy więcej dzieci; fakt, że jego żona i synek nie zostali wymienieni w artykule, jeszcze o niczym nie świadczył. Ale w życiu nie spotkał mężczyzny z aparatem, który przeszedłby obojętnie obok Florence. Co drugi artykuł na temat Olimpiady Ludowej był ilustrowany zdjęciem pięknej brytyjskiej pływaczki, Florence Walsingham. Automatycznie zakładał więc, że doniesienia o przyjeździe oksfordczyków do New Haven, będą ilustrowane fotografiami Florence.

Naturalnie artykułów na ten temat mogło być więcej. Zaczął przeglądać numery z następnych dni i w końcu trafił na nagłówek: „Młodzi brytyjscy ekspatrianci ubierają się inaczej niż młodzież amerykańska". Kolejna fotografia, tym razem starszych dziewcząt, i artykuł o długich płaszczach i długich „krótkich spodenkach" młodszych chłopców – ale żadnej fotografii ani wzmianki o Harrym. Omawiano sandały i szkolne swetry z insygniami szkół na kieszonce, podniecano się „naturalnym odcieniem słomkowych kapeluszy chroniących przed promieniami słońca", zwłaszcza kapeluszem na głowie jakiejś dziewczynki z warkoczykami. „Yale Daily News" pisało o przybyszach w podobnym tonie, ale James nigdzie nie znalazł najmniejszej wzmianki o Harrym i Florence.

• • •

Natychmiast pojął, czemu prorektor wybrał to miejsce na ich spotkanie. Z dzielnicy uniwersyteckiej szło się tutaj co najmniej dwadzieścia minut wzdłuż Chapel Street. James miał wrażenie, jakby zstępował do niższego kręgu – ta okolica znajdowała się dosłownie po „gorszej stronie torów" – za mostem kolejowym, w ubogiej części miasta. Gdzieś podziali się studenci w swetrach uniwersyteckiej drużyny futbolowej i profesorowie w prążkowanych garniturach z gniecionej bawełny, a na ich miejsce pojawili się włoscy imigranci: na rogach ulic wystawali śniadzi młodzieńcy z włosami zaczesanymi do tyłu na brylantynie; ich spowite w czerń rodzicielki, szukając ochłody, wyległy na schody przed kamienicami. Jeśli prorektorowi zależało na dyskrecji, to dobrze wybrał: nie było obaw, że ktoś go rozpozna w Little Italy, Małej Italii New Haven.

Nie sposób było przeoczyć Frank Pepe's: szyld na całą fasadę głosił, że mieści się tu *Pizzeria Napoletana*, co Jamesowi mówiło niewiele. Słyszał słowo „pizza" bodaj z ust jednego z Włochów w Hiszpanii, ale nadal nie bardzo wiedział, co to jest.

Po wejściu do środka, w wykładanej grubymi białymi kaflami ścianie w głębi sali zobaczył wielki otwór, w którym szalał ogień, jak w palenisku lokomotywy, a wokół uwijało się z łopatami kilku mężczyzn. Nie byli to jednak palacze kolejowi, lecz kucharze, a łopaty nie służyły do dorzucania węgla, tylko do wsuwania i wyjmowania z pieca krążków ciasta o rozmiarach większych od płyt gramofonowych. James patrzył jak zahipnotyzowany.

Zastanawiał się, jakie obyczaje panują w tego rodzaju miejscach. Czy prorektor zarezerwował dla nich stolik? Nie byłby to najlepszy pomysł, bo James nie miał okazji słyszeć jego nazwiska. Postanowił wyjść na zewnątrz i zaczekać pod zieloną markizą.

Miał nadzieję, że nawet jeśli wygląda nie na miejscu, to zostanie wzięty raczej za pracownika Yale, który zawędrował do nieodpowiedniej dzielnicy, niż za Anglika w obcym kraju. W sklepie J. Press na York Street zainwestował w marynarkę podobną do tych, jakie nosili tutaj pracownicy uniwersyteccy w jego wieku, i kilka koszul. Artykuł w miejscowej gazecie uświadomił mu, że strój, na który nikt w Anglii nie zwróciłby uwagi, Amerykanom mógł się wydać dziwny i egzotyczny. A on nie chciał się rzucać w oczy.

185

Wciąż nie mógł się nadziwić, dlaczego prorektor, wysoki urzędnik, widząc go po raz pierwszy w życiu na oczy, zaproponował mu pomoc. Skąd mógł w ogóle wiedzieć, czego James potrzebuje? Czyżby poturbowanie i wyrzucenie Jamesa na bruk było tylko przedstawieniem, a jeśli tak, to na czyj użytek? Jakiej pomocy mógł Jamesowi udzielić i dlaczego musiał się z tym kryć?

Nie umiał odpowiedzieć na żadne z tych pytań, a w ciągu ostatnich sześciu godzin starał się nie robić sobie zbyt wielkich nadziei, obawiając się wręcz, że prorektor nie stawi się na spotkanie. Jednak dwadzieścia pięć po siódmej, gdy James dostrzegł w oddali sylwetkę mężczyzny, który przed paru godzinami zdyszanym szeptem złożył mu obietnicę, ogarnęło go mimo woli podniecenie. Czy ten człowiek wie, gdzie jest Florence z Harrym, i udzieli mu tej informacji?

Na ulicy, przy otwartych drzwiach pizzerii, prorektor ledwie raczył kiwnąć Jamesowi głową, pokazując, że ma iść za nim. W środku poprosił kelnerkę o miejsca w boksie; poprowadziła ich w stronę zielonych ław z wysokimi oparciami; granice boksów wytyczały wysokie słupki. Prorektor, wyraźnie obyty z lokalem, od razu zdjął marynarkę i powiesił ją na słupku. Pod pachami białej koszuli widać było wyraźnie ciemne plamy potu; James podejrzewał, że stoją za tym bardziej nerwy niż lepki upał letniego wieczoru w Connecticut.

– George Lund – przedstawił się mężczyzna, wymieniając z Jamesem krótki, sztywny uścisk dłoni nad stołem. – Powinniśmy udawać, że się znamy. – Poczęstował Jamesa promiennym, sztucznym aż do bólu uśmiechem. Jeśli dla potencjalnych obserwatorów miał to być dowód jego wieloletniej przyjaźni z Jamesem, to uzyskał odwrotny efekt: wyglądał w najlepszym wypadku dziwnie.

– Miło z pana strony, że zechciał się pan ze mną spotkać – powiedział James. – Jestem w trudnej...

– Powinniśmy coś zamówić. Czy ktoś siedzi za mną, po

lewej? Ktoś, kto by mógł nas podsłuchać albo obserwować naszą rozmowę?

– Tylko jakaś rodzina – odparł zdziwiony James. – Dorośli siedzą plecami do nas, a dzieci nie zwracają na nas uwagi.

Lund nalegał, żeby od razu zawołać kelnerkę; James zdecydował się na coś o nazwie *pizza margherita*, zdaniem jego przewodnika najbardziej stosowną dla debiutanta. Lund uparł się, że sam złoży zamówienie.

– Lepiej, żeby nikt nie słyszał pańskiego akcentu – wyjaśnił po odejściu kelnerki.

James po chwili spróbował zagaić nieobowiązująco, żeby trochę rozkrochmalić prorektora.

– Od jak dawna jest pan w Yale?

– Od dziesięciu lat. Poszedłem na studia zaraz po college'u. Wydział medycyny.

– Jest pan lekarzem?

– Z wykształcenia, ale bez praktyki. Po egzaminach magisterskich Preston zwerbował mnie do pomocy w administracji wydziału.

– Preston?

Lund wyglądał na zaskoczonego. Już miał coś powiedzieć, kiedy przyniesiono zamówienie. Dwa talerze wielkości kół lokomotywy, para buchająca z wielkich plastrów żółtego sera, makabryczna, krwistoczerwona paćka, która okazała się rozgotowanymi pomidorami. James pobiegł myślami do oksfordzkiej Racket, gdzie tego samego wieczoru pewnie kilka par skryło się za zaciemnionymi oknami, dzieląc się talerzykiem fasoli z puszki, którą każde nakładało na cieniutką grzankę. Co za kontrast. Znajdował się w krainie rażącej rozrzutności: jedna taka pizza zużywała pewnie miesięczny przydział produktów.

– Preston McAndrew – podjął Lund, kiedy z powrotem zostali sami. – Osoba, z którą chciał się pan dziś zobaczyć.

– A, rektor.

– Tak, chociaż wtedy nie był rektorem, tylko dziekanem wydziału medycyny.

– Rozumiem, jest pańskim szefem.

Lund kiwnął głową, oczami omiatając najdalszy narożnik sali.

– Powinienem był poprosić pana o to wcześniej. Nie powie pan nikomu o naszym spotkaniu, prawda?

– Nie, jeśli pan sobie tego życzy.

– Poważnie. Cała nasza rozmowa, nawet fakt, że tu jestem są ściśle tajne. Rozumiemy się?

– Jasne. – James zauważył, że Lund pedantycznie tnie swoją pizzę na drobne kawałki, ale nie wziął jeszcze do ust ani kęsa. James nie był pewien, czy może już zacząć jeść, czy powinien zaczekać. Czy to był jakiś jankeski zwyczaj?

– Przychodząc tutaj, bardzo ryzykuję – oznajmił Lund nadal, nie biorąc się do jedzenia.

– Dlaczego?

– Nieważne. Proszę mi powiedzieć, co pana sprowadziło dzisiaj do rektoratu?

– Myślałem, że pan wie. Mówił pan, że chce mi pomóc... Lund spiorunował go wzrokiem.

– Proszę o tym tutaj nie wspominać.

– Myślałem, że pan słyszał, co się działo za drzwiami pańskiego gabinetu. Pomiędzy mną a sekretarką. Sądziłem, że pan wie.

– Słyszałem rozmowę sekretarek o pańskiej wcześniejszej wizycie, kiedy panna Kelly kazała pana wyrzucić. Nie było mnie wtedy, o wszystkim dowiedziałem się dopiero od nich. A potem usłyszałem pana, kiedy pan przyszedł powtórnie.

– Więc postanowił mnie pan wyrzucić? – James włożył do ust kęs pizzy, parząc się w język gorącym serem. Piekło go, ale pizza była przepyszna, przypominała mu grzankę z serem, tylko smaczniejszą, na bardziej delikatnym podkładzie.

– Zrobiłem to dla pańskiego dobra – powiedział Lund,

biorąc ręką z talerza jeden ze starannie odkrojonych kawałków pizzy; ręka z plasterkiem zastygła na wysokości ust.

– Mojego dobra? Nie było jakiegoś przyjemniejszego sposobu niż wystawienie mnie na chodnik jak worek śmieci?

– Bardzo mi przykro, ale nie chciałem wzbudzić podejrzeń. Teraz ja zadam panu pytanie: co pana sprowadza do Yale?

– Szukam żony i syna. Przyjechali tutaj z transportem ewakuowanych z Oksfordu. Tutaj, to znaczy do Yale.

– Ma pan jakieś dowody?

– Dowody?

– Dowody na to, że są tutaj.

James oparł się mocniej plecami o drewnianą ławę, próbując rozgryźć swojego rozmówcę. Czy powinien zachować ostrożność? Czy oferta pomocy była jakąś pułapką? Kim jest ten człowiek? Postanowił starannie dozować informacje.

– Widziałem listę pokładową statku płynącego do Kanady, na której były ich nazwiska. Mój oksfordzki kolega zapewnił mnie, że znajdowali się w grupie ewakuowanych.

– Kanada? Jest pan pewien, że dojechali do New Haven? Może zostali w Kanadzie?

James doznał nagłego ataku paniki. Nigdy nie wziął pod uwagę takiej możliwości. Przyjął na wiarę informacje Greya, chociaż wiedział, że Greyowie i reszta ich oksfordzkich wspólników byli zdolni go oszukać, co zresztą miało miejsce. Skoro Virginia Grey tamtego ranka nie miała najmniejszych skrupułów, by udawać zaskoczoną zniknięciem Florence, czemu jej mąż miałby mieć jakiekolwiek opory przed wciśnięciem Jamesowi kitu? Pomyśleć tylko, że był w Kanadzie i nie przyszło mu przez myśl, żeby również tam poszukać najbliższych. Nagle poczuł złość na siebie, którą zaraz przelał na rozmówcę.

– Sugeruje pan, że moja żona mogła w ogóle nie dotrzeć do Yale? Bo jeśli tak, to chcę o tym wiedzieć natychmiast, żeby niezwłocznie do niej wyruszyć.

– Błagam – wyszeptał z przerażeniem prorektor. – Proszę mówić cicho. Nie, nie to miałem na myśli. Po prostu chciałem wiedzieć, ile pan wie.

– Ja też chcę wiedzieć, ile pan wie. – James odepchnął swój talerz na bok. – Moje pytanie jest bardzo proste: czy Florence i Harry Zennorowie, prawdopodobnie podróżujący pod nazwiskiem Walsingham, są tutaj czy ich nie ma.

Lund sapnął nerwowo i ponownie rozejrzał się na boki.

– Sądzę, że są tutaj, w Yale, choć nie wiem dokładnie gdzie. James zrobił głęboki wdech, żeby się uspokoić.

– Dziękuję – powiedział, nie kryjąc ulgi. – To byłoby straszne, gdybym w dodatku szukał ich nie tam, gdzie trzeba. – Urwał. – Domyślam się, że akta transportu oksfordzkiego są w pańskim biurze. Nie rozumiem, czemu nie mógłbym zwyczajnie zajrzeć do kartoteki i dowiedzieć się, gdzie zatrzymała się moja żona?

– To nie takie proste.

– Rozumiem. Rodziny, które się nimi opiekują, boją się rozgłosu, do tego dochodzi poufność danych osobowych...

– Nic pan nie rozumie – warknął Lund, zbijając Jamesa z tropu. – Tu chodzi o coś więcej niż bezpieczeństwo paru rodzin.

– Ależ rozumiem doskonale. Sto dwadzieścia pięcioro dzieci oznacza, że zaangażowanych jest co najmniej pięćdziesiąt rodzin, a jeśli przyjąć, że dwoje dzieci przypada...

Lund złapał go za nadgarstek.

– Nie wie pan nawet, w co wdepnął. – Jego dłoń była mokra i lepka. – Ta sprawa ma większy zasięg i jest poważniejsza, niż się panu wydaje.

Pot perlił się również na twarzy Lunda, do tego mężczyzna pobladł, jakby mu było niedobrze. Wstał chwiejnie, po czym nagle dał nura w stronę toalet, zostawiając Jamesa samego przy stole na pastwę zażenowanych spojrzeń gości, w tym matki przy sąsiednim stole, która odwróciła się, by sprawdzić, skąd takie poruszenie.

Co się działo w głowie tego człowieka? James zdążył go tylko spytać o miejsce pobytu Florence i Harry'ego i wspomnieć o spisie pasażerów statku do Kanady, a facet już się przeraził. No, chyba że samo spotkanie z Jamesem uważał za śmiertelnie niebezpieczne. A skoro tak, to czemu sam je zaproponował?

James ukroił następny kawałek pizzy. Zdążyła wystygnąć i z zesztywniałym serem nie była już tak smaczna. Uznał, że w Anglii coś takiego by się nie przyjęło: Brytyjczycy gustują w bardziej treściwych daniach, jak mięso z ziemniakami.

Dalej ani widu Lunda. Czyżby się wypiął na Jamesa i uciekł do domu? Wydawał się zdolny do podobnych gierek. Ale przecież zostawił teczkę na stole, tam, gdzie siedział, a zatrzask wyraźnie wskazywał, że nie jest zamknięta na kluczyk.

James przebiegł wzrokiem po sali, następnie nachylił się i błyskawicznym ruchem przeciągnął teczkę Lunda na swoją stronę, po czym zsunął ją na ławę i wetknął między swoje biodro a ścianę. Nie otworzył jej od razu, tylko dla niepoznaki odkroił sobie kolejny kawałek pizzy i zjadł, popijając wodą z lodem, której wcale nie zamawiał, mimo to szklanka stanęła przed nim. Następnie lewą ręką wymacał zatrzask, który wystarczyło przycisnąć, by teczka się otworzyła. Skórzany pasek spinający obie części puścił i James mógł bez trudu wsunąć rękę do środka. Wyczuł twardy grzbiet, potem drugi. Zerknął w głąb i zobaczył coś, co wyglądało jak podręczniki medycyny.

Podniósł głowę, przelotnie krzyżując spojrzenie z synkiem siedzącej w sąsiednim boksie rodziny, po czym wrócił do szperania w teczce. Wyczuł coś, co w dotyku wydało mu się szarą kopertą. Delikatnie przejechał palcami po krawędzi: koperta nie była zaklejona. Wsunął dłoń do środka, wyczuwając pod opuszkami palców charakterystyczną fakturę fotografii. Gruby plik fotografii. Wysunął kilka zdjęć i podciągnął do wylotu teczki, żeby móc na nie rzucić okiem. Nie od razu zrozumiał, co przedstawiają; potem przeżył wstrząs – nagle wszystko stało się jasne.

Rozdział 19

Po chwili wrócił George Lund, czerwony na twarzy.

– Pan wybaczy, ale dłużej tego nie zniosę. – Nim James zdążył powiedzieć cokolwiek, sięgnął po teczkę, która znajdowała się już po właściwej stronie stołu, po czym odwrócił się i szybko pomaszerował w stronę wyjścia.

James zerwał się na równe nogi.

– Proszę zaczekać!

Lund nie odwracał się.

– Nie może pan tak wybiec bez słowa. Stój! – wrzasnął James, tym razem głośniej.

Matka z sąsiedniego boksu znów zaczęła mu się przypatrywać. Wygrzebał z kieszeni zwitek banknotów jednodolarowych, cisnął na stół i rzucił się biegiem do wyjścia. Po drodze potknął się, strącając szklankę; słyszał, jak tłucze się z brzękiem o podłogę. Na ulicy zaczął się oglądać na wszystkie strony, ale wśród grup nastolatków i starców, którzy wylegli ochłonąć na wieczornym powietrzu, nigdzie nie widział prorektora.

Nie po raz pierwszy w życiu spotykał osobnika pokroju Lunda, myślał, ruszając z powrotem w stronę centrum. Takich jak on, nie brakowało w Oksfordzie, dwa razy nawet był obiektem ich miłosnych wyznań. Kiedy po latach opowiedział o tym Florence, stwierdziła, że będąc tak cholernie przystojny, sam jest sobie winien.

Mimo to fotografie były dosyć szokujące. Przedstawiały nagich, młodych mężczyzn z przodu, z tyłu i z boku. Na pierwszy rzut oka każdy z mężczyzn wyglądał, jakby stał przed komisja poborową – twarzą do gremium, potem profilem, na końcu tyłem. James zastanawiał się, czy zdjęcia zostały zrobione przez oficjalnego fotografa wojskowego czy ukrytą kamerą.

Potem jednak zauważył dziwne szpikulce wystające w równych odstępach z kręgosłupów mężczyzn, wyraźnie widoczne na białym tle na zdjęciach z profilu.

James raczej nie uważał się za pruderyjnego. W Hiszpanii paru ochotników miało czasopisma pornograficzne, które James też oglądał, a w nich wypięte dziewczęta bez pończoch oparte o krzesło albo stół; na niektórych zdjęciach kobiety rozchylały dłońmi pośladki, by odsłonić, co się tylko da. Wiedział z własnych badań, że pociąg seksualny to skomplikowana sprawa i że niektórych podniecają najdziwniejsze rzeczy – fetysze w rodzaju kobiecych włosów czy, dajmy na to, stóp. W życiu by się jednak nie domyślił, że mężczyznę mogłyby podniecać ciała innych samców naszpikowane równomiernie szpilami.

Obaliwszy drugi kieliszek szkockiej w barze Owl Shop, zaczął dumać nad swoim pieskim szczęściem. Miał nadzieję, że Lund przełamie jego złą passę, okazując się krzepiącym dowodem na to, że człowiek może liczyć na uprzejmość ze strony obcych. Tymczasem trafił na homoseksualnego zboczeńca, który ubrdał sobie, że przyjezdny z Anglii będzie zainteresowany krótkim, pedalskim numerkiem.

Nic dziwnego, że Lund wolał się umówić na przedmieściach, gdzie nikt go nie przyłapie na jego wstydliwym sekrecie. James od razu powinien się był domyślić wszystkiego, kiedy tylko usłyszał, że prorektor chce się z nim spotkać wieczorem, w dodatku w restauracji. A całe to nerwowe chwytanie Jamesa lepką dłonią za nadgarstek: mężczyzna był wyraźnie zdenerwowany, nie wiedział, jak James zareaguje. Jak to ujął? „Nie wie pan nawet, w co wdepnął".

James zamówił kolejną whisky. Mimo wszystko, nie był do końca przekonany o słuszności własnych podejrzeń. Jeśli Lund był rzeczywiście homoseksualistą polującym na kochanka, czemu proponował spotkanie przy ludziach, do tego o tak wczesnej porze? Gdyby wabił Jamesa do siebie na jedenastą wieczór obietnicą informacji o Florence i Harrym, James pognałby bez namysłu. Spotkanie we Frank Pepe's tylko utrudniało sytuację.

Zresztą Lund powiedział coś jeszcze. Zdawał się mówić bez ładu i składu, więc James nie przypisywał jego słowom większej wagi, ale przekaz był jasny: „Ta sprawa ma większy zasięg i jest bardziej poważna, niż się panu wydaje".

Mogły to być czcze przechwałki faceta, który usiłował zrobić odpowiednie wrażenie, żeby sobie więcej policzyć za informacje. Wcale nie byłoby dziwne, gdyby Lund chciał od niego czegoś w zamian za wyszukanie w kartotece Harry'ego i Florence. Na samą myśl o tym, przeszły go ciarki.

Postanowił rano poprosić o spotkanie z rektorem. Z przykrością poinformuje go, do czego zdolny jest jego podwładny, który próbował zmusić zagranicznego stypendystę Yale do... czynów nierządnych. Potem James mógłby zaproponować wymianę na własnych warunkach: nabierze wody w usta na temat perwersyjnych skłonności prorektora w zamian za adres swojej żony i dziecka.

Obalił ostatni kieliszek whisky – czwartą setkę z rzędu. A może piątą. Wyszedł przed Owl Shop, nabrał głęboko w płuca wieczornego powietrza, po czym skręcił w lewo i potykając się raz po raz, powędrował do pokoiku na poddaszu Klubu Elżbietańskiego.

• • •

Tak często budziła go kanonada, że nauczył się ją niemal przesypiać. Jakiś głos w tyle głowy perswadował mu, że dochodzące z bardzo bliska łubu-du, rat-ta-ta jest wytworem jego umysłu, wspomnieniem przemieszanym z fantazją, więc może spokojnie leżeć dalej opatulony w puchową kołdrę snu – wywatowaną alkoholem, który nie wywietrzał z jego krwiobiegu – a dźwięk ucichnie z czasem.

Nagle poderwał się: łomot przybierał na sile. Teraz to już nie była seria salw, tylko walenie w drzwi, w dodatku dźwięk nie był wytworem jego wyobraźni, tylko dobiegał z zewnątrz – od drzwi jego pokoiku. Towarzyszyły mu również niewyraźne głosy. Dopiero po chwili zrozumiał, co mówią.

– Tu wydział policji Yale. Proszę otworzyć, doktorze Zennor.

– Co się stało?

– Proszę natychmiast otworzyć. Proszę nie próbować ucieczki przez okno, bo nasz człowiek stoi na dole na ulicy.

Serce Jamesa zaczęło łomotać; w głowie miał mgłę od snu i drinków. Ramię aplikowało mu kilowolty bólu; w pijackim stuporze przespał się na złym boku – alkohol znieczulał ból, który normalnie nie dopuściłby do tak tragicznej pomyłki. Powlókł się do drzwi pokoju, które zamknął, nie wiedzieć kiedy, na klucz i otworzył je.

Framugę wypełniało szczelnie dwóch mundurowych.

– Pan jest doktorem Jamesem Zennorem z Oksfordu w Anglii? – spytał jeden.

– Tak jest.

Jego partner błyskawicznie zatrzasnął kajdanki na nadgarstkach Jamesa.

– Jest pan aresztowany.

– Co to ma być, u diabła? Co pan robi?

– Jest pan aresztowany.

– Aresztowany? Za co?

– Za zamordowanie George'a Lunda. Znaleziono go dziś rano martwego, a pan jako ostatni widział go żywego.

Rozdział 20

Londyn

Taylor nabrał już wprawy. Potrafił się zbudzić, zsunąć z łóżka i wyjść na palcach do łazienki, nie budząc Anny. Miała głęboki sen, zwłaszcza kiedy była tak... aktywna w nocy. Zanim zasnęła, błagała go, by spędził z nią ranek: mogliby zjeść razem śniadanie i pójść na zakupy. Twierdziła, że chce mu coś kupić. Kiedy spytał co, wybuchnęła dziewczęcym śmieszkiem – zapewne opanowała tę sztuczkę jako osiemnastoletnia debiutantka stawiająca pierwsze kroki na salonach. Środek ów niewątpliwie był wtedy niezwykle skuteczny, dlatego zachowała go w swoim arsenale. Jednak tego rodzaju maniera raziła nieco u kobiety zbliżającej się – no właśnie. Ile Anna mogła mieć lat? Wolał oszczędzić jej pytań, nigdy też nie próbował tego dociec na własną rękę. Trzydzieści sześć? Trzydzieści osiem? Skończyła już czterdzieści? Jezu, jego matka miała dopiero czterdzieści pięć.

Anna już od jakiegoś czasu chciała z nim iść na zakupy. Wspominała o Picadilly, albo St James's. Pewnie miała na myśli jeden z tych sklepów sportowych, gdzie sprzedawano ceratowe sztormiaki, wędki i solidne parasole. Wpadła na zwariowany pomysł, żeby wkręcić go na weekendowe przyjęcie u przyjaciół, lorda i lady Cośtam-Cośtam. Zamieniłaby na stronie parę słów z gospodynią i prosiła ją, by pokój Taylora znalazł się blisko pokoju, który oficjalnie dzieliła ze swym wysoko postawionym mężem.

– Kochanie, nie sądzisz, że to będzie bardzo zabawne? Mogłabym zaraz po zgaszeniu świateł wyjść cichcem na korytarz, zakraść się do twojego pokoju i wskoczyć ci do łóżka. Nie robiłam takich rzeczy od czasów, gdy byłam na pensji!

– Myślałem, że byłaś na pensji dla dziewcząt.

– Byłam – odparła z miną niegrzecznej dziewczynki, by potem znów wybuchnąć tym swoim śmieszkiem.

A może zabierze go na Savile Row albo Jermyn Street, żeby wybrać dla niego drogą koszulę albo marynarkę. Sprezentowała mu już srebrne spinki do mankietów, zbyt kosztowne, by je nosić, zwłaszcza do pracy. Mogłyby wzbudzić podejrzenia.

Nie bardzo wiedział, co ma sądzić o tym kaprysie, który bynajmniej go nie zaskoczył – wielu bogatych mężczyzn obsypywało swoje kochanki pieniędzmi i ubierało je w kreacje od najlepszych krawców, jakich nigdy nie kupiliby swoim żonom. Widocznie kobietom, które mają młodych kochanków, też tak pada na mózg.

Na wypadek gdyby miał zostać na noc u Anny, trzymał w jej komodzie z bielizną wyprasowane koszule. Pytał ją, czy wyjazd nie jest zbyt ryzykowny: gdyby Murray dowiedział się, że są tam jednocześnie, mógłby dodać dwa do dwóch. Ale Anna zbywała jego wątpliwości śmiechem, więc nie pierwszy raz przemknęło mu przez myśl, że poseł z ramienia konserwatystów dobrze wie o ich romansie i udziela im swojego błogosławieństwa. Włożył jedną z koszul, ubrał się do końca i skreślił parę słów na karteczce, którą zostawił na stoliku nocnym: *Do następnego razu, kochanie. T.*

Ponieważ dochodziło dopiero wpół do ósmej, postanowił przespacerować się do pracy. Nie zajmie to zbyt wiele czasu, a ranek był piękny. Szedł wzdłuż Tamizy bulwarem Chelsea,

197

a potem odbił na północ, w stronę Hyde Parku. To były właśnie uroki Londynu: bujne oazy zieleni rozsiane po całym mieście. Mignęła mu tafla Serpentine, kolejny raz obiecał sobie popływać, zanim lato się skończy, potem szedł dalej, aż dotarł do Park Lane. Park Lane i Mayfair uchodziły za najwytworniejsze dzielnice miasta, ale teraz ich blichtr mocno przygasł. Wystarczyło spojrzeć w zamalowane na czarno okna najelegantszych hoteli, by przypomnieć sobie, że jest w kraju, w którym toczy się wojna.

Kiedy znalazł się na Grosvenor Square, przez gałęzie drzew ujrzał powiewającą na wietrze flagę swojej ojczyzny. Zerknął na zegarek. Było jeszcze wcześnie, choć podczas wojny wszystko się pomieszało: niektórzy siedzieli do późna, żeby mieć kontakt z Waszyngtonem, inni przychodzili do pracy przed ósmą, żeby dotrzymać tempa Whitehall. Mijając warującego przy drzwiach żołnierza z korpusu marines, kiwnął energicznie głową, co było w jego odczuciu cywilnym odpowiednikiem salutowania. Taylor Hastings wkraczał w kolejny dzień pracy w londyńskiej ambasadzie USA.

Rozdział 21

– Wszystko wskazuje na pana, doktorze Zennor. Kłótnia w restauracji, to, że pan pobiegł za nim, tłukąc po drodze co popadnie. Mamy co najmniej tuzin świadków. Dlaczego mi pan nie powie, co się stało?

– Już panu powiedziałem.

– To proszę opowiedzieć raz jeszcze.

James westchnął. Siedział w szarym pokoju przesłuchań na komisariacie w Yale, który okazał się, ku jego przerażeniu, prawdziwym komisariatem. Nazwa wprowadziła go w błąd: sądził, że wydział policji Yale będzie odpowiednikiem „buldogów", którzy pilnowali porządku w Oksfordzie, raczej prywatną gwardią władz uniwersyteckich niż prawdziwą policją. Jednak ci mężczyźni byli ubrani jak gliniarze z gangsterskich filmów, które oglądał w Anglii, tak też mówili i się zachowywali. Kiedy dowieźli go radiowozem na posterunek, musiał pozować przed jakimś gościem z aparatem – *en face* i z profilu, jak mężczyźni ze zdjęć Lunda – a potem przycisnąć opuszki wszystkich palców do poduszki nasączonej czarnym tuszem. Zrozumiał, że to nie są żarty. Procedurom biurokratycznym nie było końca: myślami przeniósł się do Oksfordu i jesieni 1937 roku. Przypomniał sobie otaczające go rekwizyty nowego życia: łóżeczko w pokoju dziecinnym, wózek w holu –

drogowskazy ku przyszłości. Florence siedziała z małym Harrym przy piersi; jej kształty, teraz pełniejsze, wydawały się Jamesowi piękniejsze niż kiedykolwiek wcześniej. Byli nowożeńcami w nowym domu, a ich nowa rodzina tryskała nadzieją i perspektywami na przyszłość.

Tak to przynajmniej wyglądało w oczach gości – w rodzaju Virginii Grey, która wpadała do nich z wątróbkami kurzymi owiniętymi w papier pergaminowy od Harrisa.

– Moja droga, jako matka karmiąca jesteś narażona na niedobór żelaza, który należy niezwłocznie uzupełnić.

Ale ani ona, ani inni nie widzieli, jak Florence nieustannie błaga swojego męża, żeby podniósł dziecko i potrzymał, prosi Jamesa, by przemógł lęk, że strzaskane ramię go zawiedzie. Nikt nigdy nie widział, jak zapewnia ją, że jest wolny od tego rodzaju obaw, ale musi być za kwadrans na uczelni czy też że ma do skończenia pilny artykuł, albo że mały wyraźnie domaga się matki. „No już, Florence, weź go na ręce, przecież widać, że płacze, bo odeszłaś".

Nikt nie widział go w późne listopadowe popołudnie, kiedy Florence się zdrzemnęła, a on ostrożnie podszedł do kołyski Harry'ego, który się zbudził. Długo przyglądał się małemu, jak zapaśnik, który mierzy wzrokiem przeciwnika, wreszcie schylił się, próbując podnieść go zdrową ręką. Wsunął prawą dłoń pod plecki Harry'ego. Najpierw szło mu dobrze, dziecko było leciutkie i James zaczął się już uśmiechać, dźwigając synka ostrożnie do góry. Nagle jednak Harry – który wtedy nie miał jeszcze dwóch miesięcy, zaczął się wiercić. Lewa ręka Jamesa próbowała przyjść w sukurs prawej, ale była zbyt powolna, a jej ruchy dziwnie niezborne. Malutki Harry wyślizgnął się Jamesowi i runął w przepaść, podczas gdy James przyglądał się temu biernie, skamieniały ze zgrozy.

Szczęściem dziecko spadło z powrotem do łóżeczka wyścielonego miękkimi kocykami, choć niewiele brakowało, a mały Harry grzmotnąłby o twardą podłogę. Na myśl o tym z gardła Jamesa wyrwał się zupełnie nieznany mu odgłos – coś pomiędzy szlochem a zwierzęcym rykiem. Trudno powiedzieć, czy właśnie ten odgłos, czy impet upadku obudziły Harry'ego; zaczął kwilić, najpierw bezgłośnie – jego mały podbródek trząsł się, języczek wibrował w ustach i James przeraził się, że nie może oddychać – a potem wydał z siebie ochrypły wrzask. Wbiegła Florence, z twarzą zastygłą w grymasie przerażenia, jakby zbudzono ją z drzemki metodą elektrowstrząsów.

Jednym płynnym ruchem podniosła Harry'ego, przyciskając go do ramienia, by policzkiem czuł ciepło jej szyi. Ciągle płakał, ale po chwili szlochania przycichły i nabrały regularności. Widząc Jamesa, który zaszył się w kącie po drugiej stronie łóżeczka, Florence ruszyła w jego stronę, wyciągając wolną rękę gestem, wskazującym na to, że wie, co miało miejsce. James cofnął się i odepchnął jej dłoń. Nie pozwoli się pocieszać. Nie życzy sobie litości. Florence może sobie tulić Harry'ego, ale jego nie będzie niańczyć. Wybiegł z pokoju.

Teraz, prawie trzy lata później i tysiące kilometrów dalej, westchnął ciężko. To strach powstrzymywał go przed próbą wzięcia chłopca na ręce. Sądził dotąd, że błędem tamtego dnia było upuszczenie dziecka. Teraz przejrzał na oczy – ale było za późno.

– Tam, u was w Anglii, mówi się po angielsku, czy jest pan głuchy?

James, zaskoczony, podniósł wzrok, napotykając gniewne oblicze detektywa.

– Słucham?

Mózg Jamesa pracował na zwolnionych obrotach. Dopiero po chwili dotarło do niego, że detektyw zastąpił oficera, który go zaaresztował. Przyjrzał się jego twarzy: blada, obwisła, z przerzedzonymi włosami. Jakżeż się nazywał? Riley? Jamesa uderzyła zbieżność nazwiska z akcentem, z jakim mówiła

201

większość policjantów, z którymi miał tego ranka do czynienia. Wszyscy byli starszawi, siwi lub szpakowaci i mieli miny ludzi, którzy noszą mundur przez całe życie. Zmusił się, by słuchać, co mówi detektyw.

– Obawiam się, że ma pan pecha. Widzi pan przed sobą Irlandczyka, a my Anglików nie kochamy. Taka jest prawda, bez obrazy.

– Jest pan z Irlandii?

– Nie, ale tatko stamtąd przypłynął. Kiedyście go próbowali zamorzyć głodem, wziął się i wyruszył do Bostonu, no nie?

James spojrzał w stronę otwartych drzwi, za którymi dostrzegł dwóch kolegów Rileya. Nagle wszystko zrozumiał. Byli emerytowanymi policjantami z wielkiej metropolii, którzy w życiu mieli więcej do czynienia z gangsterami i złodziejami niż z oszukiwaniem podczas egzaminów, ściąganiem cudzych prac czy co tam jeszcze zdarza się w Yale. A to znaczyło, że najpewniej delektowali się myślą o prawdziwym przestępstwie – w rodzaju morderstwa.

– Jak już wspomniałem, wszystko wskazuje na pana, doktorze Zennor. Ale za Chiny nie mogę rozkminić pańskich motywów. Dlaczegoś pan to zrobił?

– To bezczelność! – James walnął pięścią w stół. – Żądam, by skontaktował się pan natychmiast z rektoratem. Tam powiedzą panu, kim jestem i co tutaj robię, do diabła!

– Jak się będziesz przy mnie wyrażać, przeklęty Angolu, to cię tak szurnę, że wylądujesz w celi, zanim się obejrzysz.

Riley patrzył groźnie, celując palcem w twarz Jamesa. James twardo wytrzymał jego spojrzenie.

– Nie zabiłem tego człowieka. Przyjechałem tutaj, bo szukam żony i dziecka. To właśnie mnie tu sprowadza. Moja żona należy do grupy oksfordzkich matek, które od około tygodnia przebywają w Yale.

– Według pana.

– Lund to potwierdził. Na litość bo...

– Ostrzegałem pana, Zennor. Proszę się nie gorączkować. Jednego się nauczyłem w tej robocie, że wy, ludzie z uniwersytetu, macie dobrą gadkę i umiecie szybko nawijać. A już wy, Brytyjczycy, pewnie jesteście w tym lepsi od reszty. Może nie jestem taki bystry jak pan, ale znam się na swojej robocie. Dlatego radziłbym opowiedzieć wszystko spokojnie, po kolei, jeśli nie chce pan powtarzać tej historii sędziemu.

I tak James po raz trzeci przystąpił do opowieści, jak po dwakroć udał się do rektoratu i jak za drugim razem próbował podejść sekretarkę zmyśloną historią o badaniach, bo gotów był na wszystko, byle znaleźć swych bliskich. Nie myśląc wiele, zadał Rileyowi podobne pytanie jak kapitanowi portu w Liverpoolu:

– Gdyby pańska rodzina zaginęła, chyba nie cofnąłby się pan przed niczym, żeby ich odnaleźć?

– To właśnie mnie niepokoi, doktorze Zennor. Że gotów był pan nie cofać się przed niczym. Nawet przed zabójstwem.

James z trudem hamował wściekłość.

– To jakieś szaleństwo. Facet wyrzucił mnie z biura, informując szeptem, że chce się ze mną spotkać wieczorem. Poszedłem na spotkanie, spytałem go, co wie, ale nie chciał nic powiedzieć, częstując mnie tylko jakimiś zagadkami.

– Tam, we Frank Pepe's?

– Tak. Był niespokojny, a im dłużej rozmawialiśmy, tym bardziej jego zdenerwowanie rosło. Potem, kiedy poszedł do klozetu, zobaczyłem...

– Wiem. Tamte zdjęcia. Zdaje pan sobie sprawę, jak to wygląda. Jest pan wściekły, grozi sekretarce, udaje się panu jakoś wyśledzić mężczyznę, który...

– Wcale go nie śledziłem. To on kazał mi tam przyjść.

– Mamy na to tylko pańskie słowo. Śledzi pan człowieka dysponującego informacją, dla której nie cofnąłby się pan przed niczym. Wchodzi pan za nim do restauracji, gdzie poszedł na obiad. Kłócicie się, ludzie na sali was słyszą. Potem on idzie do ubikacji, pan zagląda mu do teczki i szpera w jego prywatnych rzeczach...

– To nie tak! Myślałem, że może przyniósł ze sobą dokumenty dotyczące Florence. Tylko na tym mi zależało. I nadal mi zależy: chcę wreszcie wiedzieć, gdzie ona jest. – Zwiesił z rezygnacją głowę.

Ale detektyw nie dał się sprowadzić na bocznicę.

– Wybiega pan z restauracji, krzycząc i wygrażając. Na to też mamy świadków. Biegnie pan za nim aż pod jego dom. Obserwuje pan dom i kiedy żona Lunda zasypia na piętrze, zabija pan nieszczęśnika, próbując upozorować samobójstwo.

– Jego żona?

– Słyszał pan. Jego żona i malutkie dziecko.

– A ja myślałem, że...

– Wiem, co pan myślał. Że jest jakimś zboczeńcem z obleśnymi fotkami w teczce. Już pan to mówił.

– Kiedy ja je widziałem na własne oczy!

– Dziwnym trafem nie było ich w teczce, kiedy żona znalazła go dziś rano powieszonego. Żona, zauważ pan, która przysięga, że jej mąż miał plany na przyszłość i nigdy w życiu nie popełniłby samobójstwa.

– Powiesił się? Rany boskie!

– Albo to pan go powiesił, pozorując, że on sam postanowił się przenieść na łono Abrahama. To właśnie próbuję ustalić.

James potarł skronie. To wszystko nie trzymało się kupy. Żona i dziecko? Właściwie, jak się zastanowić, takie rzeczy się zdarzają: był w Oksfordzie słynny filolog klasyczny, który lubił żartować, że bzykał wszystkich dobrze rokujących studentów. Jego żona poszłaby za nim w ogień.

Riley zamknął drzwi, po czym powrócił na miejsce.

– Wciąż ma pan zamiar wciskać mi ten kit o pedalskich fotkach? Proszę się dobrze zastanowić. Chyba lepiej zmienić zeznania teraz, niż kiedy wyląduje pan na ławie oskarżonych, zapewniam pana. Lepiej niech się pan przyzna do winy, powie sędziemu, że się panu w głowie pomieszało, bo żona zaginęła, a może okaże panu wyrozumiałość. Ale jak będzie pan dalej ściemniać, to pośle pana na krzesło elektryczne. Widzę, że to dla pana niespodzianka? Tak, tak się to właśnie robi u nas, w Connecticut, już od trzech lat. Nie jest to lekka śmierć, proszę mi wierzyć. Przypinają delikwenta pasami, żeby się nie ruszał, a potem rażą go parokrotnie prądem o napięciu bodajże dwóch tysięcy woltów. Za pierwszym razem prąd ma pozbawić gościa przytomności i wysmażyć mu mózg, za drugim przepalić narządy wewnętrzne: płuca, serce i całą resztę. Jednak nie zawsze wszystko idzie zgodnie z planem, sam pan rozumie. Czasem napięcie jest za niskie: mózg pada, ale koleś jeszcze oddycha. Z tymi nowymi maszynami nigdy nic nie wiadomo, wie pan jak to jest. Mieliśmy kiedyś człowieka, któremu zaczęły pękać naczynia podskórne, sikając krwią; potem głowa stanęła mu w płomieniach. Głowa! To był koszmar. Osiem minut trwało, nim umarł. Wyobraża pan to sobie? Wyłby pan o stryczek. Ja bym na pewno błagał, żeby mnie już dobili.

James przejrzał detektywa na wylot, wiedział, że próbuje go złamać psychicznie, zmusić, by przyznał się ze strachu. Bynajmniej nie zamierzał tego zrobić. Doskonale się orientował, że nie mają żadnych dowodów przeciwko niemu, najwyżej poszlaki. Niemniej sędziowie potrafią być nieprzewidywalni. Kto może wiedzieć, jak o jego losie zadecyduje dwunastu Rileyów podszczutych przez wyszczekanego prokuratora przeciw dziwnemu Anglikowi, od którego żona uciekła i którego uznano za niewystarczająco zrównoważonego psychicznie, by mógł nosić mundur swego kraju. Dowiedzą się, że cudzoziemiec ów był ostatnią osobą, która widziała Lunda za życia, a świadkowie zeznali, że parę godzin przed śmiercią ścigał go rozwścieczony.

Riley odchylił się na oparcie krzesła, patrząc w milczeniu na Jamesa. Ten chwyt James również znał. Sam go stosował podczas wywiadów klinicznych: nie mówisz nic, a pacjent wije się, aż w końcu zaczyna puszczać farbę, choćby po to, żeby przerwać nieznośną ciszę.

Ani myślał złapać się na ten haczyk. Przeciwnie, zamierzał wykorzystać przerwę w rozmowie na przemyślenie sytuacji. Próbował oddzielić fakty od pozorów. Co tu było naprawdę grane? Czyżby Lund odebrał sobie życie, bo dręczył go wstyd z powodu zboczonych upodobań? Żona po zejściu na dół rano znalazła jego zwłoki, a potem odkryła fotografie i zniszczyła je w trosce o reputację nieboszczyka i dobre imię rodziny.

Podobny scenariusz miałby zastosowanie, gdyby morderca Lunda upozorował jego samobójstwo. W tej sytuacji żona Lunda również zniszczyłaby fotografie, żeby uniknąć kompromitacji, jeśli zabójca nie zabrał ich z sobie tylko znanych powodów. James ściskał grzbiet nosa jak zawsze, gdy miał coś trudnego do przemyślenia. Najskuteczniejszą metodą była rozmowa, również z żoną. Miała jasny, logiczny umysł, precyzyjny i uporządkowany, do tego twórczą wyobraźnię: wpadała na ciekawe pomysły, wskazywała nowe kierunki, na które by sam nie wpadł. Bardzo często rozmowa z nią doprowadzała do rozwiązania zagadki, która wydawała się nierozwiązywalna. Jak na ironię, potrzebował Florence, żeby odnaleźć Florence.

– Jest pan pewien, że nie ma nic do powiedzenia? – odezwał się Riley. – Widzę, że zamyka pan oczy, marszczy czoło, trze nos i różne takie; wygląda, jakby pan miał sporo na sumieniu.

– Myślę tylko, panie władzo, i tyle. Po prostu myślę.

– Wygląda pan, jakby to panu słabo szło. – Riley poprawił się na krześle, przyglądając się Jamesowi. Wargi mu drgnęły nieznacznie, co, w połączeniu z cichym chrząknięciem zapowiadało, że zamierza podjąć nowy temat.

Jak magik, który wyczarowuje monetę, otworzył zamkniętą dłoń, w której błysnął kawałek metalu.

– Czy to należy do pana, doktorze Zennor?

James przysunął się bliżej.

– Proszę, niech pan to weźmie do ręki.

W pierwszej chwili James myślał, że wziął do ręki spinkę do krawata, ale przedmiot był za mały, a jego tylna część też miała inny kształt – była długa i cienka, jak igła. To było coś do noszenia w klapie; coś w kształcie krzyża faraonów, który ma pętlę zamiast górnej belki. Wewnątrz pętli widniała zwierzęca głowa. Przyjrzawszy się uważniej, rozpoznał wilczy pysk.

– Pańskie? – spytał Riley.

– Pierwszy raz widzę coś takiego. Co to jest?

Riley patrzył na niego badawczo, nie wiedząc, czy mu wierzyć, czy nie.

– Pierwszy?

– Tak, do diabła. Co to jest?

– Proszę się nie wyrażać, doktorze Zennor – powiedział detektyw, tym razem jakby łagodniej. – Znaleźliśmy to w ustach denata.

– W ustach? Jak to?

– Koroner mówił, że ludzie chowają w ustach rzeczy, jeśli chcą, żeby zostały znalezione po ich śmierci. Tak mógłby z pewnością postąpić człowiek z wykształceniem medycznym. Wiedziałby, że nie ma sensu ukrywać tego w dłoni, bo w chwili śmierci mięśnie puszczają i wszystko wypada z ręki. Lund musiał być nieźle zdeterminowany: wbił szpilkę we wnętrze policzka.

– Czy ten gadżet był jego własnością?

– Czy co?

– Czy to było Lunda?

Czoło Rileya pofalowało się, by zaraz się wygładzić.

– O to samiutko pytałem wdowę. Okazuje się, że Lund miał taką odznakę, ale tamta jest dalej w sypialni na górze. W szkatułce, jak zawsze. Pokazała mi ją. Tak więc to musiało należeć do kogoś innego.

– Do zabójcy.

– Pyta pan czy odpowiada?

James zagryzł mocno zęby, co dawniej pomagało mu powściągnąć wściekłość, choć w ostatnich latach metoda poszła w odstawkę jako zbyt zawodna.

– Myśli pan, że Lund podczas szarpaniny wyrwał zabójcy znaczek z klapy i włożył go sobie do ust, żeby ułatwić panu identyfikację jego mordercy?

– Niech pana nie ponosi, doktorze Zennor. Teorię zostawiamy wam, profesorkom. Dla mnie liczą się fakty i tylko fakty.

– Czy pan wie, co to za znaczek? Albo dlaczego Lund też miał identyczny?

– Niech pan mi zostawi to pytanie, dobrze? Wracając do pizzerii: twierdzi pan, że... – Przerwało mu gwałtowne stukanie do drzwi. Na zaproszenie Rileya do pokoju wszedł oficer śledczy i nachylił się, szepcąc coś detektywowi do ucha. Riley kiwnął głową, szeptem zadał jakieś pytanie, po czym znów kiwnął głową. Oficer wyszedł.

Riley sięgnął przez biurko i zabrał odznakę; położył ją na stercie papierów, którą zaczął pedantycznie wyrównywać.

– Cokolwiek by mówić, ma pan szczęście. Chłopak z baru poznał pana na naszym zdjęciu. Pamiętał, że podał panu sześć setek whisky i musiał wypchnąć z baru zaraz po jedenastej. Lokaj w Klubie Elżbietańskim zeznał, że sam kładł pana do łóżka dzisiaj w nocy: był pan tak pijany, że ściągał panu spodnie. To wstyd, ale zarazem alibi. Facet mówi, że spał na dole na łóżku polowym i słyszałby, gdyby pan wychodził w nocy. A to znaczy, że nie jest pan oficjalnie podejrzanym w sprawie zabójstwa George'a Lunda.

James westchnął głęboko; nie przeżył takiej ulgi chyba od czasu, gdy skończył tamten ostatni, morderczy trening na Isis. Był wolny. Zaraz jednak zakradło się zwątpienie. Lokaj? W ogóle tego nie pamiętał. Czyżby aż tak się zalał? A może to ta amnezja, którą mu próbowała dopiec Rosemary Hyde?

Wstał i spojrzał na detektywa.

– Skoro nie jestem podejrzany, czy to znaczy, że sprawa nie będzie już traktowana jako morderstwo?

– Nie jest pan oficjalnie podejrzany.

James spuścił wzrok na blat oddzielającego ich biurka. Było mu głupio, że dopiero teraz, kiedy nie musiał się bronić, w pełni dociera do niego, co się stało. Lund nie żył: człowiek, który przypuszczalnie podjął wielkie ryzyko, żeby się z nim spotkać; człowiek, który obiecał mu pomoc i który w restauracji, w ostatnich godzinach swego życia, szalał z niepokoju.

– Jest pan pewien, poruczniku, że w teczce Lunda, kiedy znalazł go pan rano, nie było tych zdjęć?

– Kiedy żona znalazła Lunda dziś rano – poprawił go Riley. – Nie, nie było w niej tych zdjęć. Nasi ludzie starannie przeszukali cały dom: żadnych zdjęć homoseksualistów, czasopism erotycznych, nic z tych rzeczy. To, że się pan wymigał, nie znaczy wcale, że pańska relacja z wczorajszego wieczoru jest zgodna z prawdą. Będę mieć oko na pana, doktorze Zennor.

James spojrzał na niego przeciągle.

– Wolałbym, żeby pan miał oko na moją żonę. Nikt nie chce mi powiedzieć, gdzie przebywa.

– To już są sprawy między panem a uniwersytetem. Dość mam własnej roboty. – Uścisnął szorstko dłoń Jamesa i wyprowadził go z pokoju.

James czuł ulgę przemieszaną z głębokim oszołomieniem, ale wiedział dokładnie, dokąd powinien się niezwłocznie udać.

Rozdział 22

Bernard Grey zażartował kiedyś przy nim, że najlepiej poinformowanymi osobami w Anglii są herbaciarki z pałacu Westminsterskiego: wszystko trafia do ich uszu. Dowcip irytował Jamesa nie tylko teraz, gdy znienawidził Greya; zawsze wydawał mu się w złym guście. Jeszcze zanim dowiedział się, że Grey odegrał ważną rolę w spisku, którego celem było wykraść mu żonę i dziecko i wysłać ich na drugi koniec świata. Żart drażnił Jamesa, bo opierał się na cichym założeniu, że sam fakt, iż herbaciarki wiedzą cokolwiek o czymkolwiek, jest śmieszny i szokujący.

Mimo to musiał niechętnie przyznać, że w spostrzeżeniu starego bęcwała tkwiło ziarno prawdy. Jeśli chciało się być wprowadzonym na bieżąco w sprawy kolegium, dowiedzieć się – którego studenta przyłapano na ściąganiu podczas egzaminu próbnego, którego stypendystę nakryto na onanizowaniu się w kaplicy – nie warto było szukać tych informacji przy profesorskim stole. Należało udać się prosto na portiernię, gdzie wysiadują znawcy tematu.

Oczywiście metoda ta była dla Jamesa niedostępna w Yale, miejscu, w którym przebywał dopiero od dwu dni. Nie znał tutaj nikogo, z wyjątkiem jednej osoby, a tej, swoją drogą, powinien podziękować.

Zastukał do drzwi domu numer 459 przy College Street. W zamieszaniu, jakie towarzyszyło jego aresztowaniu o poranku, ledwie miał czas się ubrać, a co dopiero pamiętać o zabraniu klucza do Klubu Elżbietańskiego, który dostał po przyjeździe. Na szczęście zastał lokaja, a ten otworzył mu drzwi. James zorientował się nagle, że nie wie, jak mężczyzna się nazywa.

– Dzień dobry... – Urwał niepewnie.

– Walters, proszę pana. – Ciemna skóra na twarzy lokaja była mocno pomarszczona; musiał być o wiele starszy, niż się wydawało na pierwszy rzut oka. – Dzień dobry, doktorze Zennor.

– Jestem bardzo zobowiązany za to, co dla mnie zrobiłeś, hm, wczoraj...

– Nie ma o czym mówić, proszę pana. Dbamy o naszych gości.

– Co takiego powiedziałeś policji? To przede wszystkim dzięki tobie puścili mnie.

– Powiedziałem im tylko prawdę, doktorze Zennor. Skoro pytali, to im powiedziałem.

– Tak czy owak, jestem ci bardzo zobowiązany. – Zawahał się. – Czy moglibyśmy...? – Skinął w stronę głównego salonu, jakby zamierzał poruszyć temat, o którym lepiej nie rozmawiać w korytarzu. – Przyszło mi na myśl, że może umiałbyś mi pomóc w zidentyfikowaniu pewnej rzeczy – powiedział, kiedy znaleźli się poza zasięgiem niepożądanych uszu. – Chodzi o znaczek.

– Znaczek, proszę pana?

– Znaczek do noszenia w klapie. Pokazano mi go na policji. Nigdy wcześniej czegoś takiego nie widziałem, ale mam przeczucie, że człowiek z Yale powinien to rozpoznać bez trudu. – Lokaj kiwnął głową, zachęcając go, by mówił dalej. – To był krzyż faraonów, taki z pętlą zamiast górnej belki. – Nakreślił krzyż w powietrzu. – Wewnątrz pętli znajdował się zwierzęcy pysk, psi albo wilczy.

Walters zapatrzył się w dal, jakby trawił informacje. Po chwili spojrzał na Jamesa.

– Chyba wiem, czego pan szuka, doktorze Zennor. Ma pan rację. Wielu mężczyznom w Yale ten krzyż coś mówi.

– Co mianowicie?

– To, co pan widział, to odznaka wilczej głowy. A Wilcza Głowa jest jednym z najbardziej wpływowych tajnych stowarzyszeń uniwersyteckich.

Rozdział 23

James chciał wyruszyć natychmiast, ale lokaj zaprowadził go do lustra.

– Z całym szacunkiem, proszę pana...

Z lustra patrzył na Jamesa rozchełstany, nieogolony osobnik wygrzebujący się z kaca. Przy koszuli brakowało mu dwóch guzików. Niechętnie przyznał rację Waltersowi: zanim podejmie dalsze kroki, powinien najpierw się umyć i coś zjeść.

Wanna na najwyższym piętrze była dla niego za krótka, mimo to kąpiel wydała mu się szczytem luksusu. Myśl o zrelaksowaniu się w gorącej wodzie cieszyła go tylko przez chwilę, uczucie ciepła i ulgi natychmiast zostało wyparte przez wyrzuty sumienia. Odkąd tamtego ranka przed trzema tygodniami odkrył zniknięcie Florence z Harrym, ścigał ich niestrudzenie. Nawet gdy czekał na stacji w Crewe na pociąg do Liverpoolu, nawet podczas ślimaczących się dni i nocy na pokładzie *Santa Clary* czy kiedy wlókł się rozklekotanym pociągiem przez Stany, nie pozwalał sobie na wypoczynek: krążył w tę i we w tę po peronie i po pokładzie statku, a przynajmniej niecierpliwie bębnił palcami. Wciąż trawił go gorączkowy pośpiech, z jakim wybiegł z ich domku przy Norham Gardens, wykrzykując imiona Harry'ego i Florence. Chociaż przepłynął przez ocean z jednej półkuli na drugą, ani

213

trochę nie osłabła w nim paniczna determinacja człowieka, który właśnie dowiedział się, że stracił swoich bliskich. I każde spowolnienie, nawet tych dziesięć minut w wannie, miało posmak zdrady. Gorzej, budziło w nim przerażenie, sugerując, że może nadejść chwila, kiedy oswoi się z nieobecnością żony i synka i już do końca życia będzie skazany na samotność, która zżerała go teraz.

Spojrzał z góry na swoje opuszczone ramię z nienaturalnie naciągniętą skórą. Woda już zaczynała stygnąć, gdy przypomniał sobie, jak jego synek, jeszcze jako niemowlę, dotknął wybrakowanej partii skóry Jamesa, a na jego twarzyczce pojawił się wyraz zaciekawienia. Harry nigdy nie wzdragał się na widok jego blizn, bo nigdy nie widział go bez nich.

Poczuł pieczenie pod powiekami. Odruchowo zanurzył twarz w gorącej wodzie.

Ubrał się w najwyższym pośpiechu i ruszył do Owl Shopu pod pretekstem podziękowania barmanowi za to, że potwierdził jego obecność poprzedniego wieczoru. Naprawdę jednak szukał kogoś innego i tak się szczęśliwie złożyło, że młody chłopak, którego poznał podczas pierwszej wizyty w lokalu, stał przy barze, przecierając szklanki.

Po krótkim powitaniu i nieobowiązującej pogawędce James przeszedł do rzeczy.

– Co tam słychać u was w tych waszych tajnych stowarzyszeniach?

– Ma pan na myśli Czaszkę i Kości i tym podobne?

– Może. Powiedzmy, że nie jestem zorientowany.

– Osobiście nie należę do żadnego. Większość z nich jest dla juniorów i seniorów. Rzeczywiście nie jest pan zorientowany. – Uśmiechnął się, widząc zdumienie na twarzy Jamesa. – Już wyjaśniam: żółtodzioby to pierwszy rok, gołowąsy drugi, juniorzy trzeci, a seniorzy czwarty.

– Rozumiem więc, że można wstąpić na trzecim i czwartym roku.

– Nie, to nie tak. Nie można się zwyczajnie zapisać. Trzeba zostać zaproszonym.

Zgadza się. W Oksfordzie panowały podobne reguły: też istniały tam kluby biesiadne, takie jak Asasyni, Piers Gaveston, czy Klub Bullingdona. Też tajne, w tym sensie, że nigdy nie publikowały harmonogramu swoich spotkań, jednak większość studentów orientowała się doskonale, kto gdzie należy. Klub Bullingdona miał nawet specjalne kostiumy: niebieskie fraki z krzykliwą musztardową kamizelką. Członkowie byli synal-kami bogaczy i arystokratów, których stać było na to, by obrócić w perzynę salę na tyłach restauracji i uiścić za szkody na miejscu, i to w gotówce.

Ale stowarzyszenia w Yale – Wilcza Głowa, Czaszka i Kości, Zwój i Klucz – to nie było do końca to samo. Choćby fakt, że mieli własne budynki w samym środku Yale.

– Są niesamowite, powinien je pan zobaczyć – ciągnął młody barman. – Wyglądają jak starożytne greckie świątynie. Doryckie kolumny i tym podobne. Mówią o nich „krypty".

– Czyli że nie są aż takie tajne.

– Są, jak najbardziej. Ściśle tajne. Nikt nie wie, co się odbywa w środku. I tylko wąskiej garstce ludzi proponują uczestnictwo. Wydaje mi się, że Wilcza Głowa ma najwyżej piętnastu lub szesnastu członków naraz. Głównie juniorów.

– Jednak pomimo całej elitarności ich działalność nie może mieć większego znaczenia, skoro w skład grupy wchodzą, z całym szacunkiem, tylko studenci – stwierdził pobłażliwie James.

– Otóż nie. W tym właśnie sęk. Po czterech latach przy-należności zostaje się „dawnym" członkiem, i to dozgonnie. Podobno prezydent Taft był członkiem Czaszki i Kości.

– Więc jednak spotykają się dalej?

– Wspierają się wzajemnie. Tworzą coś w rodzaju tajnej siatki. – To też nie było nic nowego. Wykładowcy oksfordzcy udawali, że nie mają z tym nic wspólnego, ale James słyszał

215

o masonach i pajęczynie ich wzajemnych powiązań: jeden wspierał drugiego, drugi potem pomagał trzeciemu, który robił uprzejmość pierwszemu: perpetuum mobile wzajemnych przysług i nepotyzmu.

Miał zamiar wydobyć z barmana kolejne szczegóły, kiedy otworzyły się drzwi i weszło dwóch mężczyzn, od progu żądając martini. Położył na barze monetę i szybko wyszedł.

Na ulicy wyjął notatnik, który nosił w wewnętrznej kieszeni marynarki: wolał nie notować podczas rozmowy z barmanem, bo mogłoby to wyglądać podejrzanie albo onieśmielić rozmówcę. W tej sytuacji zastosował sztuczkę mnemotechniczną, którą posłużył się parokrotnie podczas krótkiej, przerwanej nagle kariery wywiadowcy w Hiszpanii. W sytuacji gdy jawne notowanie nie wydawało się dobrym pomysłem, słuchał informacji, potakując, a jednocześnie wyobrażał sobie, że to, co słyszy, zapisuje słowo po słowie na wyimaginowanej kartce. Po zapełnieniu całej kartki wyobrażał sobie, że ją fotografuje i wkłada do pamięci.

Teraz wolał zapisać to, co słyszał, żeby nie zapomnieć: adresy trzech stowarzyszeń. Idąc, porównywał swoje notatki z mapą Yale, którą kupił wcześniej u Waltersa. Wilcza Głowa była niedaleko, a po drodze będzie mijał Czaszkę i Kości.

Młody barman mówił prawdę. O ile większość Yale wyglądała jak zamorska odmiana Oksfordu, o tyle „krypta" tajnego stowarzyszenia była próbą przeszczepienia starożytnej Grecji czy Rzymu na grunt dwudziestowiecznej Ameryki. Siedziba Czaszki i Kości składała się z dwóch bliźniaczych budynków z czerwonego piaskowca, gładkich i pozbawionych okien, jeśli nie liczyć dwóch prostokątów przydymionego szkła witrażowego po każdej stronie obramowanych płaskimi kolumnami pozornego portyku: fałszywych wejść; oba budynki łączył prawdziwy portyk, również z płaskimi filarami, między którymi znajdowały się solidne, drewniane drzwi. Nigdzie nie było żadnych znaków ani napisów. Całość sprawiała wrażenie świątyni jakiegoś nieokreślonego kultu. I chociaż architektura budowli wydawała się Jamesowi dość nadęta i z pewnością wyśmiałby podobny obiekt, gdyby był przybytkiem klubu studenckiego w Oksfordzie, tutaj krypta wydawała się jakoś bardziej na miejscu. Surowa, nieprzystępna fasada tchnęła tajemniczością i mocą.

Ruszył dalej Chapel Street, by zaraz skręcić w prawo, w York. W pierwszej chwili nie był pewien, czy dobrze trafił. Budynek nie wykazywał żadnych podobieństw do majestatycznej krypty Czaszki i Kości z jej wielkimi, świątynnymi wrotami. Przyżółcone kamienie prostej bryły prześwitywały przez bujny gąszcz drzew otaczającego ogrodu. Całość sprawiała wrażenie rezydencji jakiegoś zamożnego odludka, wzniesionej niedawno, jak Sterling Memorial, ze sztucznie spatynowanych kamieni.

James zaszedł budynek z boku, żeby przyjrzeć mu się z innej perspektywy. Zorientował się, że o ile krypta Czaszki i Kości była przytłaczająco wysoka, o tyle Świątynia Wilczej Głowy jest niższa, za to rozleglejsza, a kanciastość budowli zmiękczają otaczające ją trawniki, trochę jak w wiejskich kościołach w Anglii.

Idąc wzdłuż murku, w pewnym momencie zauważył ocienioną drzewami ścieżkę prowadzącą do bocznych drzwi. Był pewien, że niewiele osób spoza ścisłego kręgu złotych młodzieńców, adeptów Wilczej Głowy, odważyło się tutaj wejść i że pewnie łamie niezliczoną ilość reguł tajnego stowarzyszenia, ale jeśli ma znaleźć Harry'ego i Florence, obietnica Lunda – „pomogę panu" – stanowiła jedyny trop. Ostatni akt Lunda za życia, wbicie odznaki we wnętrze policzka, wskazywał na to miejsce, siedzibę Głowy Wilka, tak więc Jamesowi nie pozostawało nic innego, jak tylko sprawdzić, dlaczego Lund to zrobił. Był to jego najbardziej obiecujący trop, głównie dlatego, że jedyny.

Na prawo od drzwi wypatrzył zwykły dzwonek. Nacisnął

guzik, lecz z wnętrza nie dobiegł go żaden dźwięk. Uznawszy, że nacisnął za słabo, powtórzył czynność. Znów bez skutku. Widocznie dzwonek był zepsuty albo dzwonił w jakimś odległym pokoju, a grube drzwi i podłogi wyłożone puszystym dywanem tłumiły dźwięk. Przycisnął ucho do drzwi. Chyba w środku nie było nikogo.

Cofnął się o parę kroków, wodząc wzrokiem po oknach, rynnach i gzymsach. Po chwili przyłapał się na tym, że szacuje budynek pod kątem ewentualnego włamania. Cofnął się jeszcze bardziej i zobaczył ścieżkę prowadzącą wzdłuż murów na tyły domu, kiedy nagle usłyszał trzask nadepniętej gałązki. Błyskawicznie odwrócił się w lewo, a nie widząc tam nic – w prawo: obok niego, o wiele bliżej niż mu się zdawało, stała wysoka kobieta, taksując go spokojnym, beznamiętnym wzrokiem.

Jej włosy w odcieniu miodu – trudno powiedzieć, czy była blondynką, czy szatynką – opadały swobodnie na ramiona. Jego dezorientację pogłębiał fakt, że miała na sobie spodnie, w dodatku tak szerokie na dole, że prawie nie przypominały spodni. Była młoda, być może należała do elitarnej garstki dziewcząt studiujących w Yale. W jednej ręce trzymała notes, w drugiej papierosa. Podniosła go do ust, zaciągnęła się mocno i wypuściła wianuszek dymu. Potem, bez pośpiechu, rzuciła papierosa na ziemię, zdusiła eleganckim pantofelkiem i wyciągnęła rękę do Jamesa.

– Jestem Dorothy Lake z „Yale Daily News". Jak się pan miewa, doktorze Zennor? – Wymówiła jego nazwisko „Zennor", z akcentem na drugą sylabę.

James odruchowo chciał odpowiedzieć, ale się zreflektował.

– Skąd pani zna moje nazwisko?

– Właśnie je pan potwierdził. Dziękuję. Po prostu się domyśliłam. Kim może być Anglik węszący wokół przybytku Wilczej Głowy, jak nie osobnikiem, którego policja Yale przesłuchiwała dziś rano w związku ze śmiercią...

– Skąd pani o tym wie?

– Jestem reporterem. Do moich obowiązków należy wiedzieć, co się dzieje w tym mieście. Tak jak do pana obowiązków należy wiedzieć, co się dzieje w ludzkich głowach. – Postukała się palcem po skroni. Zauważył, że lakier na jej paznokciach miał odcień krwistej czerwieni. – Poza tym mój naczelny ma swoje kontakty z wydziałem policji Yale.

James chciał coś odpowiedzieć, ale czuł się zbity z tropu, nie tylko tym, że Dorothy Lake wiedziała o jego specjalizacji. Było też coś w sposobie, w jaki stała, co sugerowało pewność siebie, o ile nie wręcz agresję. U mężczyzn takie zachowanie było na porządku dziennym, nigdy jednak nie spotkał się z podobną manierą u kobiet.

Wreszcie odzyskał kontenans.

– Mam nadzieję, że policja, podając pani moje nazwisko, wspomniała również o tym, że zostałem zwolniony z aresztu. Nie mam nic wspólnego ze śmiercią Lunda, panno Lake.

– Tak, powiedziano mi o tym. Ale człowiek niewinny najchętniej zapomniałby o wszystkim, zgodzi się pan? Wrócił do swojej pracy, lektury Zygmunta Freuda, analizy kobiecych fantazji czy co tam wy, psycholodzy, robicie. Tymczasem pan przyszedł tutaj.

– Jestem tu, bo szukam żony i dziecka.

– Tutaj? W krypcie Wilczej Głowy? – Patrzyła na niego z ukosa w sposób, który trudno było nazwać inaczej jak bezczelny.

Nie wiedział, co odpowiedzieć. Odwrócił się i ruszył przed siebie ścieżką. Był już prawie na ulicy, kiedy poczuł dotyk jej ręki na ramieniu, najpierw lekki, potem coraz mocniejszy.

– Proszę zaczekać – powiedziała, patrząc na niego już bez poprzedniej zuchwałości. – Uważam, że powinniśmy porozmawiać.

– Po to, żeby miała pani temat dla studenckiego szmatławca? Ani myślę. A teraz, proszę wybaczyć...

– Niech się pan nie denerwuje, doktorze Zennor. Nasze czasopismo nie wychodzi podczas wakacji. Na razie zbieram materiał do pierwszego numeru w nowym roku akademickim, *Tajemnicza śmierć doktora George'a Lunda*. Mogę w ogóle o panu nie wspomnieć... jeśli tak mi się spodoba.

– Co mam przez to rozumieć?

– Jeżeli mi pan pomoże, pańskie nazwisko nie pojawi się w artykule.

– Nie obchodzi mnie ani trochę, co pani napisze. Jeśli pani chce, może umieścić moje nazwisko na pierwszej stronie. Dawno mnie już wtedy tutaj nie będzie. – Wyrwał ramię, powstrzymując grymas bólu.

Nie uszedł dalej jak dwa kroki, kiedy Dorothy wyprzedziła go i zastąpiła mu drogę.

– A co, jeśli pomogę panu odnaleźć rodzinę?

Spojrzał na nią z nagłą nadzieją, lecz zaraz się opamiętał: ta kobieta próbowała go wciągnąć w jakąś swoją gierkę.

– Może mi pani pomóc, zostawiając mnie w spokoju. – Próbował ją wyminąć, ale przesunęła się w bok, znów zachodząc mu drogę.

– A gdybym powiedziała panu, co wiem, a pan odwzajemniłby mi się tym samym? – Uniosła do góry podkreślone ołówkiem brwi. – Wie pan, samemu człowiek nie podrapie się po plecach: ktoś musi mu pomóc.

James starał się nie patrzyć na rumieniec na jej policzkach ani na jej pełne wargi. Przestał w ogóle zauważać kobiety, odkąd ożenił się z Florence – czy raczej, odkąd poznał Florence – jednak musiał przyznać, że ta cała Dorothy Lake, wysoka i smukła jak jego żona, jest niezwykle atrakcyjna. Może jej rysy nie były aż tak subtelne, jak rysy Florence, mimo to była niesamowicie pociągająca. Harry Knox nazwałby jej urodę „pościelową".

– A pani o czym mi powie?

Uśmiechnęła się lekko i skinęła głową w stronę budynku, od którego zaczynali się oddalać.

– O tym miejscu.

– O Wilczej Głowie?

Potaknęła, a potem przysunęła się, owiewając go zapachem perfum – bardzo kobiecych, z delikatną nutą piżma.

– Byłam w środku – szepnęła.

James odsunął się, żeby lepiej widzieć jej twarz, ale też, żeby zwiększyć dystans między nimi. Jej bliskość dziwnie go osłabiała. Już miał coś powiedzieć, kiedy zobaczył, że Dorothy patrzy mu ponad ramieniem. Odwrócił się i zobaczył dwóch studentów idących w ich stronę. Dała mu ręką znak, żeby nic nie mówił; sama też odezwała się dopiero wtedy, gdy młodzi ich wyminęli.

– Wie pan co, nie ma sensu tak gadać na chodniku. Może poszlibyśmy gdzieś na lunch?

Przystał bez entuzjazmu. Wydawała się uparta i przebiegła, o czym zdążył się już przekonać, więc mogła zdobyć jakieś użyteczne informacje. A on raczej nie był bombardowany propozycjami pomocy. Musiał korzystać z każdej okazji.

Udali się do miejsca, które nazywała „stołówką" przy Elm Street, gdzie podano im hamburgery z frytkami, które tutaj nazywano „francuskimi". W ramach prób niezobowiązującej pogawędki przez chwilę omawiali wymowę słowa „pomidor".

– Pa-mi-dar – cedziła kpiąco niczym jakaś arystokratyczna rezydentka z kart powieści Evelyn Waugh. – Mówi się przecież peu-mii-dor: myślałam, że wy, Brytyjczycy, wiecie wszystko.

Po paru minutach odepchnęła talerz z niedojedzonym daniem i zapaliła kolejnego papierosa.

– Czemu więc interesuje się pan tak bardzo Wilczą Głową?

– Myślałem, że zna pani odpowiedź.

– Znam, ale chciałam ją usłyszeć z pańskich ust. – Pewność siebie tej kobiety wytrącała go z równowagi. Zdawała się w ogóle nie przejmować tym, że James jest starszy od niej, ani że jest mężczyzną i znają się raptem od pół godziny. Łyknął kawy.

– Proszę mnie posłuchać, panno Lake. To pani, a nie mnie, zależy na naszym układzie, może więc przystąpimy do omówienia warunków? Pani mi powie, co wie, a ja odpłacę tym samym. Ale pani zaczyna.

Dorothy zaciągnęła się papierosem z namysłem, po czym przeczesała palcami włosy. Ten gest natychmiast przypomniał mu o Florence – choć wcale nie był pewien, czy jego żona zachowałaby się tak przy nieznajomym.

W końcu reporterka odłożyła papierosa na popielniczkę, skąd wypuścił kłąb dymu, jakby chciał zaprotestować, i wyciągnęła rękę nad stolikiem.

– Zgoda.

Wymienili uścisk dłoni, przy czym Dorothy przytrzymała jego rękę o ułamek sekundy dłużej, niż to było konieczne. Jej chłodne palce musnęły wnętrze jego dłoni.

James cofnął rękę.

– Zacznijmy od Wilczej Głowy. Co może mi pani powiedzieć?

– Jest to tajne stowarzyszenie, założone jakieś sześćdziesiąt lat temu na tych samych zasadach, co reszta tego rodzaju stowarzyszeń.

– To znaczy?

Podniosła papierosa z popielniczki i zaciągnęła się.

– Przez ludzi, którym nie udało się dostać do innych tajnych stowarzyszeń.

– W rodzaju Czaszki i Kości bądź...

– Zwoju i Klucza. Widzę, że szybko się pan uczy. – Wypuściła kółeczko dymu, odsłaniając garnitur nieskazitelnych zębów. James próbował rozgryźć jej akcent: nigdy nie słyszał czegoś podobnego. Sposób, w jaki cedziła słowa przez zaciśnięte szczęki, nasuwał przypuszczenie, że ma do czynienia z amerykańską odmianą wymowy sfer wyższych. – Tak czy owak, tak to się właśnie odbywa. Zwój i Klucz został założony przez nieprzyjętych do Kości. Wilcza Głowa przez nieprzyjętych do Zwoju.

– A kto decyduje o uczestnictwie?

– O tym, kto zostanie „pasowany"? Decydują aktualni członkowie.

– I to wszystko są studenci od trzeciego roku wzwyż? Przepraszam, od „juniorów" wzwyż?

– Zgadza się. Ale możliwe, że nie tylko oni.

– A kto jeszcze?

Zgasiła niedopałek.

– Nikt z nas nie wie tego na pewno. Stowarzyszenia są tajne, rozumie pan? A kobietom nie wolno się do nich zbliżać nawet na kilometr.

– Z wyjątkiem pani.

– Członkami są sami złoci młodzieńcy, wybrani z najróżniejszych powodów.

– Takich jak?

– Inteligencja, wyniki sportowe. Rodowód.

– To znaczy: urodzenie?

– Właśnie. Dziadzio był Wilkiem, papa był Wilkiem, teraz kolej na ciebie zostać Wilkiem.

– A co konkretnie robią te „Wilki"?

– To, co wszystkie stowarzyszenia: piją, kocą, rozrabiają...

– Co znaczy kocić?

– Nie macie tam u siebie w Anglii stowarzyszeń? Kocenie to forma inicjacji. Nowy narybek musi zostać upokorzony. Rozumie pan, stoją na golasa, recytując Deklarację Niepodległości, a inni okładają ich ręcznikami. – Pacnęła ręką w stolik.

– A kiedy już zostaną przyjęci?

– Wtedy zaczyna się frajda.

– Czyli?

– Pijatyki, rozróby. Ale również – ściszyła głos, znów owiewając Jamesa zapachem piżma – bale.

– Trudno nazwać balem zabawę piętnastu studentów płci męskiej, którzy zalewają się we własnym gronie.

Uniosła brwi do góry.

– A kto powiedział, że uczestnicy są wyłącznie płci męskiej?

– A, już teraz rozumiem, jak się pani udało dostać do środka. Została pani zaproszona na bal.

Kiwnęła głową, a jej oczy na moment zamgliły się, jakby się delektowała wspomnieniem.

– W zeszłym roku. Byłam jeszcze na studiach licencjackich.

– Myślałem, że w Yale nie ma studiów licencjackich dla kobiet.

– Wtedy jeszcze nie byłam w Yale. Studiowałyśmy wszystkie w Vassar.

– Wszystkie?

– Tak, grupa dziewczyn z Vassar, która bywała na imprezach Wilczej Głowy.

– Rozumiem.

– Przywożono nas do Yale specjalnym autokarem. Nie mogłyśmy się doczekać, kiedy będziemy na miejscu.

– I co się działo na tych balach?

Spojrzała na niego spod oka.

– Mam panu opowiedzieć ze szczegółami?

– Nie, po prostu próbuję dociec, panno Lake, o co chodzi w tych cholernych stowarzyszeniach. Na wypadek gdyby to miało jakiś związek z moją sprawą.

– Wygląda pan, jakby potrzebował papierosa na uspokojenie. – Nie pytając o zgodę, sięgnęła do swojej papierośnicy, włożyła papierosa do ust, zapaliła i podała Jamesowi. Zawahał się, nie wiedząc, czy powinien dać się wciągnąć w podobną poufałość. Ale Dorothy miała rację: potrzebował czegoś na uspokojenie. Zaciągnął się głęboko i powoli, zanim ponownie się odezwał.

– Miała pani przyjaciela w Wilczej Głowie, który zapraszał panią na ich bale?

– Nie, to nie było tak. Vassar wybierało kandydatki.

– Czyli pasażerki autokaru też stanowiły ekskluzywny klub?

– A jakżeby. Do tego tajny. Tylko wybrane dziewczyny o nim wiedziały.

– Założę się, że były to najładniejsze i najinteligentniejsze dziewczęta na uczelni?

– Proszę mnie nie popychać do zarozumialstwa, doktorze Zennor – zażartowała. – Ujmijmy to tak: jestem pewna, że Vassar dbało o to, żeby dziewczęta przypadły do gustu młodzieńcom z Wilczej Głowy.

– A wnętrze? Widziała tam coś pani, co mogłoby być dla mnie jakąś wskazówką?

– Mnóstwo drewnianych tabliczek na ścianach upamiętniających dawnych członków, których nazwiska były wypisane złotą czcionką.

James nachylił się, zainteresowany.

– Pamięta pani może któreś z tych nazwisk?

– Byłam dziewiętnastoletnim dziewczęciem, a wokół mnie najbardziej pożądane partie płci męskiej w tym kraju, doktorze Zennor: miałam oko na całkiem inne sprawy.

– Chciałbym obejrzeć listę dawnych członków.

– Może będę to panu mogła załatwić.

Westchnął z ulgą.

– Będę niesamowicie zobowiązany, panno Lake.

– Teraz już chyba pańska kolej, żeby mi pomóc.

– Obawiam się, że nie. Chciałbym zadać pani jeszcze parę pytań.

– Chwileczkę, to nie jest...

– Fair? Możliwe. Ale w tym mieście jest pewnie setka ludzi, którzy mogą mi opowiedzieć o stowarzyszeniu Wilcza Głowa, natomiast tylko jedna osoba zna szczegóły śmierci George'a Lunda. Proszę pamiętać, że nie dalej jak parę godzin temu rozmawiałem z głównym śledczym o tej sprawie. Tak więc mam prawo pytać dalej.

Podniosła ręce do góry na znak, że się poddaje.

Odchrząknął, po czym przeszedł do meritum.

– Proszę mi powiedzieć, co pani wie na temat oksfordzkich matek i dzieci.

– To ma jakiś związek z pańską żoną i dzieckiem?

– Tak.

– No więc, dotarli tutaj dwudziestego czwartego lipca. Wszyscy...

– Czytałem wasze czasopismo, panno Lake. Interesuje mnie, co pani wie ponadto.

Ściągnęła brwi, jakby próbowała wygrzebać z pamięci coś interesującego.

– To nie był mój artykuł, więc w sumie wiem niewiele ponad...

– Niech pani bardziej wysili pamięć.

– Okay. Wiem, że zostali zaproszeni przez pracowników naukowych Yale, którzy sami wyszli z tą inicjatywą. Całość została zorganizowana bardzo szybko, zaledwie w parę tygodni. Słyszałam też, że Cambridge dało odpowiedź odmowną.

– Cambridge, czyli uniwersytet? A to dlaczego?

– Nie mam pojęcia. Słyszałam tylko, że nie przyjęli propozycji. Wszyscy tutaj rozdzierali szaty: „Jak to, mamy to robić tylko dla Oksfordu? Yale i Oksford nie są siostrzanymi uczelniami. No, chyba że Harvard zaprosił dzieci z Cambridge?". Okazało się jednak, że Cambridge podziękowało i tyle.

– Ciekawe. Pamięta pani może, skąd się o tym dowiedziała?

– Wszyscy o tym mówili. – Zapaliła kolejnego papierosa. – Był jednak jeden interesujący szczegół.

– Tak?

– Oba obozy poparły pomysł.

– Nie rozumiem.

– No wie pan, zwolennicy i przeciwnicy wojny. Ci, którzy są za przystąpieniem do wojny, popierali tę akcję, powołując się na nasze historyczne związki z Anglią i tym podobne sprawy. Przeciwnicy amerykańskiej interwencji zbrojnej też byli za, prawdopodobnie chcąc zademonstrować, że ich niechęć do wojny nie oznacza bynajmniej obojętności wobec losów słodkich maleństw.

James musiał się mocno hamować, żeby nie wygłosić wykładu, dlaczego każdy, komu leży choć trochę na sercu los brytyjskich dzieci, powinien agitować na rzecz natychmiastowego przystąpienia USA do wojny.

– I gdzie się tutaj zatrzymali? – spytał tylko.

– Wszędzie. Mieszkają przy rodzinach. Ludzie z własnej inicjatywy zapraszali ich do siebie. Słyszałam o pewnej rodzinie, która marzyła o małej dziewczynce i przeżyła szok, kiedy przyznano jej czterech wyrostków – powiedziała z rozbawieniem.

– Nie słyszała pani jednak o matce z jednym, jedynym dzieckiem, dwuletnim chłopcem?

– Przykro mi, ale nie. Naprawdę jest mi przykro. – O dziwo, mimo że Dorothy Lake nie była osobą sentymentalną, mówiła najwyraźniej szczerze.

Poprawiła się na krześle.

– Teraz już chyba moja kolej.

– Zgoda – przystał niechętnie. – Potem jednak wrócimy jeszcze do dawnych członków Wilczej Głowy, dobrze?

Dorothy potaknęła, po czym zaczęła pospiesznie zapisywać w notatniku relację Jamesa z wczorajszych spotkań z Lundem w rektoracie, a potem w restauracji. Urywaną rozmowę nad pizzą i wkroczenie policji o poranku.

– Wygląda też na to, że Lund wziął od zabójcy coś na pamiątkę – stwierdził niedbale, szykując się do wyciągnięcia asa z rękawa.

– Mówi pan o tym znaczku w ustach?

– A więc wie pani o tym?

Wywróciła oczami.

– Jasne, że tak. Skąd bym się inaczej wzięła obok krypty Wilczej Głowy? No już, doktorze. Proszę powiedzieć mi coś, o czym nie wiem.

Przez chwilę zastanawiał się, czy by jej nie powiedzieć o zdjęciach w teczce Lunda, jednak rozmyślił się, po części z szacunku dla zmarłych: po co przypinać nieboszczykowi łatkę zboczeńca w uniwersyteckiej gazetce? Ale powodowała nim również trzeźwa kalkulacja. Wolał na wszelki wypadek zachować sobie na później jakąś monetę przetargową.

– Zdradzę pani więcej, jeśli opowie mi pani o dawnych członkach. Chcę też panią o coś prosić.

– Mam lepszy pomysł.

– Mianowicie?

– Proponuję, żebyśmy skończyli z tym całym frymarczeniem informacją i umówili się, że pracujemy razem. Tak samo jak ja, próbuje się pan dogrzebać do sedna tej sprawy. Nie poradzę sobie sama, pan również. Pan pomoże mnie, a ja panu. Koniec z tym całym coś za coś. Co pan na to?

– Świetny pomysł.

– No to, do roboty. – Przejrzała wcześniejsze zapiski w notatniku. – Udało mi się dotrzeć tylko do jednego dokumentu, który wymienia dawnych członków. Listę zamieściło niezależne czasopismo studenckie, które wychodziło parę lat temu, dopóki władze uniwersyteckie go nie zamknęły. Nazywało się „Rebel Yale". Szczęściem Sterling Memorial przechowuje wszystko.

– Miała je pani w rękach?

– Przeczytałam artykuł dzisiaj rano, zaraz po tym jak nasz naczelny dostał cynk o powiązaniach tej historii z Wilczą Głową.

– Proszę, niech pani mówi dalej.

– Dawni członkowie Wilczej Głowy są oficjalnie zrzeszeni w Stowarzyszeniu Phelpsa nazwanym tak bodajże na cześć Edwarda Johna Phelpsa, który zresztą został później ambasadorem w Londynie.

– Rozumiem. I kto jeszcze był na tej liście?

– Same grube szychy. Politycy z Waszyngtonu, prawnicy

z Nowego Jorku, profesorowie, doktorzy, przemysłowcy i tym podobni.

James próbował przetrawić zasłyszane informacje.

– Czy to znaczy, że Lund zginął z rąk któregoś z nich?

– Tylko oni mają odznaki.

James ściągnął brwi w zadumie.

– Czy ci dawni członkowie, to całe Stowarzyszenie Phelpsa, mają później jakiś wpływ na sprawy uniwersytetu?

– Znalazłam coś na ten temat w bibliotece. – Przerzuciła kilka stron i zaczęła czytać na głos: – „Alumni SWG, czyli Stowarzyszenia Wilcza Głowa, stali za przełomowymi wydarzeniami w historii uczelni. Wprowadzony niedawno model łączenia kolegiów z internatem powstał z inspiracji byłego członka SWG, nieżyjącego już Edwarda S. Harknessa, podczas gdy inny posiadacz szpilki z wilczą głową w roku tysiąc dziewięćset trzydziestym czwartym założył Unię Polityczną Studentów Yale". – Czytała coraz szybciej i po łebkach, jakby szukała czegoś naprawdę ważnego. – „Dawnym członkom SWG przypisuje się również założenie Klubu Elżbietańskiego oraz autorstwo nieoficjalnego hymnu Yale..."

– Chwileczkę, może pani powtórzyć?

– „...w roku tysiąc dziewięćset trzydziestym czwartym założył Unię Polityczną Studentów..."

– Nie to, następny fragment.

– „...przypisuje się również założenie Klubu Elżbietańskiego oraz..."

– O to mi chodziło. Ulokowano mnie w Klubie Elżbietańskim.

– Wiem.

– Dziwny zbieg okoliczności, przyzna pani.

– Prawdę mówiąc, nie widzę w tym nic nadzwyczajnego. W końcu członkowie SWG napisali też hymn uczelni, a to raczej nie ma nic wspólnego z Lundem.

– Nie, chyba nie. Wróćmy do tego pisma anarchistów. – Skinął w stronę jej notesu. – Czy wymienia jakieś nazwiska?

– Tak, ale są to wyłącznie domysły na podstawie plotek i pogłosek.

– Mogę zerknąć?

– Naturalnie. – Pchnęła notes przez blat.

Zobaczył serię nieczytelnych zapisków, a na następnej stronie listę nazwisk w porządku alfabetycznym: Harrison, Hayes, Hinton. Prześlizgnął się wzrokiem przez McLellana, Merritta, Moore'a i Mortona, aż do Simpsona, Suttona i Symesa, po czym zawrócił do początku alfabetu. Pod F zauważył nazwisko Ford – zastanawiał się, czy to ten Ford od fabryk samochodów. Jeszcze raz przeleciał parę liter do przodu i już miał oddać notes Dorothy, kiedy jego wzrok spoczął na pewnym nazwisku.

Odwrócił notes w stronę reporterki.

– Wiem, kto to jest. – Postukał palcem w listę.

Sprawiała wrażenie, jakby miała kłopoty z odczytaniem własnego pisma.

Palec Jamesa wskazywał na nazwisko „Theodore Lowell", czyli pastora, którego słyszał parę godzin po przyjeździe do New Haven, tego właśnie, który w Battell Chapel znad swojego pulpitu perswadował braciom Amerykanom, żeby się trzymali jak najdalej od wojny Europejczyków.

Rozdział 24

– Musi pani tylko odwrócić jakoś ich uwagę – zakończył wyjaśnianie swojego planu Dorothy.

– W gmachu administracji?

– Tak.

– W gabinecie rektora?

– Nie jest aż tak źle. Nie w gabinecie, tylko w kancelarii przed gabinetem rektora. Wierzę, że wywiąże się pani z zadania, panno Lake. – Widząc, że nadal jest niezdecydowana, postanowił zaryzykować. – Nie sądzę, żeby któryś z pani kolegów z „Yale Daily News" wahał się, jak pani. O ile wiem, ryzyko jest wręcz wpisane w zawód reportera.

Skinięciem ręki poprosiła o rachunek.

– Jeśli pan się tak do niej zwracał, nie dziwię się, że pana porzuciła.

– Jak pani śmie? – Spiorunował ją wzrokiem. – Moja żona mnie nie porzuciła, tylko wywiozła nasze dziecko w bezpieczne miejsce i tyle. – Głos dziwnie mu zaskrzeczał, jakby James tłumił suchy kaszel, mimo to brnął dalej: – Do was tutaj w ogóle nie dociera, że w naszym kraju jest wojna. Nie zauważacie tego znad waszych pizz, koktajli mlecznych i omletów z trzech jaj. Wojna równie dobrze mogłaby się toczyć na innej planecie. Więc proszę sobie wyobrazić, Anglia jest w niebezpieczeństwie. Możemy przegrać. Obce wojska mogą wkroczyć na nasz teren. Tego właśnie bała się Florence. Jej zdaniem nasze dziecko nie było bezpieczne. Bała się o nie i tyle. Przyjechała tutaj szukać schronienia... szukać schronienia...

Urwał, unikając oczu Dorothy. Nie rozkleił się: ugryzł się w porę w język i miał nadzieję, że Dorothy niczego nie zauważyła. Ale sam wiedział, do czego nieomal doszło – i wstydził się za siebie.

Gdy jednak wreszcie ich oczy się spotkały, zdumiało go to, co w nich dostrzegł. Spodziewał się chłodnego spojrzenia, w najlepszym wypadku zaprawionego litością, tymczasem Dorothy patrzyła na niego z głębokim współczuciem.

– Ile lat ma Harry? – spytała głosem, jakiego dotąd u niej jeszcze nie słyszał. – Nigdy mi pan nie powiedział.

• • •

Wkrótce James znalazł się dokładnie tam, gdzie był przed dwudziestoma czterema godzinami, tyle tylko, że tym razem ukrywał się za swoją towarzyszką, a nie za gazetą. Od gmachu administracji dzieliły ich raptem metry. Widział, jak Dorothy gryzie wargę – chyba z nerwów.

– Proszę zapamiętać: na korytarz wychodzą dwie pary drzwi. Zrobi pani, co trzeba, na najdalszym końcu korytarza, po przeciwnej stronie niż biuro. Rozumiemy się?

– Tak.

– W porządku. Powodzenia.

Wygładziła bluzkę i zrobiła pierwszy krok w stronę bramy.

– Jeszcze jedno, panno Lake... – zatrzymał ją.

Odwróciła się i ten ruch – świadczący o długich, jędrnych kończynach pod ubraniem – w nagłym przebłysku przypomniał mu Florence; Florence taką, jaką poznał, zanim przytłoczył ją ciężar wojny i dolegliwości męża.

– Dziękuję – powiedział. Dorothy ruszyła przed siebie i po chwili zniknęła.

Zgodnie z umową odczekał trzydzieści sekund, po czym też ruszył do wejścia, zatrzymując się na tyle wcześnie, żeby portier go nie zauważył. Odliczył dziesięć kolejnych sekund i zgodnie z planem usłyszał przeraźliwy krzyk dochodzący z wnętrza budynku: to Dorothy na końcu korytarza wyła z bólu.

Odźwierny w liberii zrobił dokładnie to, na co liczyli: zszedł ze stanowiska i pobiegł na ratunek, dając Jamesowi szansę wślizgnięcia się do środka.

Wyjrzał ostrożnie z holu za róg, na korytarz, i zobaczył Dorothy, która siedziała na podłodze, trzymając się za nogę. Wywiązała się z polecenia, pozorując upadek na drugim końcu korytarza, spory kawałek za rektoratem. W zasadzie droga była wolna, ale James uznał, że jest jeszcze za wcześnie, by ryzykować.

Z perfekcyjnym wyczuciem czasu Dorothy ponownie zawyła rozdzierająco z bólu. James znowu wyjrzał za róg i zobaczył, jak reporterka, gramoląc się, próbuje wstać z podłogi. Wreszcie z biur zaczęli wysypywać się na korytarz pracownicy, wśród których z ulgą wypatrzył sekretarkę rektora.

Rozległy się liczne głosy, przy czym najgłośniejszy należał do Dorothy. Choć echo rozmywało brzmienie słów, udało mu się uchwycić ich sens. Dorothy błagała, żeby ktoś jej pomógł dojść do ubikacji, bo musi się umyć.

Teraz! James ruszył korytarzem, starając się nie wyglądać na petenta, tylko kogoś, kto bywa tu na co dzień. Po pięciu czy sześciu krokach dotarł do drzwi rektoratu i wszedł przez próg.

Jego plan wypalił: dobrze obliczyli czas wypadku Dorothy; przy żadnym z obu biurek nie było sekretarki. James obszedł biurka, kierując się pod ścianę, do rzędu szaf kartotekowych. Każda szuflada miała z przodu etykietkę z opisem zawartości, poczynając od najwyższej z lewej podpisanej: „Administracja – budynki uniwersyteckie".

Przebiegł wzrokiem po niższych szufladach, odczytując

alfabetycznie ułożony spis treści: Darowizny, Dwight Chapel, Geografii Wydział. Pociągnął pierwszą z brzegu szufladę i ze zdumieniem obserwował, jak wysuwa się co najmniej na metr. W środku musiało być z kilkaset teczek oddzielonych od siebie twardymi przekładkami.

Przeleciał wzrokiem literę M – Magisterskie studia, Monroe, Montana – po czym przeskoczył do litery P – Politologia, Postawa – studium, Profesorskie nominacje – by wrócić do O. Serce zabiło mu gwałtownie, kiedy zobaczył przekładkę z napisem Oksford, za którą znajdowało się z tuzin teczek: „Oksford, Kanclerz", „Oksford, Wydział historii" i „Oksford, stypendium Rhodesa". Nie tego szukał.

Spróbował jeszcze raz i serce znów mu załomotało. Zaraz za teczką „Kanclerz" znalazł przekładkę, której szukał: „Oksford, dzieci". Pociągnął ją, ale była przyczepiona nie do teczki, tylko do luźnej karty, do której przylepiono kartkę maszynopisu: „patrz: Komisja Międzywydziałowa Yale ds. Opieki nad Dziećmi Pracowników Uniwersytetów Oksford i Cambridge".

Oderwał wzrok od szuflady. Z korytarza dobiegły go męskie głosy. Odruchowo wyprostował się i cofnął o krok. Stał bez ruchu, kątem oka obserwując dwóch mężczyzn, którzy mijali drzwi rektoratu pogrążeni w ożywionej rozmowie. Żaden z nich nie spojrzał w stronę Jamesa. Zastanawiał się, jakich sztuczek ima się w umywalni Dorothy, żeby zatrzymać sekretarkę rektora przy sobie; tak czy owak, dobrze by było, gdyby wytrzymała jeszcze chwilę.

Patrzył teraz nad samą podłogę, gorączkowo szukając szuflady z zawartością na literę „Y".

W środku mieściło się chyba z tysiąc przedziałek: „Yale, Stowarzyszenie Alumnów", „Yale, Kolegium Teologii", „Yale, Komisja Międzywydziałowa". Zanurkował pomiędzy fiszki komisji, by zorientować się, że są podzielone na podkategorie:

Komisja Międzywydziałowa ds. Płac, Komisja Międzywy-działowa ds. Etyki i wreszcie to, czego szukał: „Komisja Międzywydziałowa Yale ds. Opieki nad Dziećmi Pracowników Uniwersytetów Oksford i Cambridge". Wyjął kopertę i zaczął czytać pierwszy dokument. List od rektora, Prestona McAndrew, do jego odpowiednika w Oksfordzie, w którym zapraszał oksfordzkie dzieci na czas trwania wojny do Yale. Za nim taki sam list, tym razem skierowany do Cambridge; listy z podziękowaniami z Oksfordu, a za nimi odpowiedź Cambridge. James rzucił okiem i przekonał się, że Dorothy mówiła prawdę: sir Montague Butler, dziekan Kolegium Pembroke w Cambridge, odrzucał propozycję Yale, wyjaśniając, że nie zgadza się na specjalne przywileje dla dzieci kadry uniwersyteckiej, gdyż „mogłoby to zostać odczytane jako przywilej dla wybranych środowisk". Dalej niekończąca się korespondencja z Oksfordem na temat terminów, wiz, tras statków...

Wreszcie znalazł to, czego szukał: spis nazwisk. Prześlizgnął się wzrokiem po liście, rutynowo szukając samego końca. Znalazł ich oboje: *Walsingham, Harry, 2 l. (tow. matka, Florence)*.

Wziął teraz plik kartek spiętych zaciskiem. Pierwszy arkusz, poświęcony dzieciom o nazwisku Anderson, zawierał ich daty urodzenia i adres w Oksfordzie, jak również dane ich rodziców i dane miejscowe, zapewne rodziny, która je przyjęła – w tym przypadku byli to Mansfieldowie z Prospect Street w New Haven. Przewrócił kartkę: Arnoldowie, brat i siostra, dzieci pracownika Kolegium Jezusowego, historyka mediewisty, przebywały aktualnie w Swarthmore w stanie Pensylwania.

Ciekawe, czemu tak daleko, przemknęło Jamesowi przez myśl, ale nie miał czasu na dalsze rozważania. Kartki były posegregowane w porządku alfabetycznym, znakiem czego Harry'ego i Florence – oraz ich nowego adresu – należało szukać pod koniec.

Zajrzał na ostatnią stronę: Zander, chłopiec, obecne miejsce zamieszkania: Ronan Street, New Haven. Cofnął się o jedną stronę do tyłu: Wilson. Stronę wcześniej: Walton. Drżącymi rękami walczył z dwiema sklejonymi kartkami, które za nic nie chciały się rozdzielić. W końcu udało mu się. Trzymał w ręku kartkę, która wreszcie połączy go z rodziną.

Litery skakały mu przed oczami, kiedy odczytywał nazwisko: Victor, Ann.

Musiał coś przeoczyć. Gorączkowo zaczął pocierać arkusz kciukiem i palcem wskazującym, próbując odkleić spod spodu drugą kartkę, tę, z której dowiedziałby się, gdzie ma szukać żony i dziecka, lecz bez skutku.

Jeszcze raz przerzucił kartki: Victor, Walton, Wilson, Zander. Żadnych Walsinghamów, żadnych Zennorów.

Widocznie nie wszystkie były ułożone po kolei. Znów zaczął wertować w ekspresowym tempie: Andreson, Arnold, Boston, Champion, przeleciał przez Falków, Macbethów i Somersetów, ale nigdzie nie natrafił poza kolejnością na nazwisko Walsingham ani Zennor.

Z korytarza dobiegło szczęknięcie, po czym usłyszał zbliżające się kroki. To musiał być ktoś inny: Dorothy obiecała zatrzymać sekretarkę dostatecznie długo w damskiej ubikacji, by James miał bite pięć minut na buszowanie w kartotece; może upozorowała kolejny upadek albo opowiada ze szlochem o tym niegodziwcu, jakim jest jej chłopak.

James wrócił do pierwszej kartki, tej z listą przybyłych z Oksfordu. Jechał palcem w dół po nazwiskach: Anderson, Arnold, Boston i tak dalej, kończąc na Walsingham i Zander. Spis idealnie pasował do spiętych kartek, te same rodziny w identycznej kolejności w porządku alfabetycznym. Jedyny wyjątek stanowili Harry z Florence, którzy wymienieni zostali na pierwszej liście, ale nie było ich w wykazie miejscowych adresów dzieci oksfordzkich.

Właśnie szykował się do przejrzenia reszty zawartości koperty, kiedy zauważył, że światło od strony drzwi pada jakby inaczej. Błyskawicznie upchnął kopertę z powrotem do szuflady, lecz było już za późno. Kiedy zerknął w górę, napotkał spojrzenie nie jednej, lecz dwóch osób. W pierwszej z nich rozpoznał sekretarkę Barbarę, kim była druga, domyślił się do razu.

Nie potrzebował żadnych formalności, by odgadnąć, że stoi twarzą w twarz z Prestonem McAndrew, rektorem Uniwersytetu Yale.

Rozdział 25

Londyn

Taylor myślał, że padnie, kiedy ojciec poinformował go, jaką pracę mu znalazł. Jego obowiązki miały być tak nudne i mechaniczne, jak praca montera, który w kombinezonie całymi dniami dłubie w maszynach. Otrzymał dostatecznie kosztowne wykształcenie, by spodziewać się – więcej, zasługiwać – na coś lepszego.

Jego nowi koledzy też potwierdzili najgorsze obawy – byli nudni jak weekend w Ohio. Prawie nie rozmawiali ze sobą, a już na pewno o niczym ciekawym. Jeden spędzał godziny lunchu, studiując wyniki meczów bejsbolowych w „Paris Herald Tribune", co nie byłoby takie straszne, gdyby nie to, że upierał się, by czytać je na głos. Na szczęście od upadku Paryża gazeta nieczęsto docierała do Londynu, o ile w ogóle wyszła.

O dziwo, ukojenie znalazł w samej pracy. Opowiadał Annie, że pracuje w „centralnym ośrodku nerwowym" ambasady i choć początkowo próbował się w ten sposób dowartościować, z czasem zaczął wierzyć w to, co mówi. Doszedł do wniosku, że nie ma ważnego dokumentu, który by nie przeszedł przez jego pokój, czy to w drodze do, czy z ambasady.

Wolał wiadomości przychodzące, podniecało go, że wie coś, o czym nikt w Londynie nie ma pojęcia, czuł się, jakby podsłuchiwał rozmowy najważniejszych ludzi na świecie. Informacje wychodzące to była mordęga: albo nudziarstwa w rodzaju wysyłki tego czy transportu śmego, albo odgrzewane wiadomości, które zdążył już przeczytać w porannym „London Timesie". Nawet szyfrogramy rzekomo relacjonujące przecieki z Whitehall czy z Westminsteru rzadko zawierały jakieś pikantne informacje porównywalne z tym, co zdarzało mu się podsłuchać przy stole podczas kolacji wydawanych przez Murraya (lub w łóżku, kiedy Annę brało na pogaduszki).

Trzeba przyznać, że był dobry w tej robocie, szybszy niż pozostali, nad którymi miał przewagę młodości.

– Nowe urządzenia zawsze najszybciej opanowują młodzi mężczyźni – wzdychały sekretarki.

Aparatura szyfrująca ani trochę go nie onieśmielała: posługiwał się nią z dziecinną łatwością. W tej sytuacji wkrótce zaczęto mu powierzać najpilniejsze materiały, co często oznaczało najważniejsze.

Niektórzy koledzy nie zawracali sobie nawet głowy czytaniem dokumentów, które mieli przed sobą. Naturalnie czytali każde słowo przed zakodowaniem, ale naprawdę nie czytali całości, nie docierało do nich, co tam jest napisane. Tymczasem Taylor bez trudu łączył jedno z drugim. Z czasem zaczęło docierać do niego, że jest doskonale zorientowany zarówno w postępach wojny w Europie, o których brytyjskie władze informowały ambasadę Stanów Zjednoczonych, która z kolei przekazywała je Departamentowi Stanu w Waszyngtonie, jak i we fluktuacji nastrojów i sympatii w stolicy USA.

Oczywiście zdawał sobie sprawę, że zna tylko część prawdy, a w dodatku nawet ta część jest podkolorowana. Większość Brytyjczyków starała się przedstawiać swoją sytuację Amerykanom w jak najlepszym świetle: donosząc o odkryciu szczerb w niemieckim pancerzu, o tym, że widmo faszyzmu chwieje się już w posadach, że zwycięstwo jest możliwe. Jednak ich doniesienia były moderowane nastawieniem ambasadora Kennedy'ego, którego cierpkie uwagi, co prawda w zawoalowanej formie, zwykle sprowadzały się do tego samego: Wielka Brytania jest skończona, zatem amerykańska pomoc mija się z celem – i gospodarcza, a tym bardziej wojskowa. Depesze, które otrzymywał Kennedy, a które każdego ranka przechodziły przez ręce Taylora, informowały, jaki kurs przyjmuje aktualnie Waszyngton – izolacji czy interwencji – i za czym opowiadają się rywalizujący ze sobą dyplomaci z Departamentu Stanu i z Białego Domu.

Czytając ten materiał z pierwszej ręki, ba, czytając go, zanim spoczęły na nim oczy jego przełożonych, Taylor czuł, że ociera się o szczyty światowej polityki. Czyżby postawiła go tam opatrzność? A może zrządzenie Pana, którego jego matka czciła tak żarliwie? Trudno powiedzieć. Tak czy owak, narastało w nim poczucie, że otrzymał szansę, której nie powinien zmarnować, że został powołany do wielkich czynów.

Czekała na niego nowa sterta papierów: korespondencja z Waszyngtonu, która przyszła w nocy. Jego praca tutaj, w pokoju szyfrantów ambasady w Londynie, polegała na dekodowaniu depesz złożonych z bezsensownych ciągów liter z powrotem na angielski, by mogli je przeczytać zwierzchnicy Taylora, ci, którzy nigdy go nie widują ani nawet nie wiedzą, jak się nazywa. Dostaną szybko wiadomości do wglądu – ale nie wcześniej, niż przejrzy je Taylor Hastings.

Rozdział 26

– Barbaro, czy byłabyś tak uprzejma zrobić doktorowi kawę? Obawiam się, że nie mamy herbaty – zwrócił się rektor do Jamesa z wymuszonym uśmiechem.

– Niech pan się nie próbuje wyłgać kawą czy herbatą. Żądam odpowiedzi na moje pytania.

– Czemu pan nie usiądzie, doktorze Zennor?

– Usiądę, kiedy ktoś mi wreszcie powie, co tutaj jest, u diabła, grane.

– Barbaro – powiedział rektor niezmienionym tonem, a uśmiech nie schodził mu z twarzy – wezmę teraz doktora Zennora do mojego gabinetu, żeby spokojnie porozmawiać. Może jednak przyniosłaby nam pani kawę. – Posłał sekretarce spojrzenie sugerujące, by na wszelki wypadek za bardzo się nie oddalała. Przepuścił Jamesa przed sobą, ale nieba go ustrzegły przed położeniem ręki na jego ramieniu, tym samym oszczędzając rektorowi powąchania pięści Anglika.

– Muszę panu donieść, że coś dziwnego dzieje się na pańskim uniwersytecie, doktorze McAndrew. Coś bardzo, ale to bardzo dziwnego.

– Proszę, niech pan siada. – Rektor wysunął swoje krzesło zza biurka, przysiadając się bliżej Jamesa, jakby siedzieli w klubie, a nie w biurze. Gestem zaprosił gościa, żeby usiadł, ten jednak zignorował jego zaproszenie.

– Już dwa razy pańscy pracownicy uniemożliwili mi odnalezienie żony i dziecka. Podczas drugiej wizyty prorektor obiecał mi pomoc. Niestety, zmarł tej samej nocy. Teraz okazuje się, że akta mojej żony i dziecka zniknęły z waszej kartoteki. Co się tu dzieje, u diabła?

– Wiedzę, że jest pan mocno zdener...

– Proszę mnie nie traktować jak jakiegoś szaleńca! Jestem przy zdrowych...

– Nie mam pana za żadnego szaleńca, doktorze Zennor. Muszę jednak przyznać, że znalazłem się w dość niecodziennej sytuacji. Trafiam na intruza, który buszuje w mojej kartotece, a on zasypuje mnie gradem oskarżeń. Myślę, że większość ludzi na moim miejscu już dawno wezwałaby policję. Z tego, co słyszę, sądzę, że byliby bardzo zainteresowani pańskimi poczynaniami.

To ostudziło Jamesa. Nagle zdał sobie sprawę, że oto stoi tutaj, awanturując się w gabinecie człowieka, którego w ogóle nie zna. Przypomniał sobie, co usłyszał na swój temat od Bernarda Greya: że nie kwalifikuje się do zadań specjalnych. Opornie usiadł.

– Dzięki – powiedział rektor z cichym westchnieniem ulgi. Kiedy Barbara zastukała i wniosła dwie filiżanki kawy, poderwał się wyraźnie zadowolony z tego interludium.

James przyjrzał mu się dopiero teraz: McAndrew wyglądał zupełnie inaczej, niż go sobie wyobrażał. Tytuł rektora w jego wyobraźni wywoływał obraz siwowłosego starca, amerykańskiej wersji Greya. Ten mężczyzna jednak mógł mieć czterdzieści kilka lat, nie więcej. Był wysoki jak James i podobnie jak on, przystojny. Miał strzechę ciemnych włosów lekko przyprószonych siwizną, która dodawała mu tylko dostojeństwa, ani trochę nie postarzając.

– Proszę mi wierzyć, naprawdę czuję wyrzuty sumienia

z powodu zaistniałej sytuacji – mówił, lejąc śmietankę do kawy, co w ojczyźnie Jamesa, kraju kuponów żywnościowych, wydałoby się chorobliwą rozrzutnością. – Gdy Oksford poinformował mnie o pana przyjeździe na stypendium, powinienem był spotkać się z panem. Przepraszam za to niedopatrzenie.

James milczał, zastanawiając się, czy jest to szczwana próba rozbrojenia go. Rektor na razie nie wezwał policji; nie podniósł nawet głosu. Zabójcza uprzejmość, to był chwyt w stylu Greya.

– Barbara zapoznała mnie z pańską, jak to mówimy w naszych lekarskich kręgach, historią. – Nieznaczny uśmiech odsłonił garnitur białych, równiutkich zębów. – Za to też chciałem przeprosić. Powiedział pan, że przybył tutaj z jak najbardziej zrozumiałym zamiarem zdobycia informacji o pańskiej żonie i dziecku. Florence i Harry, czy tak?

– Owszem. Rzecz w tym, jednak, doktorze McAndrew, że...

– Proszę mi mówić Preston. – Spojrzał w oczy Jamesa. – Niestety, Barbara i Joan są doskonałymi sekretarkami, przywykły jednak strzec informacji jak jakiegoś Świętego Graala. Tak więc zobaczmy, co się da zrobić.

– Chyba zgodzi się pan, że coś tu nie gra. Teczka zawiera listę miejsc zamieszkania wszystkich oksfordzkich matek i dzieci, z wyjątkiem danych mojej rodziny.

McAndrew uniósł dłoń do góry.

– W pełni się z panem zgadzam. Coś tu jest nie tak. – Odwrócił się, żeby wziąć jakąś kartkę z biurka.

Być może James pochopnie osądził tego człowieka. McAndrew sprawiał wrażenie kompetentnego, chyba też współczuł Jamesowi. Jeśli ktoś mógł połączyć Jamesa z Florence i Harrym, to właśnie on. James potrzebował sprzymierzeńca, zwłaszcza tak wysoko postawionego.

– Chciałbym przeprosić za to, że uciekłem się do... niezbyt prawomyślnych metod. – Dopiero teraz przypomniał sobie o swojej wspólniczce. Zakładał, że Dorothy wykuśtykała już z damskiej ubikacji, wsparta na sekretarce, a widząc, że rektor zmierza do swojego gabinetu, wymknęła się bezszelestnie, żeby nikt nie skojarzył jej z Jamesem. Tak byłoby najsprytniej, a czego jak czego, ale sprytu reporterce nie brakowało.

– Nie ma pan za co przepraszać – powiedział w roztargnieniu rektor, studiując trzymany w ręku dokument. – Sam nie mam dzieci, ale na pana miejscu postąpiłbym dokładnie tak samo. – Nagle poderwał się z krzesła. – Chodźmy zobaczyć te akta.

James wyszedł za nim do biura, gdzie Barbara stukała zawzięcie w klawisze. Na moment podniosła głowę, zaraz jednak z powrotem wbiła wzrok w maszynę; jej twarz, w odczuciu Jamesa, wyrażała poczucie winy.

– Może więc pokaże mi pan, dokąd doszedł w poszukiwaniach – odezwał się McAndrew.

– Cóż, trochę mi teraz wstyd.

– Przeciwnie, to nam powinno być wstyd. – Rektor spojrzał z naganą na Barbarę. – Proszę się nie krępować.

James podszedł do kartoteki, wysunął szufladę z dokumentami na literę Y i delikatnie, świadom, że jest na cudzym terenie, odsunął parę przekładek, zanim dotarł do przekładki „Komisja Międzywydziałowa Yale ds. Opieki nad Dziećmi Pracowników Uniwersytetów Oksford i Cambridge". Wyjął teczkę i podał rektorowi, który z miejsca ją otworzył.

– Oczywiście, że znam ten dokument. – Wyjął z teczki list z zaproszeniem, który podpisał przed niespełna dwoma miesiącami. – Wystosowanie propozycji w imieniu uniwersytetu spadło na mnie jako na rektora.

– Widziałem pańskie zaproszenie. Interesujące mnie dokumenty są dalej. Chodzi o listę nazwisk.

Stali obaj przy ścianie zabudowanej szafami kartotekowymi; McAndrew przewertował kartki, zatrzymując się w miejscu wskazanym przez Jamesa.

– Proszę poszukać nazwiska Walsingham – powiedział

James – To nazwisko panieńskie mojej żony – dorzucił ciszej, widząc zaskoczenie na twarzy McAndrew.

– O, są! – oznajmił po chwili promiennie rektor. – Proszę bardzo. – Z triumfalną miną wręczył Jamesowi dokument.

– Wiem, widziałem to doktorze McAndrew...

– Proszę mi mówić Preston.

– Chodzi mi o to, że... – Znów głos zaskrzeczał mu z nerwów. Dla dobra sprawy próbował być spokojny i uprzejmy, rozmawiać z McAndrew jak szanujący się człowiek nauki z kolegą akademikiem, ale nijak mu to nie szło. Rozpaczliwie pragnął znów zobaczyć swoich bliskich, a rozpacz jest jednym z niewielu uczuć, których nie da się ukryć. – Żona figuruje na tej liście, jednak w spisie adresów już jej nie ma.

– Jak to? – Rektor ściągnął usta w skupieniu. – Ten dokument potwierdza, że Florence i Harry szczęśliwie wypłynęli z Anglii, a potem dotarli do New Haven.

– Tak, ale każdy z listy przybyłych ma własną stronę z adresem i nazwiskiem amerykańskiej rodziny, która go przyjęła...

– Zgadza się.

Rektor trzymał w ręku plik spiętych kartek, otwarcie prowadząc poszukiwania, które James parę minut wcześniej wykonywał ukradkiem. Wertował w tę i we w tę – równie bezskutecznie, jak James.

– Hm – mruknął w końcu. – Barbaro, mamy tutaj coś bardzo dziwnego – zwrócił się do sekretarki, wyjaśniając problem i prosząc o staranne przeszukanie teczek. – Jeśli tylko to jest tutaj, Barbara na pewno to znajdzie. Jest nieoceniona! – Posłał sekretarce ciepły uśmiech, a kobieta natychmiast wzięła się do roboty, kucając przy szufladzie z aktami na literę Y, by przeszukać ją metodycznie. – Proponuję, żebyśmy wrócili do mojego gabinetu i poczekali, aż Barbara dokona niemożliwego. Jest też inna sprawa, którą chciałbym z panem omówić.

James wahał się. Wolałby stać nad sekretarką i patrzeć, jak

wertuje papiery, w razie konieczności na klęczkach przeglądać teczki samemu, niż rozmawiać z rektorem. Czuł napięte mięśnie w plecach. Od ponad trzech tygodni cierpiał na podobne napięcia w ciele: każda minuta, której nie spędził na poszukiwaniach, wydawała mu się stratą czasu. Powściągnął jednak złość – i niecierpliwość.

McAndrew zamknął drzwi, zdjął marynarkę i powiesił ją na oparciu swojego krzesła. James zastanawiał się, czy zrobił to z powodu upału, który nieznacznie łagodził wiatrak buczący pod sufitem, czy też sygnalizował, że przechodzą do bardziej nieoficjalnej części rozmowy. Raczej jednak to drugie, skoro rektor podszedł do tacy z napojami w rogu gabinetu i nalał im obu po szklance szkockiej. Przeczuwał, jaki temat ma zamiar poruszyć gospodarz.

– To popołudnie zmienia się w popołudnie przeprosin – stwierdził rektor, wręczając Jamesowi solidną szklanicę whisky – ale czuję się w obowiązku wyrazić moje ubolewanie z powodu faktu, że został pan wciągnięty w całą tę nieszczęsną historię z prorektorem.

– Osobiście użyłbym słowa: tragiczną.

– Właśnie. Wydział policji Yale cechuje pewna nadgorliwość, cecha, generalnie, chwalebna, więc pewnie przypuścili atak na pana. Tymczasem przypadła mi rola poinformowania ich o tym, o czym wszyscy wiedzą, że nikogo ta wiadomość nie zaskoczyła.

– Jak to?

Rektor zapatrzył się w swoją whisky.

– Niestety, doktor Lund był bardzo udręczoną duszą. – McAndrew zawahał się, jakby się zastanawiał, ile może powiedzieć. – Pan jest za młody, by służyć w ostatniej wojnie, ale ja się tego wtedy naoglądałem.

– Czego się pan naoglądał?

– Ludzi w szponach demonów, doktorze Zennor. De-mo--nów. Obawiam się, że już od dawna nękały Johna. Czemu uczepił się pana, nie mam pojęcia. Któż może wiedzieć, co się dzieje w głowie ciężko zaburzonego człowieka? Przypuszczam jednak, że wziął pana za jakąś postać ze swych urojeń. James pociągnął ze szklanki i poczuł w ustach słód najwyższego gatunku. Zebrał się na odwagę.

– A Wilcza Głowa? Ta szpilka w ustach i cała reszta.

McAndrew ani drgnął, co świadczyło o tym, że wiadomość nie była dla niego zaskoczeniem. Zakręcił whisky w szklance.

– Nie uwierzyłby pan, jakie bzdury krążą na temat tych klubów – odparł z uśmiechem.

– Może Lund nie brał tego za bzdury. Dołożył starań, żeby jego śmierć skojarzono z Wilczą Głową.

– Tak powiedziała panu policja?

– Sam tak uważam. Zabójca nosił znaczek stowarzyszenia, a Lund wyszarpnął mu go podczas szamotaniny i włożył sobie do ust, licząc, że policja znajdzie go po śmierci. Nie przekonuje to pana?

– Cóż, mogło być tak, jak pan mówi. Gdyby to było w filmie, zabójca zostawiłby znaczek z premedytacją, jako „wizytówkę". – Rektor uśmiechnął się pobłażliwie, a w kącikach jego oczu pojawiły się kurze łapki. – Obawiam się jednak, że prawda jest o wiele bardziej banalna i nieskończenie bardziej smutna.

– Czyli?

– Lund miał umysł jak brzytwa. Był jednym z najlepszych studentów swojego rocznika na wydziale medycyny. Potem jednak poprzestawiało mu się w głowie. Podejrzewam, że miała w tym jakiś udział jego dawna przynależność do Wilczej Głowy i wiele innych czynników, włącznie z pojawieniem się pańskiej osoby.

– Policja powiedziała panu, że był członkiem Wilczej Głowy? Rektor uśmiechnął się z ojcowskim pobłażaniem.

– Policja nie musiała mi o niczym mówić. Sam o tym wiedziałem.

– Sądziłem, że te kluby są niezwykle tajne.

– Są, ale członkowie zwykle wiedzą o sobie nawzajem.

Jamesa cofnęło z wrażenia.

– Więc pan też?

– Niestety, tak. To ja wprowadziłem George'a.

James znowu łyknął whisky, rozkoszując się ciepłem rozchodzącym się po przełyku.

– I, pana zdaniem, Lund odebrał sobie życie?

– Jestem tego pewien. Więcej: tego się właśnie obawiałem od pewnego czasu.

Rozległo się dyskretne stukanie; Barbara wsunęła głowę przez drzwi.

– Niestety, panie rektorze, nie udało mi się niczego znaleźć.

– Przejrzała pani wszystko starannie?

– Dwa razy, panie rektorze.

Przez minutę czy dwie James, rozluźniony alkoholem, pozwolił sobie na zapomnienie o kartotece i zaginięciu danych Harry'ego i Florence, więc teraz ze zdwojoną mocą przeżył rozczarowanie. Ani chwili nie wątpił, że rektor wspierany przez wykwalifikowanych podwładnych załatwi jego sprawę; podświadomie spodziewał się, że w drzwiach stanie Barbara, powiewając kartką, i poinformuje ich, że odszukała zaginioną panią Zennor, która mieszka dwadzieścia minut drogi od budynku rektoratu.

Rektor wstał i ze współczuciem objął Jamesa.

– Wiem, jaki zawód pan przeżywa. Ja też jestem tym wszystkim przygnębiony. Obiecuję jednak wyjaśnić tę sprawę. Czy byłby pan uprzejmy zostawić Barbarze swoje namiary, żebyśmy mogli skontaktować się z panem? Znajdziemy jakiś sposób, żeby połączyć pana z rodziną. Ma pan na to moje słowo.

Rozdział 27

James wyszedł z gmachu administracji. Zmierzchało. Mały Harry nazwał kiedyś porę dnia, gdy słońce zaczyna schodzić za horyzont, a niebo nabiera całej gamy szkarłatów i różów, jako „marańcową". James czuł się wykończony, jakby była północ – z powodu upału, whisky, a przede wszystkim rozczarowania. Siedząc w gabinecie Prestona McAndrew, wierzył przez chwilę, że jego podróż dobiega końca. Każda minuta w zaciszu biura rektora rozbudzała w nim coraz większą nadzieję. Teraz, niestety, nadzieja pękła jak bańka mydlana.

Zawsze uważał się za racjonalistę, człowieka nauki. W obliczu wszelkich zagadek zwykł skłaniać się ku wyjaśnieniom, które były proste, a zarazem miały poparcie w faktach. Brakowało mu cierpliwości do teorii, hipotez i spekulacji. Toteż pomimo niepokojącego zachowania Lunda, dziwnych okoliczności jego śmierci i powiązań z tajnym stowarzyszeniem Wilczej Głowy, był przekonany, że przyczyna zniknięcia akt Harry'ego i Florence jest prosta i prozaiczna: bałagan w kartotece, dokument odłożony nie tam, gdzie trzeba. Rzecz skończy się na przeprosinach, może nawet pośmieją się razem nad tym niefortunnym niedopatrzeniem i wkrótce jego udręka będzie już tylko wspomnieniem. James wierzył w to w głębi duszy przez cały czas – i nadal chciał w to wierzyć.

Niestety, szło mu coraz trudniej. Lund nie żył, a wszystkie przesłanki zarówno racjonalne, jak i empiryczne wskazywały bardziej na morderstwo niż na samobójstwo. Florence i Harry zapadli się pod ziemię. Tak więc nie histeryzował ani nie ulegał paranoi, lecz rozumując logicznie, doszedł do wniosku, że coś się stało obojgu, o ile wręcz nie są w poważnym niebezpieczeństwie. Lund, składając mu ofertę pomocy, wyglądał na bardzo zdenerwowanego. Raczej nie mogło tu chodzić o biurokratyczną pomyłkę, której sprostowanie ujawni adres Florence. Zachowywał się, jakby posiadł dostęp do informacji, która była sama w sobie niebezpieczna.

Idąc w kierunku College Street, James poczuł nagle, że ktoś go śledzi. Zdusił w sobie impuls, by natychmiast obejrzeć się za siebie. Podczas szkolenia uczono go, żeby się z tym nie spieszyć. Umysł podsuwał mu najróżniejsze warianty: McAndrew próbuje go dogonić, żeby powiedzieć, że znaleźli w końcu adres Florence; morderca Lunda uznał, że jego też powinien zabić. Ta ostatnia możliwość – choć mało prawdopodobna – sprawiła, że się obejrzał.

– Czy musi pan tak gnać, doktorze Zennor. Połowa ludzkości chodzi na wysokich obcasach.

– Jezu, ale mnie pani przestraszyła. – Zorientował się, że ciężko dyszy. – Od jak dawna pani tak za mną idzie?

– A ja naiwnie myślałam, że usłyszę od pana: „Dziękuję, panno Lake".

James zatrzymał się.

– Przepraszam. Dziękuję za wszystko, co pani dla mnie zrobiła. Ale na nic się to nie zdało. Mają dokładne dane wszystkich rodzin oksfordzkich, z wyjątkiem mojej.

– To straszne. – Coś w oczach reporterki, niebieskich i przejrzystych, mówiło mu, że jej współczucie jest szczere. – Dokąd pan idzie?

– Sam nie wiem. – Zaśmiał się gorzko. – Pojęcia nie mam.

– Nie wie pan czy nie chce mi powiedzieć?

W głowie Jamesa wyświetliła się wyraźnie myśl, kiełkująca od chwili, gdy wyszedł z gabinetu McAndrew. Pomysł był ryzykowny, w zwykłych okolicznościach James raczej by się na coś takiego nie poważył. Jednak okoliczności nie były zwykłe.

– Właściwie wiem, dokąd chciałbym pójść. Ale będę potrzebował pani pomocy, panno Lake.

• • •

W ostatnich latach zdarzało mu się niejednokrotnie myśleć źle o sobie, zwłaszcza o swoim wybrakowanym ciele. Jego samoocena znacznie się obniżyła, teraz jednak naprawdę sięgnęła dna. Po raz pierwszy w życiu brzydził się sobą.

Stojąc na progu domku przy Church Street z ręką na mosiężnej kołatce, gardził sobą za to, co miał zaraz zrobić. Dom należał do Margaret Lund, kobiety, która tego ranka została wdową. Już samo nachodzenie kogoś w tej sytuacji było nieprzyzwoitością, a w towarzystwie reportera – zakrawało na nikczemność. A on właśnie to robił.

Przedstawiając swój pomysł Dorothy Lake, liczył trochę na to, że go od niego odwiedzie, powie, że tak się nie robi i że należy zostawić panią Lund w spokoju. Choć może tylko okłamywał sam siebie: Dorothy była dziennikarką, w dodatku ambitną dziennikarką. Ledwie wyłożył jej, o co chodzi, już znalazła budkę telefoniczną z książką zawieszoną na metalowej lince, gdzie wyszukała domowy adres dla nazwiska Lund, dr G.E. Gdyby wiedział, że to takie proste, sam by to zrobił.

– Niech pan sobie nie robi wyrzutów – mruknęła Dorothy, kiedy skręcali w Church Street. Jej głos złagodniał, jakby ktoś oszlifował ostre kanty. James zaczął się zastanawiać, który z dwu głosów Dorothy słyszanych tego dnia jest prawdziwy, a który udawany. – Chce jej pan złożyć kondolencje.

– Trudno to tak nazwać.

– Może znajdzie ukojenie w rozmowie z kimś, kto widział jej męża w ostatnich chwilach jego życia.

– Na litość boską, przecież on nie był na nic chory. Nie odwiedziłem go na łożu śmierci. Spotkaliśmy się, a on nagle zebrał się i poszedł. Poza tym, wcale nie przychodzę, by złożyć kondolencje. Idę dla siebie, nie dla niej.

– A co ze mną?

– To dodatkowo pogarsza sprawę.

– Wielkie dzięki.

– Ponieważ jest pani reporterką. – Pokręcił głową, nerwowo przyspieszając kroku. – Wierzyć mi się nie chce, że to robię.

– Cóż, możemy powiedzieć, że jestem pańską przyjaciółką i że pomagam panu szukać żony i dziecka.

James spojrzał na nią kątem oka. Była w podobnym wieku, jak Florence, kiedy ją poznał w Barcelonie. Ujęła go pewność siebie Florence; zakochał się w niej. Ale to było nic w porównaniu z bezwstydnym tupetem Dorothy Lake.

– Mam oszukiwać kobietę w żałobie? Starajmy się nie wdawać zbytnio w szczegóły – dodał po chwili zastanowienia.

Wziął głęboki wdech, podniósł kołatkę i zastukał dwa razy. Zza drzwi dobiegały jakieś głosy: przytłumiony gwar domu żałoby. Najchętniej zawróciłby na pięcie i uciekł. Na to było już jednak za późno: drzwi otworzyła kobieta o siwych skroniach, o wiele starsza, niż się spodziewał.

– Pani Lund? – spytał niepewnie, przyciszonym głosem.

Kobieta pokręciła głową. Dostrzegł, że ściska w dłoni chustkę do nosa.

– To moja córka. Jesteście znajomymi George'a?

Najchętniej odpowiedziałby twierdząco, to znacznie uprościłoby sprawę. Ale nie mógł tego zrobić.

– Nie, poznałem go dopiero wczoraj. Miałem nadzieję, że...

– Kto przyszedł, mamo?

Głos dobiegł z drugiego końca korytarza, od kobiety o rysach podobnych do starszej pani, choć wyższej i o bardziej bujnych kształtach. Kiedy wychynęła z mroku, okazało się, że trzyma na rękach niemowlę.

Próbował z góry wyobrazić sobie tę chwilę. Modlił się do Boga, w którego nie wierzył, by Margaret była już poinformowana przez policję, że Anglik ma niepodważalne alibi i jest poza wszelkim podejrzeniem. A jeśli policja jeszcze jej nie powiadomiła?

– Nazywam się James Zennor. Widziałem się z pani mężem wczoraj wieczorem.

Podeszła bliżej, odsunąwszy matkę na bok, i stanęła w drzwiach. Niemowlę było maleńkim oseskiem. Brzuch Margaret Lund był nadal zaokrąglony, jak u Florence w pierwszych tygodniach po urodzeniu Harry'ego. Posępne oczy zajrzały w oczy Jamesa, jakby próbowały go przeniknąć na wylot, ocenić jakość gliny, z jakiej był ulepiony; potem powędrowały w stronę Dorothy.

– A to kto?

– Dorothy Lake. Pomaga mi podczas mojej bytności w Yale.

Chyba mówił za cicho, bo pani Lund nachyliła się w ich stronę.

– Pan wybaczy, ale nie dosłyszałam nazwiska.

– Dorothy Lake. – Dorothy wyciągnęła dłoń, ale Margaret Lund ją zignorowała. Jej brwi były ściągnięte w wyrazie głębokiego niedowierzania. Wdowa po Lundzie przypominała Jamesowi jego towarzyszy broni podczas walk na uniwersytecie madryckim, którzy błądzili, zataczając się w osłupieniu, po tym gdy na ich oczach przyjaciele znienacka osuwali się martwi na ziemię.

– Lake, mówi pani?

– Tak – odpowiedział za Dorothy James. – Czy moglibyśmy wejść na chwilę? Nie zajmiemy pani dużo czasu.

Pani Lund zawróciła z powrotem w głąb domu. James uznał to za zaproszenie. Wiedząc, że starsza pani go obserwuje, powściągnął chęć rozglądania się na boki, żeby zgadnąć, gdzie wisiały zwłoki.

253

Weszli do kuchni, gdzie pani Lund zdążyła już usiąść. (Może w salonie był bałagan; może to stało się właśnie tam). Patrzyła na niemowlę, gładząc je po bezwłosej główce.

Nie czekając na zaproszenie, James przysiadł na jednym z krzeseł. Nie wiedział, od czego zacząć.

– Pani mąż okazał mi wczoraj wielką dobroć – zaryzykował wreszcie. – Zaproponował mi pomoc w odnalezieniu mojej żony i dziecka. Przyjechali tu, do New Haven, z Oksfordu, ale nigdzie nie ma śladu ich przybycia ani żadnych związanych z nimi dokumentów. Pani mąż obiecał mi pomoc. Spotkaliśmy się wczoraj wieczór. Wydawał się zdenerwowany; niestety, poróżniliśmy się, i tyle go widziałem. Wierzę jednak, że chciał mi przyjść z pomocą, jak ojciec ojcu. – Poczuł, że oczy go szczypią. Nie przewidział, że się rozklei. Może to widok dziecka tak na niego podziałał. – Dlatego chciałem złożyć pani wyrazy współczucia.

Przez cały ten czas Margaret Lund siedziała ze wzrokiem wbitym w uśpione dziecko, które kołysała. Kiedy James skończył mówić, nie podniosła oczu. Dotarł do niego bezsens tej wizyty; niepotrzebnie tu przyszedł. Czego się spodziewał od niej dowiedzieć? Czy liczył, że powie: „Tak, George wspominał mi o panu. Mówił, że pańska żona zatrzymała się pod numerem siedemdziesiąt osiem...”? Co mogła wnieść interesującego w jego sprawy, zwłaszcza w swym obecnym stanie?

Zaczął wstawać, żeby się pożegnać, powoli, jakby się bał, że nagły gest może zostać odczytany jako brak szacunku. Chętnie spytałby ją o Wilczą Głowę, o znaczek w ustach, o to, dlaczego George Lund był taki roztrzęsiony. Gdyby się choć słowem odezwała, jakoś by kontynuował rozmowę. Ale odpytywanie jej na zimno nie wchodziło w rachubę. Nie był detektywem; nie mógł bombardować pytaniami kobiety, która tego dnia straciła męża. Wydawała się skamieniała z bólu.

– Przepraszam, czy mogłabym skorzystać z pani łazienki? – spytała nagle Dorothy.

Wdowa wreszcie oderwała wzrok od dziecka. Na jej twarzy malował się nieoczekiwany spokój.

– Na górze, pierwsze drzwi na prawo.

James zastanawiał się, co planuje Dorothy. Miał nadzieję, że nie poszła węszyć po domu; nigdy by jej tego nie wybaczył. Wstał.

– Raz jeszcze chciałem przeprosić...

– Proszę zamknąć drzwi.

– Przepraszam, nie ro...

– Proszę zamknąć drzwi.

Zastosował się do polecenia.

– Tego, co teraz powiem, nie wolno panu powtórzyć nikomu. Rozumie pan?

– Naturalnie.

– Nikomu. Nie ze względu na mnie, tylko na pana.

– Nie ro...

– Mój mąż nie popełnił samobójstwa, doktorze Zennor. Niech pan nie wierzy tym, którzy tak mówią. Nigdy by tego nie zrobił. – Spojrzała na dziecko. – Na pewno sam się nie zabił.

– Tak też czułem.

– W tym wszystkim maczają palce bardzo wpływowe osoby. Sądzę, że George wpadł na trop czegoś, o czym nie powinien był wiedzieć. W ostatnich dniach zrobił się bardzo niespokojny. – Jej oczy w czerwonych obwódkach miotały ognie.

– Czy powiedział pani, co odkrył?

– Nie, ale chciał o tym komuś powiedzieć. Niewykluczone, że jego wybór padł na pana.

– Tak. – Zaschło mu w ustach.

– To miało jakiś związek z jego pracą.

– Jest pani pewna?

Kiwnęła niecierpliwie głową, wyraźnie mając jeszcze coś pilnie do powiedzenia. Przechyliła głowę w bok, słuchając głosu, który mówił coś do niej zza drzwi.

– Zaraz przyjdę, mamo! – odkrzyknęła, żeby się pozbyć starszej pani. – George co noc wracał do domu z teczką pękającą w szwach od papierów – podjęła gorączkowym szeptem. – Noc w noc. Bardzo ciężko pracował. – Jej głos załamał się. – Ale kiedy znalazłam go... dzisiaj rano... – Oczy zaszły jej łzami, mówiła urywanym głosem. – Kiedy go znalazłam, teczka była pusta, na dnie poniewierało się kilka ołówków. Żadnych papierów. Nawet jednej kartki. – Przeszyła go świdrującym spojrzeniem. – Ten, kto go zabił, zabrał te dokumenty, doktorze Zennor. To przez nie zginął mój mąż. Bali się, że ich sekret wyjdzie na światło dzienne.

Rozdział 28

– Powinniśmy przysiąść gdzieś i coś zjeść – powiedziała Dorothy. – Potraktujmy to wyłącznie jako prozaiczną konieczność – dodała, widząc, że James się waha.

Rzeczywiście, był wyczerpany i głodny. Choć wysiadywanie nad talerzem w obliczu zaginięcia Harry'ego i Florence wydało mu się nędznym dogadzaniem sobie, kiwnął głową.

– Doskonale – rzuciła reporterka. – Znam niewielki lokal parę przecznic stąd.

Zaprowadziła go do restauracji w pobliżu Wall Street i wskazała ręką stolik na ulicy. Nie jadł na zewnątrz od trzech lat, od czasów Madrytu; nie potrafiłby tego powtórzyć teraz z kimś innym niż Florence, zwłaszcza z inną młodą i, nie da się ukryć, piękną kobietą. W tej sytuacji wszedł do środka, gdzie na jednym ze stolików natychmiast rzuciła mu się w oczy sterta gazet z drewnianymi listwami na grzbietach, jak w czytelniach publicznych. Odepchnął na bok jakąś parę czekającą na stolik i rzucił się na czasopisma, próbując wyłowić wiadomości z kraju.

Wszystkie gazety były amerykańskie, większość wczorajsza. Zaczął od „Chicago Tribune", gdzie wypatrzył nagłówek: *Czołowy kongresman oskarża Roosevelta o „podżeganie do wojny"*. Przebiegł wzrokiem kilka pierwszych akapitów, świadcących o wyraźnych sympatiach autora do kongresmana oraz niechęci do prezydenta. Czyżby obywatele tego kraju uważali, że pomoc dla Wielkiej Brytanii w sytuacji zagrożenia krwawą inwazją faszystów jest „podżeganiem do wojny"? Poczuł gorzki smak w ustach. Odsunął gazetę i zaczął szukać czegoś na temat samej wojny. Przekartkował „Boston Globe", by w końcu znaleźć na czwartej tronie artykuł zatytułowany: *Anglicy ze stoicyzmem szykują się na inwazję*. Towarzyszyło mu zdjęcie Straży Narodowej, jak teraz nazywały się miejscowe oddziały samoobrony w rodzaju tego, który James widział na dziedzińcu kolegium podczas musztry pod dowództwem Bernarda Greya. Chciało mu się płakać nad swoją ojczyzną: tygodnie, jeśli nie dni, dzieliły ją od ataku Niemców, przed którym bronić ją miała garstka starców, a tymczasem Ameryka – jej młoda, silna córa – patrzyła na to z boku, odmawiając pomocy.

Gdy Dorothy zamówiła butelkę wina, nie protestował. Pił więcej, niż jadł, bez zainteresowania obracając na talerzu befsztyk, który mu przyniesiono. Za oknami niebo zrobiło się krwistoczerwone, potem nabrało barwy indygo, by wreszcie powlec się mrokiem. Dorothy przez cały czas próbowała go wciągnąć w rozmowę o tym, czego się dowiedzieli, snuć domysły i hipotezy na temat związków Lunda ze stowarzyszeniem Wilczej Głowy, ale James był załamany i zbywał ją półsłówkami.

Próbowała wziąć go pod włos.

– Od dawna jesteście małżeństwem?

– W zimie miną cztery lata.

– Jest tak inteligentna jak pan?

– Bardziej.

Gwizdnęła z podziwem.

– W jakiej dziedzinie wykorzystuje swoją inteligencję?

– Biologii.

– W to nie wątpię.

– Co chce pani przez to powiedzieć?

– Nieważne. Zakochaliście się w sobie od razu czy pańska żona kazała się zdobyć? – Zapaliła papierosa. – A może pan kazał się zdobywać? Mogę to sobie wyobrazić. Należy pan do tego typu mężczyzn.

Nie wiedzieć kiedy, James zaczął jej wszystko opowiadać: o Olimpiadzie Ludowej w Barcelonie, o treningu pływaczek na odkrytym basenie, o swoim wewnętrznym rozdarciu, gdy Florence wyjechała do Berlina. Dorothy potakiwała tam, gdzie trzeba, zadawała celne pytania. Zresztą nie potrzebował wcale zachęty – odkąd zaczął mówić, nie mógł przestać. Słyszał własny głos, nieoczekiwanie łagodny, jak opowiada o żonie i ich wspólnej historii. Znajdował w tym ukojenie – nie mogąc rozmawiać z Florence, mógł chociaż rozmawiać o niej.

– Wyjechaliście z Hiszpanii w trzydziestym dziewiątym?

– Nie, w trzydziestym siódmym.

– Dlaczego? Przestaliście wierzyć w sprawę?

– Nigdy w życiu.

– No więc czemu?

– Nie mam ochoty o tym rozmawiać.

– Reporterom się tak nie odpowiada, doktorze Zennor. – Dała mu klapsa po ręce, a jej dotyk wzbudził w nim dreszcz. – To tylko pobudza nasze zainteresowanie, a w tym przypadku wręcz zaintrygowanie.

– Co konkretnie tak bardzo panią intryguje, panno Lake?

– Konkretnie pan, doktorze Zennor.

Poczuł się nieswojo, więc wrócił z powrotem do tematu Florence, jak ktoś, kto wraca na wygrzaną połowę łóżka. Zorientował się, że opisuje ją – jej wzrost, jej muskularne plecy, figurę. Opowiadał o osiągnięciach sportowych, o tym, jak trenowała przed olimpiadą – czując w ciele rezonans tych opowieści. Nie po raz pierwszy wspomnienie żony budziło w nim pożądanie. Pamiętał, jak wychodziła spod prysznica, lśniąc od wody, a jej kształty rysowały się wyraźnie pod ręcznikiem. Jak upuściła ręcznik na podłogę, spostrzegłszy, że James na nią patrzy.

– Więc co poszło nie tak, doktorze Zet? – Dorothy Lake zapaliła kolejnego papierosa. Gdy nachyliła się nad zapalniczką, Jamesa owionął zapach jej włosów. Znowu przeszył go dreszcz, który w połączeniu z rozbudzoną tęsknotą za Florence i jej dotykiem wywołał w nim niepożądany skutek. Walczył ze swoimi doznaniami, starając się skupić na pytaniu Dorothy.

– Musiałaby pani spytać Florence.

– A gdybym ją spytała, co by mi powiedziała?

– Że zrobiłem się nieznośny. I że bała się o nasze dziecko.

– Dlaczego?

– Z powodu wojny. – James też zapalił, zaciągnął się głęboko dymem. – I przeze mnie.

– Pana? Chyba nie skrzywdził pan dziecka? – Po raz pierwszy jej przerażenie było szczere do tego stopnia, że zaczął się zastanawiać, czy właśnie teraz odsłoniła przed nim swoje prawdziwe oblicze, a wszystko dotąd było tylko pozą.

– Nigdy z premedytacją. – Zobaczył, że drgnęła. – Nigdy nie uderzyłem go, klnę się na Boga! Raz doszło do wypadku z czajnikiem. Niewiele brakowało, ale nic się nie stało. Chociaż mogło.

– I obwinia pan o to siebie?

– Nie spisałem się wtedy.

– Zauważyłam, że jest pan dla siebie bardzo surowy. To rzadko spotykane u mężczyzn.

James przyjrzał się jej ze słabym uśmiechem.

– Ile ma pani lat, panno Lake?

– Dwadzieścia jeden.

– I wie pani wszystko o mężczyznach.

– Wiem sporo.

– Tak? A to skąd?

– Na tej samej zasadzie, na jakiej ornitolog zna się na ptakach dzięki uważnej obserwacji. – Cały czas patrzyła mu w oczy, dopiero podnosząc papierosa do ust, przymknęła powieki, jednak gdy wypuszczała, dym otworzyła je z powrotem. Ostatecznie to on umknął wzrokiem.

– I co napisze pani w artykule?

– Chyba mam jeszcze za mało materiału. Musimy dowiedzieć się więcej. Żona Lunda niewiele nam powiedziała.

– No właśnie. – Postanowił zataić przed Dorothy płomienną przemowę wdowy wygłoszoną pod jej nieobecność.

– Poza tym, że nie wierzy, by Lund popełnił samobójstwo.

James podskoczył na krześle.

– Skąd pani wie? – Czyżby Dorothy z uchem przyciśniętym do drzwi po drugiej stronie podsłuchała ostrzeżenie Margaret Lund?

„Nie ze względu na mnie, tylko na pana".

Dorothy napiła się wina i oblizała się jak kot.

– Pewne rzeczy się po prostu wie. Proszę złożyć to na karb kobiecej intuicji. – Mówiąc to, przelotnie dotknęła jego dłoni, a jej palce były tak samo chłodne jak parę godzin wcześniej, gdy uścisnęła mu rękę, by przypieczętować ich umowę. – Cudowny wieczór – westchnęła, kiedy wyszli na zewnątrz. – Mam zamiar przejść się trochę. Zechce mi pan towarzyszyć?

James przyjrzał się jej – młodej kobiecie, która umiała skłonić mężczyzn do wynurzeń, a jednocześnie potrafiła słuchać, której lśniące włosy miały przepiękny odcień miodu, która zza zasłony dymu nikotynowego pachniała tak powabnie – i powziął decyzję.

– Jestem zmęczony, panno Lake. Bardzo mi się przyjemnie z panią rozmawiało, ale chcę już wracać do siebie.

– Jasne. Odprowadzę pana do klubu.

Droga nie była długa, ale wydawało mu się, że trwa całe wieki. Miał wrażenie, że jego pierś rozsadza jakaś dziwna energia; oddychał nierówno. Nie padło między nimi nawet słowo.

W końcu dobrnęli pod numer czterysta pięćdziesiąt dziewięc. Już miał zastukać do drzwi, kiedy poczuł jej dłoń na swoim ramieniu. Obróciła go i stali teraz twarzami do siebie.

– Dobranoc, mój przystojny Angliku – powiedziała, przybliżając twarz do jego twarzy. Miał jeszcze szansę się odsunąć, ale z niej nie skorzystał i chwilę później poczuł jej usta na swoich. Dotyk warg Dorothy był leciutki, za to aromat wina zmieszany ze smakiem jej ust niezwykle intensywny, a w połączeniu z zapachem perfum i świeżością skóry – upajający. Sekundy płynęły niepokojąco. Nagle poczuł delikatny dotyk jej języka.

Odskoczył od niej przerażony, jakby go odepchnęła czyjaś ręka. Wyciągnął z kieszeni klucze, które dostał od Waltersa, okręcił się na pięcie i otworzył drzwi Klubu Elżbietańskiego.

– Strasznie panią przepraszam. Dobranoc – wymamrotał i wszedł do klubu, zatrzaskując za sobą drzwi.

Przycisnął głowę do ściany. Co też, na Boga, zrobił? Ostatnie przesłanie Florence do niego, powtórzone po dwakroć, było wyznaniem miłości – a on, czym jej za to odpłaca? Obściskiwaniem się z jankeską dziewczyną, której nawet nie zna. Całowaniem...

Tak, ale przerwał to w końcu. Oparł się Dorothy. Co prawda nie od razu. Całował się z nią przez sekundę czy dwie; nie odepchnął jej z miejsca. Nic dziwnego, że Florence go opuściła. Był nędznym zdrajcą, niegodnym jej miłości. Odchylił głowę do tyłu, po czym walnął nią w ścianę raz, potem drugi – tym razem mocniej. Jak mógł do tego dopuścić?

– Pozwoli pan, że przeszkodzę, proszę pana...

Nurzając się w wyrzutach sumienia i pogardzie dla siebie, nie zauważył nadejścia lokaja.

– ...ale czuję, że chciałby pan o tym wiedzieć.

– Niby o czym, Walters? – spytał, próbując się opanować.

– O tym, że była tu dzisiaj jakaś pani i pytała o pana. Angielka z małym chłopcem.

Rozdział 29

Walters równie dobrze mógłby mu dać w twarz. James czuł się, jakby piorun w niego strzelił. W jednej chwili otrzeźwiał: patrzył na lokaja przez chwilę, nim zasypał go gradem pytań.

– Kiedy tu byli?

– Około czwartej po południu.

– Ile lat miało dziecko? – Przeszył mężczyznę inkwizytorskim spojrzeniem.

– Nie bardzo się na tym znam. Myślę, że miał...

– Jakiego był wzrostu? Na jakiej wysokości miał głowę? Tak czy wyżej? Proszę mi też opowiedzieć dokładnie, co mówiła. Słowo po słowie.

– Otworzyłem drzwi, a wtedy ta pani powiedziała, że słyszała, że mieszka tu Anglik, doktor James Zennor, i czy mogłaby z nim porozmawiać.

– A ty, co na to?

– Wybaczy pan, doktorze, ale nie mogę się skupić, kiedy pan tak na mnie patrzy. Pozwoli pan, że opowiem o wszystkim po swojemu.

James sapnął. Musi wziąć się w garść, żeby się nie pogrążyć jeszcze bardziej. Zaledwie parę godzin temu Florence z Harrym stali dokładnie tutaj, gdzie on: na samą myśl o tym zakręciło mu się w głowie. Odetchnął głębiej i ruszył za Waltersem, który człapiąc, zaprowadził go do pierwszego salonu. Zbyt podniecony, by usiąść, James chwycił się wysokiego oparcia jednego z krzeseł obitych skórą.

– Było tak – zaczął relacjonować Walters. – Jakoś tak po czwartej usłyszałem stukanie do drzwi. Ciche i jakby niepewne. Kiedy otworzyłem, zobaczyłem tamtą panią z synkiem za rękę. Wyglądała na lekko zdenerwowaną. Najpierw nawet nie chciała wejść, pytała tylko, czy pan jest i czy mogłaby z panem porozmawiać. Powiedziałem jej, że pewnie przyjdzie pan później. Zapraszałem ją do środka, ale została na progu. Chłopaczek zdawał się wystraszony: chował się za jej plecami. Pewnie nigdy jeszcze nie widział czarnego. Oczy miał jak spodki. Cichutki jak trusia.

– Cichutki, powiadasz. – Tak, to mógł być Harry. – A możesz mi opisać jak wyglądała ta kobieta, Walters?

– Wysoka pani.

– Bardzo piękna, prosta jak trzcina. Z uśmiechem w oczach?

– Sprawiała wrażenie bardzo miłej, proszę pana.

– Miła, tak...

– Choć wydawała się też zmartwiona.

– Czy powiedziała, skąd wie, że tu jestem?

– Tak. Mówiła, że widziała pana. Na mieście.

James poczuł, jak kolana się pod nim uginają. Myśli kłębiły mu się w głowie w zawrotnym tempie, zderzając się ze sobą. Skoro Florence go widziała, to dlaczego nie podeszła do niego od razu? Gdzie dokładnie go zobaczyła? I kiedy? Przecież chyba nie dzisiaj, kiedy chodził z Dorothy Lake. A może widziała ich teraz, przed chwilą... Poczuł skurcz żołądka. A co, jeśli przejechał pół świata, przepłynął przez ocean tylko po to, by zostać odtrąconym tutaj, w Ameryce, z powodu swej niewierności? Raz jeszcze przeklął siebie i własną słabość.

Trwało chwilę, nim się opanował.

– Zostawiła dla mnie cokolwiek, jakąś kartkę czy list? – spytał w końcu cicho.

– Podyktowała mi tylko swoje dane, żeby mógł się pan z nią skontaktować. Zaraz przyniosę.

James odprowadził wzrokiem lokaja, który człapiąc, udał się do swojej służbówki na tyłach, gdzie wysiadywał całą dobę. James czekał, krążąc po salonie z zaciśniętymi pięściami. Ale nawet trzyminutowe oczekiwanie przerastało jego wytrzymałość. Wyszedł z salonu, zderzając się w korytarzu z powracającym Waltersem.

– Proszę bardzo. – Lokaj podał mu karteczkę.

James poczuł bolesny ucisk w piersi.

Elizabeth Goodwin, u państwa Swanson, New Haven. Numer telefonu...

Słowa falowały na kartce przed zamglonymi oczami Jamesa. Ból zaczął mu rozsadzać czaszkę – dały o sobie znać skutki walenia głową w ścianę.

Lokaj musiał dostrzec jego zdesperowanie, bo zaczął mamrotać słowa pocieszenia, które jednak James puszczał mimo uszu.

Był skończonym durniem, pozwalając sobie znów na kretyński optymizm. Powinien był się zorientować już po samym opisie Waltersa: „Sprawiała wrażenie bardzo miłej".

Florence na pewno potrafiła być miła i dobra, ale nie było to pierwsze określenie, jakie przychodziło na myśl mężczyznom na jej widok. Gdyby w drzwiach stanęła Florence, Walters bez namysłu potwierdziłby, że jest oszałamiająco, dojmująco piękna.

Tak więc przybyła okazała się jedną z oksfordzkich matek, która jakimś cudem wytropiła go w Klubie Elżbietańskim. Gdzie też go mogła widzieć? I czy będzie mu chociaż umiała powiedzieć, gdzie szukać żony i dziecka?

Z miejsca, gdzie stał, wyraźnie widział ponad koronami drzew port w New Haven. Po raz pierwszy dotarła do niego uroda tego miasta – tonącego w soczystej zieleni na wiosnę, malowniczego nawet w skwarze lata. Przy tym wszystkim zaledwie trzy kilometry dzieliły go od Yale.

Do pani Goodwin zadzwonił najwcześniej, jak tylko wypadało – czyli o siódmej rano. Jej amerykańska opiekunka, pani Swanson, potraktowała Jamesa z rezerwą, ale sama pani Goodwin rozmawiała z nim bardzo uprzejmie. Wyjaśniła mu, że jej syn w godzinach południowych uczęszcza do letniej szkoły, więc będzie mogła spotkać się z Jamesem najwcześniej o wpół do piątej.

– Może przyjadę do szkoły? – zaproponował.

Nieoczekiwanie zgodziła się, więc wziął taksówkę i krętą, wysadzaną drzewami drogą dał się zawieźć do gimnazjum męskiego imienia Hopkinsa. Po drodze z zazdrością patrzył na wielkie podmiejskie domy z trawnikami, huśtawki z opon na gałęziach, kosze do koszykówki na słupach... Tyle oddechu w porównaniu z zatłoczoną Anglią kuponów żywnościowych, którą zostawił za sobą. Ale to nie amerykańska zamożność budziła w nim zazdrość, zamożność, której symbolem były smukłe, obłe czarne limuzyny jadące za taksówką z pomrukiem silnika – ruchome rzeźby ze stali, wykończone eleganckimi białymi pasami na oponach. Litość dla Anglii budził w Jamesie tutejszy spokój. Spokój kobiety, która doglądała róż, i spokój staruszka, który oliwił furtkę przed sąsiednim domem. Żaden z jego kolegów z Yale nie został oddelegowany do organizowania uzbrojenia czy zaopatrzenia w ryby i ziemniaki. Żaden z miejscowych mężczyzn nie musiał się uczyć pucować butów na wysoki połysk ani czyścić broni. Żadna amerykańska matka nie musiała się obawiać, jak Florence, że jej dziecko zginie od bomby, ani że zostanie zdeptane hitlerowskim buciorem. Jakimż spokojem tchnął ten letni poranek. Mimo to, pod tym samym niebem, dokładnie w tej samej chwili, tylko na innym kontynencie, toczyła się wojna, w której jego ojczyzna – szary, wymęczony kraj – walczyła o życie.

Wkrótce zobaczył tablicę informującą, że dojeżdża do Gimnazjum Hopkinsa, szkoły, której zadaniem jest „Wychów obiecującej młodzieży".

Umówili się na spotkanie w szkolnej kancelarii, więc wszedł przez ostrołukową bramę i mijając portret siedemnastowiecznego założyciela szkoły, poczuł się nagle, jak w szkole z internatem gdzieś na angielskiej prowincji. Natknął się na sekretarkę, która skierowała go na boisko, proponując od razu, że go tam zaprowadzi.

Po drodze zabawiała go rozmową, napomykając, że szkoła została przeniesiona z centrum New Haven zaledwie przed piętnastu laty.

– Obawiam się, że miasto zmieniło się na gorsze. Strasznie dużo ludzi się najeżdżało.

– Nie sposób pomieścić wszystkich? – podrzucił dla podtrzymania rozmowy.

– Cóż, w ostatnich latach mieliśmy najazd imigrantów. To już nie jest ten kraj, który odziedziczyliśmy po przodkach.

Wypowiedziała te słowa obojętnie, ale James wyczuł w nich nutę niesmaku i snobizmu, które go odpychały.

– Rozumiem.

– Nie, żebyśmy narzekali na tę przeprowadzkę. W żadnym wypadku. Tutaj jest cudownie. Chłopcom bardzo służy pobyt na wolnym powietrzu, z dala od brudu i spalin.

Sprowadziła go po zboczu na dół i oczom ich ukazał się wielki trawnik, a na nim co najmniej trzydziestu dwunasto-, trzynastolatków bez koszulek, w samych tylko białych szortach i tenisówkach, którzy gimnastykowali się gromadnie. Kiedy James do nich podszedł, chłopcy właśnie robili pompki. Na obrzeżach stało pięć czy sześć matek też jednakowo ubranych, tyle że w sukienki w kwiaty i kapelusze przeciwsłoneczne.

– Pani Goodwin! – zawołała sekretarka śpiewnym głosem i najwyższa z kobiet odwróciła się w ich stronę. Nieco po czterdziestce z mysimi włosami, odpowiadała opisowi Waltersa: zdecydowanie nie była piękna, ale wyglądała na miłą. Wymienili uścisk dłoni i sekretarka grzecznie przeprosiła i odeszła.

– Cieszę się, że wzrok mnie nie mylił – powiedziała pani Goodwin z życzliwym uśmiechem.

Sama kadencja jej wystudiowanej mowy wywołała w Jamesie falę wzruszenia. Przez te trzy tygodnie właściwie nie zauważył, że ani razu nie słyszał angielskiej wymowy. Jej brzmienie nagle przypomniało mu o domu, jakby tych parę słów miało moc przeniesienia go do Oksfordu, jego kamiennych murów, rowerów, słodkich bułeczek, popołudni. Nagle dotarło do niego, że jest strasznie daleko. Nade wszystko jednak zapragnął być z Florence, obejmować ją i samemu znaleźć się w jej objęciach.

Naturalnie, nie wspomniał o tym wszystkim nawet słowa.

– Też jestem temu bardzo rad, pani Goodwin. Gdzie też, na Boga, wypatrzyła mnie pani – spytał, ściskając jej dłoń na powitanie.

– W kościele, doktorze Zennor: w Battell Chapel. Byłam na mszy z Thomasem. – Skinęła głową w stronę chłopców, którzy podskakiwali, robiąc pajacyka.

– W niedzielę? Podczas debaty nad przystąpieniem do wojny?

– Właśnie.

A więc to wyjaśniałoby tamto niejasne, acz nieodparte uczucie, że gdzieś pośród gromady wiernych mignęła znajoma twarz. Wziął to wtedy za ułudę wywołaną grą świateł i wyczerpaniem po podróży, tymczasem była to prawda, co bynajmniej nie znaczyło, że pamiętał, gdzie i kiedy w Oksfordzie poznał panią Goodwin. Czyżby była kolejną koleżanką Florence, której nie zauważał?

– Muszę przyznać, że tamten wieczór podziałał na mnie jak kubeł zimnej wody – ciągnęła. – Wygląda na to, że nasza mała wyspa toczy tę wojnę w całkowitym odosobnieniu.

– Przystąpienie do wojny nie cieszy się wielką popularnością w Ameryce, jeśli to pani ma na myśli. – Kaszlnął. – Pani Goodwin, przyjechałem do Yale, żeby znaleźć żonę. Czy ma pani jakiekolwiek pojęcie, gdzie powinienem jej szukać?

268

– Chce pan powiedzieć, że nie wie?

– Obawiam się, że nie.

Odwróciła wzrok, skonsternowana.

– Dziwna rzecz, ale takie właśnie miałam przeczucie. Kiedy zobaczyłam pana w kościele, w pierwszej chwili myślałam, że to złudzenie, że widzę kogoś, kto jest podobny do pana. Takie rzeczy się zdarzają. Ale potem, gdy kupowałam papierosy w Owl Shopie, młody mężczyzna, niepytany, wspomniał o Angliku, który szuka żony i wtedy opadły mnie wątpliwości. Postanowiłam zaryzykować i poszłam do Klubu Elżbietańskiego...

– Czy pani wie, gdzie ona jest?

– Wiedziałam. Po przyjeździe była z wszystkimi, w kolegium teologii.

– W kolegium teologii?

– Tak, tam nas początkowo ulokowano, zanim przydzielono tutejszym rodzinom.

– A komu przydzielono Florence?

– Sęk w tym, że nie wiem. Była jeszcze w kolegium w zeszły piątek, gdy przyjechali po mnie Swansonowie. Strasznie mili ludzie. Zanim się u nich zadomowiliśmy, minęło parę dni. W tym czasie wszyscy porozjeżdżali się, nie wiadomo dokąd. Kilka pań mieszka w Pensylwanii.

– Nie ma pani adresu żadnej z nich?

– Wiem, gdzie mieszka kilka z nich. Część z nas utrzymuje ze sobą kontakty. Naturalnie również nasi gospodarze się znają, zwłaszcza ci z New Haven. Ale to dotyczy tylko garstki osób. Reszta jest w gościnie u profesorów, którzy mieszkają daleko za miastem albo mają letnie domki na wsi.

– Rozumiem.

– Ale przecież uniwersytet musi prowadzić jakąś ewidencję. Co z komisją, która zorganizowała nasz przyjazd? Rozmawiał pan z nimi?

– Nie całkiem. Ale... – zawahał się – można powiedzieć,

że miałem wgląd w ich akta. Florence i Harry są jedynymi osobami, o których nie ma informacji.

– A co z rektorem, tym Prestonem jakimś tam... Nazwisko wyleciało mi z głowy...

– Doktorem McAndrew?

– O, właśnie. Był dla nas absolutnie cudowny. To on jest podobno motorem całej tej inicjatywy. Kieruje tą sprawą, powinien wiedzieć.

– On też nic nie wie.

Pani Goodwin przygryzła wargę z namysłem.

– To naprawdę bardzo dziwne.

– Czy może mi pani powiedzieć, kiedy ostatni raz widziała Florence?

– Jak już wspomniałam w kolegium teologii. Byłyśmy tam obie przez dzień czy dwa.

– Pamięta pani może, co się tam działo? Moja żona nie wspominała o niczym, co pomogłoby ustalić, gdzie teraz przebywa?

Przez moment pani Goodwin oglądała czubki własnych butów, unikając spojrzenia Jamesa z powodu... poczucia winy, zażenowania? Nie potrafił powiedzieć.

– Cokolwiek, pani Goodwin.

– Dziwna rzecz, ale...

Podskoczyła nerwowo, kiedy z boiska dobiegł nagle ryk chłopców skandujących: „Proste plecy i prawidłowa sylwetka są podstawą zdrowia!". Trener teatralnym gestem przyłożył dłoń do ucha, sugerując, że krzyczą za cicho. Chłopcy wrzasnęli ponownie, co sił w głosach, które właśnie zaczynały się łamać.

– Zauważyłam, że tutaj bardzo poważnie podchodzi się do sprawności fizycznej – powiedziała pani Goodwin z uśmiechem. – Jeśli nie chodzą na wycieczki, to trenują zapasy albo grają w koszykówkę. Thomas zawsze lubił krykieta, ale tutaj...

– Zaczęła pani coś mówić, pani Goodwin. O Florence i kolegium teologii. Powiedziała pani „dziwna rzecz".

270

– Rzeczywiście. – Spojrzała na chłopców, którzy właśnie szykowali się do okrążenia biegiem boiska. – Może nie powinnam o to pytać, doktorze Zennor, ale czy pan kiedykolwiek napisał do żony?

– Co? Jasne, że tak. Każdego dnia, odkąd dowiedziałem się, że wyjechała do Yale. Wysłałem jej kilka listów z Liverpoolu, potem kilkanaście z Kanady. Wszystkie listy, które napisałem do niej na statku. Stąd też pisałem do niej, co nie znaczy, że miałem jej adres. Adresowałem je po prostu na Uniwersytet Yale.

– Rozumiem. – Spochmurniała. – Prawdę mówiąc, nic z tego nie rozumiem.

– To znaczy?

– Nie chciałabym pana zdenerwować, doktorze Zennor. Z pewnością nie jest to moja sprawa.

– Co? Proszę oszczędzić mi zagadek.

– Cóż, mój mąż robił to samo. Adresował listy na Uniwersytet Yale. I wszystkie doszły, co do jednego. W kolegium teologii czekało na mnie i dzieci kilka listów. Muszę jednak pana zmartwić...

– Tak?

– Florence nic nie dostała od pana, ani jednej kartki. Była tym naprawdę przygnębiona. Współczułyśmy jej wszystkie. Teraz, kiedy widzę, że pan przejechał taki kawał świata, wierzę, że niesłusznie pana oskarżałyśmy. Niestety, tam, w seminarium, posądzałyśmy pana raczej o to, że się panu nie chce.

Rozdział 30

Pobiegł z powrotem do kancelarii szkoły, prosząc sekretarkę o jak najszybsze zamówienie taksówki. Ból rozsadzał mu głowę.

Nie miał paranoi ani urojeń: działo się tutaj coś mrocznego, niebezpiecznego i strasznego, i Bóg jeden wie, jak i dlaczego, Harry i Florence byli w samym jądrze tych wydarzeń. W jego myślach pojawił się nagle obraz synka skulonego z przerażenia. Jego mały, piękny Harry. Jezu Chryste, co zrobili temu dziecku? I czego chcą od kobiety, którą kocha?

Nie mógł już dłużej przypisywać wszystkiego zbiegowi okoliczności. Owszem, na początku tak. Brak dokumentu w archiwach, omyłkowo włożona kartka: każdemu się to może zdarzyć. Ale teraz miał konkretny dowód, że jego listy do Florence były przechwytywane. Komu mogło na tym zależeć? I dlaczego?

Kiedy krążył przed wejściem do szkoły wokół tablicy z napisem – „Wychów obiecującej młodzieży" – znowu poczuł lepką dłoń Lunda zaciskającą się na jego nadgarstku. „Nie wie pan nawet, w co wdepnął. Ta sprawa ma większy zasięg i jest poważniejsza, niż się panu wydaje".

Nieszczęśnik wcale nie miał urojeń. Nie mylił się ani trochę. To coś dostatecznie niebezpiecznego, by kosztować życie samego Lunda – i kto wie, czy nie stanowi równie poważnego zagrożenia dla życia żony i dziecka Jamesa. O ile nie jest już za późno...

Pokręcił głową, jakby ta czynność mogła odgonić tę nieznośną myśl. Był skończonym durniem, najgorszym gatunkiem durnia: inteligentnym. Głupim, bo mądrym. Powinien był odczytać znaki od samego początku: stukot skrzynki na drzwiach ich domku w dzień po zniknięciu Florence. Tamci bawili się jego pocztą już wtedy, mieli przed nim w rękach kartkę od jego żony, z premedytacją odebrali mu tych parę godzin, w trakcie których mógł do niej dotrzeć na czas. Powinien był już wtedy zacząć podejrzewać intrygę – zimną i wyrachowaną. Ale on wolał zachować swój przeklęty racjonalizm. Wmawiał sobie, że musi istnieć jakieś inne wytłumaczenie. Inne, bardziej sensowne, racjonalne wyjaśnienie, dlaczego jego żony nie ma w tych aktach, dlaczego Lund chwytał go kurczowo, dlaczego Lund przeniósł się na tamten świat. Był ofiarą własnego, cholernego racjonalizmu. Tymczasem wcale nie miał racji. Gdyby tylko był głupszy, polegał bardziej na intuicji niż na rozsądku, znacznie wcześniej przejrzałby tę sytuację na wylot.

Nareszcie taksówka zajechała i już podskakiwali na wybojach Forest Road, zmierzając w stronę New Haven. Natychmiast pójdzie zobaczyć się z McAndrew. Wedrze się siłą, jeśli to okaże się konieczne, i zażąda prawdy. Jeżeli rektor nie będzie potrafił udzielić odpowiedzi na pytania Jamesa, nie wyjdzie z gabinetu, dopóki McAndrew nie otworzy dochodzenia w tej sprawie, najlepiej wzywając naczelnika służb pocztowych Yale na dywanik – i to natychmiast.

Cały czas wyglądał przez okno taksówki, raz tylko odwracając wzrok, by spojrzeć w lusterko wsteczne. W pierwszej chwili nic nie zauważył, bo jego myśli były zaprzątnięte czymś innym. Ale jakiś inny obszar kory mózgowej przetwarzał za niego informacje. Zerknął na opony jadącego za nimi samochodu, żeby sprawdzić, czy mają charakterystyczne białe obwódki. Nie ulegało wątpliwości: ten sam samochód, który widział, jadąc pod górę do Gimnazjum Hopkinsa, jechał teraz za nimi. Jechał za nimi wtedy, podobnie jak teraz. Tym razem James nie zamierzał szukać racjonalnych uzasadnień tej sytuacji. Był śledzony.

– Panie kierowco, proszę skręcić w lewo.

– Kiedy my nie jedziemy do...

– Proszę skręcić w lewo!

Kierowca posłusznie zastosował się do polecenia i jak na zawołanie tamto auto – wielkie i stateczne – skręciło za nimi jak ciągnięte na sznurku. Doskonale, pomyślał James: doda to do listy pytań, którymi zbombarduje od progu McAndrew. Czemu, u diabła, jestem obserwowany?

Bocznymi uliczkami i dzielnicami willowymi taksówka w końcu zajechała przed gmach administracji, w którym mieścił się rektorat. Czarny samochód zaparkował raptem parę metrów od nich, bezczelnie nie próbując nawet zachować jakichkolwiek pozorów. James ruszył do wejścia, wyminął odźwiernego i wparował prosto do kancelarii, z której wyszedł przed niespełna dwudziestoma czterema godzinami. Dopiero wzrok Barbary na jego widok uprzytomnił mu, że musi mieć na twarzy wyraz nieugiętej, jeśli nie wręcz szaleńczej, determinacji. Sekretarka osłupiała.

Wyminąwszy ją bez słowa, udał się prosto do gabinetu rektora. Złapał za klamkę, bezceremonialnie, jakby wchodził do własnego pokoju. Drzwi otworzyły się na oścież, odsłaniając pusty pokój.

– Nie ma rektora! Wyszedł! – dobiegł go zza pleców żałosny okrzyk Barbary.

– Wyszedł?! – ryknął James, odwracając się do pobladłej mocno sekretarki, która zerwała się od biurka. – Wyszedł?! Dokąd to się wybrał, u diabła?!

– Nie mogę panu tego powiedzieć, doktorze...

James zrobił krok do przodu; sekretarka rzuciła się do tyłu jak zaszczute zwierzę, ze strachu, że ją uderzy. Widok jej przerażenia powstrzymał go. Słyszał teraz własny oddech; dotarło do niego, że ciężko dyszy.

Jeszcze chwila, a wyprowadzono by go siłą z budynku i kolejny raz wpadłby w objęcia wydziału policji Yale. Wziął się w garść i wycofał tyłem, dzięki czemu widział, jak strwożona twarz Barbary wygładza się stopniowo, odzyskując spokój.

• • •

Przebiegł przez hol i wybiegł na ulicę. Spojrzał na prawo: czarny samochód, w którym teraz rozpoznawał buicka, wciąż stał na miejscu. Doskonale. Przeciął jezdnię, rzucając się na oślep między pojazdy, które rozpaczliwie próbowały go ominąć, i podszedł prosto do samochodu. Walnął otwartą dłonią w maskę.

– Wyłaź! – krzyknął głośno i dobitnie. – Słyszysz? Wyłaź stamtąd. – Zabębnił głośno w okno. – Nie bądź tchórzem. No już, pokaż się.

Ponownie załomotał w szybę.

– Chcę cię widzieć, przeklęty tchórzu! – Teraz już wrzeszczał; ludzie gapili się na niego. Kucając, żeby zajrzeć do wnętrza, uświadomił sobie, że wali pięścią nie po tej stronie, co trzeba; patrzył na siedzenie pasażera. Ale w samochodzie i tak nie dostrzegł nikogo. Drzwi były zatrzaśnięte, wewnątrz panowała ciemność.

Sapnął z irytacji. Ścigał cienie. I choć mróz przeszedł mu po kościach na myśl, że jest śledzony, i ogarniała go wściekłość, że jego prześladowcy nadal chodzą bezkarnie, wiedział, że nie powinien sobie tym zawracać głowy. To nie ich miał odnaleźć, tylko Harry'ego i Florence.

Pierwsza rzecz, powinien zadzwonić. Rozejrzał się i zobaczył po tej samej stronie ulicy, nie dalej niż trzydzieści metrów od niego, budkę telefoniczną. Puścił się biegiem w jej stronę.

Mało nie oszalał, próbując połapać się w gąszczu żmudnych instrukcji wydrukowanych na tabliczce nad telefonem.

W końcu odezwała się telefonistka.

– Poproszę z „Yale Daily News".

Wiedział, że dzwoniąc, igra z ogniem. Rozum nakazywał mu nigdy nie oglądać jej więcej na oczy ani z nią nie rozmawiać. Ale nie miał nikogo, do kogo mógłby się zwrócić.

Coś szczęknęło, a potem głos po drugiej stronie poinformował go, że połączył się z gazetą.

– Czy mógłbym prosić do telefonu pannę Dorothy Lake?

– Czy to któraś z maszynistek?

– Nie, reporterka. Tak sądzę.

– Proszę zaczekać...

Usłyszał, jak dłoń zasłania nieszczelnie słuchawkę, a potem przytłumiony głos wzywający Dorothy. Dobiegł go szelest, oddech i wreszcie, jej głos.

– Panna Lake? Mówi James. James Zennor.

– Jak się pan miewa, mój znikający Angliku? Już zaczynałam się o pana martwić. – Poznał po głosie, że się uśmiecha. Widział jej wargi, pełne i lekko rozchylone: był pewien, że Dorothy ma teraz tę samą przemądrzałą, śmieszną minę, jak wczoraj, podczas kolacji.

– Wszystko w porządku, panno Lake – odparł surowym, rzeczowym tonem. – Obawiam się, że potrzebuję pani pomocy. Muszę niezwłocznie zobaczyć się z rektorem. – Spojrzał na zegarek. Była za kwadrans jedenasta. – Potrzebuję jego adresu domowego.

– To prosta sprawa.

– Naprawdę?

– Rektor ma swoją służbową rezydencję. Przy St Ronan Street, dwieście czterdzieści jeden.

Rozdział 31

Mapa drżała w palcach Jamesa, kiedy szukał St Ronan Street. Omiótł wzrokiem zachodnią stronę: ulice York, Park, Howe, Dwight. Sprawdził ulice po wschodniej stronie: High, College, Temple, Church. Na północ: Wall Street, Groove, Trumbull. Gdzie też wcięło tę cholerną St Ronan Street?

Zaczął szukać poza śródmieściem New Haven, wodząc palcem wzdłuż Prospect Street, która sprawiała wrażenie jednej z głównych arterii biegnących w kierunku północnym. Nic. Teraz przejechał palcem wzdłuż biegnącej na wschód Whitney Avenue. Też nic...

Nagle znalazł ją między dwiema głównymi ulicami. Droga była daleka, ale prosta. Nie zamierzał iść na piechotę, tylko biec.

Pędząc Wall Street i ignorując spojrzenia przechodniów, zastanawiał się, jak doszło do tego, że biegnie obcymi ulicami w obcym kraju, szukając swoich bliskich. Nie wątpił, że ma do czynienia z wrogiem – skrytym i bezimiennym. Ale nie mógł się oszukiwać, że to jedyny powód, dla którego znalazł się w tej sytuacji. Bez względu na to, ile szkód wyrządził jego niewidzialny adwersarz, nadal wszystkiemu winien był on sam. Florence nigdy by nie przyszło przez myśl opuścić Norham Gardens, nie mówiąc już o Anglii, gdyby był zdrowym, silnym mężem i dobrym ojcem, którego w swoim mniemaniu poślubiła. Tymczasem na przestrzeni zaledwie kilku miesięcy stał się dla własnej żony obcym człowiekiem – gejzerem buzującym wściekłością i wiecznymi pretensjami, człowiekiem zwróconym do wewnątrz, oddalającym się od dwóch istot, które kochały go i potrzebowały jak nikt inny. Jego żona była młoda, pełna życia, piękna, ale w ostatnich latach nie zaznała wiele radości. Owszem, zdarzało im się chodzić do teatru albo na koncerty, ale tylko po podchodach i naleganiach z jej strony. O takich rzeczach jak przyjęcia nauczyła się nawet nie wspominać. Jeśli chciała pospacerować w plenerze, musiała zwrócić się do Rosemary Hyde i zastępu jej skautek, a nie do własnego męża, który zażywał ruchu na świeżym powietrzu samotnie, wczesnym rankiem, kiedy nie musiał się obawiać, że napotka żywą duszę. Jego żona rozkwitała na słońcu, a on ją więził w mrokach. Nic dziwnego, że go porzuciła, kiedy do tego wszystkiego doszła groźba inwazji. Cud, że nie zrobiła tego wcześniej.

Musi jej to wszystko wyjaśnić, powiedzieć, że ją rozumie. Ale nie mógł tego zrobić, dopóki nie znajdzie Florence. Dlatego tak ważna była rozmowa w cztery oczy z McAndrew. Zacznie od tego, że zażąda poinformowania go o miejscu pobytu Harry'ego i Florence, a potem przejdzie do sedna: dlaczego z kartoteki zniknęły ich dane. Tym razem nie da się zbyć obiecankami: zażąda odpowiedzi.

Tymczasem zostawił już za sobą laboratoria naukowe ciągnące się wzdłuż Prospect Street i biegł teraz pod górę między ogrodami botanicznymi, zgrzany i spocony w porannym słońcu. Ulica wznosiła się stromo; jego ramię pulsowało z bólu. Zerknął na mapę: był już blisko.

Bez wątpienia znajdował się w zamożnej dzielnicy, domy obłożone drewnem były duże, ulice szerokie, pełne zieleni. Być może mieszkaliby tutaj z Florence, gdyby los chciał, by byli parą młodych amerykańskich naukowców z Yale. Byliby teraz razem, cieszyli się spokojnym, niezmąconym życiem, nie baliby się wojny i nie musieli uciekać przed nią na drugą półkulę. Może w ogóle nie pojechałby do Hiszpanii; spotkał tam niewielu Amerykanów. Nigdy nie dostałby kulą, jego ramię byłoby całe i zdrowe, no ale wtedy nie poznałby Florence, nie byłoby na świecie Harry'ego...

Dyszał ciężko, jego płuca domagały się tlenu. Biegł ze zwieszoną głową, z opuszczonymi rękami. Pocił się niemożliwie, chociaż już pół kilometra wcześniej zwinął marynarkę i wcisnął do torby.

Zwolnił do marszu i skręcił w prawo w Canner Street. Nie chciał pojawiać się w domu rektora, sapiąc jak lokomotywa. Trzymał się kurczowo za ramię, jakby usiłował wyżąć z niego ból. Jeszcze jeden zakręt w lewo i będzie na St Ronan Street.

Mijał kolejne posesje; był już prawie na miejscu. Domy z idealnie przystrzyżonymi trawnikami i pięcioma schodkami prowadzącymi na werandę przed wejściem wyglądały na jeszcze większe i elegantsze niż tamte przy Prospect Street. Boże, jak tu było bezpiecznie, tysiące kilometrów od zaciemnionych angielskich miast, gdzie dokładnie o tej porze szykowano się do kolejnej nocy. Niebawem jego rodacy będą się kulić w swoich schronach Andersona. Stęchły zapach ziemi, oczekiwanie na wycie syren, tęsknota za miękkim łóżkiem...

Był na miejscu. Dom pod numerem dwieście czterdzieści jeden był pokaźny, jak wszystkie w okolicy. James ocenił styl jako kolonialny; ciężkie drzwi pomalowane na czarno tchnęły powagą. Podszedł alejką i nacisnął dzwonek, ćwicząc tekst, który miał wygłosić, gdyby otworzyła mu pani McAndrew. „Rozmawiałem wczoraj z rektorem i prosił, żeby się zwrócić do niego, gdybym potrzebował pomocy". Wytarł czoło, żeby nie lśniło od potu.

Nikt nie podszedł do drzwi. Zadzwonił ponownie, tym razem przysuwając się do drzwi, żeby sprawdzić, czy we wnętrzu panuje ruch. Cisza.

Wszedł na werandę, żeby zajrzeć do środka przez okno. Przyciskając twarz do szyby, stwierdził, że przynajmniej w salonie nie ma nikogo. Nigdzie nie widział żadnych świateł.

Obejrzał się, żeby sprawdzić, czy wokół nie kręci się ktoś, kto mógłby go zauważyć. Nie widząc nikogo, zebrał się na odwagę i starając się nie skradać jak włamywacz, ruszył ścieżką wzdłuż bocznej ściany domu. Zauważył oparty o ścianę rower, ale ścieżka kończyła się wysoką furtką prowadzącą do ogrodu.

Zerknął po raz ostatni za siebie i oparł stopę na dolnej belce. Wystarczyło, że się podciągnął, i już mógł zajrzeć górą do ogrodu. Wściekły ból ramienia powrócił ze zdwojoną siłą.

James omiótł wzrokiem dom, upewniając się, że jest pusty. Na brukowanym skrawku ogrodu dostrzegł stół i dwa krzesła. Na środku wielkiego, starannie przystrzyżonego trawnika stała samotnie huśtawka dziecięca, w głębi rosło kilka drzew owocowych. Całość otaczał starannie utrzymany żywopłot.

Zastanawiał się właśnie, czy warto w ogóle gramolić się przez furtkę, żeby zakraść się na tyły domu, kiedy poczuł, że ktoś chwyta go znienacka za jedną kostkę, a potem za drugą.

Odwrócił się niezdarnie, próbując spojrzeć w dół, co zaogniło już i tak nieznośne kłucie w ramieniu. Zawył z bólu z takim skutkiem, że uścisk wokół kostek jeszcze bardziej przybrał na sile.

– Odradzam wszelki opór, doktorze Zennor – powiedział dziwnie znajomy głos. – Nigdzie pan już nie pójdzie.

Rozdział 32

Spojrzenie w dół poinformowało Jamesa, że jego nogi ściska krzepko śledczy Riley z wydziału policji Yale. Widział z góry dobrze znajomą bladą, mięsistą twarz, choć tym razem lekko zarumienioną, zapewne z wysiłku związanego z pokonaniem stromego trawnika od frontu.

– Muszę pana prosić o zejście na dół.

– Wiem, że to wygląda fatalnie, ale ja naprawdę nie...

– Proszę zejść.

James machnął ręką w stronę swoich stóp, dając do zrozumienia, że nie zeskoczy, póki Riley go nie puści.

– Poruczniku Riley, błagam pana – podjął kolejną próbę, gdy tylko stanął pewnie na ziemi. – Nie miałem zamiaru włamywać się do domu. Przyszedłem zobaczyć się z rektorem. Muszę z nim natychmiast porozmawiać, ponieważ...

– Nadgarstki, proszę.

James zgłupiał, ale wszystko stało się jasne, gdy Riley wyjął parę kajdanek. James spienił się jak fala, która walnąwszy z impetem o brzeg, osłabiona wraca do morza. Był zbyt wyczerpany, żeby dostać szału. Ciekawa rzecz, nie czuł złości na Rileya, tylko przeklinał siebie i własną głupotę.

Był pewien, że nikt go nie widział. Ścieżka okalająca dom McAndrew była poza zasięgiem oczu sąsiadów; dobrze rozejrzał się na wszystkie strony, nim odważył się przemknąć na tyły. Fakt, mógł zostać zauważony przez jakiegoś czujnego sąsiada z naprzeciwka, który wziął go za włamywacza. Może nie doceniał Amerykanów z tą ich zaawansowaną technologią: ledwie ktoś podniósł słuchawkę, a już zwaliła się policja. Ale przebywał tu wszystkiego dwie, trzy minuty, a jego zachowanie mogło się wydać podejrzane nawet najczujniejszemu sąsiadowi najwyżej od minuty. Wcześniej był tylko kimś, kto dzwoni do drzwi.

– Mogę o coś spytać, panie poruczniku? – zwrócił się do Rileya, który z drugim policjantem popychał go przed sobą po stromym trawniku w stronę samochodu.

– Możesz pan sobie pytać do woli, ale ja nie mam obowiązku odpowiadać.

– Czy wciąż nominalnie podlegamy jurysdykcji wydziału policji Yale?

– Na tej posesji, zdecydowanie tak. Jesteśmy w posiadłości rektora, która należy do terenów Uniwersytetu Yale.

– Naturalnie. Ale ta okolica? Chyba podlega wydziałowi policji New Haven?

– Tak, tyle że pan nie jest w żadnej okolicy. Jest pan na terenie prywatnym, na który w dodatku wtargnął pan bezprawnie.

– Rozumiem. Ale jeśli ktoś z okolicznych mieszkańców wzywałby policję, powiedzmy ktoś z tej ulicy, nie zadzwoniłby do was, prawda? Jego telefon przekierowano by raczej do jednostki w New Haven?

Riley milczał, dociskając głowę Jamesa, żeby wepchnąć go na tylne siedzenie samochodu. Sprawa była jasna. Nie został wypatrzony przez sąsiada ani przechodnia, który wyprowadzał psa. Został zdradzony. Tylko jedna osoba wiedziała o tym, że będzie tutaj. To ona go wystawiła.

Podróż do miasta nie trwała długo; w parę minut dotarli na komisariat, na którym James zaczął swój poprzedni dzień, choć miał wrażenie, że od tamtej chwili minęły tygodnie. Jechał w milczeniu, patrząc przez okno i zadręczając się pytaniem, które nieustannie kołatało mu się po głowie, coraz bardziej go deprymując: dlaczego?

Chciał przecież tylko odzyskać swoją rodzinę. Nie interesowało go, co stoi za śmiercią George'a Lunda. Nie próbował dociec, jaki w tym wszystkim udział miał Preston McAndrew ani nawet dlaczego Dorothy Lake poprzedniego wieczoru całowała się z nim, po to, by zdradzić go dzisiaj (chociaż przemknęła mu myśl, że może istnieć jakiś związek między jednym a drugim i że mogła dać cynk policji, bo poczuła się odrzucona). Nie obchodziło go nawet, dlaczego był wcześniej śledzony. Nie musiał tego wiedzieć. Interesowało go jedynie, gdzie może znaleźć Harry'ego i Florence. Chciał tylko odszukać ich, przytulić, gładzić po włosach, wdychać zapach ich ciał. Niczego więcej nie potrzebował do szczęścia.

Po chwili znaleźli się znów z Rileyem po obu stronach bezosobowego stołu w bezosobowym pokoju przesłuchań.

– Czy macie za mało ludzi w wydziale, poruczniku? – spytał James.

– Co chce pan przez to powiedzieć?

– To, że w chwili gdy prowadzi pan śledztwo w sprawie morderstwa, jednocześnie obsługuje pan wezwanie dotyczące czegoś, co wygląda najwyżej na drobne włamanie.

– Powiedzmy, że przyjeżdżam do nadzwyczajnych przypadków.

– A czemu ten przypadek jest taki nadzwyczajny?

– Jest pan ważną osobą, doktorze Zennor.

– Ach, więc wiedział pan, że to o mnie chodzi.

– Wiem teraz.

– Rozumiem. Tak więc, gdy Dorothy Lake kazała panu pędzić do rezydencji rektora przy St Ronan, rzucił pan wszystko i pomknął tam.

Brak reakcji ze strony Rileya, brak zaskoczenia czy zaciekawienia na wzmiankę o pannie Lake potwierdziły przypuszczenia Jamesa: to ona zadzwoniła na komisariat.

– Widzę, że nie zaprzecza pan.

– To nie ja jestem aresztowany za wtargnięcie na teren prywatny, doktorze Zennor. Umówmy się więc może, że ja będę pytał, a pan odpowiadał. Co pan na to?

– Nie mam nic przeciwko temu, poruczniku.

Riley zaczął męczące przesłuchanie; James odpowiadał jasno i zwięźle, przedstawiając prawdę – choć niekoniecznie całą prawdę. Dowiedział się, że jego korespondencja jest przechwytywana, i chciał w tej sprawie porozmawiać pilnie z rektorem. To wszystko.

– Porozmawiać, powiadasz pan? Czy włamuje się pan do domu wszystkich osób, z którymi chcesz pan rozmawiać?

– Nie włamywałem się! Zaglądałem do jego ogrodu. Chciałem sprawdzić, czy go tam nie ma.

Dreptali w miejscu: Riley podsuwał fałszywe tropy, próbując przyłapać Jamesa na jakiejś niekonsekwencji, James uparcie trzymał się swojej wersji. Wreszcie śledczy, który był równie wykończony jak James, westchnął ciężko.

– Mam zamiar aresztować pana, co znaczy, że przysługuje panu prawo do użycia telefonu. Na ogół wszyscy dzwonią do swojego adwokata.

Wyprowadził Jamesa z izby przesłuchań do boksu, w którym nie było nic poza zwykłym krzesłem i telefonem na niewielkiej półce.

– Będę czekał przy drzwiach.

James podniósł słuchawkę, słysząc własny oddech.

Kiedy odezwała się telefonistka, bez namysłu poprosił o połączenie z redakcją „Yale Daily News". Sprawdził zegarek. Było późne popołudnie, lato. Według wszelkiego prawdopodobieństwa, mógł już nikogo nie zastać. Ktoś jednak podniósł słuchawkę.

– Czy mogę prosić redaktora naczelnego?

Po chwili w słuchawce rozległ się inny głos.

– Czym mogę służyć?

– Mówi doktor James Zennor. Miałem kontakt z jednym z pańskich reporterów, panną Dorothy Lake.

– Tak, wiem o tym. Czy stało się coś złego?

– Nie, nic. Dorothy jest szalenie zaangażowana w swoją pracę. Zależy jej bardzo na mojej współpracy przy artykule, nad którym pracuje, a ja chciałem czegoś się o niej dowiedzieć, jeśli można. Czy mógłbym pana spytać, w jaki sposób trafiła do „Yale Daily News"?

– Była na studiach licencjackich w Vassar i zdaje się pisała dla tamtejszej gazety. Miała doskonałe referencje.

– Miło mi to słyszeć. Od kogo?

– Pan wybaczy?

– Wspomniał pan, że miała doskonałe referencje. Pytam: od kogo?

– Nie jestem pewien, czy powinienem to panu mówić. Nie chcę, żeby ludzie oskarżali nas o nepotyzm przy doborze współpracowników.

– Przez myśl by mi to nie przeszło. Chciałem się tylko upewnić. To pozostanie między nami. – James obejrzał się za siebie i zobaczył, że Riley puka palcem w zegarek. Śledczy lada chwila mógł przerwać rozmowę.

– W tej sytuacji mogę pana zapewnić, że panna Lake ma najlepsze rekomendacje, jakie można sobie wyobrazić.

– Naprawdę?

– Tak, przyszła do nas z polecenia rektora, doktora Prestona McAndrew. Prosiłbym, żeby to zostało między nami, ale doktor McAndrew jest wujem panny Lake.

• • •

Łóżko w celi było wąskie i twarde. Jakaś część Jamesa ucieszyła się z faktu, że może się wyciągnąć i odpocząć. Czuł się wyczerpany i chciał się zastanowić w spokoju. Jednak inna jego część rwała się do czynu, pragnęła znaleźć się z powrotem na ulicy, w świetle dnia, sprawdzić, czy ostatnie rewelacje doprowadzą go w końcu do Florence. Ale najpierw musiał wszystko przetrawić.

Analizował w myślach wydarzenia ostatnich dwudziestu czterech godzin – od chwili, gdy Dorothy Lake zaczepiła go przed kryptą Wilczej Głowy – rozpatrując je w świetle ujawnienia jej powiązań rodzinnych z rektorem. Teoretycznie niczego to nie zmieniało: owszem, McAndrew załatwił jej przyjęcie do „Yale Daily News", ale obecnie była ambitną, młodą dziennikarką, której zależało wyłącznie na zdobyciu ciekawego tematu.

Istniała jednak bardziej prawdopodobna możliwość, że w rzeczywistości pracowała dla swojego wuja – posłusznie wykonując jego polecenia. Możliwe, że polegały one tylko na obserwacji Jamesa i informowaniu rektora o jego poczynaniach. Ale musiał też brać pod uwagę, że jej obowiązki miały o wiele szerszy zakres.

Myślał o spisie nazwisk członków Wilczej Głowy w notatniku panny Lake, o tym, że byli tam wszyscy z wyjątkiem jednego z najbardziej prominentnych byłych członków stowarzyszenia: obecnego rektora Uniwersytetu Yale. Powinien był nabrać podejrzeń w chwili, gdy McAndrew przyznał się, że należał do tajnego bractwa, ale w jego głowie nie odezwał się żaden dzwonek alarmowy.

Podobnie uznał, że ma po prostu pecha, gdy rektor we własnej osobie nakrył go na buszowaniu w kartotece. Ale przecież Dorothy mogła zawiadomić o wszystkim wuja. Mogła pozbierać się z upadku szybciej, niż się umawiali, i pójść poszukać McAndrew albo posłać po niego sekretarkę. Jeśli tak było, to jej telefon na komisariat, do Rileya, byłby drugą zdradą Jamesa na przestrzeni dwóch dni.

Tak więc, pomimo całej swej uprzejmości i obietnicy pomocy, rektor nie ufał Jamesowi i oddelegował kogoś, a dokładnie własną siostrzenicę, żeby go miała na oku i mogła zaalarmować wuja, gdyby James zbliżył się niebezpiecznie do jego tajemnicy. Ale jakiej? Co rektor przed nim ukrywał? Tak czy owak, McAndrew musiał uznać, że James jest bliski odkrycia sekretu. Co jednak kazało mu tak sądzić? Fakt, że James miał styczność z Lundem? Czy to, że interesował się oksfordzkimi dziećmi?

Bolała go głowa, rwało w ramieniu, jak zawsze po wyczerpującym wysiłku. Najchętniej by zasnął, wymknął się do skradzionej chwili wypoczynku i marzeń sennych, gdzie mógłby spotkać Harry'ego i Florence. Powieki ciążyły mu coraz bardziej. Nagle jednak metal zgrzytnął o metal. Strażnicy otwierali drzwi.

Niższy rangą policjant bez słowa machnął ręką w stronę korytarza. James zaczął się psychicznie szykować do wyjścia – podpisze formularz, oddadzą mu jego rzeczy i puszczą wolno – jednak powitał go Riley z kubkiem dymiącej kawy. Śledczy skinął w stronę pokoju przesłuchań.

– Zapraszam.

James wszedł za nim do środka. Czuł w ustach cierpki smak. Pot, który go zalewał podczas biegu, zasechł, oblepiając jego plecy. W brzuchu mu burczało: nie jadł od wielu godzin. Pokój przesłuchań był ostatnim miejscem na świecie, w którym miał ochotę przebywać. Czyżby wydział policji Yale nie miał pilniejszych zadań, niż ścigać angielskiego naukowca za to, że wszedł na furtkę ogrodową?

– Poruczniku Riley...

– Chwileczkę, doktorze Zennor. Muszę coś sprawdzić.

– W porządku. – James zastanawiał się, ile to jeszcze będzie trwać. – Niech pan strzela.

– Nie zamierzam pana pytać, tylko chcę się panu przyjrzeć. Mógłby się pan nie ruszać przez chwilę?

– Przyjrzeć mi się? O co panu chodzi, u diabła?

– Już, już, zaraz będzie po wszystkim. – Riley zaczął

dotykać włosów Jamesa i macać go po czaszce. James odruchowo wykonał gest, żeby go odepchnąć, ale porucznik był silny, jedną ręką unieruchomił prawą rękę Jamesa, drugą trzymał kosmyk jego włosów, pocierając je między palcami.

– Proszę mnie zostawić w spokoju!

– Już po krzyku – powiedział detektyw, odsuwając się od Jamesa i wycierając dłonie w chustkę do nosa. – Przepraszam bardzo.

– Radziłbym panu mieć sensowne wyjaśnienie, panie Riley, bo inaczej złożę na pana skargę. Nigdy dotąd...

– Proszę się uspokoić, Zennor. To ja decyduję, kto tutaj ma kłopoty. Proszę nie zapominać, że przyłapałem pana na bezprawnym wtargnięciu na teren prywatny. Niech pan siada. – James nadal stał, kipiąc z wściekłości. – No, już.

James usiadł niechętnie, starając się opanować.

– Proszę wybaczyć mi tę nieoczekiwaną obdukcję, ale moja praca nie należy do najprzyjemniejszych. A teraz, pozwoli pan, że opowiem o interesującej osobie, która właśnie opuściła komisariat.

James, który wciąż musiał się hamować, żeby nie wybuchnąć, milczał.

– To sąsiadka Lundów. Twierdzi, że słyszała jakiś hałas późnym wieczorem w poniedziałek. Podeszła do okna sprawdzić, co się dzieje, i niech pan sobie wyobrazi, zobaczyła wychodzącego z domu mężczyznę.

– Przerabialiśmy to już. Wie pan dobrze, że spałem jak zabity w Klubie Elż...

– Czy mógłby się pan przymknąć i posłuchać? Otóż zaraz przy domu Lundów stoi latarnia. Sąsiadka twierdzi, że mężczyzna był wysoki, mniej więcej pańskiego wzrostu. Nie widziała jego twarzy, ale światło latarni padło na jego włosy. Podobno dosyć charakterystyczne, szpakowate. Wie pan, pół na pół czarne z siwymi.

Kiedy umilkł, James również milczał, starając się, by jego twarz też nic nie wyrażała.

– Dlatego musiałem pana trochę pomacać po głowie przed chwilą. Chciałem sprawdzić, czy nie ufarbował pan włosów dla niepoznaki.

– I wyszło na to, że nie.

– Wyszło na to, że nie.

– Jednym słowem, zabójcą George'a Lunda jest ktoś inny.

Riley rozsiadł się wygodniej na krześle.

– Myślę, że znów przechodzi pan zbyt pochopnie do wniosków, doktorze Zennor. Nadal wygląda to na samobójstwo.

– Jednak, jak sam pan wspomniał, jego żona twierdzi, że miał plany na przyszłość. Dopiero co został ojcem.

– Nie musi mi pan przypominać. Sam wiem, co mówiłem.

– Ilu samobójców umiera z metalową odznaką w ustach? Nie było też żadnych śladów włamania.

– Nie, a to zwykle znaczy, że nie brał w tym udziału nikt z zewnątrz.

– Albo brał ktoś na tyle znajomy, że Lund wpuścił go do domu o tak późnej porze.

– Proszę mnie nie próbować wyręczać, doktorze Zennor.

– Gdzieżbym śmiał, poruczniku – odparł uprzejmie James, jednak krew tętniła mu w skroniach; wyobrażał sobie kolejne obszary swojego mózgu rozjarzające się jak automat do gry, który widział w drogerii przy College Street. – Czy mógłbym jednak prosić o uprzejmość?

– Zależy jaką.

– Rozumiem, że w zaistniałej sytuacji postanowił mnie pan wypuścić. Byłbym bardzo zobowiązany, gdyby nie wspomniał pan nikomu o tym, co zaszło, zwłaszcza redaktorowi naczelnemu „Daily Yale News".

– Nie wymaga pan za dużo ode mnie? To znaczy...

– Nawet swoim przełożonym, jeśli to możliwe. Nie mogę teraz wyjaśnić, dlaczego, jeśli jednak wierzy pan w moją uczciwość, a takie mam wrażenie, to proszę, żeby pan uwierzył też, że pańskie milczenie może pomóc w rozwikłaniu tej sprawy. Nie tylko mnie, ale również panu.

– Może tak się rozmawia z funkcjonariuszami policji w Anglii, ale muszę pana uprzedzić, że tutaj nie...

– Gdzie mam podpisać? – przerwał mu James pogodnie. – Strasznie się spieszę.

Rozdział 33

„Szpakowate... Pół na pół czarne z siwymi".

Riley nazwał je charakterystycznymi i słusznie. Włosy były jedną z pierwszych rzeczy, które rzuciły się Jamesowi w oczy, kiedy poznał Prestona McAndrew. Mężczyzna, którego widziała sąsiadka, odpowiadał też wzrostem rektorowi.

Gdyby usłyszał o tym z drugiej ręki, pewnie uznałby to za wymysły w rodzaju historyjek, jakimi w Anglii raczą czytelników niedzielne wydania gazet: rektor uniwersytetu domniemanym mordercą. Ale w świetle faktów z pewnością istniały powody, by sądzić, że Preston McAndrew zamordował George'a Lunda i że pomimo ujmującego sposobu bycia i osiągnięć naukowych człowiek ten, pełniący jedną z najbardziej zaszczytnych funkcji na amerykańskiej uczelni, udusił swojego zastępcę, a następnie powiesił zwłoki, żeby upozorować samobójstwo. Dla Jamesa oznaczało to przede wszystkim jedno: gorące zapewnienia McAndrew, że dołoży wszelkich starań, żeby odszukać Harry'ego i Florence, mógł sobie włożyć między bajki. Tego człowieka należało się bać, a nie mu ufać.

James pomaszerował szybko wzdłuż Wall Street, potem skręcił w Church Street; szedł na pamięć, zadowolony z prostoty układu ulic w New Haven. Ramię go bolało i najchętniej by wypoczął, ale zastrzyk adrenaliny zaczynał działać, niosąc ze sobą znieczulenie.

James widział już dwa schodki przed wejściem do skromnego, lecz ładnego domku Lundów. Był skończonym idiotą, biorąc ze sobą pannę Lake, siostrzenicę McAndrew. Nic dziwnego, że Margaret nabrała wody w usta. A potem jeszcze zjadł z Dorothy kolację. Rozmawiali o Florence, a on porzucił ostrożność, sądząc, że reporterka go lubi, gdy tymczasem ona po prostu wykonywała swoją robotę.

Szlag go trafiał z powodu własnej głupoty. Dobiegał trzydziestki, był za stary, żeby dać się tak podejść. Powinien był przejrzeć na wylot poznaną przy krypcie Wilczej Głowy piękną i intrygującą dziewczynę, która paliła się do tego, by mu pomagać i towarzyszyć. Był też – jak by to nazwać? – nie tyle zły na Dorothy, ile nią rozczarowany. Pomimo całego targowania się i jej podstępów, odniósł wrażenie, że coś ich ze sobą łączy. W dodatku troska, nieomal matczyna, w jej oczach, gdy mówił o Harrym... Trudno mu było się pogodzić, że to wszystko okazało się tylko grą.

Mimo późnego popołudnia słońce wciąż mocno świeciło. Stojąc na ganku, nie mógł zajrzeć do wewnątrz, bo światło odbijało się od szyb okiennych.

Zastukał kołatką. Cisza. Zastukał ponownie, tym razem przykładając ucho do drzwi, ale nie słyszał żadnych głosów ani cichego gwaru, który dobiegał z wnętrza poprzedniego dnia. Przesunął się w bok, w stronę wykuszu okiennego salonu. Zasłaniając oczy dłonią, zajrzał do środka. Wszędzie było ciemno.

– Szuka pan tej rodziny? – dobiegł go głos z ganka sąsiedniego domu. Starszy mężczyzna w niebieskim blezerze siedział na wiklinowym fotelu z gazetą na kolanach. – Przyszedł pan złożyć kondolencje? – dodał, jakby zakładał, że James go nie dosłyszał.

James uśmiechnął się smutno.

– Tak, przychodzę zobaczyć się z panią Lund. Może pan wie...

– Wyjechali dziś rano.

– Wyjechali?

– Ano, tak. Wszyscy, starsi państwo, dziecko. Raniuteńko. Śpię najwyżej do czwartej, wpół do piątej. Zobaczy pan sam, na starość.

– I co...

– Zszedłem na dół i zobaczyłem, że się pakują, i to w wielkim pośpiechu. Powrzucali walizki do bagażnika i wskoczyli do samochodu. Młodsza pomachała mi ręką.

– Margaret?

– Tak. Trzymała dziecko. Raz, dwa i już było po nich.

– O świcie?

– Otóż to. O pierwszym brzasku, nie inaczej.

– Mówili, dokąd jadą?

– Nie. Nie powiedzieli ani słowa, tylko od razu ruszyli.

James podziękował staruszkowi i zawrócił, po drodze rozmyślając o tym, co usłyszał.

„W tym wszystkim maczają palce bardzo wpływowe osoby", powiedziała poprzedniego dnia Margaret Lund. Sądziła, że jej mąż został zamordowany, bo znał jakiś sekret. To były jej słowa. Musiała dojść do wniosku, że ją też mogą zabić i że zagrożenie jest poważne, co usprawiedliwiałoby paniczną ucieczkę o świcie. Może Lund rozmawiał z żoną o swoich podejrzeniach. Nic dziwnego, że nie paliła się, by o tym mówić, zwłaszcza w obecności kobiety, o której wiedziała, że jest siostrzenicą rektora. Naraziłoby to zarówno ją – jak i jej rozmówcę – na wielkie niebezpieczeństwo. Przypomniał sobie jej udręczone spojrzenie, tak bardzo nie na miejscu, zważywszy na fakt, że trzymała na rękach maleństwo. „Nie ze względu na mnie, tylko na pana".

Na myśl o tym kręciło mu się w głowie i czuł lęk. Będzie

musiał to wszystko rozgryźć. Nie pozostaje mu nic innego, jeśli chce odnaleźć Harry'ego i Florence.

Trudno, powiedział sobie. Skoro nie ma szans dowiedzieć się od Margaret, co wiedział George, sam do tego dojdzie, opierając się na tym, co Lund próbował mu zakomunikować, także w obliczu swojej śmierci. Żeby poznać prawdę, będzie musiał zajrzeć za kulisy stowarzyszenia Wilcza Głowa.

• • •

Przez godzinę krążył w pobliżu albo siedział na ławce po drugiej stronie ulicy, cały czas obserwując wejście do krypty Wilczej Głowy. Szczególnie starał się być wyczulony na czarnego buicka z białymi pasami na oponach, ale samochód się nie pojawił. Riley okazał się równym gościem: wyglądało na to, że zastosował się do prośby Jamesa i nie dał nikomu znać, że angielski dżentelmen oskarżony o bezprawne wkroczenie na teren prywatny został zwolniony z aresztu. Chuchając na zimne, James wstąpił do J. Press przy York Street kupić sobie nową marynarkę. Zainspirowany przez starego sąsiada Lundów wybrał niebieski blezer i panamę, którą nasunął mocno na oczy. Próbował zmylić trop, na wypadek gdyby był obserwowany.

Nadal nic. Budynek zasługiwał na swoją nazwę: był zamknięty i milczący jak grób.

James spojrzał na numer „Time'a", który kupił po drodze na stoisku z gazetami. Jego wzrok przykuła fotografia lorda Beaverbrooka, pierwszego lokatora utworzonego niedawno Ministerstwa Przemysłu Lotniczego. Tygodnik wynosił pod niebiosa człowieka, który wypłynął przy Churchillu: *Nawet jeśli wielka Brytania podda się na jesieni, nie będzie to winą lorda Beaverbrooka, natomiast jeśli przetrwa, będzie to jego zasługą. Ta wojna jest wojną zmechanizowaną, zwycięska bitwa toczy się na taśmie produkcyjnej.*

Pismo było wyraźnie pod wrażeniem nowego ministra i starało się przedstawić sytuację w duchu optymistycznym, ale pierwsza linijka przybiła Jamesa. *Nawet jeśli Wielka Brytania podda się na jesieni...* Florence wcale nie histeryzowała, obawiając się nazistów. Inwazja była nie tylko możliwa, ale wręcz wysoce prawdopodobna.

Podniósł wzrok i zobaczył nadchodzącego siwowłosego mężczyznę. Rozpoznał jego twarz bez trudu: był to Theodore Lowell, kapelan uniwersytecki, ten sam pastor, którego widział w kościele Battel Chapel w niedzielę. Zamarł, ale Lowell nie zwrócił na niego najmniejszej uwagi, tylko rozejrzał się na boki, zanim przeszedł przez jezdnię, i nie zmieniając kroku, skręcił w wysadzaną krzewami alejkę prowadzącą przez trawnik do siedziby Wilczej Głowy.

James przyjął to bez zaskoczenia: w notatniku Dorothy Lake Lowell figurował na liście byłych członków stowarzyszenia, więc miał prawo wstępu do krypty; jako kapelan mógł wręcz zmierzać tam z wizytą duszpasterską. (James wyobraził sobie, jak zaleca młodzieńcowi, który zszedł na manowce, żeby pił ździebko mniej, za to ciut częściej odmawiał pacierze).

Jednak Jamesa uderzył w krokach pastora jakiś pośpiech, a właściwie nie pośpiech, tylko ukradkowość, jakby Lowell bał się, że ktoś go zauważy. Nerwowo obejrzał się za siebie i zniknął w bocznym wejściu.

James wrócił z powrotem do obserwacji z ławki, kiedy usłyszał szelest i zobaczył, że z tych samych, oddalonych od ulicy drzwi wychodzi jakaś postać. Mężczyzna zdawał się wyższy od pastora i młodszy; włosy miał ciemniejsze. James w ostatniej chwili zdążył się zasłonić czasopismem.

Drugi mężczyzna doszedł do chodnika i skierował się na północ, w kierunku Elm Street. James odczekał parę sekund i ruszył za nim.

W głowie rozbrzmiewał mu głos Jorgego, hiszpańskiego republikanina, który przed trzema laty w Madrycie wtajemniczał ich obu z Harrym w arkana śledzenia domniemanych agentów piątej kolumny generała Franco: „Pamiętajcie, żeby iść w tym samym tempie, co obiekt. Jeśli zwolnicie, obiekt zniknie wam z oczu. Jeśli przyspieszycie, ujawnicie się za wcześnie".

• • •

Śledzenie nie było łatwe: ledwie James nabrał odpowiedniego tempa, musiał przebić się – mamrocząc „przepraszam" – przez tłum studentów wychodzących z kolegium. Mrużył oczy przed popołudniowym słońcem, starając się jednocześnie nie zgubić wyprzedzającego go o dwadzieścia metrów mężczyzny. Kimkolwiek był, młodzieniec niewątpliwie zmierzał w konkretne miejsce, a jego krok sugerował, że idzie niedaleko.

„Najtrudniejszą częścią każdego szpiegowania są zakręty, przy których ryzyko zgubienia obiektu znacząco wzrasta. Pojawia się tendencja do przyspieszania, która jednak niesie ze sobą niebezpieczeństwo: obserwowany, jeśli jest czujny, może zauważyć, że ktoś, kto był od niego daleko, nagle zmniejszył dystans. W sekundzie, gdy tropiciel zwróci na siebie uwagę, jest spalony".

James trzymał równe tempo, kiedy jednak skręcił za róg i spojrzał w kierunku, w którym spodziewał się zobaczyć mężczyznę – nie było go tam.

Niech to diabli. James omiótł szybko wzrokiem drugą stronę ulicy. Też go tam nie było. Czyżby młody człowiek wyczuł pismo nosem i rzucił się do ucieczki? Spojrzał w głąb ulicy, nigdzie jednak nie zauważył oddalającej się szybko sylwetki.

Nareszcie. Rozglądał się za ruchomym celem, dlatego przeoczył nieruchomą postać. Mężczyzna stał zaledwie o dom dalej, przed wejściem do pokaźnej kamienicy, bodaj w stylu georgiańskim. Sprawiał wrażenie, jakby nie zdawał sobie sprawy, że jest śledzony.

James wciągnął brzuch jak drapieżnik, który próbuje zminimalizować swój rozmiar, by stać się niewidzialnym. Teraz przynajmniej mógł się porządnie przyjrzeć mężczyźnie. Wysoki, postawny, okazał się zaskakująco młody – mógł być nawet studentem pierwszych lat. Czyżby był „juniorem", aktualnym członkiem Wilczej Głowy? Prawa noga drżała mu lekko pod nogawką spodni; chyba się niecierpliwił. Zastukał ponownie do drzwi, które w końcu się otworzyły.

James odruchowo zrobił krok do tyłu, starając się wtopić w scenerię ulicy. Patrzył, jak młody mężczyzna podaje starszemu białą kopertę. Doszło między nimi do krótkiej wymiany zdań, po czym młody najwyraźniej został zaproszony do środka. Drzwi zamknęły się za nim z trzaśnięciem.

James przeszedł szybko obok budynku, starając się wyglądać jak najbardziej naturalnie. Zerknął w prawo i zobaczył, że siatka w oknach nie pozwala zajrzeć do wnętrza. Nagle oślepił go błysk: słońce odbijało się w mosiężnej tabliczce przy drzwiach.

Najbezpieczniejszą opcją było natychmiast ruszyć dalej. Jeśli przystanie, może narazić się na to, że młody człowiek wyjdzie ze środka i widząc go, nabierze podejrzeń. Ruszył do bramy zdecydowanym krokiem, jakby też niósł jakąś przesyłkę. Udawał, że naciska dzwonek, w rzeczywistości przyglądał się chyłkiem tabliczce raz, a potem drugi, żeby sprawdzić, czy go wzrok nie myli.

Patrzył zaszokowany na starannie wygrawerowany napis: AMERYKAŃSKIE TOWARZYSTWO EUGENICZNE, BIURO W NEW HAVEN.

Rozdział 34

Londyn

Wyraźnie pamiętał tamto odczucie. Ekscytujący koktajl nerwów, satysfakcji, lęku i podniecenia. Ostatni raz przeżywał to jako junior w St Albans. Paru seniorom udało się gdzieś zdobyć „erotyczne" obrazki, kolekcję fotografii – ponoć niesamowicie wyuzdanych. Wszyscy na jego roku marzyli o tym, by je obejrzeć, a los chciał, że wpadły właśnie w ręce Taylora Hastingsa.

Dopiął tego drogą wielu negocjacji, wymian i obietnic – ale wreszcie zdjęcia znalazły się u niego. Kiedy wychodził tamtego wieczoru z dormitorium seniorów z przewieszoną przez ramię torbą zawierającą drogocenną „dokumentację", czuł, że twarz mu płonie. Był podniecony perspektywą oglądania kolekcji, prawdę powiedziawszy, zaszedł do umywalni przy boisku do squasha, by w samotności dokonać wstępnych oględzin. Do tego dochodził upojny smak owocu zakazanego.

W torbie miał kolekcję fotografii kobiet w akrobatycznych albo zwyczajnie szokujących pozach – jedna przedstawiała gołą pupę uderzaną laską – każde ze zdjęć łamało z pół tuzina szkolnych reguł, a na dobitkę kilka rządowych ustaw przeciwko pornografii. Co więcej, dzięki znajomości karcianych sztuczek zwinął więcej zdjęć, niż planowali mu dać seniorzy, tak więc całości dopełniała satysfakcja z udanego przekrętu, podniecenie wskutek popełnienia przestępstwa – drobnego, ale z fasonem – podniecenie, które miało również wymiar seksualny. Tak samo czuł się teraz, idąc przez Grosvenor Square z torbą wypchaną nielegalną zawartością. Jednak ten numer musi być wyreżyserowany staranniej niż trik, dzięki któremu wyrolował starszych kolegów z St Alban. Przekładanie papierów ze stosu na stos ze zręcznością iluzjonisty wyciągającego asa z rękawa wymagało nie tylko sprawnych rąk, ale również przytomności umysłu.

Dla odwrócenia uwagi zawołał kolegów, żeby pokazać im zagadkowy szyfrogram, który właśnie odebrał, po czym zachęcił do burzy mózgów w celu złamania szyfru. I podczas, gdy oni głowili się nad depeszą, a kolega Cellucci drapał się za uchem końcem ołówka zakończonym gumką, Taylor pod ich nosem zwinął przekalkowane odbitki kluczowych dokumentów.

Na tym właśnie polegał jego geniusz. W chwili gdy postanowił działać, bynajmniej nie wyprosił tych cymbałów z pokoju szyfrantów. Nic z tych rzeczy. Nie zblamował się też żałosnym brakiem inwencji, czekając, aż wyjdą. Przeciwnie, zgromadził kolegów wokół swojego biurka. A gdy pochylili się nad przynętą, którą na nich zastawił, zrobił krok do tyłu i zgarnął dokładnie to, o co mu chodziło. Potencjalnych świadków przestępstwa zamienił w alibistów dowodzących jego niewinności.

Idąc przez Hyde Park w jasny, letni wieczór, czuł, jak krew mu napływa do lędźwi. Na myśl o tym, co właśnie zrobił, dostał erekcji. Wyobraził sobie, jak z Anną jeszcze tej nocy będą w łóżku przeglądać dokumenty. Taylor będzie czytał je na głos, parodiując autorów. Widział już w wyobraźni, jak Anna go chwali, nazywa swoim „małym mądralą", nagradza językiem, począwszy od piersi, by potem posuwać się metodycznie w dół...

Chyba że Taylor wyrzeknie się tej gwarantowanej rozkoszy. Może powinien wziąć na wstrzymanie i zaczekać na większą nagrodę, co znaczyłoby, że po przyjściu do domu ukryje dokumenty tam, gdzie nikt ich nie będzie szukał – do czasu, gdy będzie miał szansę pokazać je osobie, która bezbłędnie doceni ich wartość. Osobie, która, nawiasem mówiąc, powierzyła mu swoje ważkie tajemnice zamknięte między okładkami wykwintnego czerwonego notesu. Strach pomyśleć, co Rawls Murray mógłby zdziałać, mając te dokumenty. Wstrząśnie nim sam widok ich nadawcy – a kiedy dotrze do niego treść, padnie z wrażenia.

Taylor w jednej chwili urośnie w oczach Reginalda Rawlsa Murraya do rangi bohatera, to było pewne. Naturalnie nimb bohatera spowije go również w oczach członków Right Clubu. Ale ambicje młodego Amerykanina były bardziej dalekosiężne. Taylor Hastings spodziewał się, że jego czyny zapewnią mu nieśmiertelność na kartach historii.

Rozdział 35

Eugeniczne? James zmrużył oczy, niepewny, czy dobrze przeczytał. Eugeniczne? Co, na Boga, nauka o hodowaniu ludzi – ulepszaniu rasy ludzkiej i wszystkim, co za tym idzie – miała wspólnego z wydarzeniami ostatnich dni i tygodni? O ile, naturalnie, cokolwiek miała. A jeśli śledził po prostu jednego z wielu członków stowarzyszenia Wilcza Głowa, którego naukowe zainteresowania ogniskowały się wokół eugeniki, a który nie miał nic wspólnego ani z Lundem, rektorem i jego siostrzenicą ani też, co gorsza, z Florence i Harrym?

Rozum nakazywał mu odejść stamtąd i przemyśleć sprawę. Ale od czasu pamiętnego wczesnego poranka w Oksfordzie nauczył się, że rozum nie zawsze ma ostatnie słowo i że on sam jest czymś więcej niż tylko sumą kolejnych racjonalnych spostrzeżeń. Był istotą z krwi i kości, obdarzoną instynktem i intuicją – jak również złością i smutkiem – które zbyt długo próbował wyprzeć. Zdał się więc na swoją intuicję, która podpowiadała mu, by nacisnąć dzwonek i wejść do tutejszego oddziału Amerykańskiego Towarzystwa Eugenicznego.

Nie czekał długo. Drzwi otworzył mężczyzna w okularach, których szkła zapotniały w duchocie ostatnich dni lipca. Sądząc z wyrazu jego twarzy i gwaru dobiegającego z wnętrza, wpuszczał już gości od pewnego czasu: James chyba trafił na jakieś zebranie.

Znów instynkt podyktował mu, co robić dalej. Zamiast się przedstawić, po prostu skinął głową i wszedł do środka.

– Jest pan na liście? – spytał mężczyzna w zapoconych szkłach.

– Powinienem być – odparł James tonem, który, miał nadzieję, łączył w sobie pewność siebie, uprzejmość i nonszalancję. Mężczyzna wskazał mu stolik, przy którym siedziały dwie panie z listą gości. James podziękował i ruszył w ich stronę, po to tylko, by odbić w innym kierunku, kiedy dzwonek zabrzmiał kolejny raz, wzywając mężczyznę do jego obowiązków.

Wnętrze było chłodne i jasne jak wnętrza londyńskich kamienic. Stał w holu na posadzce z czarnych i białych kafli ułożonych w skośną szachownicę. Ze swojego miejsca widział przez otwarte drzwi salę, w której ustawiono rzędy krzeseł – sala do złudzenia przypominała podobne pomieszczenia w Oksfordzie. Najprawdopodobniej trafił na tę dziwaczną formułę, seminarium wieczorowe: kieliszek wina, nadęty wykład, a na deser nadęta dyskusja. Krążył po holu, przyglądając się tłumowi, który wydał mu się dziwnie znajomy: panowie, zwykle w średnim wieku, w garniturach z gniecionego lnu i okularach w rogowej oprawie, wyglądali na pracowników naukowych. Unikał kontaktu wzrokowego, żeby nie dać się wciągnąć w rozmowę, podczas której ktoś mógłby go spytać, skąd się wziął w tym miejscu. Trzymał się więc w pobliżu stołów, uginających się od materiałów związanych z rozpoczynającą się wkrótce prelekcją, której tytuł brzmiał: „Eugenika – co dalej?", a prelegentem był niejaki doktor William Curtis z wydziału medycyny Yale. Czyżby kolejny protegowany McAndrew?

Na stole leżała też równa sterta czerwonych książeczek, które najprawdopodobniej zawierały manifest towarzystwa, rozdawany, zdaje się, za darmo. To był chwyt fanatycznych wyznawców: komuniści rozdawali pisma Marksa, ewangeliści wręczali przechodniom Biblię. Ciekawe, czy trafił na seminarium naukowe, czy seans nawracania?

Wziął do ręki książeczkę i zorientował się, że jest to w gruncie rzeczy elementarz przedmiotu: *Czym jest eugenika?* Majora Leonarda Darwina. Nigdzie nie było wzmianki na ten temat, ale James wiedział, że Leonard był synem Karola.

Na tym zresztą wyczerpywały się jego wiadomości. O istnieniu eugeniki wiedział od dawna; każdy wykształcony człowiek w latach trzydziestych coś o niej słyszał. W Oksfordzie też istniało Towarzystwo Eugeniczne, choć trudno powiedzieć, czy działało w warunkach wojennych. Od czasu do czasu wygłaszano jakiś wykład na ten temat, a w czasopismach często napotykał listy i artykuły poświęcone temu zagadnieniu. Ale nie wciągało go to. Nie przemawiał do niego język tej dyscypliny, a jej czołowi zwolennicy działali mu na nerwy: zwykle byli to dobrze urodzeni, obrotni osobnicy z wyższością traktujący młodego prowincjusza, który studiował dzięki stypendium.

James przeleciał wzrokiem spis rozdziałów książki Darwina juniora: *Zwierzęta domowe; Cechy dziedziczne; Człowiek naszych marzeń; Słaby materiał genetyczny; Kontrola urodzeń; Sterylizacja; Upośledzenie umysłowe; Degeneracja gatunku ludzkiego; Przyszłość eugeniki; Dobór małżonków.*

Podniósł oczy i zobaczył, że sala się wypełnia; przez chwilę przysłuchiwał się powitaniom połączonym z uściskami dłoni i narzekaniami na spóźniony pociąg z Bostonu oraz długą jazdę z Nowego Jorku. Zorientował się, że wykład gromadzi naukowców spoza Yale, chyba z kilku uniwersytetów Ligi Bluszczowej: Harvardu, Princeton, Columbii i tym podobnych. Kiedy poczuł, że ktoś mu się przygląda, wrócił do książki i przeczytał pierwsze zdanie na pierwszej stronie:

Kiedy nasz stary pies dożyje swoich dni i musimy go z żalem pogrzebać, zaczyna nas nurtować problem, jakiej rasy powinien być nasz nowy ulubieniec?

Przerzucił kilka stronic.

Hodowcy bydła jak świat światem wiedzą, że staranny dobór sztuk rozpłodowych na dłuższą metę jest wyjątkowo opłacalny... Skoro ludzkość, zarówno prymitywna, jak i cywilizowana, zawsze poświęcała wiele uwagi udoskonalaniu swojej trzody, dlaczego nie poświęca tyle samo, o ile nie więcej, uwagi swojemu gatunkowi? Przed zawarciem małżeństwa wielkie emocje budzi posag panny młodej, tymczasem nikt nie zwraca uwagi na cechy ciała i umysłu, jakie przekaże swojemu potomstwu – swojej, można powiedzieć, hodowli. Celem eugeniki jest udowodnienie, że hodowla naszych obywateli jest sprawą najwyższej wagi...

Kolejny raz przemknęło mu przez myśl, czy to aby nie strata czasu. Jaki związek z tym wszystkim mogli mieć Harry i Florence? Jedyne, co mu przychodziło do głowy, to to, że jego żona specjalizowała się w biologii, a eugenika była chyba dość pokrewną dziedziną. Czy to możliwe, by została ściągnięta tutaj, do Yale, do udziału w projekcie badawczym tak tajnym, że ukrywano go nawet przed Jamesem? Myśl o tym wstrząsnęła nim: znaczyłoby to, że każde słowo Florence na temat jej obaw związanych z inwazją i lęków o Harry'ego było kłamstwem. Nie mógł w to uwierzyć i nie zamierzał w to wierzyć. Gdyby miała do wykonania zadanie, które wymagałoby podróży do Stanów Zjednoczonych, nawet ściśle tajne zadanie, na sto procent powiedziałaby mu o tym. Zresztą, czy badania z zakresu eugeniki wymagały utajnienia? Nie wiązały się chyba z wojną i sytuacją międzynarodową.

Nagle tłum przycichł i poruszył się. Zebrani przestali plotkować i witać się ze znajomymi; wchodzili powoli do sali wykładowej. Seminarium miało się zacząć lada chwila. Zajął miejsce w tyle, obok mężczyzny, który wydobył już notatnik i właśnie kreślił piórem równą, pionową linię marginesu.

Pojawił się mówca, mężczyzna mniej więcej w wieku Jamesa: jasny blondyn, swobodny, uśmiechnięty, ubrany w letnią marynarkę, która zgrabnie na nim leżała. Na oko sprawiał wrażenie, jakby pochodził z rodziny, w której pieniądze są od pokoleń.

Mówca odchrząknął.

– Na początku chciałbym wam wszystkim podziękować za dotarcie do nas w takie upały. Jest wieczór, a wiem doskonale, że część z was przyjeżdża z daleka.

To było to: ta sama wymowa, co u Dorothy Lake. James rozejrzał się odruchowo, żeby sprawdzić, czy nie ma jej na sali.

– Jak wiemy, dzisiejsze spotkanie jest spotkaniem zamkniętym. Dyskrecja obowiązuje nas zawsze, ale dziś wieczór jest sprawą najwyższej wagi. Niektóre zagadnienia, które poruszę, mogłyby zostać... mylnie zinterpretowane w przypadku przedostania się do kręgu niewtajemniczonych. Mam nadzieję, że mogę liczyć na waszą lojalność.

Rozległy się potakiwania.

– To dobrze. Niektórzy z was przeglądali we foyer wydanie książki Darwina. Naturalnie, nie chciałbym uchybić szacownemu zgromadzeniu, wybierając tak elementarną lekturę jako punkt wyjścia dla dzisiejszych rozważań. Postanowiłem jednak rozpocząć mój wykład od kilku fundamentalnych stwierdzeń. Pozwolicie, że zacznę od istotnej wypowiedzi z książki *Co to jest eugenika?* – Teatralnym gestem podniósł książkę i zaczął czytać dobitnym głosem: – „Aby poprawić jakość naszej rasy, powinniśmy dążyć ze wszech miar do tego, by wszystkie osobniki wykazujące wrodzoną wyższość płodziły większą liczbę potomnych niż dotąd, natomiast osobniki mocno upośledzone przekazywały swoje geny jak najmniejszej liczbie potomnych". – Opuścił książkę. – Już z tego jednego akapitu można wyprowadzić dwa podstawowe kierunki myśli eugenicznej. Tak zwaną „eugenikę pozytywną", wspierającą prokreację osobników najinteligentniejszych – tu Curtis zatoczył dłonią, jakby zaliczał do tej kategorii publiczność, a ta odpowiedziała przyjaznym pomrukiem aprobaty – jak również tak zwaną, „eugenikę negatywną", której dążeniem jest, by osobniki mało wartościowe nie płodziły potomstwa. Wybaczcie, że wygłaszam tak rudymentarne prawdy, ale mam nadzieję, że cel mojego wywodu usprawiedliwi ten zabieg. Mówiąc skrótowo, eugenika wspiera się na założeniu, że jeśli będziemy mieć więcej silnych obywateli, a mniej słabych, cały naród w efekcie nabierze siły. To, co odnosi się do hodowli czempionów, odnosi się również do nas. Posłuchajmy, co mówi sam Darwin, reasumując naczelny cel eugeniki. – Znów podniósł czerwoną książeczkę i zaczął czytać z emfazą: – „Obniżenie przyrostu naturalnego pośród osobników z natury mniej wartościowych i zwiększenie przyrostu naturalnego pośród osobników bardziej wartościowych".

Z każdym słowem Curtisa w Jamesie coraz mocniej odżywała awersja do całej tej dyscypliny, awersja, która miała wręcz wymiar fizyczny.

Curtis znów czytał Darwina, wyjątki z rozdziału *Człowiek naszych marzeń*.

– „Panuje przekonanie, że powinniśmy nie tylko się starać o wyeliminowanie osobników o cechach skrajnie niepożądanych, ale również dążyć do wyhodowania biegunowo różnej populacji: populacji nadludzi. Stworzenie grupy perfekcyjnych egzemplarzy istot ludzkich, których wyższość byłaby dla wszystkich oczywista, i powierzenie im sterów świata, przyniosłoby wielką korzyść dla całej ludzkości. Owi nadludzie przejęliby władzę, a my kwitlibyśmy pod ich rządami". – Curtis opuścił książkę. – Czyż nie jest to znakomity pomysł, panie i panowie? Wyobraźmy sobie współczesny panteon: ludzi obdarzonych nadludzką mocą.

Siedzący obok Jamesa mężczyzna notował zapamiętale. Nikt dotąd nie podniósł ręki, żeby zaprotestować, najwyraźniej nikogo nie przerażała myśl o „grupie nadludzi" sprawującej rządy nad światem.

– Powstaje pytanie – ciągnął Curtis – jak konkretnie powinno społeczeństwo pozbyć się „osobników o cechach skrajnie niepożądanych"? Tu wywód Darwina w rozdziale poświęconym metodom eugenicznym wydaje się szczególnie inspirujący, pomimo że autor na samym wstępie odżegnuje się od metod, które pierwsze przychodzą nam na myśl.

Fala znaczącego śmieszku przetoczyła się nad salą.

Curtis powrócił do lektury.

– „Co się tyczy osobników mniej wartościowych, naturalnie nie możemy zredukować liczby spłodzonych przez nich potomków radykalnym sposobem, poprzez ich wymordowanie. Jedyne, co nam pozostaje, to zmniejszenie ich przyrostu naturalnego". W ustach autora wydaje się to dziecinnie łatwe, zgodzicie się? Łatwe dla pana majora Darwina, który siedział sobie w swoim gabinecie w hrabstwie Kent czy Staffordshire – Curtis wymawiał „Staffordszajer" – czy jeszcze gdzie indziej. Ale nie takie łatwe dla nas, którzy chcemy przełożyć jego idee na język faktów. Co mamy robić? Jakie działanie powinniśmy podjąć, by, mówiąc słowami Darwina, „zmniejszyć przyrost naturalny" osobników mniej wartościowych? Znamy dobrze różne oczywiste metody: kontrolę urodzeń, sterylizację i tym podobne. Wszystkie są pożyteczne i z dumą oświadczam, że Stany Zjednoczone jeszcze do niedawna były liderem sterylizacji. Ostatnio jednak zostaliśmy szybko w tyle za sprawą ustawodawstwa dopuszczającego przymusową sterylizację lub jej odmiany w kilku państwach europejskich: w Danii, Szwecji, Norwegii, Finlandii, a nawet w małej Estonii. Naturalnie na czoło wysuwają się Niemcy, gdzie państwo prowadzi politykę przymusowej sterylizacji, zwykle w postaci wazektomii u mężczyzn i podwiązania jajowodów u kobiet, a w wyjątkowych przypadkach w formie naświetlań promieniami rentgenowskimi. W ramach programu setkom tysięcy obywateli Niemiec, upośledzonych umysłowo lub pod innym względem, uniemożliwiono rozmnażanie się. Chyba zgodzimy się wszyscy, iż niekończące się debaty, czy tego rodzaju dostępne, wypróbowane medycznie metody zapobiegania rodzicielstwu osobników mało wartościowych powinny być stosowane w formie perswazji, czy też pod przymusem, należą już do przeszłości.

James obserwował twarze zebranych – nikt nawet nie mrugnął okiem. Słuchali, nie protestując nawet słowem, a wielu potakiwało, kiedy Curtis, cytując Leonarda Darwina, przeszedł do definicji osobników mało wartościowych: „Kryminaliści, szaleńcy, imbecyle, niedorozwinięci umysłowo, z uszkodzeniami okołoporodowymi, zdeformowani, głusi, ślepi i tak dalej".

Siedzący obok Jamesa mężczyzna zdążył już zapełnić dwie strony i zaczynał pisać na trzeciej, notując dalszy ciąg sporządzonej przez majora Darwina listy osobników, którzy nie powinni się rozmnażać: bezrobotni, osoby o niskich zarobkach, osobnicy odrzuceni przez społeczeństwo z powodu niskiej wartości, jak również dotknięci suchotami i epilepsją.

– „Żadna osoba z diagnozą padaczki nie powinna mieć potomstwa" – zacytował z promiennym uśmiechem Curtis i zaraz przeszedł do omówienia kolejnej grupy: – A co z tymi, którzy wydają się zadowalająco zdrowi na ciele i umyśle, mają jednak, mówiąc słowami Darwina, „licznych krewnych obarczonych defektami"? – spytał z przejęciem, jakby to pytanie spędzało mu sen z powiek. – Odpowiedź nie jest jednoznaczna, dlatego ludzie obarczeni klątwą drzewa rodowego, które wydaje zgniły owoc, powinni zasięgnąć porady lekarza. Darwin nie miał wątpliwości, co doświadczony lekarz zaproponowałby w podobnej sytuacji: „Małżeństwo z prawem wydania na świat jednego, góra dwóch potomków".

Nagle James poczuł w głębi trzewi, dlaczego nie przyjął w Oksfordzie zaproszenia panny Marie Stopes na jej wykład o kontroli narodzin – jednej z ulotek, które znalazł w swojej przegródce na listy dzień po zniknięciu Florence – dlaczego na widok artykułu wstępnego w gazecie wynoszącego pod niebiosa eugeniczne podejście do kontroli urodzin szybko przewracał stronę, dlaczego ta ideologia tak go mierziła. Jakim prawem ci ludzie mieli decydować, ile James czy ktoś inny może mieć dzieci? Dla nich była to czysta arytmetyka, kwestia prostego pragmatycznego rachunku, skalkulowania kombinacji czynników, które potencjalnie najbardziej uszczęśliwią największą rzeszę ludzi. W świetle podobnych kryteriów zredukowanie populacji kryminalistów, szaleńców, imbecylów, jak również głuchych, niemych i ślepców miało zdecydowanie sens. Ale przecież „pragmatyzm" nie może być jedyną miarą, każdy z „mało wartościowych" jest niepowtarzalną istotą, człowiekiem, który ma swoje życie, potrzeby, pragnienia, który kocha.

Pomyślał o swoich rodzicach: mówiąc o ludziach w liczbie mnogiej, zwykle używali określenia „dusze". „Mieliśmy dziś na porannym spotkaniu koło dwudziestu dusz". To był nawyk myślowy, przypomnienie, że ludzie są nie tylko liczmanami w jakiejś wydumanej utopii, lecz każdy z nich jest unikalną, drogocenną istotą. W młodości śmieszyło go takie gadanie, teraz jednak poczuł, że dojrzał do tego, by rzucić w twarz zebranym pojęcie „świętości życia", zakłócić prelekcję, sprowokować potulnie potakujących słuchaczy przypomnieniem, że ludzkie istoty nie są bydłem hodowlanym, że każda z nich jest cudowną, niezgłębioną tajemnicą – że człowiek nie jest środkiem do celu, lecz celem samym w sobie.

Była też inna sprawa. Myślał o swoim strzaskanym ramieniu. Przypomniał sobie kolejne odmowy, jakie dostawał od wybuchu wojny, nawet ze strony służb cywilnych. Bernard Grey wyjaśnił mu tę sprawę, kiedy zadzwonił do niego z portu w Liverpoolu: nie nadaje się do zadań specjalnych. Pamiętał też orzeczenie komisji wojskowej, hańbiące jak piętno wypalone na czole: kategoria D. Uświadomił sobie nagle, że jego odraza do eugeniki miała podłoże nie tylko ideologiczne, ale również płynęła z osobistego gniewu i rozgoryczenia. Nienawidził tej dziedziny, ponieważ zdawał sobie sprawę, że William Curtis i jego idol Leonard Darwin, a także im podobni – zapewne wszyscy obecni na tej rzęsiście oświetlonej, kulturalnej sali wykładowej – uznaliby jego, Jamesa Zennora, z jego ułomnym ciałem, lukami w pamięci, atakami furii i udręczoną psyche, za „skrajnie niepożądanego", „bezwartościowego" i „wybrakowanego". Gdyby więc Curtisowi i Darwinowi udało się przeforsować swoje poglądy, James bez wątpienia zostałby poinformowany dobrotliwie, a następnie zmuszony siłą do „powstrzymania się od rozrodu".

Zresztą spotkałoby to nie tylko jego, ale także wszystkich ludzi, których eugenicy gotowi byli wyrzucić na śmietnik. Myślał o młodych mężczyznach urodzonych w slumsach Manchesteru, Birmingham czy Glasgow, którzy teraz narażali życie w obronie Wielkiej Brytanii. Eugenicy uznaliby ich za podludzi, niegodnych kontynuacji w postaci następnego pokolenia. Przypomniał sobie Lena, towarzysza z Brygad Międzynarodowych, który wyznał którejś nocy, że jest dzieckiem prostytutki i nie zna swojego ojca. Eugenicy woleliby, żeby się nigdy nie urodził, a przecież był najwspanialszym, najodważniejszym człowiekiem, jakiego James spotkał w życiu. Myślał o własnych rodzicach, o swoim ojcu, synu górnika z kopalni cyny w Kornwalii, którego płuca odmówiły dalszej pracy, gdy miał zaledwie czterdzieści lat. Co Darwin pospołu z Curtisem postanowiliby w jego sprawie? Dziadek nie miałby raczej większych szans. Wyrzuciliby go na szmelc, wraz z synem i synem syna, jako wybrakowany egzemplarz człowieka.

Krew zawrzała mu w żyłach, zatrząsł się z wściekłości. Wiedział, że musi się wziąć w garść. Złapał się prawą ręką za lewy nadgarstek i mocno ścisnął. Musi panować nad sobą, żeby dowiedzieć się, o co w tym wszystkim chodzi: czy i jakie związki istnieją między Amerykańskim Towarzystwem Eugenicznym a Wilczą Głową i czy ten trop prowadzi do Harry'ego i Florence.

Siłą woli się uspokoił; jakby ustawił swoje wewnętrzne pokrętła w pozycji dostrojonej do częstotliwości prelegenta. Curtis przeszedł tymczasem do realnych wyzwań, jakie stały przed eugenikami w Ameryce. Rzeczowo, jakby się odwoływał do powszechnie panującej opinii, wyjaśnił, że jedna piąta ludności Stanów Zjednoczonych nie powinna była w ogóle przyjść na świat i że obowiązkiem eugeników, jako forpoczty następnych pokoleń, jest nie dopuścić do tego, by podobne osobniki rodziły się w przyszłości.

– Na szczęście – ciągnął Curtis – trafiliście państwo pod właściwy adres. Podczas gdy inne miasta w Stanach wciąż brną na oślep bez żadnych drogowskazów, my mamy przywilej posiadania uniwersytetu, w którym eugenika jest dziedziną cieszącą się należnym jej szacunkiem. Posłuchajmy tych oto słów. – Uniósł dłoń, sygnalizując kolejny cytat, tym razem jednak nie z czerwonej książeczki, lecz z pliku notatek: – „Jeśli ludzie u sterów, ludzie wpływowi przejrzą na oczy i zrozumieją doniosłość eugeniki, chroniąc krew naszej rasy od skażeń i obciążeń, stworzymy nową istotę ludzką w przeciągu zaledwie stu lat". Oto słowa – kontynuował ze służbistym uśmiechem – założyciela i pierwszego przewodniczącego Amerykańskiego Towarzystwa Eugenicznego, Irvinga Fishera, który, jak warto wspomnieć, był profesorem ekonomii właśnie u nas, w Yale. Nie muszę chyba wspominać Ellswortha Huntingtona, który zaledwie parę lat temu ustąpił ze stanowiska przewodniczącego rady nadzorczej naszego towarzystwa. Jak wszyscy pamiętamy, był profesorem geografii w Yale. Albo weźmy tę wypowiedź: „Zakładając, że społeczeństwo będzie mogło decydować o tym, jakie jednostki wyeliminować ze względu na niską wartość genetyczną... jak przeprowadzić ten proces?". To słowa Edmunda W. Sinotta, botanika, również wykładowcy Yale. Tych z państwa, którzy jeszcze nie prenumerują „Kwartalnika Amerykańskiego Towarzystwa Eugenicznego" serdecznie namawiam, by nie zwlekali z tym ani chwili: w każdym numerze roi się od pereł w tym stylu! – oznajmił przy akompaniamencie życzliwego śmiechu. – A jeśli obawiacie się, że nie mamy poparcia na samym szczycie, mogę was uspokoić: jest z nami James Angell. – Zebrani zaczęli kiwać skwapliwie głowami. – Angell był jeszcze do niedawna rektorem Uniwersytetu Yale. Pozwólcie więc, obiecuję, że to koniec dzisiejszych cytatów, że powołam się na jego słowa: „Współczesna medycyna bez równoczesnego wdrożenia jakiegoś programu eugenicznego, może doprowadzić do fizycznego i umysłowego scherlenia rasy ludzkiej. Zachowywanie przy życiu i przedłużanie istnienia jednostek niezdolnych do w miarę szczęśliwego i sprawnego funkcjonowania jest dobrodziejstwem bardzo wątpliwym". Zatem, jak sami państwo widzicie, mamy poparcie na najwyższym szczeblu.

Robak zwątpienia zalągł się w umyśle Jamesa, powoli, systematycznie tocząc wszystkie wydarzenia ostatnich tygodni. Miał ochotę obserwować jego ruchy i ich ostateczny wynik, ale musiał nadążać za tym, co się dzieje na sali. Eugenika przewędrowała za ocean i najwyraźniej znalazła w Yale bezpieczną przystań. Trudno było bagatelizować tę dziedzinę jako hobby wąskiej grupy dziwaków, skoro do jej wyznawców zaliczał się były rektor uniwersytetu.

Prelegent doszedł właśnie do meritum.

– Mówię o tym państwu z dwóch powodów. Po pierwsze dlatego, że w moim odczuciu zmitrężyliśmy zbyt wiele czasu na, nomen omen, dość jałowe debaty w kwestii: dobrowolnie czy przymusowo? Dyskusje te ciągną się nadal wyłącznie z powodu mglistości definicji. Wciąż brakuje nam wyraźnych, jednoznacznych pojęć tego co, czy też kogo, uznać za pełnowartościowego. Wypracowanie konsensusu w kwestii definicji będzie krokiem milowym w rozwoju eugeniki. Projekt, który chcę wam dzisiaj przedstawić, dąży do zakończenia raz na zawsze sporów terminologicznych. Zanim przedstawię państwu szczegóły, chciałbym zapewnić, że nie będziemy nakłaniać ani was, ani waszych instytucji akademickich do przyjmowania czegoś, czego sami nie jesteśmy gotowi zaakceptować, czy wręcz przedsięwziąć, mając, jak już wspomniałem, poparcie na samej górze.

James czuł napięcie na sali. Było cicho jak makiem zasiał. Wszyscy słuchali, wstrzymując oddech.

– Dwóch naukowców, jeden z Harvardu, drugi z Columbii, dokonało pionierskich badań w ramach tak zwanego „studium postawy" – ciągnął Curtis. – Są zgodni co do tego, że pomiary sylwetki poszczególnych jednostek poddane starannej analizie i interpretacji ujawniają wiele na temat inteligencji, temperamentu, moralności, a nawet przyszłych osiągnięć danej osoby. Warunkiem wartości diagnostycznej pomiarów jest jednak duży rozmiar próby i wielka precyzja. – Umilkł, jakby chciał dać słuchaczom szansę pełnego zgłębienia sensu jego słów. – Badacze ci uważają, że nie tylko są w stanie udowodnić związek między sprawnością fizyczną a inteligencją, ale również zademonstrować powyższą zależność w praktyce. Najpierw jednak muszą wypracować modele różnych konfiguracji cech fizycznych. Po ich skatalogowaniu i odpowiednio długiej obserwacji przebiegu małżeństwa, kariery zawodowej i innych dziedzin życia można będzie skorelować typy budowy i rysów twarzy z dalszymi losami danej osoby. Obaj badacze są przekonani o wysokim stopniu korelacji, wierzą że cechy morfologiczne okażą się niezawodnymi wyznacznikami charakteru. Można powiedzieć więc, że wierzą, państwo wybaczą mi tak uproszczone podsumowanie ich złożonej tezy, że budowa fizyczna definiuje losy jednostki.

W ciszy słychać było tylko skrzypienie pióra siedzącego obok Jamesa mężczyzny.

– Jednak wypracowanie tych modeli nie jest możliwe bez obszernej kolekcji fotografii młodych Amerykanów, na podstawie której można będzie stworzyć swoisty atlas budowy mężczyzny i atlas budowy kobiety. Obiekty powyższych badań będą musiały, naturalnie, zostać sfotografowane nago, po to, by ich typ budowy został prawidłowo sklasyfikowany. Dla zachowania tajności proces fotografowania mógłby towarzyszyć innym, bardziej konwencjonalnym badaniom. Podstawową kwestią jest jednak uzyskanie możliwie jak największej gamy typów, tak więc nieodzownym jest, by w każdej próbie znaleźli się osobnicy reprezentujący z dużym prawdopodobieństwem najwyższy, górny kraniec skali sprawności intelektualnej i moralności. Dlatego właśnie wezwałem was dzisiaj, moi drodzy koledzy z siostrzanych wszechnic Ligi Bluszczowej, abyście udzielili wszelkiego dostępnego wsparcia temu przełomowemu projektowi, który, przyznaję z dumą, zaczęliśmy już wdrażać u nas, w Yale.

Nagle James poczuł, że ciarki mu chodzą po plecach. Cofnął się w myślach do pizzerii Frank Pepe's; w rękach trzymał otwartą teczkę George'a Lunda. W środku znajdowały się fotografie nagich mężczyzn, wyglądające, jakby zostały zrobione podczas jakichś badań medycznych. Wszyscy byli młodzi, tak jak postulował Curtis. Czy to właśnie zdemaskował Lund? To, co miał w teczce – a co zostało starannie usunięte – nie było kolekcją pornograficznych fotek, którymi Lund sycił swoje skrywane fantazje homoseksualne. Były dowodem na to, że Yale uczestniczy we wstępnej fazie badań zmierzających do udowodnienia, że elita intelektualna posiada pewne wspólne wyznaczniki morfologiczne, że „budowa fizyczna definiuje los jednostki". Samo w sobie nie było to przestępstwem; Yale miało prawo prowadzić badania w dowolnym kierunku. Co jednak Curtis powiedział przed chwilą? „Dla zachowania tajności proces fotografowania mógłby towarzyszyć innym, bardziej konwencjonalnym badaniom". Przekładając stwierdzenie na język faktów, znaczyło to prawdopodobnie, że uczestnicy badań nie zostali poinformowani, w jakim celu są fotografowani, i sądzili zapewne, że powód jest inny. Jednym słowem Yale dopuściło się oszustwa, skłaniając młodych studentów do pozowania nago. Czy to było właśnie odkrycie Lunda, które przypłacił życiem?

James się pohamował. Chyba za bardzo się zagalopował w swoich domysłach. Gdyby tego rodzaju machlojki wyszły na światło dzienne, byłaby to dla Yale kompromitacja. Rektor na pewno musiałby się gęsto tłumaczyć. Ale James znał na wylot bonzów akademickich: McAndrew na pewno wykręciłby się, twierdząc, że doszło do nieporozumienia, że został wprowadzony w błąd, wierzył, że ma do czynienia z rzetelnym eksperymentem naukowym. Zachowałby się dokładnie tak samo, jak postąpiłyby w podobnej sytuacji władze każdej uczelni: zwaliłby winę na kogoś innego. James setki razy oglądał ten sam wybieg. I czy doszłoby z tego powodu do wielkiego skandalu? Raczej nie, skoro Curtis otwarcie mówił o eksperymencie na spotkaniu pracowników uczelni; fakt, że spotkaniu zamkniętym.

Co więcej, Lund był przekonany, że to, co odkrył, ma jakiś związek z Harrym i Florence. Co mogło jednak łączyć tych dwoje z nielegalnie wykonanymi fotografiami studentów? Zarówno Lund, jak i jego żona sugerowali również, że w grę wchodzi coś poważniejszego niż blamaż uczelni. „Nie wie pan nawet, w co wdepnął. To sprawa ma większy zasięg i jest poważniejsza, niż się panu wydaje".

Curtis przeszedł teraz do opisu wyzwań, jakim eugenicy będą musieli stawić czoło w najbliższych latach; wypunktowywał potencjalne bastiony opozycji i postulował – a jakże – podwyższenie funduszy badawczych. James słuchał go jednym uchem, gdyż jego umysł był zaabsorbowany zaciekłym dopasowywaniem elementów łamigłówki, rozpaczliwie próbując zbudować spójny obraz sytuacji, w którym mieściłaby się Florence z Harrym, a także sposób dotarcia do nich.

Prelegent zmierzał wyraźnie do końca.

– Wszyscy wiemy, że nadszedł czas wcielenia naszych idei w czyn, zweryfikowania ich w praktyce i wyciągnięcia logicznych konsekwencji, aby świat nareszcie przekonał się o wadze i konieczności rozwiązań eugenicznych. Tu chciałbym złożyć hołd człowiekowi, który na pewno chciałby być z nami dzisiaj i przeprasza nas za swą nieobecność, człowiekowi, który jest gorącym orędownikiem naszej sprawy. Jego najświeższe przemyślenia prezentują nowatorskie, frapujące podejście, które w pełni uwzględnia fakt, że żyjemy w epoce przemian, co widać wyraźnie po rozwoju wypadków w Europie. Mam na myśli rektora Uniwersytetu Yale, Prestona McAndrew!

• • •

James nie czekał na zakończenie zebrania i korzystając z tego, że siedział w tylnych rzędach, wymknął się, pozostawiając Curtisa, który pławił się w oklaskach. Doszedł szybko do York Street; w zachodzącym słońcu kamienne mury kolegium Trumbulla miały odcień bursztynu. Zerknął na zegarek. Jeśli się pospieszy, powinien jeszcze zdążyć. Mimowiednie obliczył czas w Anglii. Było już po północy i niemieccy lotnicy dokładnie w tej chwili unosili się nad krajem, zrzucając śmiercionośne ładunki na miasta, fabryki, domy, sypialnie...

Przyspieszył kroku. Czuł wyraźnie, że jest coraz bliżej prawdy. Lund musiał przejrzeć plany McAndrew. Zdjęcia były jednym z ich elementów, ale na tym się nie kończyło. Musiało być coś jeszcze, co zresztą potwierdził Curtis w słowach: „Jego najświeższe przemyślenia prezentują nowatorskie, frapujące podejście...".

Czego dotyczyły najświeższe przemyślenia McAndrew? Co takiego robił, mówił lub planował, że wzbudził w prorektorze tak wielką zgrozę i wzburzenie? Coś aż tak poważnego, by morderstwem zagwarantować sobie milczenie Lunda? Coś, co w jakiś sposób wiązało się z Florence i Harrym?

Dopiero po wejściu do Sterling Memorial, kiedy stanął w wielkim rozbrzmiewającym echem holu, James uprzytomnił sobie, że właściwie nie wie, jakiego działu powinien szukać. Czy eugenika zalicza się do nauk przyrodniczych, czy też do filozofii? Czy jest skatalogowana jako biologia, czy jako polityka? Zważywszy na przerost ambicji jej wyznawców i ich dążenie, by dziedzina była traktowana z powagą należną faktom obiektywnym i niepodważalnym, skierował się do czytelni nauk przyrodniczych.

Siląc się na uśmiech, podszedł do bibliotekarza, młodego mężczyzny, który wydawał się zirytowany tym, że ktoś mu przeszkadza w lekturze.

– Być może mógłby mi pan pomóc. Szukam ostatnich prac doktora Prestona McAndrew. Jest rektorem...

– Wiem, kim jest Preston McAndrew – odburknął bibliotekarz. – Książki czy czasopisma?

– Czy można sprawdzić jedno i w drugie?

– Myślę, że da się to zrobić. – Bibliotekarz spojrzał na zegar. – Proszę przyjść jutro rano, powiedzmy po jedenastej...

– Wybaczy pan, ale to jest niesłychanie pilna sprawa.

– No to musi mi pan podać więcej szczegółów, żebym mógł panu pomóc.

James rzucił pierwsze, co mu przyszło do głowy.

– „Kwartalnik Amerykańskiego Towarzystwa Eugenicznego". Powiedzmy, ostatni numer. – W końcu o nim właśnie wspominał Curtis. A jeśli McAndrew zamierzał nagłośnić swoje „najświeższe przemyślenia" na temat eugeniki, to z pewnością w tym piśmie, a nie gdzie indziej.

Bibliotekarz spojrzał na niego sceptycznie, w końcu jednak odwrócił się w kierunku potężnego katalogu, podczas gdy James krążył w kółko, popatrując to na zegarek, to na zegar biblioteczny i odtwarzając w myślach słowa Curtisa, na wypadek gdyby przeoczył coś ważnego.

Po długich minutach sprawdzania, ponownego sprawdzania, otwierania i zamykania szuflad bibliotekarz z ciężkim westchnieniem wreszcie wrócił do lady.

– Bardzo mi przykro, proszę pana, ale tytuł, który pan zamówił, aktualnie jest używany przez innego czytelnika.

Niech to szlag.

– Pewnie nie może mi pan podać jego nazwiska, żebym mógł go spytać, czy jeszcze jest mu potrzebny?

Młody mężczyzna spojrzał na niego wilkiem, najwyraźniej ważąc w sobie, czy więcej wysiłku kosztować go będzie zgoda, czy też odmowa, po której na pewno czeka go długa dyskusja z jakimś upierdliwym Anglikiem. Wahał się tak przez chwilę, po czym udał się do katalogu tematycznego, a potem do głównego. Wreszcie wrócił z miną, którą James znał aż za dobrze: Prawdę mówiąc, nie powinienem tego robić, no, ale skoro...

– Mam nazwisko, ale jest to dość...

– Rozumiem. Poproszę go bardzo uprzejmie.

– Oczywiście. Pismo, które życzy pan sobie przejrzeć, jest obecnie wydane czytelnikowi siedzącemu przy pulpicie numer czterysta siedemdziesiąt trzy. Jest pracownikiem wydziału. Niejaki George Lund.

Rozdział 36

W młodości James nie miał pojęcia, co to twarz pokerzysty. Jego rodzice i ich przyjaciele kwakrzy byli prostolinijnymi, uczciwymi ludźmi, więc nigdy nie nauczył się udawać. Dopiero w Oksfordzie dotarło do niego, że twarz światowego człowieka powinna być nieprzenikniona, ale nawet wtedy nie przychodziło mu to łatwo. Dopiero po Hiszpanii nauczył się nie okazywać emocji. Teraz więc wysłuchał słów bibliotekarza z kamienną twarzą, po czym odwrócił się i odszedł spokojnie do sekcji sali, w której znajdowały się pulpity o numerach od czterystu wzwyż.

Zatem Lund przed śmiercią szedł tym samym tropem co on, interesując się rektorem i jego „najświeższymi przemyśleniami". James zerkał na plakietki na mijanych pulpitach: czterysta sześćdziesiąt pięć, czterysta sześćdziesiąt sześć...

Czterysta siedemdziesiąt trzy. Zawahał się, zanim usiadł; skóra mu cierpła na myśl, że siada na miejscu nieboszczyka. Na pulpicie leżały dwie książki, jakby czytelnik po prostu wstał na chwilę, żeby pójść napić się kawy. Kiedy James siadał na krześle Lunda, ogarnęło go nagłe przeczucie: to właśnie w tych książkach prorektor znalazł coś, co go śmiertelnie przeraziło i co przypłacił życiem.

Wziął do ręki pierwszy tom, który był chyba jakąś antologią

czy zbiorem krótkich artykułów na temat eugeniki. Wertował je niecierpliwie, wypatrując czegoś, co by zwróciło jego uwagę. Irytował go brak spisu treści lub choćby spisu nazwisk autorów, jak również stopki redakcyjnej. Być może książka nigdy nie została wydana, będąc wyłącznie zbiorem opracowań, które jakaś instytucja – prawdopodobnie Yale – oprawiła własnym sumptem.

Nie brakowało jednak znajomych nazwisk. Przeciwnie, ku zaskoczeniu Jamesa większość autorów wywodziła się z angielskich kręgów socjalistycznych. Na wykładach połowy z nich był, pozostałych znał z wypowiedzi pisemnych. I tak, na przykład, George Bernard Shaw argumentował, że jedynym ratunkiem dla demokracji jest demokracja nadludzi: Jedynym prawdziwym i jedynym możliwym socjalizmem jest selekcja genetyczna pod kontrolą państwa. James przeskoczył kawałek i wyłowił zdanie, w którym Shaw twierdzi, że obalenie arystokracji spowodowało konieczność stworzenia nadludzi.

Był też artykuł wstępny z „New Statesmana" z 1931 roku.

Autor snuł rozważania, że przeciwnicy eugeniki wywodzą się wyłącznie z kręgów konserwatystów i reakcjonistów, zbyt samolubnych, by dostrzec, że ich pragnienie posiadania potomstwa powinno ustąpić społecznej potrzebie ulepszenia rasy. *Uzasadnione postulaty eugeników bynajmniej nie są sprzeczne z ideologią kolektywizmu. Przeciwnie, należy spodziewać się, że najbardziej nieprzejednanych przeciwników znajdą pośród ślepych wyznawców indywidualizmu w kwestii rodzicielstwa i ekonomii gospodarstwa domowego.*

Dalej wielce szanowany ekonomista, Keynes, wypowiadał się za powszechnym wprowadzeniem kontroli urodzeń, ponieważ klasa robotnicza jest „zbyt ciemna i zapijaczona", by można liczyć na to, że sama ograniczy liczbę potomstwa. A jeszcze dalej William Beveridge, dziekan Kolegium Uniwersyteckiego, argumentował, że osobnikom „ogólnie upośledzonym" należy odebrać nie tylko prawa wyborcze, ale również „prawa obywatelskie i prawo do ojcostwa".

Teraz James przerzucił się na krótki esej Harolda Laskiego, który siedział kiedyś między Jamesem a Florence przy profesorskim stole: *Bez wątpienia nadciąga już chwila w historii ludzkości, gdy społeczeństwo uzna płodzenie cherlaków za zbrodnię przeciwko sobie.* Na następnej stronie wypowiadał się J.B.S. Haldane. James przypomniał sobie, że Harry Knox często cytował Haldane'a, głównie dlatego, że wybitny naukowiec i socjalista popierał Republikę Hiszpańską. Tu jednak bił na trwogę: *Cywilizacja stanęła wobec realnego zagrożenia nadprodukcją „podludzi".*

James czytał teraz po łebkach, starając się znaleźć jakąś wzmiankę o McAndrew czy cokolwiek, co mogło zwrócić uwagę Lunda. Czuł się przy tym, jakby leżał przed nim nieboszczyk, a on poruszał jego zwłokami z nadzieją, że wytrząśnie coś, czego tamten nie zdążył powiedzieć.

Następny artykuł poświęcony sterylizacji osób uznanych za zbyt małowartościowe, by mogły się reprodukować, był długim omówieniem raportu Brocka na ten temat, który powstał w 1934 roku na zlecenie brytyjskiego ministra zdrowia. Sfora eugeników nie kryła zachwytu, że Brock doradzał właśnie to, do czego sami nawoływali: kampanię propagującą dobrowolną sterylizację. Temat doczekał się wstępniaka w „Manchester Guardian", który chwalił Brocka za „chwalebną misję eugeniki" – promowanie sterylizacji. Na sąsiedniej stronie znajdowała się tabela świeżych statystyk, demonstrująca, które kraje przodują w tej dziedzinie: Jeśli nie liczyć Niemiec, daleko przed peleton wysuwały się Stany Zjednoczone. Tylko w 1939 roku wysterylizowały trzydzieści tysięcy chorych umysłowo oraz chorych psychicznie kryminalistów, na ogół wbrew ich woli.

No, pokażże się wreszcie, zaczął się zżymać w duchu.

Przewertował parę kolejnych kartek, natrafiając na Bertranda Russella, luminarza filozofii i kolejnego z kumpli Greya goszczonych przy profesorskim stole. Wyglądało na to, że wielki mąż wykombinował interesujący patent na podniesienie jakości narodu. Marzyło mu się, że państwo będzie wydawać różnobarwne „glejty prokreacyjne": każdy, kto się ośmieli rozmnożyć z posiadaczem glejtu o innej barwie niż jego własna, będzie musiał uiścić pokaźną grzywnę, co zagwarantuje doborowym obywatelom, że ich krew będzie się łączyć tylko z krwią im podobnych. Prosząc o okazanie glejtu, unikną ryzyka skażenia groźnymi składnikami krwi proletariuszy, cudzoziemców czy też cherlaków.

Kręcąc głową nad arogancją tego toku rozumowania, James natknął się na esej sugerujący, że problem nie polega na tym, że biedni mają za dużo dzieci, lecz że mają dzieci pośledniego gatunku. Rozwiązaniem sytuacji byłby program sztucznego zapłodnienia, w ramach którego kobiety z klasy robotniczej zapładniano by spermą mężczyzn o wysokim wskaźniku inteligencji. Tu następował cytat z pism pierwszej damy Towarzystwa Fabiańskiego, Beatrice Webb, wyjaśniający, dlaczego osobniki jej pokroju były godne masowej reprodukcji; otóż określała samą siebie, jako „najinteligentniejszego członka jednej z najinteligentniejszych rodzin najinteligentniejszej klasy najinteligentniejszego narodu na świecie". James miał wrażenie, jakby słyszał Virginię Grey.

Nim dobrnął do końca, trząsł się z furii i obrzydzenia do tych ludzi i ich pogardy dla tych, którzy byli mniej od nich uprzywilejowani. Wyobrażał sobie autorów, jak siedzą przy jednym stole w jakimś oksfordzkim kolegium, no bo gdzieżby, decydując, kto jest zdrowy, a kto nie, kto jest wartościowy, a kto nic niewart, kto będzie żył, a kto umrze. Nienawidził ich i ich eugenicznych poglądów z całego serca.

Z trudem zebrał myśli. Jak na razie nie odkrył nic poza tym, że najbardziej postępowe osobistości Anglii były równie zafascynowane eugeniką, jak prominenci Yale. Wątpił, by to aż tak bardzo wstrząsnęło Lundem. Co zmarły chciał mu powiedzieć?

Jeszcze raz przewertował zbiór artykułów w poszukiwaniu jakichś podkreśleń, znaczków ołówkiem, czegokolwiek, co świadczyłoby o tym, że dany ustęp przyciągnął uwagę Lunda. Co ciekawe, kiedy wypatrzył to coś, w pierwszym odruchu uznał, że musiał to sobie wyobrazić. Dopiero po chwili zaczął wertować stronice, wracając do tamtego miejsca. Zachciało mu się śmiać. Jak na ironię to, czego szukał, dyskretny znaczek ołówkiem, wcale nie był w tekście, tylko w przypisach, do których miał zawodową awersję.

Chciałbym podziękować za pomoc i słowa otuchy dwóm uczonym, których wspólna fascynacja dalszym rozwojem eugeniki wkrótce zaowocuje współpracą po obu stronach Atlantyku: profesorowi Bernardowi Greyowi z Uniwersytetu Oksfordzkiego i doktorowi Prestonowi McAndrew z Uniwersytetu Yale.

• • •

James opadł na oparcie krzesła, jakby go ktoś popchnął. Szczęka mu opadła. A potem zaczął wymyślać sobie w duchu – za to, że wcześniej się niczego nie domyślił, że był ślepy na to, co przez cały czas działo się tuż przed jego nosem.

Myślał o Harrym, nie o chłopczyku, który był jego synkiem, lecz o tym, kim był w oczach autorów tych artykułów. Na pewno widzieliby w nim potomka dwojga pracowników naukowych Oksfordu, obdarzonego dziedzictwem genetycznym, które bez wątpienia stawiało go w górnym ułamku górnego procenta ludności jego kraju. Pobiegł myślą do Curtisa i jego badaczy w dziedzinie „budowy człowieka". Jak postąpiliby z matką Harry'ego, z jej wysokim, szczupłym, nieskazitelnym ciałem, dzięki któremu jeszcze niedawno była najszybszą pływaczkę na świecie? Jeśli budowa ciała decydowała o przeznaczeniu, to każdemu dziecku Florence Walsingham z pewnością pisana była wielkość. Szkoda tylko, że ojciec Harry'ego psuł ich szanse. Chociaż nie, w świetle eugeniki sprawy się

323

miały inaczej. Kiedy Harry został poczęty, James, podobnie jak Florence, miał osiągnięcia na polu naukowym i sportowym i był zdrowy – więcej niż zdrowy – na ciele i umyśle. Dla McAndrew, Greya i im podobnych Harry był wytworem dwóch modelowych okazów rasy ludzkiej.

Jasne, że Grey i McAndrew współpracowali ze sobą. To dlatego Greyowi było tak łatwo ulokować Jamesa w Yale, dlatego w sprawie przyjęcia dzieci oksfordzkich przez Yale skontaktowano się przede wszystkim z Greyem. Dlatego właśnie Yale – a nie Harvard, Princeton, czy inny uniwersytet amerykański – jako pierwszy zaoferował gościnę młodym Brytyjczykom.

James przypomniał sobie teraz słowa pani Goodwin o rektorze, że nie tylko był odpowiedzialny za pobyt rodzin oksfordzkich w New Haven, ale wręcz był motorem całego przedsięwzięcia. James ani chwili nie wątpił, że amerykańskie rodziny z dobroci serca gościły angielskich chłopców, dziewczynki i ich matki. Teraz jednak miał dowód na to, że za poczynaniami McAndrew i Greya stały zgoła odmienne motywy.

Trawił w myślach wszystko, co usłyszał podczas wykładu w Towarzystwie Eugenicznym, łącząc z tym, co przeczytał przed chwilą, i powoli w jego głowie zaczął się rysować wyraźny obraz sytuacji. To, co kiedyś było mglistym konturem, teraz wypełniło się czernią. Jak mógł być taki ślepy?

Kim były dzieci oksfordzkie, jeśli nie najinteligentniejszymi członkami najinteligentniejszych rodzin najinteligentniejszej klasy najinteligentniejszego narodu na świecie? Każdy szanujący się wyznawca eugeniki nie mógł nie poczytywać sobie za najświętszy obowiązek ochrony takich dzieci, w tym Harry'ego. Skoro Wielka Brytania mogła zostać zbombardowana, skoro jej ludność niebawem mogła czekać śmierć lub zniewolenie przez cudzoziemskiego okupanta, kogo należało ratować w pierwszym rzędzie? Odpowiedź była oczywista przynajmniej dla piewców elitaryzmu, z których poglądami zapoznał się właśnie przed chwilą.

I nie tylko dla nich. Również dla wszystkich osób w Oksfordzie, na które nie zwracał uwagi albo których nazwiska wylatywały mu z głowy. Głędzący o „wysokowartościowych" klasach społecznych i „tak zwanych niskowartościowych warstwach społeczeństwa". Magnus Hook też pewnie byłby skłonny podzielać ich zdanie, podobnie jak Rosemary Hyde, z jej ruchem na świeżym powietrzu jako remedium na wszelkie bolączki, z jej fiksacją na punkcie przechadzek jako metody poprawy zdrowia publicznego i podniesienia jakości narodu. Leonard Musgrove i reszta tych przeklętych fabianów też na pewno podpisałaby się pod tym obiema rękami.

Zapewne wszyscy brali udział w spisku, by wywieźć dzieci z Oksfordu, spotykając się w tajemnicy przed tym narwanym Zennorem, a nawet wykradając kartkę z jego skrzynki na listy, żeby się nie dowiedział w porę, dokąd udała się jego żona z synkiem, i nie zdążył zatrzymać ich w kraju. Obaj byli w to zaangażowani, Bernard Grey dowodził całym przedsięwzięciem, kolaborując z kolegą eugenikiem zza oceanu, Prestonem McAndrew. Obaj dzielili przeświadczenie, że sto dwadzieścia pięcioro oksfordzkich dzieci odziedziczyło pierwszorzędne geny, w związku z czym należy je ocalić. Po wojnie dziewczynki i chłopcy mieli powrócić do Anglii jako sadzonki drzew do wysiania w ojczystej glebie. I nawet gdyby cały ich dawny świat legł w gruzach, młode drzewka zakorzeniłyby się i rozrosły bujnie, wydając nowe pokolenie elity: jako najinteligentniejszych z najinteligentniejszych z najinteligentniejszych należało ratować ich za wszelką cenę.

Nagle przed oczami Jamesa stanął list, na który natknął się, buszując w kartotece rektoratu. Był to list z Cambridge odrzucający propozycję Yale, bo „mogłoby to zostać odczytane jako przywilej dla wybranych środowisk". Cambridge domyśliło się wcześniej niż James. Odmowa nie była bynajmniej dowolną interpretacją zaproszenia. Zważywszy na to, kto stał za kulisami, przywilej dla wybranych środowisk był właśnie celem całego przedsięwzięcia.

Miał ochotę wybiec z biblioteki, znaleźć najbliższą pocztę i wysłać telegram do Greya: *Wiem, co pan zrobił STOP Wiem, jak i po co pan to zrobił STOP*

Ale nawet gdyby rzeczywiście za ewakuacją stały takie motywy, pytanie dręczące Jamesa od blisko miesiąca, gdzie podziewa się Florence z Harrym, nadal pozostawało bez odpowiedzi.

Na pulpicie leżała jeszcze jedna książka. James wziął ją do rąk. Był to ostatni numer „Kwartalnika Amerykańskiego Towarzystwa Eugenicznego", ten, który próbował zamówić. W spisie treści od razu zauważył wykład doktora Prestona McAndrew z Uniwersytetu Yale. Drżącymi dłońmi odszukał odpowiednią stronę. Przeczytał wprowadzenie, że prelekcja została wygłoszona podczas sympozjum poświęconemu Darwinowi – na jakiejś podrzędnej uczelni, nie w Yale – które odbyło się w listopadzie poprzedniego roku dla uczczenia osiemdziesiątej rocznicy ukazania się *O powstaniu gatunków*. Referat zatytułowany był *Oczyszczenie ogniem*. James czytał linijka po linijce z wielką uwagą.

Największą ułomnością człowieka, dotyczącą zarówno osób inteligentnych, jak i słabego umysłu, jest sentymentalizm. Powiedziałbym, że właśnie ta cecha, a nie inne, odróżnia nas od zwierząt. Wystarczy przyjrzeć się dowolnej gromadzie zwierząt, by zauważyć chłodną kalkulację w imię przetrwania gatunku, tak obcą nam, ludziom. Kotka natychmiast rozpoznaje w miocie najsłabsze młode i porzuca je, nie z powodu jakiegoś wyjątkowego okrucieństwa, tylko dlatego, że dokonała obrachunku, co jest najlepsze dla jej miotu jako całości. Podobnie bezlitośnie postępują inne zwierzęta; słabe potomstwo musi zginąć dla dobra wszystkich. Lubimy uważać się za istoty racjonalne, ale pod tym względem to właśnie królestwo zwie-

*rząt rządzi się rozumem, natomiast ludzkie istoty – rozczulające
się nad niezdolnym do życia kociątkiem – postępują nierac-
jonalnie, ulegając sentymentalizmowi tak dalece, że nie są
zdolne do prostego rachunku zysków i strat.*

*Właśnie ta wada nie pozwala nam automatycznie dostrzec,
gdzie leży nasz prawdziwy interes. Przysłania nam fakt, że
gatunek jako taki zyskałby, gdybyśmy nie byli obciążeni tymi,
którzy biorą za dużo, a za mało dają. Gdyby ludzkie, nazwijmy
rzecz po imieniu, mioty, były wolne od najsłabszych młodych,
społeczeństwo nie musiałoby ponosić ciężaru słabych i nie-
samodzielnych – bo nie byłoby takich osobników – a przeciwnie, składałoby się wyłącznie z osób wnoszących wkład, gotowych dźwigać ciężary, a nie samemu być ciężarem. Czy
byłoby miejsce dla nędzy w takim społeczeństwie? Wykluczone!
Każdy obywatel byłby woźnicą, a nie pasażerem.*

*Społeczeństwo takie wydaje się fantazją czy wręcz utopią,
a mimo to przed każdym pokoleniem rysuje się szansa zrea-
lizowania tego modelu. Sęk w tym, niestety, że z pokolenia na
pokolenie gatunek ludzki – naiwny i sentymentalny – zaprze-
paszcza tę szansę czy, jeszcze gorzej, aktywnie ją odrzuca.*

*O jakiej szansie mowa? Odpowiem, powołując się na autora,
którego dzieło przybyliśmy tutaj uczcić. Wiem, że są wśród
was puryści, i ci zjeżą się na stwierdzenie, że hasło „walka
o byt" ogólnie definiuje prace Karola Darwina, jednak zwrot
ten doskonale oddaje klimat niniejszych rozważań, więc mam
nadzieję, że okażą mi państwo wyrozumiałość.*

*Od zarania dziejów powstały i wymarły tysiące gatunków
zwierząt. Dobór naturalny okazał się niesamowicie skutecznym
narzędziem – bezlitosnym, niemniej skutecznym – w elimino-
waniu tych, którzy są za słabi, by przeżyć. Kiedy kosmiczny
kataklizm wstrząsnął Ziemią, wyginęły dinozaury. Tak wygląda
okrutna prawda.*

*Świat ludzki powinien rządzić się tymi samymi prawami.
W sytuacji kataklizmu najsłabsze osobniki powinny ulec eli-*

minacji, a przy życiu powinny pozostać tylko najsilniejsze. Ale my, ludzie, uważamy siebie za jakiś wyjątek. Czujemy się zobowiązani ingerować, działać na przekór naturze, chronić tych, którzy bez naszej pomocy zostaliby wyeliminowani. Podobnie jak szlochamy na widok odrzuconego przez matkę kociątka, tak samo dajemy się ponieść bezrozumnej litości – i nie pozwalamy Naturze postąpić po swojemu.

Jaki kataklizm mam na myśli? Ten sam, który jest jednocześnie wspomnianą przeze mnie szansą. Panie i panowie, mówię nie o czym innym, jak o wojnie.

Dla ludzi wojna jest – lub przynajmniej powinna być – odpowiednikiem wielkiego meteorytu uderzającego w ziemię, który odsiewa słabych od silnych. Niestety, za każdym razem, gdy nadlatuje meteoryt, psujemy wszystko, próbując interweniować i szukając osłony jakiejś tarczy, która odepchnie nieszczęście.

Co by było, gdybyśmy jednak tym razem usunęli się na bok i pozwolili wojnie toczyć się swoim naturalnym biegiem? Gdybyśmy pozwolili Naturze działać zgodnie z Jej planem, jak oczyszczający pożar, który idąc przez las, trawi spróchniałe drewno, pozostawiając tylko rośliny i kwiaty na tyle piękne i mocne, by przeżyć? Wyobraźmy sobie typ ludzi, którzy by przetrwali: najlepsi z najlepszych.

Brzmi to jak mrzonki bez pokrycia, ale są to tylko pozory. Taki właśnie eksperyment wkrótce może rozegrać się na naszych oczach, a jego obiektem będzie pewna rasa wyspiarska. Jedynym zadaniem – jedynym obowiązkiem – nas, jako amerykańskich naukowców, jest nie dopuścić do tego, byśmy w nim przeszkodzili. Wojna zbliża się do naszej historycznej ojczyzny – Wielkiej Brytanii – jak oczyszczający ogień, ale nie spełni swego zadania, jeżeli Stany Zjednoczone zduszą pożar w zarodku.

Rozdział 37

Nie zamykając książki, James rzucił się do najbliższego wyjścia i zbiegł na dół, przeskakując po dwa stopnie naraz. Kiedy ruszył z powrotem w stronę York Street, jego umysł pracował szybciej niż ciało, starając się przetrawić i zanalizować wszystko, co przed chwilą przeczytał. Nie był pewien, czy do końca przyswoił sobie sens tego, co czytał: było tego za dużo, w dodatku informacji wielkiej wagi.

Skręcił w lewo i przeszedł na drugą stronę Elm Street, uskakując przed żółtym światłem z reflektorów samochodów, które zapalały się już w letnim zmierzchu. Idąc York Street, zdał sobie sprawę, że podejmuje absurdalne ryzyko, będąc właściwie skazanym na przegraną. A jednak nie przychodził mu do głowy nikt inny, do kogo mógłby się zwrócić.

Wspomniała, gdzie to jest, tylko raz, mimochodem, w trakcie tamtej kolacji, ale utkwiło mu to jakoś w pamięci i teraz był tu, w sąsiedztwie gmachu wydziału architektury. Mała tabliczka w oknie informowała, że trafił dobrze: Redakcja „Yale Daily News".

Dorothy Lake wspominała też, że nawet w lecie, kiedy dziennik przestawał wychodzić, w redakcji przesiadywali ludzie – ambitni przyszli reporterzy przygotowywali się do następnego semestru. I rzeczywiście, gdy nacisnął klamkę, drzwi ustąpiły.

Miał wrażenie, jakby wszedł do jakiejś piwnicy: żebrowane sklepienie z gołej cegły przypominało spód mostu kolejowego. Przy wejściu stały stoły zarzucone czasopismami, zdezelowanymi maszynami do pisania, linijkami i nożykami do cięcia papieru. Podłogę zaściełały zużyte taśmy do maszyny, fotografie, przepalone żarówki i piętrzące się sterty papierów. Na ścianach wisiały strony tytułowe „Yale Daily News".

Brodząc wśród tego chłamu, dotarł do schodów w głębi, których niższe stopnie też tonęły w śmieciach. Z ulgą usłyszał głosy. Nie doszedł nawet do końca schodów, gdy zauważył Dorothy.

Stała do niego tyłem i odwróciła się dopiero wtedy, kiedy młody człowiek – wnosząc z zachowania, redaktor naczelny – skinął w jego stronę. Szok malujący się na twarzy Dorothy powiedział mu to, o czym już i tak wiedział. Po chwili opanowała się i obdarzyła go promiennym uśmiechem.

– Doktor Zennor!

Milczał, patrząc tylko przeciągle w jej oczy i czując drobną satysfakcję, gdy oblała się rumieńcem. Więc jednak miała resztki wstydu.

– Czy moglibyśmy porozmawiać na osobności? – spytał po dłuższej chwili.

Odwróciła się i powiedziała coś, czego nie dosłyszał, do naczelnego, po czym przeszła energicznie przez pokój, stukając obcasami po kamiennej posadzce. Kiedy mijała go na schodach, poczuł jej zapach, równie silny, jak poprzedniej nocy, i na chwilę podstępnie odezwało się w nim pożądanie. Odwrócił się i ruszył za nią.

– Cieszę się, że cię widzę, James. Zastanawiałam się, gdzie... – Próbowała przejąć inicjatywę, zanim zdążyli zejść na dół.

– Nie wysilaj się, Dorothy.

– Nie wiem, co masz na myśli. – Zagryzła usta z miną niewiniątka, ale on uodpornił się już na jej sztuczki.

– Owszem, wiesz. Rektor jest twoim wujem, a ty informowałaś go, jak również policję, o moich zamiarach.

Przez chwilę zastanawiał się, czy będzie próbowała się wyprzeć, ale wbiła wzrok w ziemię, co uznał za wystarczające przyznanie się do winy.

– Jak nazwałabyś kobietę, która wzbudza zaufanie w mężczyźnie, wyciąga go na zwierzenia, pozwala mu się wygadać, by potem go zdradzić. I w zamian za co? Czy wuj płacił ci za twoje informacje? Czy kazał ci, żebyś mnie całowała? Czy to był jego pomysł? To też pewnie należało do twoich zadań, prawda? Osobiście wiem, jakiego autoramentu kobiety tak postępują, ale nie słyszałem, by nazywano je reporterkami.

Uderzyła go mocno w twarz, aż zapiekł go policzek.

– Nie ma sprawy. Ale jeszcze nie jesteśmy kwita. Muszę wiedzieć, gdzie jest twój wuj. Gdzie on jest?

– Mój wuj?

Zorientował się, że patrzy na nią, chłonąc ją wzrokiem. Była wysoka, miała kształtną sylwetkę i włosy ułożone w zgrabne pukle. Jej pancerz uroczej, światowej kobiety był wypolerowany na najwyższy połysk. A jednak, dałby głowę, że przez moment pod twardą powłoką mignął ktoś inny, tak jak wtedy, przy stoliku w restauracji, kiedy rozmowa zeszła na małego Harry'ego. Głos mu złagodniał.

– Dorothy, jesteś mistrzynią w kreowaniu się na błyskotliwą, piękną prześmiewczynię. Kobietę, która zna życie. Założę się, że cię tutaj za to uwielbiają. – Powiódł ręką po ścianach oklejonych pożółkłymi gazetami. Ale nie zawsze byłaś taka. I nie będziesz taka wiecznie.

Przyjrzała mu się z ironicznym zainteresowaniem, trochę jakby go miała za frajera.

Ciągnął dalej, nie dając się zbić z tropu.

– Przyjdzie dzień, gdy zostaniesz matką, dobrą matką. –

Patrzył, jak mruży oczy, nieufnie, w zaskoczeniu. – Będziesz kochała swoje dziecko, a ono będzie kochać ciebie. I tylko jednej rzeczy nie będziesz w stanie znieść: rozłąki ze swoim synkiem lub córeczką. – Ironia zaczęła ustępować z twarzy Dorothy. – Gdyby ktoś odebrał ci twoje dziecko, walczyłabyś jak lwica, by je odzyskać, jestem tego pewien. Ty też. Błagam cię więc, jak ojciec błaga matkę, którą kiedyś będziesz, i jak mąż, który mówi do wiernej, kochającej żony, którą kiedyś zostaniesz: proszę, pomóż mi. Powiedz, gdzie jest Preston McAndrew.

Przez moment wyglądała na oszołomioną, jakby sama była zagubionym dzieckiem. Potem zrobiła dwa, trzy chwiejne kroki i chwyciła oparcie krzesła, na którym piętrzyły się stare notesy, jakby miało jej pomóc utrzymać równowagę. Wciąż nie podnosiła wzroku, a jej głos był tak cichy, że James ledwie ją słyszał.

– Nie wiem, w jaki sposób Harry i Florence zostali w to wszystko wciągnięci – wyszeptała.

– Zostaw to mnie, powiedz tylko, gdzie znajdę rektora.

Potarła oko palcem, nie koniuszkiem, tylko samym zgięciem, jakby się bała rozmazać tusz. Ten drobny, kobiecy gest rozbudził w nim natychmiast tęsknotę za Florence. Mijały długie sekundy, a Dorothy milczała i James musiał hamować impuls, by wycisnąć z niej informację siłą.

Wreszcie podjęła chyba decyzję. Spojrzała na niego, a w jej niebieskich oczach znienacka zagościła szczerość.

– Wyjechał w pośpiechu, niezwykle wzburzony. Nigdy go jeszcze nie widziałam w takim stanie.

James musiał zagryźć wargi, żeby powstrzymać się od natychmiastowej odpowiedzi, nie żądać dalszych informacji, nie mówić za głośno i nie zburzyć nastroju. Udało mu się jednak czekać w milczeniu i po chwili spotkała go nagroda.

– Mówił, że jedzie na ważne spotkanie – podjęła Dorothy. – „Najważniejsze spotkanie w życiu", powiedział. Twierdził, że musi wyjechać natychmiast, a to, co wkrótce zrobi, będzie największą przysługą, jaką kiedykolwiek oddał bliźnim.

James zadrżał. To było potwierdzenie jego najgorszych obaw, że upiorna wizja, jaką McAndrew roztoczył w swoim wykładzie *Oczyszczenie ogniem*, nie była li tylko abstrakcyjną hipotezą, którą zamierzał poddać filozoficznej dyskusji w gronie akademickim. Był to plan, projekt, który zamierzał wdrożyć w świecie realnym, i to jak najprędzej. Do tego był na tyle przebiegły, by ów akt odrażającej podłości przedstawiać jako największą przysługę dla bliźnich. Tak, to musiało być to.

– Gdzie on jest? – wybuchnął, powtarzając po raz czwarty pytanie.

Czy mu się wydawało, czy jej niebieskie oczy zaszły łzami? Dorothy zrobiła krok do przodu, tak że dzieliły ich już tylko centymetry. Złapała go za klapy marynarki i przyciągnęła do siebie.

– Mam nadzieję, że spotkam kiedyś w życiu mężczyznę tak dobrego jak ty i że pokocha mnie tak, jak ty kochasz swoją żonę. – Przytuliła go mocno. – W Waszyngtonie. Pojechał do stolicy – wyszeptała mu prosto do ucha.

Rozdział 38

Taylor Hastings po raz enty wygładził obrus na stoliku i przechylając głowę, badał, czy leży równo, choć dobrze wiedział, że leży równo i że jest to zupełnie bez znaczenia. Ale nie mógł się opanować. W życiu nie był tak zdenerwowany, jak przed tym spotkaniem.

Niemniej jego zdenerwowanie składało się w trzech czwartych z ekscytacji, a tylko w jednej czwartej z lęku. Wierzył, że nadeszła, jak to mówił ów nadęty szczekacz, który był teraz premierem Wielkiej Brytanii, jego „przełomowa chwila". Postąpił tak, jak wszyscy wielcy ludzie: wykorzystał swoją szansę, by nagiąć historię do swoich planów. Jego akt heroizmu na razie był potajemny, ale nadejdzie dzień, gdy zostanie uwieczniony w kronikach ludzkości, gdzie jego imię wybite będzie złotą czcionką: Taylor Hastings, zbawca rasy europejskiej.

Wrócił do sypialni. Walizka w szafie nadal była zamknięta na klucz, tak jak powinna. Mimo to przeszyła go kolejna fala niepokoju: a co, jeżeli w środku nie ma koperty? Sprawdzał już wcześniej, dwa albo i trzy razy, ale mógł przecież gdzieś ją przełożyć odruchowo i zapomnieć z powrotem odłożyć na miejsce. W zasadzie wiedział, że nic takiego się nie wydarzyło, lecz gdy już raz ogarnęły go wątpliwości, nie mógł się od nich opędzić. W tej sytuacji znowu przekręcił klucz w szafie, potem kluczyk w walizce, otworzył ją i wsunął rękę pod dwa starannie złożone koce, aby poczuć kojącą szorstkość szarej koperty. Potem odłożył koce na miejsce i zamknął walizkę na kluczyk, a drzwi szafy na klucz – uspokojony, aż do nadejścia kolejnej fali wątpliwości, kiedy cały cykl powtarzał się od nowa.

Przysunął się do okna, nie za blisko, bo nie chciał, żeby ktoś go zobaczył. Czy raczej nie chciał, żeby ktoś zobaczył, że wygląda przez okno. Najłatwiej ściągnąć uwagę tajniaków, zachowując się tak, jakby się wypatrywało tajniaków. Z miejsca na środku pokoju dobrze widział drugą stronę ulicy, na której rosły uschłe drzewa. Samochodów było niewiele; w niedzielę po południu w tej dzielnicy życie prawie zamierało. Jeśli chodzi o przechodniów, to widział guwernantki z dziećmi, podmiejskie piastunki w płaszczach koloru owsianki, filcowych kapelusikach i białych rękawiczkach; niepasującą do siebie parę zakochanych – ale żadnych samotnych mężczyzn, nikogo, kto by z zadartą głową obserwował mieszkanie na pierwszym piętrze, nikogo, kto sprawiałby wrażenie, że śledzi Taylora. Znów zastanawiał się, czy nie popełnił błędu, wyznaczając spotkanie w domu, zamiast w parku albo w jakiejś kawiarni. Ale na myśl o tym, że musiałby nieść tę kopertę, te dokumenty, w biały dzień...

Po raz setny tego dnia żałował, że nie umówili się na dziewiątą rano, tylko na popołudniową herbatę. Ale Reginald Rawls Murray powiedział, że ten weekend spędzają z Anną „na wsi" i nie dotrą do Londynu przed czwartą.

– Gdybym próbował się wyrwać wcześniej, wydałoby się to mocno podejrzane, mój chłopcze. Nie możemy dawać kapusiom Churchilla żadnych podstaw do podejrzeń: żadnych wyłomów w rutynie i tym podobnych.

Taylor uległ opinii starszego mężczyzny, nie wiedząc, jak nieznośnie będą się wlekły niedzielne godziny.

Już miał kolejny raz spojrzeć ukradkiem przez okno, gdy nareszcie usłyszał stukanie do drzwi: trzy krótkie uderzenia i jedno długie, tak jak się umawiali. Wziął głęboki oddech, po czym z dumą, acz nie bez trwogi, wpuścił do swojej skromnej kawalerki człowieka, który był członkiem parlamentu z ramienia konserwatystów, *spiritus movens* Right Clubu i jednym z czołowych brytyjskich zwolenników rokowań pokojowych z hitlerowskimi Niemcami.

Murray ograniczył wymianę uprzejmości do minimum. Zerknął na stolik nakryty do herbaty, odął wzgardliwie usta i pokręcił głową, dając do zrozumienia, że nie ma czasu na tego rodzaju ceregiele.

– Przejdźmy do rzeczy – zażądał, nie zdejmując palta.

Taylor próbował ukryć rozczarowanie. Zdawał sobie sprawę, że jest młody, a Murray jest zajętą osobą, ale w chwili, gdy Taylor miał mu sprezentować kamień z Rosetty i Świętego Graala w jednym, zasługiwał chyba na łut szacunku, żeby nie wspomnieć o pochwałach i odrobinie pokory, a nie na traktowanie go jak pracownika przechowalni bagażu, który ma obowiązek postawić kufer na ladę i tyle. Ze spuszczoną głową zniknął w drzwiach sypialni, gdzie po raz piąty tego dnia odprawił ten sam rytuał, by wydobyć kopertę, którą parę dni wcześniej wyniósł z pokoju szyfrantów ambasady Stanów Zjednoczonych. Gdy po powrocie do saloniku zobaczył jak Murray ze wzrokiem wbitym w sufit niecierpliwie stuka podeszwą, postanowił pokazać, kto tutaj naprawdę rządzi. W końcu to on, Taylor Hastings, rozdaje tu karty. Choć wiedział, że ta chwila nie będzie trwała wiecznie, nie zamierzał sobie odmówić drobnej przyjemności.

– Proszę usiąść – powiedział, skinąwszy w stronę jednego z foteli.

Murray zawahał się, wyginając usta w grymasie dezaprobaty, potem jednak zdjął płaszcz i posłusznie usiadł.

– To, co pan widzi – zaczął Taylor, nie wypuszczając

koperty z ręki – jest plikiem tajnych depesz między – zniżył głos do szeptu – prezydentem Franklinem Delano Rooseveltem a „Byłym Człowiekiem Marynarki".

Murray ściągnął brwi, zgodnie z przewidywaniem Taylora. Chłopak smakował tę chwilę bez pośpiechu. I co mu kto zrobi?

– W szyfrogramach to... – urwał, a parlamentarzysta wpatrywał się w niego intensywnie – ...kryptonim Winstona Spencera Churchilla – dokończył prawie niedosłyszalnie.

– Dobry Boże – wyrwało się Murrayowi. Przytknął dłoń do ust, szczerze wstrząśnięty.

Było coś jeszcze w tym ruchu, co do Taylora dotarło dopiero po chwili. Oburzenie. Reginald Rawls Murray, pomimo swoich tyrad skierowanych przeciwko wojnie i Churchillowi, był oburzony, że cudzoziemiec, jakiś Jankes, ośmielił się gwizdnąć prywatną korespondencję brytyjskiego premiera. Ten czyn godził w jego poczucie własności narodowej. Jednak opanował się szybko i wyciągnął dłoń po kopertę.

Taylor cofnął rękę, usuwając kopertę z zasięgu Murraya.

– Bóg rzeczywiście jest dobry, panie Murray. Był dla nas bardzo łaskaw. Wygląda na to, że obaj panowie, których dla uproszczenia będę nazywał R. i C., korespondowali ze sobą już od pewnego czasu, zaczęli wymieniać listy na długo przed tym, nim C. wspiął się, że tak powiem, na szczyty. Upublicznienie dokumentów, które pan tu widzi, byłoby bardzo nie na rękę R., zwłaszcza teraz, w obliczu zbliżających się wyborów.

– Rozumiem.

– Jest jednak jeden list, który, moim zdaniem, posiada kluczowe znaczenie. Proszę, niech się pan sam przekona. – Wyjął z koperty dokumenty będące odbitkami sześciu depesz między przywódcami dwóch krajów i podał je parlamentarzyście, który sięgnął po nie, jak nie bez satysfakcji zauważył Taylor, drżącą dłonią. Z miejsca, gdzie siedział, mógł czytać jednocześnie z Murrayem, ale znał te teksty na pamięć.

Londyn
15 maja 1940, godz. 18
Ściśle tajne i osobiste
Do prezydenta Roosevelta od Byłego Człowieka Ma-
rynarki

Pomimo objęcia nowego stanowiska nie chciałbym,
żeby nasza poufna, prywatna korespondencja się
urwała. Jak Pan bez wątpienia zdaje sobie sprawę,
na horyzoncie gromadzą się chmury...

Taylor przyglądał się, jak Murray przelatuje wzrokiem
stronę, po czym kładzie kciuk w miejscu, od którego zaczyna
czytać uważnie.

W razie konieczności będziemy walczyć sami, czego
się nie boimy. Mam jednak nadzieję, że zdaje Pan
sobie sprawę, Panie Prezydencie, iż głos i siła Stanów
Zjednoczonych mogą stracić na znaczeniu, jeśli zbyt
długo będzie Pan zwlekać z ich użyciem...

To podnieciło Murraya. Zgodnie z przypuszczeniami Taylora, Anglik odwrócił stronę, szukając odpowiedzi Roosevelta
na wezwanie do interwencji zbrojnej USA. Jeśli prezydent
przychylił się do próśb Churchilla, jeśli potajemnie obiecał
użyć „siły Stanów Zjednoczonych", był skończony i nie miał
szans wygrać listopadowych wyborów. Nieustannie zapewniał
bowiem naród amerykański, że nie podjął tego rodzaju decyzji
i że Stany Zjednoczone oficjalnie nadal zachowują neutralność.
Gdyby jednak udało się dowieść, że Roosevelt w sekrecie
zobowiązał się do obrony Wielkiej Brytanii, zostałby skompromitowany jako podżegacz wojenny czy, gorzej, oszust –
gotów wplątać swoją ojczyznę w światowy konflikt, który
może być opłakany w skutkach.

Murray przebiegł wzrokiem odpowiedź prezydenta, utrzymaną w irytująco niezobowiązującym tonie. Taylor wiedział, czego szuka deputowany z ramienia konserwatystów; on sam też tego szukał, kiedy pierwszy raz trzymał te dokumenty w spoconych z przejęcia dłoniach. Zastanawiał się, czy powinien ułatwić Anglikowi zadanie, ale stwierdził, że nie. Ciężko zapracował na tę chwilę i miał święte prawo smakować ją do woli.

Pozwolił gościowi wziąć do rąk następną kartkę. Murray czytał teraz szyfrogram Churchilla do Roosevelta z 20 maja 1940, wysłany o trzynastej, a jego oczy ze zdwojoną szybkością przesuwały się po stronie. Taylor szczególnie lubił ten fragment:

> *Wybaczy Pan, Panie Prezydencie, ale otwarcie powiem, że zaczynam się spodziewać najgorszego. Nie będę miał żadnego wpływu na moich następców, którzy w skrajnej rozpaczy i bezradności gotowi są podporządkować zamiarom Niemców...*

Taylor miał nadzieję, że Murrayowi nie umknie sens odpowiedzi. Oto brytyjski premier ostrzega, że jeśli nie nadejdzie amerykańska pomoc wojskowa, rząd brytyjski upadnie, a jego miejsce zajmie reżim proniemiecki. Czyż przekazując tę informację, nie dawał pośrednio do zrozumienia, że on, Taylor Hastings niebawem spełni wszystkie marzenia Right Clubu? Gdy skompromitowany Roosevelt przegra wybory, USA nie będą się pchać do wojny, a Wielka Brytania albo polegnie, albo będzie próbowała zawrzeć pokój z Niemcami: przepowiada to nawet Churchill! Hitler zostanie panem całej Europy i Trzecią Rzeszę od Ameryki będzie dzielił tylko Atlantyk – pozbawiony osłony ukochanej Marynarki Królewskiej Churchilla. Narodzi się nowy świat, a Taylor, pomimo swej młodości, stanie się jednym z jego ojców...

Spostrzegł bruzdę zafrasowania na czole Murraya. Bynajmniej go to nie zaskoczyło, a już najmniej zmartwiło. Trudno się dziwić. Anglik na razie czytał tylko coraz gorętsze wezwania Churchilla, na które Roosevelt odpowiadał serią uników. Deputowany martwił się, że dokumenty, pomimo wszystko, nie zawierały zabójczych słów, które kosztowałyby Roosevelta prezydenturę i utorowały drogę nowemu porządkowi w Europie i na świecie.

Postanowił posłużyć się wiedzą, której nabył od Anny, swojej kochanki i żony Murraya. Anna zawsze wiedziała, kiedy należy skończyć striptiz. Nadeszła pora, by zedrzeć ostatnią zasłonę i pokazać tamtemu to, po co przyszedł.

– Trzynasty czerwca – rzucił władczo. – Proszę przejść teraz do listu R. z trzynastego czerwca tysiąc dziewięćset czterdziestego roku, z godziny trzynastej.

Murray, drżącymi z pośpiechu palcami, przewracał kolejne strony.

Kiedy wreszcie zaczął czytać, Taylor biegł za nim wzrokiem słowo po słowie, czując rozkosz jeszcze większą niż w chwili, gdy czytał tekst po raz pierwszy.

Pańska wiadomość z 10 czerwca głęboko mnie poruszyła... obecny rząd robi co w jego mocy, aby dostarczać państwom alianckim materiały, których tak bardzo potrzebują. Dwoimy się i troimy, starając się, robić co w naszej mocy, by dać wyraz naszej wierze i naszemu poparciu dla ideałów, które przyświecają aliantom.

Najpierw nieznacznie drgnęły kąciki ust gościa, rozciągając się powolutku, jakby chciały przedłużyć tę rozkosz w nieskończoność. Reginald Rawls Murray jeszcze raz przeczytał tekst, po czym opadł na oparcie krzesła z wyrazem ulgi, która w miarę jak docierało do niego znaczenie słów, przeradzała się w ekstazę. Rumieniec rozlał się po jego twarzy, ciemniejąc z chwili na chwilę.

– To jeszcze nie jest pewne na sto procent, ale... – powiedział Taylor.

– Ale na tyle prawdopodobne, że właściwie nie ma różnicy – skończył za niego Murray. – Gdyby choć jedno zdanie z tego przeciekło na Kapitol. Mam na myśli „naszą wiarę i nasze poparcie dla aliantów". Praktycznie to jest zobowiązanie.

– To nie zostało dokładnie tak sformułowane, panie Murray. Te słowa brzmią...

– O to niech się pan w ogóle nie martwi, młody człowieku. To jest polityka, a nie dyplomacja. Wspomniał o „wierze i poparciu", to się tylko liczy. Nikt nie będzie brać jego słów pod lupę. A tu, proszę spojrzeć na to: „Dwoimy się i troimy". Cóż to może znaczyć innego, jeśli nie wypowiedzenie wojny? Przyznaje, że już robi całą resztę, udziela pomocy materialnej i tak dalej. „Starając się robić co w naszej mocy". To może znaczyć tylko jedno. Obawiam się, że pański mister Rosenfeld sam podciął gałąź, na której siedzi.

– To nie jest żaden mój mister Rosenfeld, panie Murray. Ja na niego nie głosowałem.

– Oczywiście, oczywiście. Ani pański, ani amerykański w gruncie rzeczy. Jak oni wszyscy, wysługuje się Żydom.

Deputowany wstał i sięgnął po swój letni prochowiec, który wcześniej rzucił na sofę – tę samą sofę, na której Taylor, nie dalej jak przed tygodniem, posuwał panią Rawls Murray jak tłok lokomotywy. Starszy mężczyzna wyciągnął do niego dłoń.

– Możliwe, że nie zazna pan sławy, panie Haştings, a pańskie nazwisko pójdzie w zapomnienie. Ale ludzie czystej krwi będą na wieki pańskimi dłużnikami. W ich imieniu dziękuję panu.

Taylor przyjął podaną mu dłoń i kiwnął głową z powagą jak wzorowy uczeń w dniu rozdania nagród. Wiedział, że nie powinien już nic mówić, jeśli nie liczyć słów pożegnania. Ale ciekawość wzięła górę nad dumą.

– Co pan z tym zrobi?

– Przekażę w ręce tych, którzy zrobią z tego najlepszy użytek. I to jeszcze dziś wieczór.

Rozdział 39

Na wyludnionym peronie Union Station panował mrok, a także ziąb, bo noc była bezchmurna. James porwał tylko to, co udało mu się w pół minuty zgarnąć do torby w pokoju w Klubie Elżbietańskim, i żegnany przez lokaja Waltersa serdecznym uściskiem dłoni i słowami „Z Bogiem", puścił się biegiem po College Street, mijając pary sączące koktajle mleczne w drogeriach i medyków raczących się piwem w Owl Shopie. Okolica powoli stawała się coraz bardziej zaniedbana. Kiedy dotarł do torów kolejowych, skręcił ostro w lewo i biegł tak długo, aż zobaczył światła i usłyszał odgłosy przetaczania i rozczepiania wagonów na stacji rozrządowej. Możliwe, że taksówką dojechałby szybciej, ale był zbyt niecierpliwy, by czekać, aż coś pojawi się na horyzoncie. Co więcej, biegnąc, nie musiał ufać nikomu, poza sobą.

Dochodziła dziewiąta; czuł, że szanse na złapanie pociągu do Waszyngtonu teraz, gdy potrzebował go tak rozpaczliwie, są niemal równe zeru. Tak też się okazało. Następny pociąg w tamtą stronę to był Federal, nocny pociąg, który, będąc prawdopodobnie odpowiednikiem pociągów rozwożących w Anglii mleko, telepał się nad ranem w tempie furmanki, przystając w każdej wioszczynie.

A jednak było to lepsze niż stanie w miejscu. Co więcej,

aż do jutra nie miał nic więcej do roboty, podobnie zresztą jak Preston McAndrew. Jeśli tylko uda mu się dotrzeć do Waszyngtonu o świcie i natychmiast wyruszyć na miasto, zdąży. Tak przynajmniej próbował sobie wmawiać.

Gdy jednak krążył po peronie z przywierającą do pleców lepką od potu koszulą, dopadał go lęk, że sprawy mogą się potoczyć całkiem inaczej. W uszach dźwięczały mu słowa Dorothy: „Mówił, że jedzie na ważne spotkanie. «Najważniejsze spotkanie w życiu», powiedział. Twierdził, że musi wyjechać natychmiast...".

A co, jeśli spotkanie miało się odbyć tego wieczoru czy nawet o północy? Co, jeśli McAndrew pojechał do stolicy automobilem; czy dotrze wtedy szybciej, czy wolniej, niż gdyby jechał pociągiem? James był zły na siebie. Gdyby połapał się wcześniej, dopadłby rektora jeszcze w New Haven. Dlaczego nie starczyło mu przytomności umysłu, żeby uspokoić Lunda? Florence wiedziałaby, co robić; dałaby się Lundowi wywnętrzyć, prorektor zdradziłby jej, że nagie zdjęcia to tylko sygnały i że McAndrew planuje szerszą intrygę, którą Lund przejrzał na wskroś po lekturze *Oczyszczenia ogniem*. Właśnie dlatego rektor wydał na swego zastępcę wyrok śmierci, aby nie zdążył się z nikim podzielić swoim odkryciem.

James też znał już zamiary rektora: lektura nie pozostawiała w tej materii żadnych wątpliwości. Rektor Yale był zdecydowany nie dopuścić do udziału Stanów Zjednoczonych w wojnie po to, by stworzyć warunki dla wielkiego eksperymentu eugenicznego. Pozwolić Wielkiej Brytanii ponieść katastrofalną klęskę, a potem obserwować konsekwencje, patrzeć, jak dziesiątki milionów słabszych i gorszych zostaje zmiecionych z powierzchni ziemi, a przeżywają tylko najsilniejsi. Wielka Brytania miała się stać gigantycznym laboratorium, a jej ludność stadem królików doświadczalnych, by mogła zostać zweryfikowana hipoteza McAndrew. A po wszystkim, kiedy oczyszczający pożar wypali każdy zakątek Anglii, pochłaniając najsłabsze, niezdolne do obrony sztuki z brytyjskiego miotu, ci, którzy przetrwają – najsilniejsi i najlepsi – otrzymają zastrzyk świeżej krwi w postaci stu dwudziestu pięciorga najzdrowszych, najinteligentniejszych dzieci, które bezpiecznie dorastały w New Haven.

To była iście szatańska intryga. Choćby nie wiem jak nienawidził Bernarda Greya i tamtych kręgów oksfordzkich, które uknuły wywiezienie Harry'ego i Florence – a nienawidził ich szczerze – nie wierzył, by mogli świadomie wziąć udział w równie diabolicznym spisku. Owszem, kolaborowali w projekcie zapewnienia bezpieczeństwa specjalnej, uprzywilejowanej grupie dzieci, aby w razie klęski ostatecznej można było zasiać wybrańców, jak ziarno najwyższej klasy, w glebę zrujnowanej Anglii. Niewątpliwie wierzyli, że ratują życie stu dwudziestu pięciorga młodych istot, które, nie da się ukryć, mają większą, niż ich rówieśnicy, wartość dla „rasy" angielskiej. Było to bardzo niemoralne. Ale czym innym było przygotowywanie się na ewentualność klęski, a czym innym aktywne sprzyjanie zwycięstwu Niemiec. Bez względu na poglądy, jakim hołdował Grey z czeredą socjalistów, fabianów i reformatorów, byli oni niepodważalnie brytyjskimi patriotami pracującymi ofiarnie na rzecz ojczyzny i jej obrony przed zakusami Hitlera. Nie marzyli o tym, by niemieckie bomby zmiotły brytyjskie miasta z mapy ani by w każdym domu parafialnym urzędował gauleiter Gestapo. McAndrew na pewno zachował w tajemnicy, że to, co dla nich było kataklizmem, na który starali się przygotować, dla niego było życiowym celem. Sam gorąco pożądał nadejścia klęski i rzezi w imię wypaczonego, nikczemnego pojęcia „nauki".

Skoro jednak taki był cel rektora, trudno było przewidzieć środki, jakimi zamierzał go osiągnąć. James nie bardzo wiedział, co zrobi po dotarciu do Waszyngtonu i jakim cudem znajdzie McAndrew, który poruszając się po stolicy, praktycznie mógł być wszędzie. Gdyby przeniknął plany rektora wczoraj czy choćby parę godzin temu, miałby jeszcze dość czasu. Albo gdyby mógł spytać Lunda, który pewnie znał szczegóły planu McAndrew, co zresztą przypłacił życiem. Gdyby, gdyby, gdyby. Kopnął żwir czubkiem buta, wzbijając obłok pyłu.

W mrocznej dali rozbłysło światło. Światło przybliżało się i powoli do uszu Jamesa zaczął docierać łoskot. Po raz piąty w ciągu ostatnich dwudziestu minut zerknął na zegarek. Federal miał nadjechać dopiero za kwadrans. Dopiero gdy światła były już blisko, do Jamesa dotarło, że pociąg wjeżdża na inny peron, w dodatku z przeciwnej strony.

Nagle kątem oka na swoim peronie dostrzegł jakieś zamieszanie wokół barwnej plamy. Odwrócił się błyskawicznie i obok dyżurnego ruchu zobaczył gwałtownie gestykulującą kobietę. W świetle sodowych lamp poczekalni – nikt tutaj nie stosował zaciemnienia – lśniła kopuła miodowozłotych włosów. A potem usłyszał głos, który bezbłędnie rozpoznał jako głos Dorothy Lake.

Ona też go zauważyła i puściła się w jego stronę sprintem godnym lekkoatlety.

– Musisz wsiąść do tego pociągu! Biegnij! Szybko, no już! – wołała, jeszcze w biegu machając w stronę małej lokomotywy ciągnącej może ze trzy wagony, która zwalniała właśnie naprzeciwko z głośnym sykiem pary, zagłuszającym jej słowa.

– Jak to? Przecież jedzie w złą stronę.

– Nie – wydyszała, dobiegając do niego. – Jedzie w dobrą stronę. Tam powinieneś jechać. Pojedziesz tym pociągiem do Greenwich, a na miejscu spytasz o farmę Jutro. Tam właśnie znajdziesz Florence z Harrym.

. . .

346

Serce Jamesa nagle stanęło. Sam też zamarł na chwilę i wszystko wokół niego. Spojrzał na Dorothy Lake i widząc w jej twarzy szczery niepokój, natychmiast jej uwierzył.

– Nie ro... – zaczął, ale nie dała mu skończyć.

– Nie trać czasu, tylko wskakuj w ten pociąg. – Nawet w półmroku widział, że jej twarz płonie. – Nie mogę ci powiedzieć, skąd wiem, ale wiem. Twoja żona czeka na ciebie. Twój syn czeka na ciebie. No, leć już!

– Ja... nie mogę.

– Owszem, możesz. Pociąg czeka na ciebie.

– Muszę jechać do Waszyngtonu. Mam coś do zrobienia, zanim...

Na przeciwległym peronie w kłębach dymu dyżurny ruchu z lizakiem w ręku wędrował wzdłuż składu, sprawdzając, czy wszyscy skończyli już wsiadać i wysiadać.

Dorothy zwróciła się do Jamesa z płonącymi oczami.

– Musisz już iść. Nie wiem, jak długo tam będą. Nie przegap tej okazji!

– Dorothy...

– Mówiłeś, że masz tylko jedno pragnienie: wreszcie ich zobaczyć. – W jej oczach pośpiech mieszał się ze zdumieniem. Na drugim peronie dyżurny podnosił gwizdek do ust. – A może to były tylko słowa?

– Chcę ich zobaczyć, jak nikogo na świecie. Ale istnieją teraz ważniejsze rzeczy ode mnie i mojej rodziny.

– Proszę wsiadać, drzwi zamykać! – krzyknął dyżurny.

Oczy Dorothy wypełniły się łzami.

– Chciałam ci pomóc.

Złapał ją za ramiona.

– Wiem i nigdy ci tego nie zapomnę. – Powietrze rozdarł przenikliwy dźwięk gwizdka: odjazd. – Kocham moją żonę i dziecko nad życie. Ale kocham również moją ojczyznę.

Nagle znowu spowiły ich kłęby białej pary, a ich słowa zagłuszył głośny syk, gdy tłoki lokomotywy poszły w ruch.

– Jeszcze zdążysz! – krzyknęła, kiedy pociąg ruszył powolutku przed siebie. – Dasz radę wskoczyć. Florence z Harrym są niecałą godzinę jazdy stąd.

Patrzył w milczeniu, jak pociąg rozpędza się i rusza, a jego tylne światła zmniejszają się stopniowo, aż stają się nie większe od główek od szpilki, nie większe od najdalszych gwiazd. Nie wiedział, co powiedzieć tej młodej kobiecie, gdy obracał się do niej, odprowadziwszy pociąg wzrokiem.

– Wiem, co teraz o mnie sądzisz, Dorothy. Wiem też, co myślisz: że mężczyźni, tacy jak ja, to padalce i nie można im ufać. Ale to nieprawda. Owszem, nie zaprzeczam, istnieją źli mężczyźni. Jednak reszta naszego gatunku stara się, jak może. Staramy się postępować słusznie i uczciwie, nawet jeśli nie dajemy tego po sobie poznać. – Beznadziejnie to wypadło.

Teraz ona przyjrzała mu się uważnie.

– A co takiego robi mój wuj w Waszyngtonie, że dla tej sprawy jesteś gotów poświęcić swoją rodzinę?

– Nie wiem jeszcze i nie powiem, dopóki nie nabiorę pewności. – Spojrzał na jej spoconą, zarumienioną twarz, na widoczną na niej rozpacz. – Na pewno nie ty jesteś za to odpowiedzialna.

– Mogłabym zadzwonić i powiedzieć mu, że za nim jedziesz.

– Mogłabyś, Dorothy. Ale wierzę, że tego nie zrobisz, ponieważ jesteś dobrym człowiekiem i masz jeszcze całe życie przed sobą. Spójrz zresztą na siebie, na co się zdobyłaś, żeby ratować tylko jedną rodzinę.

– Nic nie rozumiem – wyznała.

– Ja też. Może nie nic, ale niewiele. Z czasem jednak zrozumiemy i wtedy się przekonasz, że postąpiłaś słusznie, nie wydając mnie. – Przez chwilę stali w milczeniu. – Poza tym, nie wiesz, gdzie teraz przebywa w Waszyngtonie.

– Skąd wiesz, że nie wiem?

– Bo byś mi powiedziała.

Dyżurny wrócił na ich peron, zerkając na zegarek z dewizką.

– Uwaga, za chwilę na peron wjedzie pociąg do Waszyngtonu. Uwaga, za chwilę na peron wjedzie pociąg do Waszyngtonu.

James Zennor spojrzał na Dorothy Lake, a jej twarz pod jego wzrokiem zmiękła, zrzucając cyniczną maskę. W nagłym odruchu przytulił ją, by zaraz odepchnąć.

– Dziękuję ci za wszystko. Życz mi powodzenia – poprosił, uśmiechając się ze znużeniem.

Rozdział 40

Gdy pociąg ruszył, James z głową zwróconą w stronę okna patrzył w mrok, rozmyślając o Harrym i Florence. Domyślał się, że jadą przez nieskończone hektary pól należących do tutejszych wielkich farm. Przed oczami miał twarz Harry'ego, jego wielkie oczy wpatrzone w ojca z pytaniem, gdzie się podziewał i dlaczego nie przyjechał, kiedy tylko mógł.

Siedząc jako jedyny pasażer w rozklekotanym wagonie, próbował wymyślić jakąś odpowiedź. Wyobrażał sobie, że trzyma syna na kolanach, wyjaśniając, że bywają takie chwile w życiu mężczyzny, kiedy nie może robić tego, co by chciał. Że czasem sytuacja wymaga, by zrezygnować z własnych potrzeb – z dręczącego pragnienia, by ujrzeć dwie najdroższe na świecie istoty. W myślach słyszał, jak przemawia w tym tonie do synka, a charakterystyczny ochrypły głosik Harry'ego w kółko mu odpowiada tym samym słowem: „Dlaczego?".

Zamknął oczy, próbując sobie wyobrazić farmę Jutro. W nocnym pociągu telepiącym się po torach z szybkością piechura, wyobrażał sobie farmę spowitą słonecznym światłem lata, otoczoną białymi płotami i sadami uginającymi się od lśniących jabłek pośród żółci, bursztynów i złota – kolorów tutejszej obfitości. W następnej chwili, jakby dla kontrastu, ujrzał Harry'ego z Florence, jak w sinej poświacie tulą się do siebie na dwóch drewnianych stołkach w małej, zimnej kuchni. Zdawał sobie sprawę, że to absurd: skoro, jeśli wierzyć Dorothy, są o godzinę drogi od New Haven, też muszą mieć upały. Mimo to wyobraźnia podsuwała mu taki, a nie inny obraz. Co to jest ta cała farma Jutro? Jak się tam znaleźli? Dorothy nie chciała mu powiedzieć, skąd wie, gdzie przebywają, a on też nie naciskał. Nie chciał słyszeć żadnych konkretów, niczego, co by miało posmak realiów, wiedząc, że wtedy trudniej mu się będzie oprzeć pokusie, a sama decyzja już i tak kosztowała go niemało.

W miarę jak nocne minuty zamieniały się w godziny, zaczęły go dopadać panika i poczucie, że popełnił idiotyczny błąd. Jakie miał, w gruncie rzeczy, dowody? Tekst wykładu i kilka zdawkowych uwag wypowiedzianych przez McAndrew w obecności młodej siostrzenicy o wybujałej fantazji. Może rektor zwyczajnie porządkował myśli podczas wykładu ku czci Darwina; teraz pewnie jechał do Waszyngtonu z nadzieją na awans. „Najważniejsze spotkanie w życiu". Czyżby prezydent wzywał go, proponując stołek w swoim gabinecie, w końcu brytyjscy politycy stale się umizgiwali do Bernarda Greya.

Ale intuicja podpowiadała Jamesowi coś zupełnie innego. Słowa lektury mocno wryły mu się w pamięć: McAndrew przedstawiał swoje intencje bez żadnych osłonek. Lund przejrzał intencje rektora, stąd był taki roztrzęsiony i dlatego zginął z rąk swego przełożonego.

James wracał w myślach do ostatnich chwil spędzonych z Dorothy na stacji. Pociąg powinien był już odjeżdżać, ale zaczęto doczepiać nowe wagony. Opóźnienie wywołało niezręczną sytuację; oboje nie wiedzieli, co by tu jeszcze powiedzieć. Żeby przerwać męczącą ciszę, James zadał pytanie, które zrodziło się w nim, kiedy w myślach usłyszał głos Williama Curtisa, prelegenta Towarzystwa Eugenicznego. „Obiekty powyższych badań będą musiały, naturalnie, zostać sfotografowane nago..."

– Wybacz dziwne i trochę nieskromne pytanie, ale czy słyszałaś może o jakichś studentach Yale fotografowanych bez... – Zawahał się. Jak by to delikatnie ująć?

– Bez czego, James?

– Bez ubrań.

– A, masz na myśli fotografie w ramach studium postawy? – odparła rzeczowym tonem, jakby mowa była o czymś oczywistym.

– Czego?

– „Studium postawy".

– Co to znaczy: „postawy"?

– Zdjęcia miały nam pomóc w utrzymywaniu prawidłowej postawy. Rozbierałeś się, wbijali ci metalowe szpile w plecy i trzaskali fotki. To znaczy, robili zdjęcia.

– Szpile?

– Tak, długie na kilka centymetrów.

Nagle przed oczami Jamesa pojawiły się zdjęcia z teczki Lunda.

– Wbijali wam w plecy szpile?

– Tak naprawdę to przyklejali. Później mierzyli przebieg krzywej, jaką tworzyły. Wszystkich studentów, których „krzywa postawy" odbiegała od normy, wysłano na gimnastykę korekcyjną.

W telepiącym się w ciemnościach pociągu James słyszał rozbrzmiewający w głowie głos Curtisa. „Dla zachowania tajności proces fotografowania mógłby towarzyszyć innym, bardziej konwencjonalnym badaniom". Podejrzenia Jamesa okazały się słuszne: to było właśnie wstrząsające odkrycie Lunda. Yale fotografowało nago studentów pod płaszczykiem programu korekcji wad postawy.

W pamięci Jamesa natychmiast odżył obraz, na który nie zwrócił wtedy uwagi. Kiedy w rektoracie buszował w szafach kartotekowych, minąwszy M: Magisterskie studia, Monroe,

Montana, dotarł do P: Postawa – studium. Przeleciał wtedy nieuważnie wzrokiem po tych słowach, biorąc je za jedną z dziedzin zainteresowań akademickich.

Teraz już wiedział, o co naprawdę chodziło. Był to tajny program badań zmierzający do wykazania związku, między tężyzną fizyczną, sprawnością intelektualną a poziomem „rozwoju moralnego". Twórcy programu usiłowali znaleźć odpowiedź na pytanie, które zadał Leonard Darwin w tej swojej obmierzłej książczynie: *Kiedy nasz stary pies dożyje swoich dni i musimy go z żalem pogrzebać, zaczyna nas nurtować problem, jakiej rasy powinien być nasz nowy ulubieniec?* Fotografie, które być może przedstawiały nie tylko Dorothy, młodego barmana z Owl Shopu, ale także każdą z młodych istot powierzonych opiece Yale, były próbą odpowiedzi na to pytanie. Zapewne odkrycie przez Lunda rzekomych badań nad postawą wyczuliło go na zbrodniczą eugenikę w wydaniu rektora, co ostatecznie skierowało go na trop „sprawy o większym zasięgu i poważniejszej, niż się zdaje". Czy nie rozstawał się ze zdjęciami dlatego, że stanowiły jedyny dowód trafności jego podejrzeń?

Rozmyślania Jamesa przerwał stłumiony dźwięk, który w pierwszej chwili uznał za przywidzenie. Rozejrzał się dokoła; wagon nadal był pusty. Może ktoś rzucił żwirem w okno. Znów wbił wzrok w ciemność i pustkę, próbując wypatrzyć choćby światełko z jakiejś odludnej farmy. Bez skutku.

Po chwili rozległ się kolejny dźwięk, głośniejszy i jakby bardziej metaliczny. James znów rozejrzał się dokoła. Za nim, na tyłach wagonu, nic się nie działo, mimo to znowu coś stuknęło. Wstał, żeby mieć lepszy widok. Wydawało się mało prawdopodobne, żeby w pociągu widmie, który wiózł więcej worków z pocztą i baniaków mleka niż pasażerów z biletami, pojawił się kontroler, niemniej było to możliwe. Po drugiej stronie drzwi wyczuł jakiś ruch.

– Kto tam? – zawołał bez namysłu.

Nagle zobaczył, że klamka w drzwiach łączących jego wagon z sąsiednim zaczęła się poruszać.

Pociąg podskoczył na styku szyn i Jamesem zarzuciło w stronę okien po drugiej stronie. Lewym ramieniem grzmotnął w drewniany słup przy ławce. Krzyknął z bólu. W tej samej chwili otworzyły się drzwi wagonu i wyrosła w nich wysoka postać barczystego mężczyzny, któremu wzrostu dodawał szpiczasty kapelusz rzucający cień na jego twarz. Szedł w kierunku Jamesa szybkim, zdecydowanym krokiem. Odezwał się dopiero, gdy dzieliły ich nie więcej niż dwa metry.

– Ręce do góry, doktorze Zennor.

James instynktownie podniósł ręce pod sufit, nim zdążył zauważyć na wysokości pasa mężczyzny nieduży pierścień z matowej stali. Minęła sekunda, nim poznał, że ma przed sobą pistolet z tłumikiem.

Czas zwolnił; James czuł się dziwnie oderwany od całej sytuacji, jakby był tylko obserwatorem, a nie uczestnikiem. Podobny stan przeżywał podczas wymiany ognia w Hiszpanii – zamiast poczuć lęk, jeśli nie wręcz panikę, był tylko zły na własną głupotę. Wołając „Kto tam?", zdradził się angielskim akcentem.

– Idź do tyłu i nie opuszczaj rąk. – Mężczyzna mówił chropawym głosem, niespotykanym w New Haven. James błyskawicznie skalkulował, że tamten jest tylko płatnym mordercą i nic o nim nie wie.

Posłusznie zastosował się do polecenia, cofając się przejściem między ławkami. Liczył kroki: dwa, trzy cztery. Zatrzymał się, kiedy poczuł podmuch wiatru z przerwy między wagonami. Stał teraz na końcu wagonu, mając po każdej stronie drzwi. Chłodne powietrze podziałało na niego otrzeźwiająco. Serce łomotało mu w piersi pod wpływem adrenaliny, kiedy rozpaczliwie próbował wymyślić jakiś sposób, żeby ocalić życie.

– Wystarczy – powiedział mężczyzna. Teraz, w świetle, James widział jego byczy kark i kanciastą szczękę: napastnik mógł być kiedyś bokserem. Na ustach błądził mu uśmiech wskazujący, że lubi tę robotę. Wciąż z palcem na spuście trzymał przed sobą broń. Na co czekał?

Po chwili James domyślił się. Mężczyzna nie naciskał spustu, bo zaplanowali dla Jamesa inny koniec. Rzecz miała wyglądać na samobójstwo, jak w przypadku Lunda. Wypchnie Jamesa z pociągu, a policja uzna, że biedak sam wyskoczył.

Rewolwerowiec nagle zrobił krok do przodu, licząc na to, że James, przerażony, zrobi krok do tyłu i już tylko centymetry będą go dzielić od drzwi. James zrobił to, czego po nim oczekiwano, starając się w ten sposób zyskać parę sekund na zastanowienie. Nie spuszczał oczu z rewolweru. Mógł zostać zastrzelony z miejsca, zanim zdąży wziąć następny oddech, a jego ciało zostanie wyrzucone kopniakiem z pociągu i miną dni, nim je ktoś odnajdzie, jeśli pierwsze nie dorwą się do niego zwierzęta...

Kiedy mężczyzna zrobił następny krok, w Jamesie odezwał się instynkt samozachowawczy. Zamiast się cofać, rzucił się do przodu, celowo zderzając się z napastnikiem. Prawą ręką chwycił za rewolwer, odwodząc lufę w bok.

Atak z zaskoczenia opłacił się: rewolwerowiec zatoczył się do tyłu, wpadając na drzwi. Wciąż trzymając rękę napastnika, James rąbnął nią o framugę, licząc, że mężczyzna wypuści broń, ale on odzyskał już siłę i jego palce mocno się zacisnęły.

Pociąg wziął zakręt i w tym samym momencie rewolwerowiec odepchnął Jamesa na przeciwległe drzwi. Ku swemu przerażeniu James poczuł, że drzwi się otwierają – owionęło go chłodne powietrze, do wagonu wdarł się łoskot kół. Już tylko koniuszkami palców wczepiał się we framugę.

Ogarnęła go wściekłość. Nie umrze w ten sposób, nie tu, nie teraz – nie, zanim nie zobaczy Harry'ego i Florence, choćby raz. Ten łobuz go nie powstrzyma. Ożyły w nim cała wściekłość i cierpienie, które zgromadził w sobie w ostatnich tygodniach, o ile nie latach... Wczepiony we framugę, z połami marynarki powiewającymi na wietrze, rozhuśtał się na rękach i obiema nogami kopnął napastnika prosto w twarz.

Gdy mężczyzna zatoczył się do tyłu, James rzucił się na niego, szukając broni. Napastnik okazał się jednak szybszy i strzelił, na szczęście za późno: kula utkwiła w suficie. James chwycił go za nadgarstki. Zaczęli walczyć na podłodze; James był na górze, co zapewniało mu przewagę. Docisnął do ziemi rękę, w której tamten trzymał broń, próbując ją obezwładnić, i prawie że mu się udało...

Ale morderca nie chciał się poddać, jego dłoń jeszcze mocniej zacisnęła się wokół kolby rewolweru. Lewe ramię Jamesa, nadwerężone walką, zaczęło wysyłać sygnały bólu.

James podciągnął się, przenosząc cały ciężar ciała na genitalia mężczyzny. Słysząc skowyt bólu, powtórzył zabieg, tym razem napierając na krocze napastnika kolanem i pchając go po ziemi. Ostatnie pchnięcie i głowa mężczyzny rąbnęła w drzwi.

Ale ręka z bronią wykręciła się i lufa rewolweru zajrzała Jamesowi w twarz, jak głowa jadowitego węża. Mimo że James miażdżył lewą ręką tchawicę zabójcy, próbując go udusić, w dalszym ciągu wystarczyłby drobny ruch palca na spuście, żeby...

Miał tylko jedno wyjście, pod warunkiem że jego lewa ręka się spisze. Nie wypuszczając z prawej ręki dłoni, w której napastnik trzymał rewolwer, lewą wymacał klamkę w drzwiach wagonu, przekręcił i ostatkiem sił pchnął kolanem mordercę; napastnik głową do przodu poleciał w objęcia nocy.

Przez chwilę James klęczał bez ruchu smagany przeciągiem między drzwiami otwartymi po obu stronach. Dyszał ciężko. Teraz, kiedy adrenalina przestała buzować w jego krwi, poczuł wściekły ból w nadgarstkach i nogach, nie mówiąc już o lewym ramieniu. Wstał chwiejnie, zamknął jedne i drugie drzwi i opadł ciężko na siedzenie. Bolała go głowa. Podniósł rękę do czoła, a kiedy ją odjął, zobaczył krew. Nawet przez ten rok, gdy walczył w Hiszpanii, nawet wtedy, gdy patrzył, jak eksploduje mózg jego przyjaciela, Harry'ego, nie czuł, że tak blisko otarł się o śmierć.

Resztę podróży spędził, krążąc po wagonie jak rozdrażniony tygrys w klatce. Nie miał cienia wątpliwości, że to McAndrew nasłał mężczyznę. Skąd wiedział, gdzie go szukać? Przez chwilę rozpatrywał możliwość, że Dorothy ponownie go zdradziła, ale zaraz ją odrzucił. Jej pomoc, jej serdeczność były szczere, nie miał co do tego wątpliwości. Nie, McAndrew nie polegał wyłącznie na siostrzenicy, musiał kazać śledzić Jamesa także komuś innemu. Przypomniał sobie buicka z białymi pasami wokół dekli. Nawet jeśli po wyjściu z aresztu James zgubił ogon na parę godzin, zdołali go później znaleźć. Morderca, czając się w cieniu na peronie, czekał, by przekonać się, do którego pociągu wsiądzie James, a potem chyłkiem wsiadł za nim.

I chociaż James nie czuł litości dla zabitego, choć wiedział, że to, co zrobił, było w pełni usprawiedliwione – w sensie moralnym i prawnym – wciąż miał w oczach mężczyznę lecącego z wagonu w objęcia pewnej śmierci. Tam, w Hiszpanii, James wielokrotnie strzelał do nieprzyjaciela. Statystycznie rzecz biorąc, zabił pewnie przynajmniej jednego człowieka, jeśli nie paru, ale nigdy tak, jak przed chwilą: patrząc mu w twarz. Pomyślał o swoich rodzicach, którzy ślubowali dozgonnie wyrzec się przemocy. Czy istniała modlitwa, którą odmawiało się, popełniwszy taki czyn?

Aby opędzić się od podobnych myśli, spojrzał na zegarek. Od Waszyngtonu wciąż jeszcze dzieliły go godziny. Nadal nie miał żadnego konkretnego pomysłu, jak szukać na miejscu McAndrew. Dramatycznie potrzebował pomocy.

Po jakichś dwudziestu minutach w oddali pojawiły się światła, i to nie pojedyncze, lecz w konstelacjach. Pociąg dojeżdżał do Nowego Jorku.

Senne przedmieścia zaczęły ustępować ruchliwym ulicom metropolii. Pojawiły się billboardy reklamowe: lody Ice Queen, tygodnik „Time", masło orzechowe Peter Pan. Ściskając bolące ramię, James patrzył, jak przesuwają się za oknem.

Nagle w jego pamięci ożył obraz: numer „Time'a", który czytał, warując przed kryptą Wilczej Głowy: na sąsiedniej stronie był artykuł o lordzie Beaverbrooku. Wtedy prześlizgnął się po tym wzrokiem, ale teraz widział wszystko jak na dłoni – całe imię, środkowy inicjał i nazwisko. Jedyny człowiek, którego znał w Waszyngtonie, jeśli nie w całych Stanach.

Żeby nie tracić drogocennych sekund, wyskoczył na peron, zanim pociąg zdążył się zatrzymać. Dworzec był pusty, jeśli nie liczyć dwóch zamiataczy i staruszka ze skołtunioną brodą, który grzebał w koszach na śmieci w poszukiwaniu czegoś do zjedzenia. James rzucił się pędem do budek telefonicznych, których położenie pamiętał z poprzedniej wizyty na dworcu, i wskoczył do pierwszej z brzegu.

Zdjął słuchawkę z widełek i z ulgą usłyszał sygnał.

– Miejscowa czy zamiejscowa – rozległ się w słuchawce głos, nosowy i metaliczny głos, ale należący do kobiety.

– Poproszę zamiejscową.

– Miasto?

– Waszyngton.

– Nazwisko?

– Edward P. Harrison.

Zapadła długa cisza. James wyobraził sobie niemłodą niewiastę w okularach, jak wertuje cienkie stronice grubej książki telefonicznej, przebiegając wzrokiem nazwiska na literę H: Hammond, Hanson, Harris...

– Jest dwóch Edwardów P. Harrisonów. Doktor Edward P. Harrison?

James mało się nie roześmiał.

– Nie, osoba, której szukam nie jest lekarzem.

– Już pana łączę.

Usłyszał serię szczęknięć, a potem dwa długie sygnały, jeden po drugim. Niech to diabli, nie ma go w domu...

– Halo? – odezwał się nagle zaspany, kobiecy głos.

– Halo, przepraszam, że dzwonię tak późno. Chciałbym rozmawiać z...

Teraz w słuchawce rozległ się męski głos:

– Kto mówi? Co to za pomysł dzwonić do kogoś po północy?

– Ed, czy to ty? Mówi James. James Zennor z Barcelony. Byliśmy razem w Hiszpanii, pamiętasz? Wysłano cię jako korespondenta na Olimpiadę Ludową. – Jego rozmówca milczał uparcie. – Wiozłeś ode mnie list, pamiętasz? Kiedy wracałeś przez Londyn do Stanów.

– Okay, teraz już sobie przypominam. Zennor. Pisałeś do swojej dziewczyny, która rzuciła cię dla Hitlera. Dobrze mówię?

– To prawda, pojechała do Berlina. Masz dobrą pamięć.

– Ty za to masz koszmarny głos. Wszystko w porządku?

– Po prostu wdepnąłem w... kłopoty i tyle. – Bolała go szczęka po stronie, którą rąbnął w drzwi wagonu.

– Nie wiem, która jest tam, skąd dzwonisz, James, ale tutaj jest raczej późno. Więc, jeśli...

– Mój pociąg ma postój w Nowym Jorku, Ed. Musisz mi pomóc.

– Zadzwoń rano, to załatwię w Western Union...

– Nie chcę od ciebie żadnych pieniędzy! – Wypadło to jakoś gwałtowniej i bardziej agresywnie, niż chciał. Był zły na siebie. Miał minutę, dwie i zaraz będzie musiał pędzić z powrotem do pociągu. – Znaczy się, to bardzo miło z twojej strony, ale nie o to mi chodzi, tylko o coś zupełnie innego. – Źle się do tego zabrał. Przemknęła mu przez myśl Dorothy Lake i ambitni, młodzi dziennikarze z „Yale Daily News".

Czy stare wygi reportażu kręci to samo, co młodych napaleńców? Postanowił zmienić strategię. – Mam dla ciebie niesamowitą historię.

Ton głosu Harrisona zmienił się natychmiast.

– Jaką historię? – spytał ostro.

James musiał myśleć szybko.

– Taką, która może zadecydować o tym, czy Stany przystąpią do wojny, czy nie.

– Słucham.

– Chodzi o rektora Uniwersytetu Yale. W tej chwili przebywa w Waszyngtonie. Mam powody, by sądzić, że macza palce w tajnej kampanii, której celem jest powstrzymanie Stanów od udziału w wojnie. Powiedział swojej siostrzenicy, że jedzie na najważniejsze spotkanie w życiu. – Słuchając własnego głosu James, miał wrażenie, że brzmi jak pomyleniec. Za chwilę Edward Harrison, dziennikarz „Time'a", jego jedyna nadzieja w Waszyngtonie, rozłączy się, wyjaśniając żonie, że dzwonił „taki tam koleś z Anglii", którego poznał jeszcze w Hiszpanii, a któremu z powodu wojny odbiła szajba.

Jednak Harrison nie zamierzał go lekceważyć.

– Spotkanie? Słyszałem jakieś pogłoski, ale wydaje mi się, że to się odbywa w Chicago. To jest jakiś ruch, Ameryka dla Ameryki. A może jakiś komitet. Tak, chyba komitet. Więc co to za tajny projekt?

Z peronu doleciał gwizdek.

– Mam ci więcej do powiedzenia. Jadę osobowym do Waszyngtonu, będę kwadrans po siódmej. Wyjdź po mnie na dworzec.

– Ale...

– Błagam, Ed. Przysięgam, że nie będziesz żałować.

• • •

Kiedy pociąg wjechał pod wielki, półokrągły dach dworca Union Station, Ed Harrison nie zamachał do Jamesa ręką, tylko podniósł do góry brązową, papierową torbę. Jak się wkrótce okazało, w torbie znajdowały się dwa pączki, oba dla Jamesa.

– Założyłem, że będziesz głodny – wyjaśnił Ed. Nie zmienił się ani trochę od czasu, kiedy spotkali się w trzydziestym szóstym w Barcelonie pośród słońca, śmiałych marzeń i niezliczonych butelek Sangre de Toro. Chociaż nieogolony i dziesięć lat starszy od Jamesa, z tą swoją szopą niesfornych włosów wciąż emanował dojrzałą, męską urodą.

– Bałem się, że nie przyjdziesz – wyznał James między kolejnymi kęsami pączka.

– Miałem narażać się na to, że znów wyrwiesz mnie ze snu telefonem? Nie jestem głupi.

– Bardzo przepraszam za tamto. Czy przeprosisz w moim imieniu żonę za to, że ją zbudziłem?

– Kto mówi, że mam żonę?

Widząc charakterystyczny błysk przekory w oczach Eda, James przypomniał sobie, jak kobiety lgnęły do Harrisona, słynnego reportera, który grał w zespole jazzowym, a kiedy wszyscy już leżeli pod stołem, on jeden był trzeźwy. Ten typ mężczyzn raczej się nie żeni.

– Sporo wody upłynęło – odezwał się po chwili Harrison. – Cztery lata, niemal co do dnia. Co się z tobą działo?

Choć pytanie nie było sformułowane obraźliwie, James wyczuł między wierszami aluzję do swojego wyglądu. Próbował się doprowadzić do ładu po bójce w pociągu, ale miał rozdartą marynarkę, przybrudzone spodnie i poturbowaną twarz z plamami zaschniętej krwi na szczęce i włosach. Już wcześniej jego twarz wychudła i nabrała ponurego wyrazu, a pod koszulą widać było zarys zdeformowanego ramienia. Dla Harrisona, który ostatni raz widział Jamesa podczas tamtego szalonego lata w Hiszpanii, zdrowego, opalonego i tryskającego młodością, musiał wyglądać jak wrak – widmo nadciągającej starości.

– Prawdę mówiąc, nie było lekko. Zostałem w Hiszpanii, walczyłem w Brygadach Międzynarodowych.

– Pamiętam.

– Byłem ranny. – Harrison kiwnął tylko głową. – Oberwałem w ramię. Długo nie mogłem się wylizać.

– A twój kumpel, jak mu tam było? Fajny facet.

– Harry. Harry Knox. Niestety, zginął.

– Przykro mi.

– W tej samej akcji. – James postukał się po ramieniu, jakby pukał w niemalowane drewno.

– Strasznie mi przykro. Wróciłem tam. To znaczy do Hiszpanii. Jako korespondent wojenny. Byłem tam kilka razy, nawet pod sam koniec.

– Ja już wyjechałem wtedy do Anglii. Do Oksfordu.

– Myślałem, że przyłączam się do sprawy, pisząc reportaże wojenne, „donosząc światu" i tak dalej. Ale to wy, którzy walczyliście z bronią w ręku, byliście prawdziwymi bohaterami.

– Nie czułem się jakimś szczególnym bohaterem.

– Opowiedziałeś się przeciwko faszyzmowi, a to się liczy przede wszystkim. Niewielu jest na to gotowych. Zwłaszcza tutaj.

– Takie odniosłem wrażenie.

– Pracuję w czasopiśmie, które stoi po właściwej stronie: mój szef byłby szczęśliwy, gdyby Roosevelt wypowiedział wojnę, choćby i dziś. Ale wiesz, jakie są nastroje społeczeństwa... Ujmijmy to tak: niewielu Amerykanów widziało to, co ja.

– Masz na myśli Hiszpanię?

– Hiszpanię, Niemcy, Polskę. Starałem się, na ile się dało, być świadkiem tamtych wydarzeń, opisywać je wiernie, ale...

– Ludzie nie lubią takich historii.

– Ludzie nie lubią wojny.

– Tutaj się akurat mylisz. Niektórzy lubią ją aż za bardzo.

362

Prawdę mówiąc, są osoby, którym byłoby na rękę, gdyby ta wojna trwała tak długo, aż Anglia legnie w gruzach.

– Masz na myśli tego gościa z Yale?

– Tak.

– Zanim przejdziemy do niego, powiedz mi, co z tą dziewczyną?

Wyszli właśnie z dworca i ich oczom ukazała się wyraźnie połyskująca w porannym słońcu kopuła Kapitolu. James znał ją z obrazów i fotografii prasowych. Wydawała się wygładzoną wersją londyńskiej katedry św. Pawła.

– Jaką dziewczyną? – Przez krótką, haniebną chwilę James sądził, że Ed ma na myśli Dorothy Lake.

– Dziewczyną, do której wiozłem list. Tą z Anglii.

Ból przeszył Jamesa na myśl o Florence i Harrym w tej całej farmie Jutro. Czy są tam jeszcze? Czy może już wyjechali? Myśl o tym, że mogli zostać dokądś wywiezieni, że zaprzepaścił jedyną szansę, żeby ich zobaczyć, przeszyła jego umysł i ciało jak elektryczny impuls smutku.

– Zawiadamiam z dumą, że Florence Walsingham została moją żoną i matką mojego dziecka.

– Dobra robota, stary. – Harrison poklepał go po plecach. – Dobra robota! Nieczęsto się spotyka równie piękne dziewczyny. Zostawiłeś ich w Anglii?

James skorzystał z okazji, by poinformować Eda Harrisona – najzwięźlej, jak się da – o tym, co wie i jak się tego dowiedział. Nie rozwodził się zbytnio nad zniknięciem Florence i Harry'ego, koncentrując się głównie na wykładzie rektora zatytułowanym *Oczyszczenie ogniem* i tajemniczej śmierci jego podwładnego, który wyraźnie stał się niewygodny.

– Chcesz powiedzieć, że jeden z najszacowniejszych akademików w tym kraju marzy o tym, żeby Wielka Brytania przegrała wojnę, bo dzięki temu będzie mógł sprawdzić, co się stanie? Traktuje to jak eksperyment?

– Tak, ale również jako cel sam w sobie. Po prostu konsekwentnie wyciąga wnioski z ideologii eugenicznej: przydało-by się więcej silnych, a mniej słabych, więc czemu by wojna nie miała odwalić tej roboty?

– Przy okazji eliminując niezdolnych do życia. – Harrison pokręcił głową. – Niezły miesiąc przeżyłeś, przyjacielu. Nic dziwnego, że wyglądasz, jakbyś psu z dupy wypadł.

– Dzięki.

– Bez obrazy. Wracając jednak do rektora: myślisz, że po to tu przyjechał?

– Sądząc z tego, co powiedział siostrzenicy, tak.

– Cóż, to całkiem prawdopodobne. Spójrz na stronę szes-nastą. – Ed podał mu gazetę. – To właśnie lubię najbardziej w „Washington Post": co dzień mają artykuł wstępny na innej stronie.

„Przeciwnicy wojny planują następny ruch, żądając odcięcia się od międzynarodowej polityki", głosił nagłówek. Przeleciał wzrokiem artykuł: spotkanie czołowych biznesmenów z poli-tykami... zapowiedź masowych protestów przeciwko ingerowa-niu w wojnę w Europie... potężne fundusze, kilku milionerów... poparcie polityków senatu i Białego Domu... najsilniejsze po-parcie w Chicago i Illinois... czołowy orędownik sprawy, słynny lotnik Charles H. Lindbergh... socjalistyczni sprzymie-rzeńcy w Radzie Ochrony Ameryki przed Wojną... inicjatorem student wydziału prawa Uniwersytetu Yale, P. Alexander Tudor, który liczy na to, że do września uda mu się zor-ganizować ruch antyinterwencjonistyczny, zapewne pod szyl-dem Komitetu Ameryka dla Ameryki...

Drgnął na widok słowa „Yale". Jakby czytając w jego myślach, Harrison nachylił się z piórem w ręku i zakreślił to słowo.

– Popytałem tu i tam i okazało się, że mają dzisiaj zjazd na Kapitolu, żeby pozyskać jakieś wielkie szychy, zanim wystartują we wrześniu ze swoją kampanią.

James poczuł dreszcz podniecenia.

– Gdzie?

– W hotelu Willard, tuż obok Białego Domu. Próbują dać coś do zrozumienia Rooseveltowi, jasno i bez ogródek.

– Możemy się tam wybrać?

– Przewidziałem tę prośbę, doktorze Zet. – Harrison dał ręką sygnał, że będą skręcać w Constitution Avenue, szeroką i elegancką jak bulwar w Paryżu. James zerknął za siebie, sprawdzając, czy nikt ich nie śledzi. Wkrótce – jeśli już mu o tym nie doniesiono – McAndrew dowie się, że wynajęty przez niego płatny morderca nie wywiązał się z zadania, a wtedy, nie ma się co łudzić, wyśle następnego.

– Naturalnie spotkanie jest zamknięte dla publiczności – dorzucił Ed.

– Do diabła.

– Nie martw się, Jimbo. Kiedy mówię: zamknięte dla publiczności, mam na myśli publiczność, ale nie prasę.

– Czyli będziesz miał wstęp?

– Ty też. – Fantazyjnym gestem Harrison sięgnął do wielkiej torby, którą nosił na ramieniu, James pamiętał ją jeszcze z Hiszpanii, i wyjął aparat fotograficzny rozmiarów encyklopedii i ze dwa razy cięższy, w którym słupek lampy błyskowej służył jednocześnie jako uchwyt dla prawej ręki. James widywał podobne urządzenia wielokrotnie na kronikach filmowych, ale nigdy na żywo.

– Jimie Zennor, przyjmij moje gratulacje z okazji dołączenia do słynnej stajni fotografów „Time'a".

• • •

Minęli ciąg imponujących budynków rządowych o fasadach godnych magnackich rezydencji, ciosanych w szarobiałym kamieniu. Tak musiał wyglądać Londyn przed wiekiem, stwierdził James: stolica, która rządziła światem. Jakżeż się to zmieniło, wielkie imperium brytyjskie upadło tak nisko, że żebrze, by młoda Ameryka przyszła mu na ratunek, bo bez jej pomocy Wielka Brytania skazana jest na zagładę. Potężne ciało imperium legło złożone niemocą i czeka na zastrzyk życia od Stanów Zjednoczonych.

Właśnie zaczynał mu doskwierać upał – mokry, wilgotny, nieomal tropikalny – kiedy Ed oznajmił, że są na miejscu.

Wysoki hotel, którego ściany schodziły się pod ostrym kątem z jednej strony, doskonale by się prezentował u zbiegu europejskich ulic. Przez okno hotelowej restauracji mogli podziwiać uwijających się kelnerów w białych fartuchach, jak unoszą niklowane pokrywy, odsłaniając dymiące befsztyki. James widział jak na dłoni żółtą, puszystą jak budyń jajecznicę przed wąsatym mężczyzną, który czytał w roztargnieniu poranną gazetę. Nawet w stanie obecnego napięcia James mimowiednie obliczył, że na talerzu znajduje się trzytygodniowy przydział jajek.

Weszli do wysokiego jak kościół foyer urządzonego z pałacowym przepychem: lśniące posadzki i niebotyczne kolumny z bursztynowego marmuru wieńczył plafon ze złotymi zdobieniami. To wnętrze z powodzeniem mogłoby się znajdować w Wersalu.

– Pamiętaj, jesteś fotografem – mruknął Harrison jak brzuchomówca, przez zaciśnięte zęby. – Trzymaj się na uboczu.

James spuścił głowę, żeby ukryć twarz.

– Ale skąd będziesz wiedział, jak wygląda McAndrew? – zaniepokoił się.

– Już wiem. Na tym polega urok pracy w dziale wiadomości: mamy fotoarchiwa. Sprawdziłem go.

Gdy Harrison ruszył do recepcji, James krążył po foyer, rozglądając się w poszukiwaniu znanej mu twarzy, nigdzie jednak nie uświadczył rektora. Nigdzie też nie wypatrzył żadnej grupy; z góry schodzili na śniadanie pojedynczy biznesmeni. Dochodziła dopiero ósma. Po raz kolejny zaczął zadręczać się obawami, że dotarł za późno. McAndrew miał nad nim przewagę kilku godzin, pewnie spotkał się z tym kimś poprzedniego wieczoru...

Słyszał, jak Ed Harrison domaga się wezwania kierownika, jak również przedstawienia mu do wglądu wykazu organizacji biorących udział w zjeździe. Z tonu głosów James wnosił, że żądania kolegi spotkały się z odmową. Może McAndrew zostawił specjalne instrukcje, żeby nie dopuszczać prasy. Siląc się na niedbały krok, James podszedł do pulpitu konsjerża. Przywołał w pamięci szesnastą stronę porannego wydania „Washington Post". W artykule wstępnym było coś, co mogło mu się teraz przydać.

– Przepraszam bardzo – zwrócił się do młodzieńca w liberii boya za dużej co najmniej o dwa numery, stojącego przy czymś na kształt mównicy. – Jestem tu na zaproszenie niejakiego P. Alexandra Tudora. Czy mógłby mi pan powiedzieć, gdzie go znajdę?

– Obawiam się, proszę pana, że to pytanie bardziej do recepcji.

– Wiem – rzucił James z uśmiechem. – Ale mają tam zator. – Podniesione głosy, wśród których górował głos Harrisona, docierały na drugi koniec foyer.

Wymienili z konsjerżem porozumiewawcze uśmiechy.

– Naturalnie, proszę pana – odparł młodzieniec. Nachylił się nad plikiem kartek, wodząc palcem najpierw wzdłuż jednej, potem drugiej kolumny.

– Musi pan pójść do Sali Buchanana. W podziemiach.

James podziękował kiwnięciem głowy. Syknął, żeby zwrócić na siebie uwagę Harrisona i oderwać go od kłótni przy ladzie recepcji. Zeszli w dół po schodach wyściełanych dywanem, a potem, idąc za strzałkami, dotarli do podwójnych drzwi opatrzonych tabliczką „Sala Buchanana".

James przystanął niepewny, czy zaraz wpakują się do pokoju, w którym garstka osób w kameralnej atmosferze będzie spokojnie obradować wokół jednego stołu, czy też, jak w teatrze, zastaną czterysta osób na widowni, słuchających mówcy na scenie. Na wypadek pierwszej z tych opcji, która groziła władowaniem się prosto na McAndrew, który doskonale wiedział, jak wygląda James, ścisnął mocno aparat, aby w razie czego zasłonić nim błyskawicznie twarz.

Harrison z notatnikiem w dłoni pewnie pchnął drzwi. Wszystko w jego wyglądzie wskazywało na to, że jest reporterem, włącznie z kapeluszem na bakier, który był jego przepustką do wścibiania nosa tam, gdzie nie trzeba, a zarazem tarczą ochronną.

Po otwarciu drzwi James natychmiast zorientował się, że spotkanie jeszcze się nie zaczęło i goście, około czterdziestu mężczyzn, stoją w grupkach, rozmawiając, lub snują się po sali, wymieniając uściski dłoni; w głębi znajdował się długi stół konferencyjny z przygotowanymi przez organizatorów notatnikami i zaostrzonymi perfekcyjnie ołówkami. Portret Jerzego Waszyngtona w tandetnej drewnianej ramie wyglądał, jakby zawisł na ścianie w ostatniej chwili.

James podniósł aparat do oka i zaczął rozglądać się po sali przez wizjer, licząc na to, że nikt nie zauważy tego, co właśnie odkrył: choć był kiedyś zapalonym fotografem – pasję tę, jak wiele innych, zarzucił po kontuzji ramienia – za nic nie mógł się połapać w tym urządzeniu. Rozglądając się po sali, próbował palcem wymacać przycisk migawki. Kątem oka widział, że Harrison idzie w głąb sali krokiem gościa honorowego, który przeprasza za spóźnienie.

Za szklanym okienkiem przesuwały się twarze, ale James żadnej nie znał. Sami nadziani goście, wnosząc ze starannie ułożonych siwych fryzur i świetnie skrojonych garniturów. Nigdzie jednak nie dostrzegł szpakowatych włosów rektora. Powoli panoramował obiektywem po sali. Kolejne grube ryby i jakiś tęgi, niechlujny mężczyzna, zapewne reporter.

Nagle zamarł z aparatem w dłoniach.

Najpierw w kadrze pojawiła się koloratka, więc podniósł obiektyw, żeby zidentyfikować jej właściciela: zgadza się, wielebny Theodore Lowell, pacyfista, kapelan akademicki Yale i były członek Wilczej Głowy. A zatem w waszyngtońskim hotelu, który dzieliły raptem metry od Białego Domu, stawiła się całkiem imponująca reprezentacja Yale, aby powstrzymać rząd przed przystąpieniem do wojny. Może przyjechali tu wszyscy razem, z Tudorem w roli szofera. James wycelował obiektyw najpierw w klapę marynarki Lowella, a potem mężczyzny, z którym pastor rozmawiał.

Obaj nosili w klapie znaczek Wilczej Głowy.

Słyszał teraz wyraźnie ponad pogwarem głos Harrisona; kadził obecnym na sali politykom i plutokratom w ramach gry wstępnej zmierzającej do zdobycia informacji. James podejrzewał, że tak samo zdobywa kobiety.

Nagle olśniło go, że choć on wie, jak wygląda Lowell, pastor nie ma pojęcia o jego istnieniu.

Ośmielony, ruszył za duchownym, mając dobre pół twarzy zasłonięte aparatem.

– Proszę teraz panów o zdjęcie grupowe. – Skinął na Lowella, żeby zbliżył się do pozostałych osób, wśród których zapewne nie brakowało młodego Tudora. – Czy moglibyśmy poprosić jeszcze do tego zdjęcia doktora McAndrew? – rzucił zza aparatu, siląc się na swobodny ton.

– O, psiakość, właśnie wyszedł – powiedział młody mężczyzna, pokazując drzwi na drugim końcu sali, których James nie zauważył. – Miał z kimś zjeść śniadanie i wybiegł, żeby się nie spóźnić, dosłownie pół minuty temu.

James pstryknął jakimś przyciskiem. Dusił się, jakby go ktoś walnął w splot słoneczny. Jechał przez całą noc, po to tylko, by rozminąć się z rektorem o sekundy...

Zawrócił w stronę drzwi, po drodze napotykając wzrok Harrisona. W oczach Jamesa płonęła taka wściekłość, że Amerykanin natychmiast domyślił się wszystkiego, urwał rozmowę w pół zdania i ruszył za Jamesem.

Rzucili się na górę, przeskakując po dwa stopnie naraz.

– Musiał wyjść, kiedy schodziliśmy na dół, inaczej byśmy go zauważyli – wysapał Harrison.

– Niekoniecznie. Mógł znaleźć jakieś inne wyjście z hotelu. Zwłaszcza jeśli podejrzewa, że ktoś go śledzi.

– A podejrzewa? – spytał Harrison, kiedy znaleźli się z powrotem we foyer.

James pomyślał o trupie leżącym przy szynach. Skoro McAndrew nie odebrał telefonu potwierdzającego wykonanie zlecenia, musiał podejrzewać, że James żyje.

– Prawdopodobnie tak.

Przecięli marmurową posadzkę i wybiegli na zewnątrz. Duszny podmuch ciepłego, wilgotnego powietrza owionął twarz Jamesa. Rozejrzał się w lewo i w prawo, a potem jeszcze raz spojrzał w prawo, koncentrując wzrok na drugiej stronie ulicy.

Twarz mężczyzny była niewidoczna. Włosy też nie przykuły uwagi Jamesa, choć, kiedy ruszył w ślad za nim, zauważył charakterystyczny, szpakowaty odcień. Czujność Jamesa wzbudził chód tamtego. W odróżnieniu od reszty przechodniów idących bezmyślnie po Pennsylvania Avenue, Preston McAndrew maszerował z zawziętą determinacją.

Żeby przyspieszyć kroku, James oddał aparat Harrisonowi, który wrzucił go z powrotem do torby. Przeszedł przez jezdnię, prawie nie zwracając uwagi na samochody.

„Oczy są najskuteczniejszą bronią. Nie pozwólcie, by wzrok wam drgnął nawet na ułamek sekundy. Jeśli uda się wam nie mrugnąć okiem, nigdy nie zgubicie śledzonego obiektu i w końcu będzie wasz".

James słyszał w głowie głos Jorgego, to przyspieszając kroku, to znów zwalniając, tak jak jego ofiara. Kiedy McAndrew przystanął przed przejściem przez Constitution Avenue, James też się zatrzymał, instynktownie robiąc półobrót, na wypadek gdyby rektor obejrzał się za siebie.

Zabudowa skończyła się i teraz po obu stronach jezdni zaczęły się zielone trawniki. W oddali w niebo celowała jasnozłota iglica pomnika Waszyngtona. McAndrew wyraźnie zmierzał w tamtą stronę.

Będąc na widoku, James poczuł się niepewnie. Budynki stanowią osłonę, kiedy się śledzi obiekt; jakby co, można wskoczyć do jakiejś bramy czy w boczną uliczkę.

Jorge ostrzegał go dziesiątki razy: „Otwarta przestrzeń jest szalenie niebezpieczna. Obiekt może się zacząć zastanawiać, skąd się tam wziąłeś, i dojść do wniosku – i to słusznego – że idziesz za nim".

James zwolnił i przystanął. Harrison dogonił go po chwili.

– Co robimy? – spytał, dysząc ciężko.

– Będziemy go obserwować. – James śledził wzrokiem McAndrew, który wspinał się w stronę pomnika. – Będziemy iść powolutku tą drogą. – Pokazał okrężną ścieżkę prowadzącą do pomnika. McAndrew szedł alejką na wprost.

Rektor zwolnił, na co James właśnie liczył. Obstawiał, że spotkanie odbędzie się przy pomniku, i chyba się nie pomylił. Spojrzał na zegarek. Ósma dwadzieścia pięć. Niemal słyszał, jak McAndrew mówi: „Będę czekał przy pomniku Waszyngtona o ósmej trzydzieści".

Kipiąc z wściekłości, przyglądał się, jak rektor siada na ławce pośród czterdziestu ośmiu flag czterdziestu ośmiu stanów. Oto człowiek, przez którego omal nie rozstał się z życiem i który odciął go od żony i dziecka, oto człowiek, którego matactwa zmierzały do wydania zbiorowego wyroku śmierci na naród brytyjski.

Jakże łatwo byłoby teraz dokonać zemsty. Przebiegnięcie dzielącego ich skrawka trawy zajęłoby Jamesowi najwyżej dwadzieścia sekund. McAndrew rzuciłby się do ucieczki, ale James byłby szybszy; nawet teraz, gdy miał strzaskane ramię, niewielu mogło się z nim równać. Podciąłby mu nogi i posłał na ziemię, a potem wystarczyłoby tylko mocniej zacisnąć place na szyi, raz, może dwa, by wycisnąć z rektora życie...

Czułby się w pełni usprawiedliwiony. Nie dlatego, że działałby w obronie własnej, lecz dlatego, że mściłby się – z góry – za spisek, który miał wykrwawić Anglię, i za całą dotychczasową udrękę, która stała się jego udziałem. Wystarczyłoby przebiec parę metrów i miałby rektora w garści.

Ale wiedział, że musi zdławić w sobie ten impuls. Gdyby rzucił się i zabił McAndrew, niczego by to nie zmieniło. Rektor był tutaj, w Waszyngtonie, bo coś planował, jakąś operację z udziałem innych, i właśnie ten plan należało udaremnić. James z rozkoszą przyglądałby się, jak rektor umiera, ale to raczej nie zmniejszyłoby zagrożenia dla Anglii.

– Za minutę, dwie, ktoś do niego podejdzie. Chcę, żebyś mi powiedział, kto to jest – zwrócił się do Harrisona.

– Musiałbym sam podejść bliżej.

– Nie ma sprawy, on cię przecież nie zna.

Ed Harrison ruszył przed siebie wystudiowanym krokiem amatora; jego ostentacyjna nonszalancja natychmiast rzucała się w oczy. W dodatku nawet z daleka wyglądał na reportera.

Ale Harrison miał swój rozum: trzymał się za plecami McAndrew, nie wchodząc w jego pole widzenia. Poza tym James, który nie spuszczał oczu z rektora, widział, że tamten był zbyt zaabsorbowany zbliżającym się spotkaniem, by zwracać uwagę na to, co dzieje się wokół. W ciągu ostatnich trzech minut McAndrew trzy razy spojrzał na zegarek.

Wreszcie na horyzoncie pojawił się drugi mężczyzna. Podszedł do ławki rektora, zwolnił, spojrzał w dół i zawahał się. McAndrew powiedział coś i mężczyzna usiadł, po czym wymienili uścisk dłoni, co wyglądało dosyć dziwnie, bo obaj patrzyli gdzieś w dal, zamiast nawzajem na siebie. Mimo to zaraz przeszli do rozmowy.

James patrzył na nich bacznie, żeby nie uronić najmniejszego szczegółu. Osoba przybyłego nie była mu znana, a sądząc z niepewnych ruchów McAndrew i początkowego wahania, rektor też widział go na oczy po raz pierwszy.

James tak był pochłonięty obserwowaniem tamtych, że zauważył Harrisona dopiero, gdy ten doszedł do niego. Najpierw usłyszał zdyszany oddech reportera, który tym razem nie był efektem wysiłku, lecz podniecenia.

– Nie uwierzysz, kogo tu mamy. – Skinął głową w stronę dwóch mężczyzn siedzących na tle błękitnego nieba i powiewających flag. – Twój rektor uciął sobie właśnie pogawędkę z Hansem Stoiberem, najwyższym rangą dyplomatą w waszyngtońskiej ambasadzie Trzeciej Rzeszy.

Rozdział 41

James z wrażenia wybałuszył oczy, odruchowo odwracając się do Eda, ale zaraz przypomniał sobie o swoim zadaniu i wrócił do obserwacji pomnika. Mężczyzna, od którego dzieliły go raptem metry, był nazistą. W dobrze skrojonym ubraniu, eleganckich butach, mógł spokojnie chodzić po ulicach Waszyngtonu, nie wzbudzając najmniejszych podejrzeń, choć był na usługach krwawego reżimu, który chciał zdeptać i podporządkować sobie całą Europę, jeśli nie świat. Czym innym jednak był widok niemieckich samolotów mknących po niebie czy spustoszeń dokonanych przez bombowce, czego James był świadkiem w Hiszpanii, czy nawet oglądanie Hitlera, Goebbelsa i innych dostojników na czarno-białych kronikach filmowych, a czym innym widok wroga z krwi i kości, w kolorze, parę kroków od siebie...

A obok niego siedział Preston McAndrew, gotowy ściskać Niemcowi rękę, gawędzić z nim uprzejmie, aby potem przejść do konkretów i dobić targu. Podłość tego człowieka nie znała granic. Jamesa mdliło na sam widok rektora. Czuł, jak nienawiść krzepnie w nim w lepką substancję i krąży w jego żyłach, atakując wszystkie narządy.

Naturalnie James wiedział, że rektor przybył do Waszyngtonu ze zbrodniczym planem przedłużenia męczarni Anglii.

Sądził jednak, że aktywność McAndrew przybierze postać zakulisowego lobbingu, słówka szepniętego do ucha oficjela czy oficjeli w Departamencie Stanu. Scena, której James był świadkiem w Sali Buchanana w hotelu Willard, znaczki w klapach Lowella i jego rozmówcy, potwierdziły te domysły.

Spodziewał się, że McAndrew będzie próbował nawiązać kontakty ze swoimi dawnymi kolegami z Wilczej Głowy – którzy wspięli się na wyższe szczeble kół rządowych – wykorzystując sieć dawnych członków, by posunąć swoje sprawy do przodu poprzez konsekwentne promowanie polityki nieingerencji. Wyobrażał sobie, jak mówi do świeżo upieczonych funkcjonariuszy państwowych: „Jest pan za młody, żeby pamiętać ostatnią wojnę", by potem przejść do szczegółowych opisów krwawych koszmarów...

Jednak w życiu nie spodziewałby się, że trafi na scenę, w której McAndrew kuma się z wysłannikiem Zła. Że przyłapie go na ławce z wrogiem – jeśli nie wrogiem Ameryki, która kurczowo uczepiła się swej neutralności, to wrogiem Jamesa: nieprzyjacielem jego kraju.

Nagle poczuł dziwny impuls, który jego rodzice uznaliby pewnie za interwencję sił wyższych. Albo, zwyczajnie, tknęło go.

– Podaj aparat – szepnął do Harrisona, nie odwracając wzroku od tamtych.

Potem zaczął się skradać w stronę ławki, szybko, bezszelestnie, przystając jednak na tyle daleko, żeby nie spłoszyć ich szczękiem migawki. Przytknął aparat do oczu i zaczął obserwować. Pstryknął raz, przesunął naciąg, potem pstryknął ponownie. Kiedy znów przesuwał naciąg, nagle stało się, a on zdążył to uwiecznić w kadrze. Ruchem tak szybkim, że prawie niedostrzegalnym, Niemiec sięgnął do teczki i wyjął białą kopertę formatu A4. W chwili gdy James naciskał migawkę, dyplomata wręczył kopertę Prestonowi McAndrew, a ten równie zgrabnie wrzucił ją do cienkiej aktówki, którą następnie zapiął i wsunął pod pachę. Wymienili uścisk dłoni – który James również uchwycił aparatem – i wstali.

James zrobił błyskawiczny zwrot o sto osiemdziesiąt stopni, żeby McAndrew, gdyby mu strzeliło do głowy spojrzeć w prawo, zobaczył tylko plecy oddalającego się przechodnia. Dogonił Harrisona.

– Widzisz go? W którą stronę idzie?

– Na zachód. W stronę Lincolna.

– Lincolna?

– Pomnika Lincolna.

James policzył do trzech, po czym odwrócił się i ruszył w tym samym kierunku, krzywiąc się, ilekroć drobny żwir na ścieżce zaskrzypiał pod butem. Widział wyraźnie McAndrew, jakieś trzydzieści metrów przed sobą, maszerującego znów zawzięcie.

– Chcesz powiedzieć, że udało ci się to sfotografować? – spytał Harrison po chwili.

– Chyba tak. Nacisnąłem spust i kliknęło, jak trzeba. Mam nadzieję, że nie zapomniałeś włożyć filmu. – Oddał aparat Amerykaninowi.

– Czy przypadkiem nie przekwalifikowałeś się na fotoreportera i nic mi o tym nie mówisz?

James nie spuszczał z oczu rektora, który szykował się do przejścia przez Siedemnastą Ulicę. Wiedział, że przejście przez jezdnię, na której panuje spory ruch, to zawsze bardzo ryzykowny moment. Obiekt potrafił się zgubić na wiele sposobów: mógł skręcić w lewo lub w prawo; mógł wsiąść w samochód; mógł się rzucić między samochody, zostawiając śledzącego na krawężniku.

– Prawdę mówiąc, kiedy obiecywałeś mi niesamowitą historię, nie sądziłem...

– Będziemy mieli historię, dopiero kiedy zobaczymy, co zrobi dalej – powiedział James głosem pewnym i niewzruszonym jak jego spojrzenie.

Szli teraz wzdłuż wąskiego, sztucznego stawu, otoczonego z obu stron trawnikami. James na oko oceniał jego długość na kilkaset metrów. Słońce odbijało się oślepiająco od wody. Kiedy lewą ręką osłonił oczy, ramię dało znać o sobie ze zdwojoną siłą. Zmusił się, żeby nie zwracać uwagi na ból. Miał tylko jedno zadanie: nie stracić z oczu McAndrew.

Jeszcze tylko jakieś dwieście metrów dzieliło ich od końca zbiornika, kiedy James usłyszał głos, który wywołał w nim nagłe drżenie.

– Stać, nie ruszać się – odezwał się z tyłu jakiś mężczyzna.

James oczami wyobraźni widział już wycelowany w jego plecy rewolwer z tłumikiem, taki sam jak w wagonie. Mogła to być też policja: znaleźli zwłoki przy szynach, a on był jedynym pasażerem nocnego pociągu. Ostrożnie odwrócił się.

– Kogo moje oczy widzą? Eddie Harrison!

Pucułowaty mężczyzna w białej marynarce z twarzą spoconą od lepkiego upału wyciągał ręce w stronę reportera.

– Miło mi pana znowu widzieć, panie kongresmanie – odparł Ed. James z ulgą wypuścił powietrze z płuc.

– Ed, muszę z tobą porozmawiać na temat tego embarga na stal dla Japonii. Może udałoby ci się namówić Luce'a, żeby zamieścił coś na ten temat...

James zobaczył przez ramię, że McAndrew nadal sadzi przed siebie. Nagły postój kosztował Jamesa drogocenne sekundy, a tym samym – metry. Najchętniej puściłby się biegiem, żeby dogonić rektora, ale bał się, że może sprowokować kolejny rubaszny okrzyk w rodzaju: „Hej, dokąd to się tak spieszymy, chłopcze?!". To byłby koniec. Słysząc gromki głos kongresmana, McAndrew jak nic by się odwrócił...

James był tak sprężony do akcji, że nie mógł ustać w miejscu. Bąknął jakieś przeprosiny, odwrócił się na pięcie i ruszył przed siebie. Przyspieszając kroku, słyszał protesty kongresmana i głos Eda, który próbował go udobruchać. Wytężał wzrok, ale McAndrew jakby się zapadł pod ziemię.

Serce zaczęło mu łomotać w piersi. Przed nim szła grupa kobiet charakterystycznym, leniwym krokiem turystek. Zasłoniły mu cały widok. Czyżby rektor zorientował się, że jest śledzony i próbował się skryć pod osłoną wycieczki? Niech to szlag.

Przeszedł do biegu, choć w tej sytuacji było to najgorsze, co mógł zrobić.

Od czasu do czasu podskakiwał, starając się coś zobaczyć ponad głowami kobiet. Ani śladu McAndrew. Rozglądał się na prawo i lewo: czyżby rektor poszedł inną drogą albo zorientowawszy się, że ma ogon, zarzucił całkiem swoje plany?

James doszedł już do końca stawu. Przed nim wznosiła się otoczona doryckimi kolumnami, niczym helleńska świątynia, wielka budowla z białego kamienia; prowadziły do niej szerokie, strome schody. A wiec to był ów pomnik prezydenta Lincolna. Trzeba przyznać rektorowi, że dobrze wybrał miejsce na swój kolejny krok, decydując się zrobić go tutaj, a nie w jakimś ciemnym zaułku. Jorge zdecydowanie by to pochwalił: „Zawsze należy kryć się na widoku".

Ale McAndrew zniknął bez śladu.

Nagle ramię znowu się odezwało. James dotknął blizny i mrużąc oczy, spojrzał w górę schodów, gdzie kręciło się mnóstwo ludzi. Omiatając wzrokiem jedną stronę, ryzykował, że przegapi kogoś po drugiej. Obserwując którąś partię schodów, mógł przeoczyć kogoś wyżej lub niżej. McAndrew roztopił się w przewalającym się tłumie. Ból w ramieniu ostro się nasilił. Rektor ich przechytrzył.

Harrison zrównał się z Jamesem.

– Gdzie jest? – spytał bezradnie.

James skinął głową w stronę schodów.

– Chodźmy – mruknął i ruszył w górę po dwa stopnie naraz.

Rektor mógł wejść na samą górę i ukryć się w mauzoleum, ale istniała obawa, że go zgubili na amen.

Słysząc za plecami ciężki oddech reportera, James czuł, że obaj myślą o jednym: Preston McAndrew z dużym prawdopodobieństwem przejął niemieckie dokumenty, które mogą mieć wpływ na bieg wojny, ale przez ich niedołęstwo umknął z nimi.

– Idź dalej – szepnął nagle Harrison. – Patrz przed siebie, w kierunku godziny drugiej.

Perspektywa, że zaraz zobaczy swój obiekt, sprawiła, że serce Jamesa zaczęło bić w przyspieszonym tempie. Dojrzał mężczyznę – pomimo upału miał na sobie brązowy garnitur i filcowy kapelusz – którego zdecydowany krok wyróżniał go spośród turystów. Ale nie był to McAndrew.

– Gdzie?

– Brązowy garnitur.

– Widzę, ale...

– Mam pewne przeczucie. Nie spuszczaj go z oka.

– Co to za jeden?

– Karl Moran. „Chicago Tribune". Organ najzagorzalszych przeciwników wojny w naszym kraju.

– Nie ro...

– Patrz uważnie.

Zwolnili kroku, pozwalając, by Moran pierwszy dotarł na górę.

– Daj aparat – rzucił James. – Ja pójdę w prawo, ty w lewo. Pamiętaj, że McAndrew cię nie zna. Jeśli Moran cię zauważy, uzna to za przypadek.

James spuścił głowę i pokonał ostatnie dwa schody. Chwilę później poczuł zmianę temperatury: lepki upał ustąpił chłodowi marmuru. Jego wzrok potrzebował paru sekund, by oswoić się z cieniem.

Raz tylko przelotnie uniósł głowę, by spojrzeć na najwyższy pomnik, jaki w życiu widział: kamienna postać siedzącego Lincolna miała rozmiary starożytnego posągu. James z resztą tłumu wyglądali przy nim jak mrówki. A na drugim końcu zacienionej przestrzeni, obok wykutych w kamieniu słów orędzia gettysburskiego, stał Karl Moran, rozmawiając z mężczyzną w mocno nasuniętym na czoło kapeluszu. James natychmiast rozpoznał Prestona McAndrew.

Podniósł aparat i zdążył pstryknąć, jak mężczyźni ściskają sobie dłoń na pożegnanie, choć nie zdążył już sfotografować chwili przekazania białej koperty formatu A4. Dziennikarz zrobił w tył zwrot i ruszył w stronę schodów.

Teraz, pomyślał James. Cóż prostszego, jak pokonać parę kroków, złapać McAndrew i, jak będzie trzeba, powalić na ziemię, patrząc, jak walczy o oddech. Płomienna żądza zemsty wezbrała w nim po raz kolejny. Ten łajdak zapłaci za parszywy numer, który odstawił przed chwilą, za odebranie mu żony i dziecka, za zamordowanie George'a Lunda...

Zrobił krok do przodu, gotów dopaść McAndrew choćby tutaj, na oczach wszystkich. Słyszał, jak krew tętni mu w żyłach. Ale jak zawsze: rozum i cholerna logika powstrzymały go. Nie wolno mu zapominać, że prawdziwym zagrożeniem dla jego ojczyzny nie jest McAndrew, tylko dokumenty. To tę kopertę i zawarte w niej, przeklęte informacje należało unieszkodliwić, a nie rektora. McAndrew przekazał papiery Moranowi, bo chciał, żeby zostały opublikowane, więc obecnym zadaniem Jamesa – jedynym istotnym zadaniem – było do tego nie dopuścić. Demaskując się w tej chwili, przez obezwładnienie, jeśli nie zabicie McAndrew, nic nie zdziała. Dając upust wściekłości, zaszkodzi tylko sprawie.

Zacisnął zęby i zdusił w sobie morderczy impuls, obserwując przez wizjer ciężkiego, profesjonalnego aparatu, jak Preston McAndrew poprawia kapelusz, otrzepuje mankiety marynarki i z uśmiechem zadowolenia błąkającym się na ustach wychodzi z cienia na nasłonecznione schody zaledwie kilka metrów od Jamesa. Jakże chętnie starłby mu ten uśmiech z twarzy, rozkwasił gębę z tą samą siłą, z jaką rozprawił się w pociągu z nasłanym zbirem. Z trudem przełknął wzbierającą w nim gorycz frustracji.

Zorientował się, że Ed Harrison też już ruszył na dół.

– Dokąd idziesz – spytał, kiedy się zrównali.

– Myślę, że pora zamienić słówko z moim szacownym kolegą, Moranem.

– Ale co mu powiesz? Jakim cudem przekonasz go, żeby...

Moran, który szedł wolniej od nich, był coraz bliżej.

– Nic mu nie muszę mówić – odparł pogodnie Harrison – bo wiem o nim coś, czego nie wie ten twój McAndrew: a mianowicie, że dla Karla Morana żadna pora nie jest za wczesna na martini. Mam nadzieję, Zennor, że potrafisz utrzymać kieliszek w dłoni.

• • •

To był właśnie sekret sukcesu Eda P. Harrisona, przyznał w duchu z podziwem James. Zauważył to już w Hiszpanii, kiedy Harrison łupał na kontrabasie w amatorskim bandzie jazzowym olimpijczyków, racząc się, jak wszyscy Sangre del Toro – ale dziwnym trafem, gdy inni się już chwiali, on zawsze stał mocno na nogach. Na tyle mocno, by zalecać się do koleżanek z drużyny Florence, kiedy pogodził się już z faktem, że Florence jest nieczuła na jego urok niepokornego zabijaki.

James mógł się tylko przyglądać z podziwem, jak Ed napełnia i dopełnia kieliszek waszyngtońskiego korespondenta „Chicago Tribune". Wcześniej odstawił pokazówkę, zderzając się z Moranem w drodze powrotnej, na Constitution Avenue – doszedł do wniosku, że ujawnienie się przy pomniku Lincolna byłoby podejrzanym zbiegiem okoliczności.

– Stój, Moran! – krzyknął, klepiąc po plecach dziennikarza. – Szukam towarzystwa, żeby świętować, i akurat spotykam ciebie! Co powiesz na kielonek w Old Ebbitt Grill? Naturalnie, stawiam.

Moran – rudowłosy, rumiany, z rozdętymi nozdrzami – spojrzał niepewnie na białą kopertę w dłoni.

– Wybacz, Edward, ale muszę wracać do redakcji.

– Mów mi Ed. Obiecuję, że za godzinę siądziesz z powrotem do maszyny i będziesz miał jeszcze... Ile? Osiem godzin do oddania tekstu? To nawet tobie wystarczy. W dodatku dzisiaj jest pierwszy sierpnia. A pamiętasz chyba, że w sierpniu...

– ...nic się nie dzieje! – wykrzyknęli zgodnym chórem.

– A teraz pozwól, że poznam cię z moim przyjacielem Jimem, fotografem z „Picture Post". – James uniósł dłoń bez słowa, czując, że raczej nie powinien się ujawniać ze swoim akcentem. – Chodźmy się trochę odświeżyć.

Ed bajerował dalej, starając się zaciągnąć Morana do baru, zanim tamten się rozmyśli. Potem, kiedy skręcili w Piętnastą Ulicę i ramię w ramię mijali Biały Dom, kierując się na północ, Ed zwrócił się do Jamesa.

– O ile pamiętam, Jim, miałeś kupić po drodze potrzebne materiały.

– A, rolkę filmu – odparł James, nie okazując zaskoczenia.

– Obiecałeś mi też kupić papeterię. Będziesz pamiętać? – Harrison dyskretnie pokazał mu oczami ręce Morana. James domyślił się, o co chodzi.

Teraz patrzył, jak Moran obala, lekko licząc, czwarty kieliszek. Wreszcie chicagowski korespondent skończył ględzić o skandalu w Departamencie Skarbu, który ujawnił Henry Morgenthau, o tym, że Harold Ickes musi mieć jakiegoś haka na prezydenta, skoro utrzymał się tak długo w gabinecie, i o tym, jak nie znosi swojego teścia. Wstał z krzesła i zataczając się, ruszył w stronę toalety – ku zgryzocie Harrisona i Jamesa, biorąc ze sobą białą kopertę.

– Koniec żartów – stwierdził Harrison trzeźwy, jakby pił herbatę. – Wyrwiemy mu te cholerne papiery z ręki. Idę złożyć panu Moranowi wizytę w męskim przybytku.

– Nie możesz! – zaprotestował James. – Jeśli to zrobisz, Moran natychmiast da cynk McAndrew, że się nim interesujemy. Będzie miał czas obmyślić jakiś manewr.

– Niech to szlag.

– Nie może się domyślić, że wiemy.

– Do diabła.

– Masz. – Podał reporterowi białą kopertę, którą kupił jakąś godzinę wcześniej. – Trzymajmy się planu.

Harrison szybko otworzył swoją teczkę i wyjął plik papierów, po czym przejrzał je pospiesznie i włożył do koperty.

– To go powinno zająć na chwilę – mruknął.

– Co to jest?

– Historia, nad którą aktualnie pracuję.

– Prawdziwa?

– Wystarczająco prawdziwa, żeby zmylić Morana, nawet kiedy wytrzeźwieje. Muszę mu coś dać na odczepnego.

Wrócił Moran. James znał w życiu niewielu nałogowych alkoholików, wśród nich był jeden znajomy rodziców, ale wszyscy mieli wspólną cechę: alkohol parował z nich porami skóry. Moran zaliczał się do tych przypadków, wciąż jednak był na tyle przytomny, że kiedy usiadł, nakrył drogocenną kopertę dłonią.

Harrison znów podjął ofensywę, zarzucając Morana potokiem słów, dowcipkując i dolewając do pełna. Nic jednak nie działało. James, który starał się nie wychodzić poza pomruki aprobaty i znaczący śmieszek, przejął inicjatywę.

– Brałem udział w wojnie w Hiszpanii – oznajmił.

– Jako korespondent „Picture Post" – wtrącił pospiesznie Harrison.

– Zgadza się. Tam zresztą poznałem tego łobuza. – Skinął czule w stronę Eda. – Gadałem z chłopakami, z ochotnikami. Nie uwierzy pan, ale żeby zostać uznanym za zdatnego do służby wojskowej, musieli stanąć na baczność, a potem dotknąć czubkami palców dłoni końce palców u nóg i powtórzyć to pięć razy w ciągu dziesięciu sekund. Hemingway nie Hemingway, wszyscy musieli przez to przejść. To wcale nie jest takie proste.

– Żartuje pan. Przecież to dziecinnie łatwe.

– To jest trudniejsze, niż się wydaje.

Moran dopił do dna i wstał z nieoczekiwanym wdziękiem. W barze przybyło już gości – powoli zaczynali ściągać na lunch. Parę osób przypatrywało im się od stolików. Moran zrobił taneczny wymach rąk nad głową, po czym opuścił je w kierunku stóp i zaraz wrócił do pionu. Ktoś zaklaskał z drugiego końca sali.

– Nie dotknąłeś – powiedział Harrison.

– Czego? – wybełkotał Moran.

– Palców u nóg.

– Bujasz.

Moran znów przystąpił do ćwiczeń. Kiedy robił skłon, jego nozdrza rozdymały się, jakby potrzebował zwiększonej dawki tlenu. Tym razem zatrzymał się z palcami na wysokości łydek i próbował znaleźć w sobie giętkość, która pozwoli mu je donieść do stóp. Nie spuszczając oczu z korespondenta „Chicago Tribune", James zgarnął białą kopertę ze stołu, w jej miejsce kładąc kopertę, którą przed chwilą spreparowali z Harrisonem.

Moran wrócił do pionu czerwony na twarzy z wysiłku.

– Jeszcze trzy razy – powiedział James, udając, że mierzy mu czas.

Korespondent zgiął się wpół, co pozwoliło Jamesowi wsunąć oryginał – ten, który przeszedł z rąk Stoibera do rąk McAndrew, skąd trafił w ręce Morana – do teczki Harrisona. Po wszystkim usiadł z łomocącym sercem. Udało się.

– Widzicie? Umiem to zrobić – oznajmił promiennie Moran, wracając ostatecznie do pionu.

– Miałeś czas nie gorszy od Hemingwaya – pochwalił Ed.

– Teraz już muszę lecieć. – Moran wziął ze stolika kopertę i ruszył w stronę wyjścia, gdzie czekało już słońce, by prześwietlić grzeszki tych, którzy w biały dzień wystartowali do kielicha. Zajrzał do koperty, po czym zawrócił z gniewną miną.

Jamesowi serce skoczyło do gardła.

– Nie dałeś mi postawić kolejki. – Pogroził Harrisonowi palcem.

Ed uniósł dłoń.

– Mówiłem przecież, że stawiam. Dziś jest moje święto.

Ed uparł się, żeby odczekać aż pięć minut, zanim się przeniosą do prywatnej loży, którą barman udostępniał swoim ulubionym klientom. Bał się, że Moran może wrócić, żeby strzelić sobie jeszcze jednego.

James nie mógł oderwać wzroku od teczki, która kryła w sobie sekret McAndrew.

– Cierpliwości, Jimbo – powtarzał Ed. – Pośpiech może nas zgubić.

Dla zabicia czasu James spytał Amerykanina, o czym traktują dokumenty, które Moran będzie za chwilę oglądać w tutejszym oddziale „Chicago Tribune".

– Całkiem niezła historia, chociaż może przyprawić Karla o ból głowy, a jeszcze bardziej jego naczelnego. Są tam dowody na to, że w biurze amerykańskiego kongresmana pracuje niemiecki szpieg.

– Nie gadaj.

– Naprawdę. W dodatku jest bardzo pracowity. Przygotowuje apele na całą szpaltę, które mają się ukazać w prasie podczas konwencji republikanów. Rzecz jasna, za pieniądze niemieckiego rządu.

– I dałeś te materiały Moranowi?

– Dałem. Zdobycie ich zajęło mi wiele dni. Ale nie przejmuj się, on z tego nie zrobi żadnego użytku.

– Dlaczego?

– Ponieważ „Tribune" jest organem Komitetu Ameryka dla Ameryki: nie będą srać na własny talerz, że się tak malowniczo wyrażę.

385

– Czyli od razu pozna, że to ściema?

– Nic podobnego. Dokumenty są prawdziwe. Ale będzie zachodził w głowę, czemu McAndrew potajemnie mu je przekazał. Na jego miejscu doszedłbym do wniosku, że w komitecie musi istnieć rozłam, i to na samej górze, i że jedna frakcja próbuje mnie wykorzystać, żeby zniszczyć drugą. Moran może sądzić, że McAndrew jest na bakier z moim znajomym kongresmanem. A jeśli wie, że przesyłka rektora pochodzi z ambasady...

– Uzna, że Niemcy próbują skompromitować polityka.

– Mój kongresman zapewne jest już skończony. Chodzi o to, że minie trochę czasu, nim Moran się w tym połapie. A czas to jest to, czego nam trzeba. Jeśli McAndrew nie uprzedził Morana, co zawiera przesyłka, nie ma sprawy; jeśli go uprzedził, Karl będzie rozczarowany i zdezorientowany. Nic na to nie poradzimy. Chodźmy, już minęło pięć minut.

Przeszli między boksami z drewnianą boazerią, minęli wąskie schody, aby znaleźć się w pokoiku rozmiarów przedziału kolejowego pierwszej klasy. W środku znajdował się kominek, szczęśliwie nie rozpalono w nim w ten parny i skwarny dzień. Nietrudno się było domyślić, że w tym mieście nie brakuje podobnych wnętrz, gdzie dokonuje się transakcji, w których towarem jest władza.

Harrison wyłożył teczkę na stolik, wyjął kopertę i podał Jamesowi.

– Zgodnie z niepisanym kodeksem naszego zawodu, ten, kto złapał rybę na haczyk, ma prawo ją patroszyć.

James z zaskoczeniem zorientował się, że trzęsą mu się ręce. Był zdenerwowany i podniecony, a nade wszystko – wykończony. Chociaż niewiele wypił – większość swojego martini przelewał do kieliszka Morana – kręciło mu się w głowie.

Koperta zawierała sześć odrębnych dokumentów złożonych z dwóch, trzech kartek spiętych spinaczem. Zaczął czytać po kolei:

Londyn
15 maja 1940, godz. 18
Ściśle tajne i osobiste.
Do prezydenta Roosevelta od Byłego Człowieka Marynarki

Pomimo objęcia nowego stanowiska nie chciałbym, żeby nasza poufna, prywatna korespondencja się urwała. Jak Pan bez wątpienia zdaje sobie sprawę, na horyzoncie gromadzą się chmury...

Dopiero po kolejnym akapicie zorientował się, co ma przed sobą.

W razie konieczności będziemy walczyć sami, czego się nie boimy. Mam jednak nadzieję, że zdaje Pan sobie sprawę, Panie Prezydencie, iż głos i siła Stanów Zjednoczonych mogą stracić na znaczeniu, jeśli zbyt długo będzie Pan zwlekać z ich użyciem...

– Jezu – wyszeptał James.

Harrison czytał kolejne kartki po Jamesie z zapartym tchem, klnąc regularnie. Kiedy skończyli czytać szyfrogram Roosevelta z trzynastego czerwca, w którym donosił, że dwoją się i troją, by „dać wyraz swojej wierze i poparciu dla ideałów, które przyświecają aliantom", Harrison pokiwał głową bez słowa.

James nagle zauważył siwe pasma we włosach reportera, znużenie w jego twarzy. Harrison wyciągnął rękę w jego stronę.

– Wszystko wskazuje na to, że właśnie pan ocalił swój kraj od zagłady, doktorze Zennor – powiedział ze łzami w oczach.

Rozdział 42

W pociągu było za jasno i panował zbyt wielki tłok, żeby zasnąć, ale nawet gdyby było ciemno i pusto, jak w wagonie, którym James przed paroma zaledwie godzinami jechał w przeciwnym kierunku, nie byłby w stanie zmrużyć oka. Choć jego ciało i umysł domagały się odpoczynku, serce biło mu niespokojnie na myśl o Florence i Harrym.

To, że Ed Harrison wychwalał go pod niebiosa, nie robiło na Jamesie większego wrażenia. Dziennikarz twierdził, że gdyby korespondencja Churchilla z Rooseveltem wpadła w ręce „Chicago Tribune", a ta przykroiłaby ją na użytek swojej fanatycznej propagandy antywojennej – szanse Roosevelta na ponowną prezydenturę byłyby przekreślone raz na zawsze. Gazeta wykorzystałaby listy, żeby zdemaskować prezydenta jako dwulicowego oszusta, który wmawia narodowi amerykańskiemu, że nie złożył Wielkiej Brytanii żadnych obietnic, a jednocześnie zobowiązuje się do obrony tego kraju. Przeciwnicy Roosevelta niechybnie położyliby rękę na korespondencji, domagając się usunięcia prezydenta z urzędu na podstawie pogwałcenia paktów o nieagresji zawartych przez Stany. Tak czy owak, Franklin Delano Roosevelt, człowiek, któremu najbardziej w USA leżał na sercu los Wielkiej Brytanii, byłby skończony. Szanse, że Stany Zjednoczone przyjdą z pomocą Anglii, byłyby równe zeru: Wielka Brytania, opuszczona przez wszystkich, poniosłaby niechybną klęskę.

Harrison pomknął do redakcji, pierwsze kroki kierując do ciemni, gdzie oddał film i zażądał wywołania go poza kolejnością jako materiał wagi państwowej. Potem udał się na naradę redakcyjną, gdzie jednak nie zdradził, jakim sposobem przechwycił dokumenty przeznaczone dla „Chicago Tribune". Jego koledzy czytali je, wstrzymując oddech, jak on niedawno.

Narada była krótka, ale burzliwa. Szef działu wiadomości uważał, że pismo nie powinno zatajać wydarzenia tej wagi. Naturalnie, należało się cieszyć, że szyfrogramy nie zostały opublikowane w sfałszowanej postaci przez „Tribune", jednak on nie zamierzał tuszować tej historii, pomimo że „Time" podzielał poglądy Roosevelta wyrażone w liście z trzynastego czerwca, a ujawnienie korespondencji odbiłoby się fatalnie na wizerunku prezydenta i planach amerykańskiej interwencji zbrojnej. Harrison odparował, że choć teoretycznie powinni tak zrobić, są od tego zwolnieni w sytuacji, gdy źródłem przecieku jest jakieś plugawe indywiduum – wysoki funkcjonariusz Trzeciej Rzeszy. Mocodawcy Hansa Stoibera życzyli sobie, by te listy – bez wątpienia starannie wyselekcjonowane, żeby maksymalnie zaszkodzić Rooseveltowi – ukazały się drukiem w Stanach. A więc publikując je w „Timie", pójdą Hitlerowi na rękę. Redaktor naczelny po wysłuchaniu argumentów przychylił się do stanowiska Eda.

– Zresztą, kto może wiedzieć, co jeszcze Roosevelt pisał do Churchilla? Na każdy taki list jak ten – popukał palcem w dokument z trzynastego czerwca – może przypadać drugi, zajmujący odmienne stanowisko. Nie będziemy się dokładać do gierek nazistów wymierzonych w naszych polityków.

Harrison relacjonował przebieg rozmowy Jamesowi, kiedy jechali taksówką na Union Station.

– Chcesz wiedzieć, co jest twoim największym sukcesem? Zdjęcia wyszły pierwsza klasa. – Podał Jamesowi fotografie zrobione przy pomniku Waszyngtona: pomimo grubego ziarna wyraźnie przedstawiały, jak McAndrew odbiera kopertę z rąk Hansa Stoibera. – Świetnie będzie wyglądać w naszym najnowszym numerze, już w sobotę: *Rektor Ligi Bluszczowej w towarzystwie nazisty.*

„Time" przekazał fotografie i pozostałe informacje Białemu Domowi. W ciągu godziny Federalne Biuro Śledcze wydało nakaz aresztowania doktora Prestona McAndrew pod zarzutem nielegalnego transferu na terenie USA tajemnic państwowych uzyskanych od obcych mocarstw. Ed przytomnie wymógł kilka obietnic na swoim kontakcie w Białym Domu, między innymi taką, że w wypadku upublicznienia w przyszłości pełnej korespondencji pomiędzy Churchillem a Rooseveltem, wyłączne prawo do tej historii otrzyma dziennikarz Edward P. Harrison.

Żegnali się teraz ze sobą na dworcu. Harrison wręczył Jamesowi kolejną brązową, papierową torbę z pączkiem w środku. James podał mu rękę, na co Ed zrobił coś, czego nigdy by nie zrobił żaden Anglik: uściskał go serdecznie.

– Nikt się nigdy nie dowie, czego dokonałeś, James. Dlatego ja ci to muszę powiedzieć. Wielka Brytania i wszyscy, którzy chcą żyć w wolnym świecie, są twoimi dłużnikami.

James skwitował górnolotne słowa Amerykanina zaledwie wzruszeniem ramion. Nie mógł jednak negować faktów: McAndrew był głównym architektem intrygi szykującej dla Anglii krwawą zgubę, intrygi, która wyniosłaby Hitlera na pozycję władcy Europy, a w przyszłości, kto wie, czy nie świata. I ten spisek został uniemożliwiony. Świadomość tego była tak przytłaczająca, tak szokująca i ponura, że mógł tylko przyjąć ją biernie do wiadomości. Nie potrafił się cieszyć tym, że to on, James Zennor, powstrzymał apokalipsę.

Wracał do Nowego Jorku, żeby stamtąd złapać pociąg do

Greenwich w Connecticut, tak jak nalegała poprzedniego wieczoru Dorothy. Mówiła, że powinien jechać zaraz, natychmiast, bo może stracić okazję. „Nie wiem, jak długo tam będą". Ale on nie pojechał do nich. Zepchnął rodzinę na drugi plan. Florence miała rację parę miesięcy – a może tylko tygodni – temu, kiedy wyrzucała mu, że gotów jest poświęcić dwuletnie dziecko, narażając je na okropności wojny i okupację niemiecką w imię niewłaściwie pojmowanego poczucia obowiązku. „Ty już złożyłeś swoją ofiarę. Nie musisz nic więcej robić". Ale on jej nie posłuchał.

Nigdy sobie nie wybaczy, jeśli ich nie zastanie. Będzie skazany na samotne, żałosne życie. Po nocach będzie przywoływał wspomnienie peanu Harrisona, ale to nie wystarczy, by go ogrzać.

Wreszcie pociąg zajechał na stację w Greenwich. Był wieczór, „marańcowa" pora dnia, jak by powiedział Harry. James podszedł do dwóch taksówek, które czekały na wysiadających z nowojorskiego pociągu. Teraz, gdy był już blisko, żołądek mu się ściskał w obliczu perspektywy ostatecznych rozstrzygnięć. Aż do tej chwili cały czas mógł się łudzić, że wreszcie zobaczy Harry'ego i Florence. Teraz jednak pozna prawdziwą odpowiedź, dowie się, czy tam są, czy ich nie ma. Bał się tej chwili.

Podszedł do pierwszej taksówki, z której przez odsunięte okno sterczał opalony łokieć taksówkarza.

– Poproszę na farmę Jutro.

– Gdzie? – spytał zdziwiony kierowca.

– Chcę się dostać na farmę Jutro. Mówiono mi, że to jest pod Greenwich.

– Zgadza się. Proszę wsiadać.

James wsiadł na tył samochodu.

– Pan też jest profesorem? – spytał taksówkarz, przypatrując mu się w lusterku wstecznym.

– Nie rozumiem?

– Życzył pan sobie jechać na farmę Jutro, no nie? Tamte ziemie należą do tego gościa z Yale, tego, no, jak mu tam, rektora.

* * *

James miał wrażenie, jakby jego wnętrzności miały eksplodować: uczucie to trochę przypominało torsje, ale inne niż zwykłe, z samego dna trzewi.

Sekundy wlokły się w nieskończoność. Czy Florence i Harry byli więźniami McAndrew przetrzymywanymi na farmie, odkąd matki oksfordzkie zostały rozesłane z kolegium teologii do rodzin zastępczych? To dlatego zostali usunięci z rejestru, żeby się nie wydało, że rektor wziął ich do siebie.

Nagle przypominał sobie coś i doznał wstrząsu. Jak mógł to przegapić? Tam, w ogrodzie rezydencji rektora w New Haven, na środku trawnika stała samotnie huśtawka, wokół której nie było żadnych dziecięcych śladów. Jak to powiedział McAndrew? „Sam nie mam dzieci, ale na pana miejscu..."

Tamta samotna, nowiutka huśtawka, została wstawiona do ogrodu dla Harry'ego.

Co gorsza, w głębi duszy już wcześniej przemknęła mu taka myśl. Lęgła się niczym robak w najdalszych zakątkach umysłu, ale nie miał odwagi wyciągnąć jej na światło dzienne. Teraz jej miejsce zajęła myśl jeszcze bardziej przerażająca. A co, jeśli wcale nie byli więźniami? Jeśli Florence sama chciała zamieszkać w domu przy St Ronan Street, a potem przyjechać tutaj? Może uciekła na wieś na wiadomość, że James przyjechał w ślad za nią do New Haven. Czy było tak? Czy jego żona zakochała się w Prestonie McAndrew, w jego uwodzicielskiej inteligencji, jego dojrzałości, jego wciąż atrakcyjnym, niezdeformowanym przez wojnę ciele?

Skóra zaczęła go świerzbić, jakby pełzał po niej rój robactwa; jego system nerwowy zaatakował sam siebie. Powróciło znane odczucie kipiącej lawy, wezbranej rzeki wściekłości, która coraz mocniej napierała od wewnątrz. Choć nie była wymierzona w nic konkretnego, lada chwila mogła eksplodować, zatapiając oboje, McAndrew i niewierną, puszczalską żonę Jamesa, która po niecałym miesiącu niewidzenia już zaczęła sypiać z innym mężczyzną, oddawać się osobnikowi, który zamierzał zniszczyć to wszystko, co niegdyś ukochała...

Zaczął walić pięścią w ścianę taksówki; otrzeźwiał, dopiero gdy taksówkarz warknął, że wystawi go na szosę i dalej będzie musiał iść pieszo.

To go zmitygowało. Złapał się prawą ręką za lewy nadgarstek, żeby się uspokoić, okiełznać wściekłość. Zaczął się przywoływać do rozsądku. Nie znał prawdy; najpierw musi się dowiedzieć, co się wydarzyło. James Zennor, którego Florence porzuciła, był niewolnikiem własnej wściekłości; to się musi teraz zmienić. Raz na zawsze.

Po pewnym czasie samochód zwolnił. Jechali teraz wąską drogą; przerwa w żywopłocie wskazywała na ścieżkę prowadzącą do domu. James zapłacił kierowcy i patrzył przez chwilę przed siebie, oddychając głęboko. Przygotowywał się na koszmar gorszy od wszystkiego, czego doświadczył na wojnie. Co będzie, jeśli okaże się, że tortury psychiczne, jakie przeżywał w taksówce, są uzasadnione? Co będzie, jeśli natknie się na coś jeszcze gorszego? Co będzie, jeśli ich tutaj nie zastanie?

Wychodząc z auta, bał się, że nogi mogą mu odmówić posłuszeństwa. Przed nim stał piękny wiejski dom: białe, drewniane ściany opalizowały w promieniach zachodzącego słońca. Wokół rosły jabłonie i grusze; powietrze wydawało się przesycone ich słodką wonią. To było wymarzone miejsce dla Florence.

Szykując się na najgorsze, zastukał do drzwi i czekał. Cisza, potem, kroki na drewnianej podłodze. Kobiece kroki. Wyczuł, że nie są to kroki Florence: za ciężkie i za powolne. Drzwi się otworzyły i na progu ukazała się Murzynka w stroju pokojówki.

James przedstawił się, ale z jego ust wydobył się tylko chrypliwy skrzek. Przemknęło mu przez myśl, że może nigdy nie odzyskać mowy.

A potem usłyszał turkot kół na podłodze. Pobiegł wzrokiem za pokojówkę i zobaczył wyjeżdżającą powoli z bocznego korytarza drewnianą ciężarówkę pchaną dziecięcą dłonią. A potem twarz: okrągłą buzię małego chłopca o ciemnokasztanowych włosach i wielkich, przepastnych oczach.

– Harry?

Chłopczyk podniósł główkę, marszcząc niepewnie czoło.

– Harry, przywitaj się z tatusiem!

Rzucili się ku sobie z takim impetem, że mało się nie zderzyli. James porwał synka na ręce jednym, zgrabnym ruchem. Przymknął oczy, czując, jak włosy małego łaskoczą go po twarzy, wdychał zapach Harry'ego, napawał się ciepłem jędrnego ciałka. Kiedy poczuł wilgoć na policzkach, odsunął synka od siebie, żeby mu wytrzeć łzy, i dopiero wtedy zorientował się, że to nie Harry płacze, tylko on.

Stał z zamkniętymi oczami, nachylając się nad główką Harry'ego. Nie wiedział, jak długo to trwało. A potem, jak we śnie, usłyszał, że ktoś wymawia jego imię.

To jedno słowo rozlało się po jego ciele. Podniósł głowę i otworzył oczy, by zobaczyć ją, jak stoi na środku sieni wysoka i dumna, taka, jaką ją pamiętał. Była bardziej opalona, a jej oczy wydawały się postarzałe, ale to była wciąż ona.

Florence.

Jej twarz zastygła w szoku, jakby na jej oczach wybuchł granat.

Z Harrym na rękach podszedł do niej.

– Jestem – powiedział.

Rozdział 43

Florence zawahała się, zanim do niego podeszła. Poruszała się powoli, jakby zbliżała się do groźnego zwierza. Czyżby bójka w pociągu i udręka ostatniego miesiąca uczyniły go tak przerażającym?

– Możesz już iść do domu, Ethel – zwróciła się do pokojówki.

Murzynka pozbierała swoje rzeczy i wyminęła Jamesa, mamrocząc coś na pożegnanie, ale Florence wciąż stała w miejscu, przyglądając mu się czujnie.

Trzymając Harry'ego na jednej ręce, podszedł do niej i objął ją drugą. Jej ciało było sztywne, niepewne. Mimo to upajał się jej zapachem, który przenosił go na Norham Gardens, do ogrodów uniwersyteckich, do Madrytu, do Barcelony, do wszystkich chwil, które spędzili razem. Tulił ich oboje, Harry'ego i Florence, czując radość przemieszaną z ulgą, że żyją, że są tuż obok.

A potem, po chwili, która wydała mu się wiecznością, Florence zadrżała lekko, a jej ciałem wstrząsnął bezgłośny szloch. Płakała, wsparłszy głowę na jego piersi. Ta Florence, która nigdy nie uroniła łzy. Chciał ją pogłaskać po głowie, ale odsunęła się gwałtownie.

– Kiedy usłyszałam silnik na zewnątrz, myślałam, że to

on. Myślałam, że wrócił. Że ty to on. – W jej oczach lśniła trwoga. – Ale wtedy zastukałeś. A czemu on miałby stukać, skoro jest u siebie?

– Florence, już wszystko dobrze. – Nagle zauważył walizkę w sieni, tę samą, która zniknęła z jego żoną przed trzema tygodniami.

Pochwyciła jego wzrok.

– Szykowaliśmy się do wyjazdu. Ethel przyszła mi pomóc.

– Chciałaś uciec?

– Tak.

– Czyli nie jesteś tutaj dlatego, że... – odstawił syna na ziemię – ...dlatego że jesteś z nim?

Wzdrygnęła się.

– Co ty opowiadasz? Nigdy w życiu.

– Bo strasznie długo cię szukałem, Florence. W ogóle nie mogłem cię znaleźć.

– Ale nigdy nie napisałeś do mnie. Ani razu. Wszystkie matki...

– Przechwytywał moje listy. Pisałem do ciebie co dzień, czasem trzy razy dziennie. Pisałem do ciebie ze statku, płynąc tutaj. Nie oddał ci tych listów.

Teraz Florence wzięła Harry'ego na ręce.

– Myślałam, że postanowiłeś zapomnieć o nas, że nie wybaczyłeś mi tego, że wyjechałam bez uprzedzenia. Chyba mi się nie dziwisz, że tak myślałam?

James zrobił krok do przodu, zbliżając się do swojej żony.

– Dlaczego jesteś tutaj, w tym domu, Florence?

Zamrugała, jakby nie mogła uwierzyć, że jej mąż stoi przed nią naprawdę, że są w tym samym pomieszczeniu, słyszą swoje głosy, że nie dzielą ich już tysiące kilometrów.

– Tego dnia, kiedy przydzielano nas do tutejszych rodzin, powiedziano, że zamieszkamy ze starszą panią, matką rektora, w jego służbowej rezydencji.

– Na St Ronan Street?

– Skąd... – Spojrzała na niego zaintrygowana, ale zaraz pokręciła głową, jakby rezygnowała z indagacji, przynajmniej chwilowo. – Ale matka nigdy się nie pojawiła.

– I zamieszkałaś z nim?

– To nie było tak, jak myślisz. Dom był ogromny, pełen służby. Mieliśmy własny apartament; szanował naszą prywatność. Kupił huśtawkę dla Harry'ego. Warunki wydawały się całkiem znośne jak na przejściowe rozwiązanie.

– A kiedy przywiózł was tutaj? Nie musisz mówić: założę się, że to było w poniedziałek.

– To prawda. Skąd...

– Ponieważ w poniedziałek pojawiłem się w rektoracie, szukając ciebie. Nagły wyjazd nie wzbudził w tobie żadnych podejrzeń?

– Zbliżał się sierpień. Yale całkiem się wyludniło. Nie widziałam w tym nic dziwnego, że rektor postanowił przenieść się do swojej letniej posiadłości. Myślałam też, że Harry'emu dobrze zrobi pobyt na wsi.

– Czy spędziliście czas razem we troje? Jak mała rodzina?

Florence spojrzała na niego i odstawiła synka na ziemię.

– Harry, pokaż Śnieżkowi swoje ulubione drzewo wiśniowe. – Mały posłał ojcu uśmiech i oddalił się do ogrodu.

– Preston zaczął... przystawiać się do mnie – powiedziała cicho. – Wypytywał mnie o moje badania, kazał Ethel szykować dla nas kolację, kiedy Harry szedł spać.

– Kolację? Tylko we dwoje?

– Tak. Gdy dowiedział się, że nie piszesz do mnie...

– „Dowiedział się". Dobre sobie! Sam to zmontował...

– Ale ja wtedy o tym nie wiedziałam. Bardzo mi współczuł. Mówił, że gdyby sam miał żonę równie „inteligentną" i „olśniewającą" jak ja, nigdy by jej tak nie zaniedbał.

– Sukinsyn.

– Posłuchaj dalej. Mówił mi, że nigdy się nie ożenił, bo nie znalazł dotąd właściwej samicy. Stale używał tego słowa. Samica.

James czuł, do czego to wszystko zmierza. Wzbierała w nim lodowata nienawiść do tego osobnika.

– A potem doszło do dziwnego zdarzenia – ciągnęła Florence. – Spytał mnie, czy piję. Powiedziałam, że zdarza mi się wypić kieliszek wina. Zabronił mi pić. Oznajmił, że alkohol jest bardzo szkodliwy, uszkadza jajeczka kobiet i plemniki mężczyzn.

Nagle James przypomniał sobie rektora w jego gabinecie, jak nalewa mu do pełna rozgrzewającej, bursztynowej whisky. Wyglądał, jakby chętnie raczył się trunkiem... Nagle jednak do Jamesa dotarło, że chociaż rektor co i rusz podnosił szklankę do ust, w ogóle nie pił. Starał się utrzymać w nienagannej kondycji, na wypadek gdyby spotkał właściwą „samicę".

– Któregoś wieczoru – podjęła Florence – rozmawialiśmy o nauce. Zaczął się zastanawiać na głos, jakie byłyby nasze wspólne dzieci. Naturalnie tylko teoretycznie. „Oboje jesteśmy zdolnymi naukowcami", mówił. „Oboje jesteśmy w nienagannej kondycji fizycznej. Uważam, że spłodzilibyśmy wybornych potomków".

Słysząc te słowa. James poczuł wściekłość wzbierającą jak lawa, która grozi erupcją. Ale wiedział, że musi się pohamować. Chciał pokazać Florence, że jest człowiekiem, który panuje nad sobą, że nie daje się ponieść furii.

Podświadomie właśnie o to podejrzewał rektora, że swoją wiarę w eugenikę będzie próbował zastosować nie tylko do ludzkości w ogóle, ale również osobiście do siebie. Niewątpliwie chciał stworzyć świat nadludzi, ale pragnął również stworzyć rodzinę gigantów intelektualnych i fizycznych na swój wzór i swoje podobieństwo, współczesny panteon mitycznych herosów obojga płci, obdarzonych najwyższymi przymiotami duszy i ciała. A on, Preston McAndrew, pospołu z Florence – oksfordzkim naukowcem, co więcej, mistrzynią olimpijską – zostaną ich praojcem i pramatką.

– Co mu odpowiedziałaś?

– Byłam przerażona. Naprawdę się bałam.

– Czy dotykał cię?

– Próbował, raz. Ale nigdy nie pozwoliłam mu się zbliżyć do siebie. Możesz mi wierzyć.

James przymknął oczy, powoli trawiąc jej słowa. Nie dziwiło go, że McAndrew nie narzucał się Florence, widząc jej opór. Jego celem nie było szybkie zaspokojenie. Wyczekawszy się tyle na odpowiednią „samicę" godną jego nasienia, za nic nie chciał jej spłoszyć. Było jasne, że natknąwszy się na taki rarytas genetyczny jak Florence, chciał, żeby urodziła mu kilkoro dzieci, a to, zdawał sobie sprawę, wymaga obopólnej zgody. McAndrew nie przyspieszał faktów, czekając, aż piękna Angielka pogodzi się z faktem, że jej bezwartościowy, ułomny małżonek zginął, a w każdym razie nigdy nie wróci.

Przyłapał Florence na tym, że patrzy na niego dziwnym wzrokiem.

– O co chodzi?

Podeszła bliżej.

– Kiedy wyobrażałam sobie tę chwilę, to, że cię znów zobaczę, a wyobrażałam to sobie setki razy, nie wiedziałam, jak ci to wszystko powiem. Bałam się, że, że, że...

– Że dostanę szału?

– Tak. Że będziesz tak urażony i tak wściekły, że wybuchniesz i zrobisz coś okropnego.

– Przed miesiącem na pewno bym się tak zachował. Ale tę osobę pozostawiłem w Anglii. Zresztą ty też.

Odważyła się spojrzeć mu w oczy; byli teraz we dwoje połączeni jednym spojrzeniem. Zanim został ranny, potrafili tak trwać przez wiele minut, sycąc się sobą.

– Wyjechałam, bo za bardzo się bałam o Harry'ego, a nie dlatego, że przestałam cię kochać. Nigdy nie przestałam cię kochać, James.

– Rozumiem twoje motywy. Chciałaś zapewnić naszemu dziecku bezpieczeństwo, ale ja cię nie słuchałem. Nie słuchałem nikogo ani niczego z wyjątkiem siebie, Florence. Widzę to teraz.

– Jednak nie powinnam była tak postąpić. Jesteś ojcem Harry'ego. To nie było fair. – Widział, że walczy ze łzami. – Ale wszyscy dokoła wmawiali mi, że to mój obowiązek. Virginia, Rosemary, Bernard, wszyscy twierdzili z najgłębszym przekonaniem, że ja...

– Już dobrze. – Pogładził ją po włosach. – Jesteś dobrą matką. Robiłaś to, co uważałaś za słuszne.

– Nigdy cię już nie zostawię. Nigdy. – Uniosła ku niemu twarz i ich wargi połączyły się w pocałunku, który był czuły, pełen melancholii i tęsknoty długiego miesiąca rozłąki.

Chwila prysła, gdy usłyszeli płacz Harry'ego. James odruchowo ruszył w stronę ogrodu na tyłach, ale Florence zorientowała się, że dźwięk dobiega od frontu. Podbiegła do drzwi, otworzyła je i nagle wydała z siebie ochrypły krzyk, od którego krew ścięła się w żyłach Jamesa.

W drzwiach, w nienaturalny sposób trzymając Harry'ego na rękach, stał Preston McAndrew.

– Miła niespodzianka – wycedził rektor. – Jesteśmy teraz jedną, szczęśliwą rodzinką.

– Zostaw moje dziecko – powiedział James stalowym głosem. – Ale to już.

Harry wyrywał się z płaczem, lecz McAndrew go nie puszczał.

– Nie będziesz mi rozkazywał w moim własnym domu, Zennor.

Uwagę Jamesa zwrócił rozchełstany wygląd rektora; gdzieś zniknęło jego dawne wymuskanie. Wyglądał na tego, kim był – na ściganego.

– Zostaw Harry'ego – powtórzył James. – Jeśli chcesz kogoś skrzywdzić, zmierz się ze mną, ale nie dręcz mojego dziecka.

– Proszę bardzo – odparł McAndrew z krzywym uśmiechem. – Jak sobie życzysz. – Odstawił chłopca niedbale, jakby wyrzucał niedopałek papierosa.

Florence wzięła Harry'ego w objęcia i zaczęła pocieszać, ale nad skuloną główką synka patrzyła jak zahipnotyzowana na dłoń rektora, w której tkwił rewolwer.

– A teraz, pozwolicie, że będę się czuł jak u siebie w domu. McAndrew wszedł przez próg, kierując broń w stronę Jamesa.

– Zdajesz sobie sprawę, że wkrótce tu dotrze policja – oświadczył James, spoglądając na rektora, a potem odwrócił się do żony. – Jest ścigany – wyjaśnił. – Poszukują go za konszachty z Niemcami; przekazali mu informacje wykradzione Amerykanom.

– No tak, wszystko jasne. – Na górnej wardze McAndrew perlił się pot. – Czułem od razu, że to ty, bo któżby?

– Niestety, obawiam się, że twój przyjaciel w pociągu się nie spisał: nadal żyję.

Florence patrzyła na nich przerażona i zdezorientowana.

– Dobrze mówi, moja droga – zwrócił się rektor do Florence. – Chociaż raz twój pomylony małżonek mówi prawdę. – Spojrzał na Jamesa. – Kiedy wreszcie zrozumiesz, że nie jesteś tu mile widziany, Zennor? Nic tu po tobie. Mam swoje plany względem Florence, ale nie ma w nich miejsca dla ciebie.

Florence, nie wypuszczając Harry'ego z objęć, zagotowała się.

– Nie dotknęłabym pana, choćby zależało od tego moje życie.

– Spokojnie, moja miła, nie mówimy teraz o tobie. Posłuchaj, James, mam dobre serce. Zostaw nas, a ja pozwolę ci odejść spokojnie i nie będę musiał użyć tego. – Machnął rewolwerem.

– Teraz ty mnie posłuchaj, McAndrew. Policja i tak cię w końcu dopadnie, a wtedy pójdziesz siedzieć za wszystko, co zrobiłeś. Ale jeżeli mnie zabijesz, nie pójdziesz do więzienia, tylko na krzesło elektryczne.

– Co to za różnica dla ciebie? Nie mów mi tylko, że cię obchodzi mój los.

– Osobiście najchętniej widziałbym cię martwego już teraz, ale najpierw musisz stanąć przed sądem, i to nie tylko za zabójstwo George'a Lunda. Amerykanie powinni się też dowiedzieć, co knułeś i komu gotów byłeś pomóc, byle wdrożyć swe zbrodnicze plany.

– Mają zostać pchnięci znienacka do walki o ten wrak, stary kraj? Wybij to sobie z głowy. A teraz, Zennor, mówię do ciebie po raz ostatni. Daję ci szansę pozostania przy życiu. Umówmy się, że nie wspomnisz więcej słowem o Lundzie i wyniesiesz się stąd, zostawiając mnie z Florence i Harrym.

– Wykluczone. – James zerknął w prawo.

– W porządku, bierz sobie dziecko. Wcale nie mam na nie ochoty. Jest wybrakowane: jest mięczakiem, jak jego ojciec. Zostaw nas z Florence, a spłodzimy gromadkę perfekcyjnych istot.

James zdusił w sobie wściekłość; nie mógł się teraz rozpraszać. Musiał działać spokojnie i zdecydowanie – natychmiast. Jednym, płynnym ruchem kucnął, złapał walizkę Florence i zaatakował McAndrew na wysokości pasa. Ale rektor był szybszy. Nacisnął spust i rewolwer wystrzelił głośno, jakby piorun huknął.

Florence krzyknęła, za to Harry – który cały czas płakał – umilkł i zamarł bez ruchu.

Gdzie kula? James nie czuł bólu. Nie miał czasu się nad tym zastanawiać. Rąbnął McAndrew, wywracając go na ziemię, a potem drugą ręką – kontuzjowaną, słabszą lewą ręką, którą pogardzał od lat – wymierzył lewy sierpowy w szczękę rektora, pozbawiając go przytomności.

Zlustrował swoje ciało z lękiem, że kolejny raz w życiu zobaczy plamę czerwonej krwi rozrastającą się jak zabójczy kleks. Ale krwi nigdzie nie było.

Pobiegł wzrokiem do Florence i Harry'ego. Chwała Bogu, oni też byli cali i zdrowi. Rozejrzał się po sieni i w końcu wypatrzył kulę: wbiła się, nie wyrządzając nikomu krzywdy, w twarde drewno podłogi.

Wstał wyczerpany. Wziął Harry'ego na ręce i podniósł tak, że ich oczy znalazły się na jednej wysokości.

– Tatuś jest z tobą, synku. Tatuś jest z tobą. – Nic innego nie przychodziło mu do głowy.

Rozdział 44

Tydzień później

Załoga statku skakała koło nich nie tylko dlatego, że wiedziała o zasługach Jamesa – choć tylko dzięki nim dostali się na statek – ale również dlatego, że byli jedynymi cywilami na pokładzie, jeśli w ogóle nie jedynymi cywilami, którzy przemierzali teraz Atlantyk w tamtym kierunku. Podarowali Harry'emu za dużą czapkę marynarską i stale zwracali się do niego per kapitanie.

James zawdzięczał to Edowi Harrisonowi czy raczej jego kontaktowi w Białym Domu. Gdy dotarła tam wiadomość, że za udaremnieniem przecieku korespondencji Roosevelta z Churchillem – intrygi, w którą zaangażowane były koła brytyjskich faszystów, niemiecki wywiad i wtyczka w ambasadzie amerykańskiej w Londynie – stoi pewien Anglik, gotowi byli spełnić każde życzenie Jamesa. Proponowali mu wszelkie możliwe nagrody; padła nawet propozycja medalu prezydenckiego. Ale James podziękował za wszystko. Chciał tylko wracać do domu.

I tak załapali się na mały statek towarowy, należący do konwoju, który przewoził pomoc wojenną z USA do Anglii. Nie kto inny, lecz Florence nalegała, by wracać jak najprędzej pomimo niebezpieczeństwa.

– Skoro mogłam narażać się dla Hiszpanii, równie dobrze mogę to zrobić dla swojego kraju. Nasze miejsce jest u nas, w Anglii, po słusznej stronie tej przeklętej wojny.

– To niekoniecznie będzie zwycięska strona – zauważył James.

– Wiem – odparła. – Ale słuszna. I tam jest nasze miejsce. Możemy żyć, jakby nic się nie stało.

– Nie uważam, żeby to był dobry pomysł.

– Dlaczego? – spytała, zagryzając usta, jak zawsze kiedy coś ją dręczyło.

– Uważam, że powinniśmy oboje zacząć wszystko od nowa. Nie ma powrotu do starych nawyków. Przynajmniej ja muszę zacząć wszystko od nowa.

– Ale przecież...

– Naprawdę, Florence. Stałem się zgorzkniałym tetrykiem. Nie byłem dla ciebie dobrym mężem ani dobrym ojcem dla Harry'ego. Mój własny syn się mnie bał. Pomyśl tylko, własne dziecko... – Głos mu się załamał. Florence położyła mu dłoń na ramieniu. Przemógł się i mówił dalej: – Zmieniłem się i przestałem być człowiekiem, którego poślubiłaś.

– Dostałeś kulę, James. Widziałeś śmierć swojego najlep- szego przyjaciela. Czytałam o podobnych przypadkach. Prze- żyłeś potężną traumę.

– Tak, ale nie mogę wszystkiego tym usprawiedliwiać. Już nie. Byłem tak pochłonięty tym przeklętym ramieniem, że zapomniałem o całym bożym świecie, nawet o własnej rodzi- nie. Zaufaj mi, Florence. Już raz się zmieniłem. To znaczy, na gorsze. – Roześmiała się. – A teraz zmienię się znowu, tym razem na lepsze. Chcę być lepszym człowiekiem.

– Oboje będziemy teraz inni.

– Tak jest. Nie mogę ci obiecać, że stanę się ideałem, ale będę się starał. Obiecuję.

– Kiedy tak jak jest, zupełnie mi wystarcza. Zrozum, James,

ja nie chcę ideału. Nie chcę żyć w perfekcyjnym świecie maszyn, robotów, linii prostych, świecie, w którym nie liczą się uczucia. To świat McAndrew, nie mój. Ja chcę żyć wśród prawdziwych ludzi, z ich wadami, ułomnościami, śmiesznostkami: krzywym nosem, dziwnym głosem i, wierz mi lub nie, wątłym ramieniem. Zrozum, to właśnie niedoskonałości są najbardziej w nas ludzkie. I to jest świat, w którym chcę żyć. Z tobą.

Od autora

Chociaż *Panteon* jest powieścią, a James, Florence i Harry są postaciami fikcyjnymi, ich dzieje inspirowane są niezwykłymi wydarzeniami.

Statek z transportem stu dwudziestu pięciorga dzieci i dwudziestu pięciu matek z Oksfordu zaproszonych przez Uniwersytet Yale rzeczywiście wypłynął z Livepoolu w drugim tygodniu lipca 1940 roku. Organizatorzy oksfordzcy spędzili poprzedni tydzień na pospiesznych przygotowaniach, które historyk A.J.P. Taylor nazwał później „istnym urwaniem głowy". Kiedy transport dotarł na miejsce, w lokalnej gazecie naprawdę pojawił się nagłówek: *Uciekinierzy znaleźli nową przystań w kraju, gdzie nie doścignie ich wojna.*

Nie ma natomiast dowodów na istnienie wielopiętrowej intrygi zdemaskowanej przez Jamesa Zennora. Ci, którzy przepłynęli Atlantyk na liniowcu *Antonia*, obecnie wszyscy powyżej siedemdziesiątki, podzielają pogląd Jamesa, że rodzinami z Yale, które przyjęły pod swój dach obce dzieci i gościły je przez ponad pięć lat, kierowała wyłącznie bezinteresowna dobroć. Podobne wnioski można wyciągnąć z lektury dwóch książek poświęconych tamtym wydarzeniom: *Havens Across the Sea* (Przystanie za oceanem) Ann Spokes Symonds, która była jedną z uczestniczek transportu oksfordzkiego, jak również *See you After the Duration* (Do zobaczenia po wszystkim) Michaela Hendersona.

A jednak niektórzy z wywiezionych całymi latami zastanawiali się nad tym, co powodowało nie tyle ich gospodarzami, ile organizatorami całego przedsięwzięcia: dlaczego wybór padł akurat na nich? Czy fakt, że byli potomkami elity akademickiej, sprawił, że ich los szczególnie leżał na sercu Amerykanom? Inicjator całej akcji, doktor John Fulton z wydziału medycyny Uniwersytetu Yale, stwierdził znamiennie, że celem, jaki stawiała sobie Komisja Międzywydziałowa Yale do spraw Opieki nad Dziećmi z Uniwersytetów Oksford i Cambridge, było uratowanie „choć garstki dzieci, zanim rozpęta się zawierucha". Faktem jest również odkrycie Jamesa, że Cambrige odrzuciło propozycję Yale, ponieważ, cytując sir Montague Butlera, „mogłoby to zostać odczytane jako przywilej dla wybranych środowisk".

Nuta eugeniczna w powieści jest jak najbardziej zgodna z duchem epoki. Przeświadczenie, że społeczeństwo powinno zachęcać najsilniejszych do posiadania licznego potomstwa, natomiast skłaniać, jeśli nie wręcz zmuszać słabych, żeby w ogóle rezygnowali z dzieci, a przynajmniej ograniczali ich liczbę, cieszyło się sporą popularnością wśród elit przedwojennej Anglii i Ameryki. Niektórzy dali się uwieść wizjom nowej rasy nadludzi, panteonu podobnych bogom istot, predestynowanych do rządów nad coraz doskonalszą rasą ludzką. Inni snuli groźne – zabójcze – plany wytępienia tych, których uznawali za niezdolnych do życia.

Historia lubi płatać figle: zwolennicy eugeniki wcale nie wywodzili się, jak by się można spodziewać, z kręgów prawicowych i rasistowskich ortodoksów. Do entuzjastów eugeniki należała grupa czołowych brytyjskich intelektualistów, którzy po dziś dzień cieszą się powszechnym szacunkiem. Cytaty i polemiki, na jakie natrafia James w czytelni Sterling Memorial – autorstwa wybitnego pisarza George'a Bernarda Shaw, wielkiego filozofa Bertranda Russella, ojca koncepcji państwa opiekuńczego Williama Beveridge'a, słynnego ekonomisty Johna Maynarda Keynesa i wielu innych – są wierne i autentyczne. Pionierka kontroli narodzin, Marie Stopes, była tak zażartą eugeniczką, że wydziedziczyła syna za karę, że ożenił się z kobietą noszącą okulary – tym samym narażając dzieci na krótkowzroczność – i większość swojego majątku zapisała Towarzystwu Eugenicznemu. Po drugiej stronie oceanu ideologia eugeniki również święciła triumfy w kręgach warstw wyższych. Dziedzina ta była szczególnie *en vogue* w Yale, o czym świadczą autentyczne cytaty wygłaszane podczas seminarium przez powieściowego doktora Curtisa, w tym słowa przypisywane poprzedniemu prezydentowi uniwersytetu, Jamesowi Angellowi, o którym historycy piszą, że był „opętany eugeniką". Cytaty i spis treści rozdziałów książki *What is Eugenics?* (Czym jest eugenika?) Leonarda Darwina są w pełni zgodne z oryginałem.

Dowodem na to, jak bardzo teorie eugeniczne były zadomowione na amerykańskich uczelniach, jest kuriozalna historia nagich „zdjęć postawy". Faktycznie, dwóm naukowcom zamarzyło się stworzenie atlasu mężczyzn i atlasu kobiet i namówili kilku kolegów z Ligi Bluszczowej, żeby podstępem zmusili swoich studentów do pozowania nago, z przytwierdzonymi do kręgów długimi szpilkami. Dzieje intrygi relacjonuje artykuł Rona Rosenbauma *The Great Ivy League Nude Posture Photo Scandal* (Nagie „zdjęcia postawy": Wielka kompromitacja Ligi Bluszczowej) opublikowany w „New York Timesie" w styczniu 1995 roku: zdanie, które w książce pada z ust doktora Curtisa, „budowa fizyczna definiuje losy jednostki", w rzeczywistości zostało zaczerpnięte z artykułu Rosenbauma, który zresztą wytropił, że wśród osób sfotografowanych w młodości nago w celu zdefiniowania związku między sprawnością fizyczną a intelektualną byli prezydent Bush, Hillary Clinton i Meryl Streep, jak również dziennikarze Bob Woodward i Diane Sawyer.

Dwóch autorów tego projektu, jeden z Harvardu, drugi z Columbii, czerpało niewątpliwie inspirację z koncepcji Francisa Galtona, przyrodniego kuzyna Karola Darwina, którego fascynowały zagadnienia inteligencji i dziedziczenia i który na długo przed nimi wpadł na pomysł utworzenia archiwum fotograficznego ludności brytyjskiej. Amerykańscy spadkobiercy tej idei próbowali zrealizować ją w swoim kraju, wykorzystując istniejącą już tradycję fotografowania nago studentów pierwszych lat.

Podobne podłoże miał, z pozoru nieszkodliwy, zwyczaj dowożenia autokarami dziewcząt z żeńskich kolegiów na spotkania z chłopcami z Harvardu, Princeton i Yale, wspomniany w powieści przez Dorothy Lake. U podłoża tego procederu również tkwiły intencje eugeniczne – chodziło o to, by młodzi mężczyźni i młode kobiety z wykształconej elity mieli okazję spotkać się i zakochać w sobie z pomocą, jak to nazwał ktoś ze współczesnych: „eugenicznego biura matrymonialnego". Stowarzyszenie Wilcza Głowa istnieje i posiada własną „kryptę", która wygląda tak, jak ją widział James, jednak nie ma żadnych dowodów na powiązania z eugeniką ani stowarzyszenia, ani Klubu Elżbietańskiego.

Pozostałe wątki *Panteonu* też w dużej mierze opierają się na faktach historycznych. Right Club nie jest tworem fikcyjnym; naprawdę spotykał się w Herbaciarni Rosyjskiej w Londynie przy udziale wymienionych w książce osób i organizacji. Choć Reginald Rawls Murray jest postacią literacką, można się w nim dopatrzyć podobieństw do Archibalda Maule'a Ramsaya, członka parlamentu z ramienia konserwatystów i zajadłego antysemity, również autora kupletu *Kraj złodziei, kraj gudłai*, którego tekst zamieściłem w oryginalnej postaci. Aresztowany w 1940 roku, Ramsay spędził resztę wojny w więzieniu, internowany na podstawie ustawy obronnej 18B, między innymi z powodu kontaktów ze skazanym za szpiegostwo pracownikiem ambasady amerykańskiej.

Owym pracownikiem był Tyler Kent, osobliwa postać, którą wiele łączy z powieściowym Taylorem Hastingsem. Jako szyfrant w ambasadzie swojego kraju w Londynie został wciągnięty w działania Right Clubu, a z czasem powierzono mu nawet listę członków w formie oprawnej w czerwoną skórę książki zamykanej na kluczyk – z zawartością notesu można zapoznać się dzięki wydanej przez Robina Saikię *The Red Book: The Membership List of the Right Club* (Czerwona książka: Spis członków Right Clubu).

Młody Amerykanin wyniósł z ambasady wiele tajnych dokumentów, w tym nieoficjalną korespondencję między Franklinem D. Rooseveltem a Winstonem Churchillem. Przekazał je Ramsayowi, licząc na to, że dotrą do amerykańskich polityków frakcji izolacjonistycznej, która, nie przebierając w środkach, usiłowała nie dopuścić do wypowiedzenia wojny Niemcom. Historycy są zgodni co do tego, że ujawnienie listów do Churchilla byłoby ciosem, z którego Roosevelt nigdy by się nie podniósł. Ostatecznie korespondencja trafiła w ręce wywiadu niemieckiego. Jej fragmenty w *Panteonie* są autentykami. Wszystkie przechwycone listy można znaleźć w zbiorze *Churchill & Roosevelt: The Complete Correspondence* (Churchill Roosevelt, Listy zebrane), w tomie 1, *Alliance Emerging, October 1933 – November 1942* (Świt aliantów, październik 1933 – listopad 1942), wydanym i opatrzonym komentarzem przez Warrena F. Kimballa.

Tyler Kent, koniec końców, został zdemaskowany. Podczas rewizji w jego mieszkaniu znaleziono prawie dwa tysiące wykradzionych dokumentów oraz klucz do pokoju szyfrantów. Został osądzony i skazany, by, podobnie jak Ramsay, resztę wojny spędzić w więzieniu. Po jakimś czasie wypłynął w Stanach Zjednoczonych jako wydawca czasopisma sympatyzującego z Ku-Klux-Klanem. Podobno zmarł w ubóstwie w przyczepie kempingowej w Teksasie, w 1988 roku.

Mam nadzieję, że udało mi się wiernie oddać amerykańskie nastroje z końca lipca 1940 roku, kiedy Zennor dociera do Stanów. W tamtym okresie kampusem Yale, podobnie jak całym krajem, wstrząsały debaty na temat ewentualnego przystąpienia USA do wojny. Kapelan uniwersytecki, wielebny Sidney Lovett, był pacyfistą; większość skłaniała się zdecydowanie ku pomocy dla Anglii.

W Waszyngtonie część wyższych dostojników na pewno chętnie skompromitowałaby Roosevelta, żeby nie dopuścić do jego reelekcji w listopadzie 1940 roku i zdławić jego wezwania do zbrojnej interwencji. Hans Thomsen, ówczesny chargé d'affaires ambasady niemieckiej, próbował aktywnie podsycać amerykański izolacjonizm, udzielając wsparcia zwolennikom nieinterwencji i potajemnie finansując pacyfistyczne apele w prasie.

Jest również dobrze udokumentowanym faktem, że dziennik „Chicago Tribune" był czołową tubą propagandową ruchu Ameryka dla Ameryki, którego oficjalna inauguracja miała miejsce we wrześniu 1940 roku, natomiast tygodnik „Time", na czele którego stał prowojenny Henry Luce, był rzecznikiem interwencji.

Wydarzenia przywoływane na początku powieści również oparte są na faktach historycznych. Barcelona w 1936 roku, w przededniu hiszpańskiej wojny domowej, rzeczywiście była gospodarzem Olimpiady Ludowej, zorganizowanej w kontrze do oficjalnych igrzysk w Berlinie. Starcia zbrojne, o których wspominam, nie są fikcją literacką – przeżycia Jamesa Zennora w Brygadach Międzynarodowych w dużej mierze inspirowane były hiszpańskim epizodem w życiu Esmonda Romilly, z którego życiorysem zapoznałem się dzięki znakomitej biografii Kevina Ingrama *Rebel: The Short Life of Esmond Romilly* (Buntownik: Krótkie życie Esmonda Romilly).

Preston McAndrew jest postacią w stu procentach zmyśloną, niewzorowaną na nikim. Mimo to jego koncepcja wojny jako oczyszczającego ognia jest, w moim przeświadczeniu, logicznym następstwem wyznawania ideologii eugenicznej – ideologii, która w okresie przedwojennym zdecydowanie należała do głównego nurtu. Trzeba spojrzeć trudnej prawdzie w oczy, że panteon najwybitniejszych brytyjskich i amerykańskich intelektualistów hołdował teorii, od której współczesnym włos się jeży na głowie.

Trzy pokolenia później chcielibyśmy wierzyć, że impulsem oporu w drugiej wojnie światowej była odraza do wynaturzonego światopoglądu głoszonego przez nazistów. Tymczasem prawda – niewygodna – jest taka, że intelektualiści po obu stronach Atlantyku byli głęboko zauroczeni ideologią współcześnie jednoznacznie kojarzoną z faszyzmem. Fakt ten, jako jedną z ostatnich wielkich tajemnic elity anglo-amerykańskiej, zamiatano pod dywan przez ponad siedemdziesiąt lat. Czas najwyższy wyciągnąć go na światło dzienne i przyjrzeć mu się z uwagą.

Podziękowania

Przede wszystkim chciałbym podziękować Jamesowi Purnellowi, bo to on wspominał kiedyś w rozmowie o matce naszego wspólnego znajomego, która w czasie wojny, jako dziecko, była ewakuowana do Yale. Tym dzieckiem była Juliet Hopkins, która uprzejmie zgodziła się opowiedzieć mi o wydarzeniach sprzed ponad siedemdziesięciu lat. Chciałbym jednak zaznaczyć, że interpretacja motywów transportu oksfordzkiego, jaką przedstawiam w *Panteonie*, opiera się na moich własnych domniemaniach, a nie relacji Juliet Hopkins.

Felicity Tholstrup cierpliwie oprowadzała mnie po Oksfordzie, spekulując, jak miasto mogło wyglądać w czasie wojny. Dr Michael Freeden, onegdaj mój opiekun naukowy, zechciał znowu wejść w rolę mojego nauczyciela, dzieląc się ze mną swą wiedzą na temat eugeniki. Piętnaście lat mija, odkąd przeczytałem jego inspirujący artykuł *Eugenics and Progressive Thought: A Study in Ideological Affinity* (Eugenika a filozofia postępu: Studium powiązań ideologicznych). Zdecydowanie zasiał we mnie ziarno, z którego wyrósł *Panteon*.

Podczas mojego pobytu w New Haven Michael Morand poświęcił wiele godzin na oprowadzanie mnie po Yale, jak również poznał mnie – przy herbacie w Klubie Elżbietańskim – z archiwistką uniwersytetu, Judith Schiff, i wybitnym historykiem

413

z Yale, profesorem Gaddisem Smithem. Oboje niezwykle szczodrze dzielili się ze mną swoją wiedzą, szczególnie jednak jestem zobowiązany wobec profesora Smitha za udostępnienie mi rozdziału dotyczącego eugeniki w Yale z książki poświęconej historii uniwersytetu, nad którą pracował. Włożone w usta fikcyjnego doktora Curtisa cytaty, od których włos się jeży na głowie, są urywkami, do których się dokopał jak najbardziej prawdziwy Gaddis Smith.

Jest jeszcze dwóch ludzi nauki, którym jestem winien szczególne podziękowania. Doktor Nigel Towson z Uniwersytetu Complutense w Madrycie udzielał mi fachowych porad na temat historii, języka i geografii Hiszpanii podczas wojny domowej. Profesor Tony Badger, dziekan kolegium Clare w Cambridge, był w gruncie rzeczy współautorem wątku politycznego w *Panteonie*, zarówno naprowadzając mnie na korespondencję Roosevelta z Churchillem, jak i zwracając moją uwagę na postać Tylera Kenta. Choć pracownicy Oksford i Cambridge w tej książce nie zawsze przedstawiani są w najlepszym świetle, składam wyrazy najgłębszego szacunku Tony'emu Badgerowi.

Znakomity amerykański dziennikarz Jacob Weisberg dzielił się ze mną swoją wiedzą na temat nastrojów politycznych prasy amerykańskiej w roku 1940, a Jo Rodgers była łaskawa rzucić okiem Amerykanki na mój rękopis. Pragnę także wyrazić wdzięczność dawnemu koledze z „Guardiana", niestrudzonemu Timowi Radfordowi za pomoc w dotarciu do fundamentalnych tekstów eugenicznych, Steve'owi Coombe'owi za uwagi na temat inteligencji w aspekcie przetrwania; Rebecce Lloyd-Evans za pomoc w opracowaniu cytatów; Scottowi Barlow z archiwów British Telecom za informacje na temat numerów telefonicznych w latach czterdziestych; wreszcie bibliotekarzom z British Library za skierowanie mnie do odpowiednich działów Mass Observation Archive, gdzie zdobyłem wiele istotnych informacji na temat życia codziennego w Anglii czasów wojny.

Z książki na książkę jestem coraz bardziej wdzięczny wiernemu towarzyszowi, Jonathanowi Cummingsowi, który znów dowiódł, że ma wrodzony talent do szperania w archiwach. Jonny Geller wie, że słowo „agent" nie oddaje w pełni jego zasług: jest niewyczerpanym źródłem inspiracji i wsparcia moralnego i wysokiej klasy profesjonalistą. Redaktor Jane Johnson z HarperCollins, wspierana przez niezawodne Sarah Hodgson i Emad Akhtar, kolejny raz żyła ze mną moją powieścią, krytykując mnie bezlitośnie, a jednocześnie dodając mi ducha. To, że nie oszalała, pracując ze mną, zakrawa na cud.

Wreszcie chciałbym podziękować swojej żonie, Sarah, nie tylko za jej miłość, ale również za bezcenne rady. Wraz z naszymi synami, Jacobem i Samem, nieźle się namęczyli w trakcie powstawania tej książki: nie wiem, jak im dziękować. Nawiasem mówiąc, *Panteon* jest opowieścią o mężu i ojcu, który zaczyna zauważać, że najwyższą wartością w życiu jest rodzina. Dawno temu doszedłem do podobnych wniosków.

Jonathan Freedland, październik 2011